U0515721

中國古典文學基本叢書

白居易文集校注

第一册

〔唐〕白居易 著

謝思煒 校注

中華書局

圖書在版編目(CIP)數據

白居易文集校注/(唐)白居易著;謝思煒校注. —北京:中華書局,2011.1(2025.7 重印)
(中國古典文學基本叢書)
ISBN 978-7-101-07629-5

Ⅰ.白… Ⅱ.①白…②謝… Ⅲ.古典文學-作品集-中國-唐代 Ⅳ.I214.22

中國版本圖書館 CIP 數據核字(2010)第 195816 號

責任編輯:張 耕
封面設計:毛 淳
責任印製:韓馨雨

中國古典文學基本叢書
白居易文集校注
(全四册)
〔唐〕白居易 著
謝思煒 校注
*
中華書局出版發行
(北京市豐臺區太平橋西里 38 號 100073)
http://www.zhbc.com.cn
E-mail:zhbc@zhbc.com.cn
大廠回族自治縣彩虹印刷有限公司印刷
*
850×1168 毫米 1/32 · 70⅜印張 · 8 插頁 · 1600 千字
2011 年 1 月第 1 版 2025 年 7 月第 3 次印刷
印數:4501-5100 册 定價:328.00 元

ISBN 978-7-101-07629-5

目錄

白居易文集校注卷第二

銘贊箴謡偈　凡二十一首

哀祭文　凡十四首

白居易文集校注卷第四

白居易文集校注卷第五

白居易文集校注卷第六

記序　凡十二首

白居易文集校注卷第七

書　凡三首

白居易文集校注卷第八

書序　凡十五首

白居易文集校注卷第九

書頌議論狀　凡七首

白居易文集校注卷第十

試策問制誥　凡十六首

白居易文集校注卷第十一

中書制誥一　舊體　凡二十七首

白居易文集校注卷第十二

中書制誥二　舊體　凡三十道

白居易文集校注卷第十三

中書制誥三　舊體　凡二十八道

白居易文集校注卷第十四

中書制誥四　新體　祭文册文附　凡五十道

白居易文集校注卷第十五

中書制誥五　新體　凡五十道

白居易文集校注卷第十六

中書制誥六　新體　凡四十八首

白居易文集校注卷第十七

翰林制詔一　凡三十四道　擬制附

白居易文集校注卷第十八

翰林制詔二　擬制四十三道

白居易文集校注卷第十九

翰林制詔三　勑書批答祭文贊文附　凡五十五首

白居易文集校注卷第二十

翰林制詔四　勑書批答祭文贊詞附　凡六十八首

白居易文集校注卷第二十一

奏狀一　凡十首

白居易文集校注卷第二十二

奏狀二　凡二十四首

白居易文集校注卷第二十三

奏狀三　凡七首

白居易文集校注卷第二十四

奏狀四　表附　凡十七首

白居易文集校注卷第二十五

策林一　凡二十二道

白居易文集校注卷第二十六

策林二　凡十七首

白居易文集校注卷第二十七

策林三　凡十九道

白居易文集校注卷第二十八

策林四　凡二十一道

白居易文集校注卷第二十九

判　凡五十道

白居易文集校注卷第三十

判　五十道

白居易文集校注卷第三十一

碑誌序記表讃論衡書　凡十三首

白居易文集校注卷第三十二

白居易文集校注卷第三十三

銘誌贊序祭文記辭傳　凡十八首

白居易文集校注卷第三十四

白居易文集校注補遺

附見

白居易年譜簡編

引用書目

篇目索引

前言

一

白居易作爲中唐時代的偉大詩人，同時還以文章知名。他在《與元九書》（本書卷八 2883）中説：「日者，又聞親友間説：禮、吏部舉選人，多以僕私試賦判傳爲準的。」元稹《白氏長慶集序》説：「禮部侍郎高郢始用經藝爲進退，樂天一舉擢上第。明年，拔萃甲科。由是《性習相近遠》、《求玄珠》、《斬白蛇》等賦及《百道判》，新進士競相傳於京師矣。」白居易登禮部進士第在貞元十六年（八〇〇），登吏部書判拔萃科在貞元十八年（八〇二），其賦、判之作此後便傳於京師。他的詩歌成名作《長恨歌》、《秦中吟》等，則作於元和初年，還在這之後數年。

白居易的科試文章，曾被士人當作學習仿效的程式。據趙璘《因話録》卷三所説：「李相國程、王僕射起、白少傅居易兄弟、張舍人仲素爲場中詞賦之最，言程式者，宗此五人。」爲應制舉，他還撰作《策林》七十五篇，付出的心血更多於賦、判。元稹、趙璘雖未言及《策林》的流行程度，但有證據表明，這組文章同樣産生很大影響。《策林》的某些言論，甚至被採入武宗所下制詔（見本書卷二十八《議釋教》3486）。文宗時以應制敢言聞名的劉蕡，其議論指斥亦可看出《策林》的影響。到後代，如《金史·徒單鎰傳》記載：「（大定）五年，翰林侍講學士徒單子溫進所譯《貞觀政要》、《白氏策林》等書。」統治階層甚至把它視作簡明的治政手册。

白居易在任職翰林、中書期間執掌編言誥命，達到了他文章事業的高峰。他在《錢徽司封郎中知制誥制》（本書卷十八 3229）中説：「中臺草奏，内庭掌文，西掖書命，皆難其人也。非慎行敏識，茂學懿文，四者兼之，則不在此選。」這段話就像是他的自我表彰。就如爲應科試而作擬判、擬策一樣，他在有望進入内廷之前和之後，還作有大量「擬制」（見本書卷十七、十八），足以説明他對此類文體的重視。在自編文集時，他將自己起草的詔誥分別編爲「中書制誥」（本書卷十一至十六）和「翰林制詔」（本書卷十七至二十），以顯示自己歷任内廷與西掖的榮耀。在唐代文人中唯有他採用這種文章分類，後來又被《文苑英華》沿襲，進而影響到宋代著名文人歐陽修、蘇軾等所編「外制集」、「内制集」。他甚至還編有制誥類文範，均取材於自己的作品。元稹《酬樂天餘思不盡加爲六韻之作》（《元氏長慶集》卷二二）詩注云：「樂天於翰林、中書，取書詔批答詞等，撰爲程式，禁中號曰『白樸』。每有新入學士求訪，寶重過於《六典》也。」此書《崇文總目》卷五著録爲「白氏制樸三卷」。宋王楙《野客叢書》卷三十記述了此書形製：「每訪此書不獲，適有以一編求售，號曰『制樸』。開帙覽之，即微之所謂『白樸』者是也。爲卷上中下三卷，上卷文武階勳等，中卷制頭、制肩、制腹、制腰、制尾，下卷將相、刺史、節度之類。」「寶重過於《六典》」的説法可能有些誇張，但也可見其制作有相當的實用價值。

以上判、策、制誥及白居易在任職期間所上奏狀等，均屬於唐代的「官文書」，是官員爲履行其職責所作，也是唐代士人從參加科試開始就必須認真練習、力求完善的。從白居易編寫《百道判》、《策林》、《白樸》並作有大量擬制來看，他在這些文體的寫作上下了前人所未下的功夫，成爲最擅長此類文體的唐代文人的代表。前人曾譏笑杜甫「長於歌詩，而無韻者幾不可讀」（《杜工部草堂詩話》卷一引《秦少游詩話》）。杜甫儘管有「揚雄、枚皋之流，庶可企及」（《進雕賦表》）的志向，但除了詩之外似乎只在賦體寫作上下過功夫，其他應用文體則嘗試不多。這至少表明杜甫和同時人不是太看重這些文體，他們所理想的文人還是揚雄、枚皋式的，時或期盼在常途之外尋求仕進之路，往往不屑吏事，行爲不切實際。這種情況到唐中葉以後發生明顯變化。本來魏晉時期詔誥皆中書令及中書侍郎掌之，至梁始中書舍人爲之（見《唐六典》卷九中書舍人）。因掌畫事繁，玄宗用諸司郎官兼知制誥；又以中書務劇，設翰林供奉，又改爲學士，專掌內命。其後選用益重，「凡充其職者無定員，自諸曹尚書下至校書郎，皆得與選」（《新唐書·百官志》）。自此，低品階的文章之士有了代王言、預密要的便捷之路。這一制度變遷，無疑促使人們更爲看重各類科試文章和官文書的寫作訓練，也改變了文士的思想觀念和行爲方式。于是，白居易、元稹這些有「才子」之稱的文人纔無不對此傾注極大熱情，自然也明顯提高了這類官文書的寫作水平。白居易此類文章的「程式」意義，因而也不局限於元和、長慶時期，而是一直影響到晚唐五代。

當然，作爲文章大家和情感豐富的詩人，除了這些官文書，白居易在記、序、書、論、傳等文體寫作中也留下一批膾炙人口的作品。其中《江州司馬廳記》、《草堂記》、《三遊洞序》、《序洛詩》、《醉吟先生傳》等篇，抒寫性情，洞開心扉，兼有詩性詩情；《晉謚恭世子議》、《漢將李陵論》等篇，議論警醒，有爲而作；《與元九書》則披肝瀝膽，闡述詩歌的生命意義，是古代不可多得的詩學文獻。總之，白居易在文章寫作上幾乎無施不可，是唐代第一流作家中的詩文全才。在當時的流行文體中唯有傳奇文他未曾嘗試，而讓美於好友微之和胞弟行簡。如果説由于文學天性使然，他的詩歌寫作難免有辭詳意盡、鋪陳過甚之弊，他的各體文章則無不明白曉暢，曲折盡致，似乎使其天性得到更適當的發揮。

就思想深度而言，白文應遜色於同時代具有思想家氣質的韓愈、柳宗元、劉禹錫三人。但這並不意味着白文在思想内容上無足輕重。事實上，與詩歌相比，文章是瞭解他的思想——包括政治學術觀點、宗教觀念、思想修養、個性愛好各方面——的更重要、更真實的材料，同時也是瞭解中唐社會現實以及各種思想觀念流行和演變的重要材料。即便是他的官文書寫作，也並非僅具空洞的程式意義。以《百道判》爲例，其判題除廣採前代經史外，還有大量内容涉及唐代現實的法律問題，並直接反映了中唐當時的政治、經濟、軍事、選舉、婚姻等各方面問題。例如「得丁上言：豪富人畜奴婢過制，請據品秩爲限約。或責其越職論事，不伏」判（本書卷三十3546），反映了當時權貴奢華逾制的情形，也是一種間接的政治批評，可從當時人「今長吏節度、觀察、刺史之家，其奢者家僮數百人，其儉者不下百人」（舒元褒《對賢良方正直言極諫策》）的記載中獲得印證。又如「得吏部選人入試，請繼燭，以盡精思。有司許之。及考其書判，善惡與不繼燭同。有司欲不許，未知可否」判（3558），據其他史料唐代禮部試進士和制科考試都有給燭夜試的規定，此判則説明吏部試也有相同情況。又如「得甲之周親執工伎之業，吏曹以甲不合仕。甲云：今見修改。吏曹又云：雖改，仍限三年後聽仕。未知合否」判（3569），唐代制度規定：「凡官人身及同居大功已上親執工商，家專其業，皆不得入仕。」（見《唐六典》卷二吏部郎中）但史料記載唐後期有工商子弟入仕者，此判證實其時制度已有所鬆動。這些判題都不只是簡單據《唐律》敷衍，而應是作者積極關注現實自行擬就的。

再如《策林》，是白居易與元稹首創的策學集成之作，也集中反映了作者早期的政治思想。從《策林》的論題設計和許多具體議論來看，作者在寫作中不但參考了《貞觀政要》、陸宣公奏議等唐代重要政治文書，而且利用任校書郎之便，直接參照了杜佑在貞元十七年（八〇一）所上《通典》一書，既吸取了杜佑本人的觀點，也參酌了該書所彙聚的歷代史志政論材料，使得《策林》幾乎涵括了中唐所有重要政治議題，而其内容則能夠反映兵賦之學在當時所達到的水平。《通典》卷帙過於浩繁，杜佑曾在貞元十九年（八〇三）編纂其節本《理道要訣》，以便更多人參考。《策林》在士人中當有更多讀者，在中唐政治觀念的推進變革中應當也起到了積極作用。由策學性質使然，《策林》中固然有一些比較寬泛的君道、政體論題，如「美謙讓」、「興五福銷六極」、「決壅蔽」之類，其中較多地參取了《貞觀政要》一書，但除此之外還有一些與中唐吏治、民生緊密關聯的論題。由于《通典》一書取材大體截止於德宗朝以前，這些論題應是白居易參取各種最新的政治文獻材料擬定的。例如「十九、息遊墮」（本書卷二十六 3438），論及大曆以後形成的錢重貨輕趨勢，反映了當時影響民生的重大問題。「三十三、革吏部之弊」(3452),論及因闕少員多而產生的吏部選官之弊,指出唐代政治制度的一大痼疾。「三十九、使官吏清廉」(卷二十七 3458)議及唐代外官俸料厚薄差距,「四十、省官併俸減使職」(3459)抨擊使職多於郡縣之吏的現象,則説明作者對許多具體政事問題也十分熟悉。作者在所有這些論題中都給出了策論所要求的相對周全穩妥的回答,其中固然有一些不切實際的空泛之論,但除反映當時得到普遍接受的一些政治觀念外,也體現了作者的政治敏感性和鋭氣。《策林》所表現的政治理想主義和基本立場,顯然也影響了作者一生的政治行爲。

白居易在元和初年以諫官身份言事,疏救元稹,諫阻加王鍔平章事、用吐突承璀爲招討使,論裴均、于頔進奉,以及元和十年(八一五)任贊善大夫時首上疏請捕刺殺宰相武元衡之賊,表現出謇諤敢言、不懼權勢的勇氣,甚至惹惱憲宗,謂其「無禮於朕,朕實難奈」(《舊唐書·白居易傳》)。這種作爲與其在諷諭詩寫作中所持道德批評立場一致,其事亦全被採入新、舊《唐書》本傳。元和四年(八〇九)在他任左拾遺、翰林學士時,遇詔討成德軍王承宗,其後長慶二年(八二二)任中書舍人時又遇討王廷湊。這兩次對藩鎮用兵都以唐王朝的妥協而結束,前者使憲宗的削藩雄心遭受打擊,後者則由于穆宗君臣措置失當而導致河朔復亂。白居易在其職任上直接參與了朝内謀議,憲宗對其言亦「多見聽納」。他在這期間所上奏狀及起草的詔制等,本身即是珍貴的史料,反映了當時的複雜情勢和許多歷史細節。作者在其中所表達的觀點和建議,則顯示了他熟諳政情而又能隨宜處置的一面。此外,他在影響朝野的元和三年(八〇八)制科人事件及元和十五年(八二〇)重考科目人事件時所上奏狀，以及論和糴、旱災狀，在杭州所撰有關水利的《錢唐湖石記》（本書卷三十一 3602）等，都充分顯示了作者的政務才能。唐王朝與吐蕃、回鶻、南詔、新羅等國的外交事務，在白居易所起草的文書中也有所反映。他所起草的與吐蕃鉢闡布、尚綺心兒、論贊勃藏等人書，册封回鶻可汗文、與回鶻可汗書、與南詔清平官書等，都可補充史書記載之不足，具有特殊的史料價值。可以説，史傳中所保存的主要是詩人白居易和諫官白居易的形象，而唯有讀他的所有這些文章我們才能瞭解他作爲官僚文人的更全面活動。

二

白居易的文章由於包含上述豐富内容並且保存十分完整，其史料價值歷來爲治唐史者所重視。從各種證據來看，《白氏文集》應是新、舊《唐書》及《資治通鑑》編纂時作爲依據的材料之一。與白居易本人有關的材料自不必言，其他如《舊唐書・元稹傳》、《張仲方傳》取材白居易《河南元公墓誌銘》（本書卷三十三 3622）、《范陽張公墓誌銘》（同卷 3634），《新唐書・鄭雲逵傳》附雲逵父鄭㫷事則本之《故滁州刺史贈刑部尚書滎陽鄭公墓誌銘》（本書卷五 2863）。甚至史書中的某些失誤也透露出有關信息。《舊唐書・馬植傳》記馬植「釋褐壽州團練副使，得秘書省校書郎」，不合一般選官之制。白居易中書制誥有《楊景復可檢校膳部員外郎、鄆州觀察判官，李緩可監察御史、天平軍判官，盧載可協律郎、天平軍巡官，獨孤涇可監察御史、壽州團練副使，馬植可試校書郎、涇原掌書記，程昔範可試正字、涇原判官，六人同制》（本書卷十二 2973），《舊唐書》編者當是誤會此制題，以「壽州團練副使」銜誤屬馬植。或據《舊唐書》將此制題標點爲「壽州團練副使馬植可試校書郎」，則顛倒了史料來源關係。

今人研治唐史，從白集中獲取的材料主要有兩方面：一是人物、事件，一是職官、制度。其中岑仲勉《元和姓纂四校記》、《唐史餘瀋》、《唐集質疑》等著作，嚴耕望《唐史研究叢稿》諸論文，取材尤多而創獲頗豐。學者所作唐代官制、科舉、法律、賦稅、方鎮等各項專門研究，亦無不從中搜索資料。除各種清晰明確的材料外，白文中甚至還包含有若干相對隱晦的歷史信息。例如長慶元年（八二一）任中書舍人時所作《爲宰相賀殺賊表》（本書卷二十四 3403）稱：「伏承某道逆賊某乙，某月某日已被某殺戮訖。」表稱其人「一介賤隸，兩河叛人」，「戕害主帥，虔劉善良」，事蹟頗類鎮帥王廷湊。時穆宗用兵鎮州，但王廷湊無被殺事。據《舊唐書·王武俊傳附廷湊》：「是月（長慶元年七月），鎮州大將王位等謀殺廷湊事泄，坐死者二千餘人。」可知表所稱或因軍情不明，一時誤傳。此表亦因此諱去其名。

又如《除某王魏博節度使制》（本書卷十八 3200）：「河上列城，鄴中雄鎮。初喪良帥，思安衆心」，當指元和七年（八一二）八月魏博節度使田季安之卒。時季安子懷諫年幼，衙軍殺季安私白身蔣士則，取臨清鎮將田興爲留後（《舊唐書·田季安傳》）。此制當是以某王遥領魏博節度，唐王朝對藩鎮常有類似處置。與此篇相關的《除某節度留後起復制》（3201）稱：「某官某，惟乃祖父，勤勞王家。……雖在幼沖，足可嘉獎」，所敍情事亦唯與田季安父子合。此制蓋擬授懷諫留後時所作，孰料其後懷諫被田興所代，事未即真，故作者在自編文集時只好修改制題。

根據白集，又可訂正史書中的某些訛誤或對有出入處提供參考。例如《册新迴鶻可汗文》（本書卷十三 2978）記回鶻九世可汗稱號爲「君登里羅羽錄沒密施句主錄毗伽可汗」，新、舊《唐書》及《資治通鑑》「登里羅」均作「登羅」，並遺漏「君」字，唯《册府元龜》卷九六七《外臣部・繼襲》與白集此制同。「登里羅」或作「登利」、「登里」，是突厥、回鶻君長稱號中固定成份的音譯，意爲「授命自天」，應據白集和《册府元龜》校正新、舊《唐書》和《資治通鑑》之誤。

又如白居易有《孟簡賜紫金魚袋制》（本書卷十八 3227），《舊唐書・孟簡傳》稱簡「出爲常州刺史。（元和）八年，就加金紫光祿大夫……爲廉使舉其課績，是有就加之命」。《册府元龜》卷六七三《牧守部・褒寵》則作「觀察使舉其課，故就賜金紫」。金紫光祿大夫爲散官階正三品，與孟簡身份不侔。白集此制可證《册府元龜》之「就賜金紫」近實，《舊唐書》實誤。

不過，白集在流傳中亦產生訛誤，考史者亦有因辨析不明而誤用其材料。例如《唐揚州倉曹參軍王府君墓誌銘》（本書卷五 2865）原題注：「代裴頲舍人作。」清代徐松《登科記考》卷十四據刊本「與（王）炎同升諸科焉」語，而將裴頲列爲貞元十五年進士。但遍考唐史，並無「裴頲舍人」其人。現據文中所敍充貞元十九年吏部試「考文之官」，及與王播同「祗命於憲府」等事，可知其人實非裴垍無以當之。《登科記考》據白集訛文而增一莫須有之人。

三

《白居易文集校注》是配合《白居易詩集校注》而作，收入了《白氏文集》詩歌卷以外的其他各類文章。爲應閱讀需要，本書對各類文章中的典故詞語加以必要解釋，此外則主要對文中涉及的史實、人物、制度等問題儘可能加以詳細説明。在相關人物及其他史實方面，本書參考岑仲勉諸著作和朱金城《白居易集箋校》尤多；在有關職官等制度及各種專門史研究方面，則儘量廣泛吸取學界的已有研究成果。白集中一些多有爭議的問題，如翰林制詔與中書制誥的編類問題，翰林制詔中的「僞文」問題，中書制誥中的「新體」、「舊體」問題；還有白居易本人的家世、後嗣等問題，本書也參考諸説，給予較充分的討論。在將白居易全部文章與其他各種史料詳加比勘過程中，本書也續有發現，上節所述即是其中的一些例子。此外，如《大唐故賢妃京兆韋氏墓誌銘》（本書卷五 2861），岑仲勉《唐集質疑》曾指出文中「母曰永穆公主」有誤，並據《元和姓纂》校正了《唐會要》的舛誤。本書則據新、舊《唐書》及墓誌的有關材料，考出妃父韋會的同父異母兄爲王繇，其妻永穆公主實爲韋妃之伯母，傳本白集「母曰」二字有訛奪。再如《唐故通議大夫和州刺史吳郡張公神道碑銘》（本書卷四 2856）記吳郡張氏祖先「侍中肱」，本書據王楙《野客叢書》證明其與《新唐書·宰相世系表》所載之張睦爲同一人。

岑仲勉《貞石證史》等著作曾以大量材料論證碑誌的史料價值，近年《唐代墓誌彙編》、《全唐文補遺》等文獻陸續問世，使得碑誌材料的利用更爲方便。本書也得以引用數十件唐人墓誌，補充對白集所涉人物的考察。例如《元和姓纂》、《新唐書·宰相世系表》所載滎陽鄭氏材料均闕失很多，白居易撰《唐河南元府君夫人滎陽鄭氏墓誌銘》（本書卷五 2864）、《故滁州刺史贈刑部尚書滎陽鄭公墓誌銘》（2863），本書據二文及多件唐人墓誌，考出元稹母鄭氏所出平簡公房的世系及衆多人物，證明元稹稱其外祖「官族甲天下」（《元氏長慶集》卷五八《夏陽縣令陸翰妻河南元氏墓誌銘》）所言不虚。又如《故京兆元少尹文集序》（本書卷三十一 3596）是白居易爲其密友元宗簡所撰，現據《全唐文補遺·千唐誌齋新藏專輯》所收其子元邈墓誌，可考知其家世、婚姻、後嗣等情況。

制誥中人物有很多缺少其他傳記材料，也被各種工具檢索書遺漏。本書據墓誌及其他文獻，勾稽出白集制誥中若干人物的事蹟。如楊同懸（愻）（卷十一 2935）、史備（2940）、王公亮（2946）、王汶（卷十三 2995）、張惟素（3003）、楊孝直（卷十四 3024）、宗惟明（卷十五 3082）、鄭何（卷十六 3117）、蘇沵（3128）、孫簡（3132）等人，均據墓誌材料有所考證。又如李景亮（卷十四 3039），據墓誌材料爲波斯裔天文術士，非貞元十年登制科者。盧載（卷十二 2973）即白詩中之盧子蒙（見《白氏文集》卷三六 2704），《白居易詩集校注》曾考其非九老會之盧貞，現據墓誌可進一步考知其本名及事蹟。

文章注釋與詩歌注釋體例不盡相同，可取鑒的前人著作亦較少。在完成《白居易詩集校注》工作後，筆者即轉入本書的撰述。其中頭緒之繁雜、問題之困難，每有超出前書者。隨着工作的進展，筆者的知識範圍亦不斷擴充，使不少問題得以解決，對前書的缺漏也有所修正補充。在《白居易詩集校注》出版後，筆者也得到了來自多方的支持和關注。在九州大學静永健先生帮助下，筆者從日本内閣文庫獲得《管見抄》影印件，此外還曾在多家圖書館和文庫調查了日本古抄本原件。本書與《白居易詩集校注》作爲對白集全面校注的嘗試，自然還存在很多缺失，敬祈讀者予以批評指正。

白居易文集校注凡例

一、本書與《白居易詩集校注》（中華書局，二〇〇六）配合並行，以一九五五年文學古籍刊行社影印宋紹興刻本《白氏文集》七十一卷（簡稱紹興本）爲底本，收入該本除詩歌卷以外的卷三十八至卷七十一各卷作品，重編爲卷一至卷三十四，作品原有編次不變。另諸家所輯佚文編入補遺卷。紹興本屬於先詩後筆本，《白氏文集》的另一系統是以日本那波道圓本爲代表的前後續集本。本書卷次與紹興本及那波本的對應情況附後。

二、本書以以下各本爲校本和參校本：

（一）《四部叢刊》影印日本元和四年（一六一八）那波道圓翻刻朝鮮刻本《白氏文集》（簡稱那波本）。

（二）北京國家圖書館藏宋刻殘本《白氏文集》（存十七卷。與本書底本相關卷爲卷五十五至卷五十八。簡稱殘宋本）。

（三）北京國家圖書館藏明正德十四年（一五一九）郭勛刊《白樂天文集》（簡稱郭本）。

（四）明萬曆三十四年（一六〇六）馬元調刻本《白氏長慶集》（簡稱馬本）。

（五）金澤文庫本。日本勉誠社一九八三至一九八四年影印《金澤文庫本白氏文集》（與本書底本相關各卷爲卷二十一、二十二、二十四、二十八、三十一、三十八、三十九、四十一、四十七）；日本臨川書店二〇〇一年出版《國立歷史民俗博物館藏貴重典籍叢書》文學編第二十一卷影印《白氏文集》（與本書底本相關卷爲卷三十五、四十九、五十九。以上均簡稱金澤本）。

（六）北京國家圖書館藏明刻本《白氏策林》。

（七）日本内閣文庫藏《重鈔管見抄》（簡稱《管見抄》）。

（八）清盧文弨《羣書拾補》校《白氏文集》（簡稱盧校）。

（九）日本京都大學人文科學研究所一九七一至一九七三年出版平岡武夫、今井清校定《白氏文集》（簡稱平岡校）。

（十）中華書局一九七九年出版顧學頡校點《白居易集》（簡稱顧校）。

（十一）上海古籍出版社一九八八年出版朱金城箋校《白居易集箋校》（簡稱朱《箋》）。

本書並據平岡校、花房英樹《白氏文集の批判的研究》（京都朋友書店一九六〇）、岡村繁新譯漢文大系《白氏文集》（明治書院一九八八～）等轉引：

（十二）日本前田尊經閣文庫藏天海僧正校本（簡稱天海本）。

（十三）神田喜一郎藏林羅山校本（簡稱林羅山本）。

（十四）日本蓬左文庫藏校本（簡稱蓬左本）。

三、本書並以以下諸總集參校：

（十五）《文苑英華》。中華書局一九六六年影印明隆慶刊本；北京國家圖書館藏明抄本甲本（存九百九十六卷）、乙本（存九百四十卷）；日本静嘉堂文庫藏明抄本（據平岡校轉引）。

（十六）北京國家圖書館藏宋紹興九年（一一三九）臨安府刻本《唐文粹》。

（十七）中華書局一九八三年影印清嘉慶刊本《全唐文》。

四、本書凡底本明顯訛脱衍倒而别本可據者，據别本校改。底本與别本異文兩通者均出校。别本異文雖不足據但有可能産生疑義者，亦酌情出校。底本中的避諱缺筆字、常見俗寫字及版刻變異字均徑改爲通行體，必要時在校記中説明。

五、本書白文編年參取陳振孫《白文公年譜》（汪立名《白香山詩集》附載。簡稱陳《譜》）、汪立名《白香山詩集》附《年譜》（簡稱汪《譜》）、朱金城《白居易集箋校》及《白居易年譜》（上海古籍出版社一九八二年）、羅聯添《白樂天年譜》（臺北國立編譯館一九八九年）等。注釋所涉史實、人物、官制、地理等，參考岑仲勉諸作、朱《箋》尤多。迄今唐史研究的各項有關成果，亦儘量吸取。岡村繁主持新譯漢文大系《白氏文集》已出各册，亦有參照。

六、本書爲作品所作編號，係接續《白居易詩集校注》編號，自 2805 號順序而下。書中稱引《白氏文集》詩歌卷編號，亦爲《白居易詩集校注》編號。此編號與日本學者使用的花房英樹據那波本所作編號未能一致。書後另附篇目索引，以便檢索。

本書與紹興本、那波本《白氏文集》卷次對應表：

本書	紹興本	那波本
卷一	卷三十八	卷二十一
卷二	卷三十九	卷二十二
卷三	卷四十	卷二十三
卷四	卷四十一	卷二十四
卷五	卷四十二	卷二十五
卷六	卷四十三	卷二十六
卷七	卷四十四	卷二十七
卷八	卷四十五	卷二十八
卷九	卷四十六	卷二十九
卷十	卷四十七	卷三十
卷十一	卷四十八	卷三十一
卷十二	卷四十九	卷三十二
卷十三	卷五十	卷三十三

（续）

本書	紹興本	那波本
卷十四	卷五十一	卷三十四
卷十五	卷五十二	卷三十五
卷十六	卷五十三	卷三十六
卷十七	卷五十四	卷三十七
卷十八	卷五十五	卷三十八
卷十九	卷五十六	卷三十九
卷二十	卷五十七	卷四十
卷二十一	卷五十八	卷四十一
卷二十二	卷五十九	卷四十二
卷二十三	卷六十	卷四十三
卷二十四	卷六十一	卷四十四
卷二十五	卷六十二	卷四十五
卷二十六	卷六十三	卷四十六

（续）

本書	紹興本	那波本
卷二十七	卷六十四	卷四十七
卷二十八	卷六十五	卷四十八
卷二十九	卷六十六	卷四十九
卷三十	卷六十七	卷五十
卷三十一	卷六十八	卷五十九
卷三十二	卷六十九	卷六十
卷三十三	卷七十	卷六十一
卷三十四	卷七十一	卷七十

白居易文集校注卷第一①

詩賦　凡十五首②

動靜交相養賦　并序

居易常見今之立身從事者③，有失於動，有失於靜④。斯由動靜俱不得其時與理也⑤。因述其所以然，用自儆導⑥，命曰《動靜交相養賦》云。

天地有常道，萬物有常性。道不可以終靜，濟之以動⑦；性不可以終動，濟之以靜。養之則兩全而交利，不養之則兩傷而交病。故聖人取諸《震》以發身，受諸《復》而知命⑧〔一〕。所以《莊子》曰：「智者恬。」〔二〕《易》曰：「蒙養正。」⑨〔三〕吾觀天文，其中有程。日明則月晦，日晦則月明。明晦交養，晝夜乃成。吾觀歲功，其中有信。陽進則陰退，陽退則陰進。進退交養，寒暑乃順。且躁者本於靜也，斯則躁爲民，靜爲君〔四〕。

以民養君，教化之根，則動養靜之道斯存。且有者生於無也，斯則無爲母，有爲子〔五〕。以母養子，生成之理，則靜養動之理明矣⑩。所以動之爲用，在氣爲春，在鳥爲飛，在舟爲楫，在弩爲機。不有動也，靜將疇依？所以靜之爲用，在蟲爲蟄，在水爲止，在門爲鍵，在輪爲柅⑪〔六〕。不有靜也，動奚資始⑫？則知動兮靜所伏，靜兮動所倚。吾何以知交養之然哉以此。有以見人之生於世，出處相濟，必有時而行，非匏瓜不可以長繫⑬〔七〕。人之善其身，枉直相循，必有時而屈，故尺蠖不可以長伸〔八〕。嗟夫！今之人，知動之可以成功，不知非其時，動必爲凶⑭。知靜之可以立德，不知非其理，靜亦爲賊。大矣哉！動靜之際，聖人其難之。先之則過時，後之則不及時〔九〕。交養之間，不容毫釐⑮。故老氏觀妙，顏氏知幾⑯〔十〕。噫！非二君子，吾誰與歸？（2805）

【校】

①卷第一　即《白氏文集》紹興本、馬本卷三十八，那波本、金澤本卷二十一。金澤本卷題下署：「太原白居易」。

②詩賦　金澤本所校本無「詩」字。「十五首」　金澤本作「一十五首」。

③常見　金澤本作「嘗見」。

④失於　兩句金澤本均作「失之於」。

⑤斯由　紹興本等作「由斯」，據金澤本、《文苑英華》、《唐文粹》改。
⑥儆導　《文苑英華》明刊本誤「儆遵」，明抄本不誤。
⑦靜　動　那波本二字互乙，誤。
⑧受諸　「諸」金澤本、《文苑英華》、《唐文粹》作「以」，《文苑英華》校：「一作諸。」
⑨養正　金澤本、《文苑英華》、《唐文粹》其下有「者也」二字。
⑩之理　金澤本、《文苑英華》、《唐文粹》作「之義」。
⑪在輪　「輪」那波本誤「輸」。
⑫動奚　馬本作「動將奚」，「將」字衍。
⑬長繫　「繫」《文苑英華》明刊本誤「伸」，明抄本不誤。
⑭動必　「必」金澤本、《唐文粹》作「亦」，《文苑英華》校：「一作亦。」
⑮毫氂　紹興本、金澤本作「毫氂」，據他本改。
⑯知幾　那波本、金澤本作「知機」，字通。

【注】

朱《箋》：作於貞元十八年（八〇二）以前。

〔一〕故聖人取諸震二句：《易・説卦》：「萬物出乎震。震，東方也」；「震，動也。」疏：「震象雷，雷奮動萬物，故爲動也。」《易・復・象》：「雷在地中，復。先王以至日閉關，商旅不行，后不省方。」王弼注：「冬至，陰之復也。夏至，陽之復也。故爲復則至於寂然大静，先王則天地而行者也。動復則静，行復則止，事復則無事也。」《老子》十六章：「致虚極，守静篤。萬物並作，吾以觀復。夫物云云，各歸其根。歸根曰静，静曰復命。復命曰常，知常曰明。」

〔二〕智者恬：《莊子・繕性》：「古之治道者，以恬養知。知生而無以知爲也，謂之以知養恬。知與恬交相養，而和理出其性。」成玄英疏：「恬，静也。古者聖人以道治身治國者，必以恬静之法養真實之知，使不蕩於外也。」

〔三〕蒙養正：《易・蒙・象》：「蒙以養正，聖功也。」

〔四〕躁者本於静：《老子》二十六章：「重爲輕根，静爲躁君。」

〔五〕有者生於無：《老子》四十章：「天下萬物生於有，有生於無。」

〔六〕在輪爲柅：《易・姤・卦》：「繫于金柅。」王弼注：「金者堅剛之物，柅者制動之主。」疏：「柅之爲物，衆説不同。王肅之徒皆爲織績之器，婦人所用。唯馬云柅者在車之下，所以止輪，令不動者也。」

〔七〕非匏瓜不可以長繫：《論語・陽貨》：「吾豈匏瓜也哉？焉能繫而不食？」

〔八〕尺蠖不可以長伸：《易·繫辭下》：「尺蠖之屈，以求信也。」

〔九〕先之則過時二句：《淮南子·原道訓》：「時之反側，間不容息。先之則太過，後之則不逮。」

〔十〕老氏觀妙：《老子》一章：「無名天地之始，有名萬物之母。故常無，欲以觀其妙；常有，欲以觀其徼。此兩者同出而異名，同謂之玄。玄之又玄，衆妙之門。」顏氏知機：《易·繫辭下》：「子曰：知幾其神乎？君子上交不諂，下交不瀆，其知幾乎？幾者，動之微，吉之先見者也。……子曰：顏氏之子，其殆庶幾乎？有不善，未嘗不知，知之未嘗復行也。」

汎渭賦 并序

右丞相高公之掌貢舉也，予以鄉貢進士舉及第〔一〕。左丞相鄭公之領選部也，予以書判拔萃選登科〔二〕。十九年，天子並命二公對掌鈞軸。朝野無事，人物甚安。明年春，予爲校書郎，始徙家秦中①，卜居於渭上②。上樂時和歲稔，萬物得其宜；下樂名遂官閑，一身得其所。既美二公佐清靜之理③，又荷二公垂特達之恩④。發於嗟歎，流於詠歌⑤。于時汎舟于渭⑥，因爲《汎渭賦》以導其意⑦。詞曰：

亭亭華山下有人，跂兮望兮愛彼三峯之白雲〔三〕。汎汎渭水上有舟，沿兮泝兮愛此百里之清流⑧〔四〕。以我爲太平之人兮，得於斯而優遊。又感陽春之氣熙熙兮，樂天和而不憂。曰予生之年兮⑨，時哉時哉。當皇唐受命之九葉兮，華與夷而無氛埃⑩〔五〕。及帝纘位之二紀兮⑪，命高與鄭爲鹽梅⑫〔六〕。二賢兮爰立，四門兮大開。凡讀儒書與履儒行者，率充賦而四來⑬。雖片藝而必收兮，故不棄予之小才。感再遇於知己，心慚怍以徘徊⑭。登予名於太常⑮，署予職於蘭臺〔七〕。臺有蘭兮閣有芸，芳菲菲其可襲⑯〔八〕。備一官而無一事⑰，又不維而不縶。家去省兮百里，每三旬而兩入⑱〔九〕。川有渭兮山有華，澹悠悠其可賞⑲。目白雲兮漱清流⑳，其或偃而或仰㉑。門去渭兮百步，常一日而三往。夜分兮叩舷，天無雲兮水無煙。遲遲兮明月波，澹豔兮棹寅緣㉒。日暮兮舟泊，草萋萋兮沙漠漠。習習兮春風，岸柳動兮渚花落㉓。發浩歌以長引㉔，舉濁醪而緩酌。春冉冉其將盡，予何爲乎不樂？鳥樂兮雲際，嚶嚶兮飛裊裊㉕。魚樂兮泉底，鬐撥撥兮尾瀲瀲。我樂兮聖代，心融融兮神泄泄。伊萬物各樂其樂者㉖，由聖賢之相契。賢致聖於無爲，聖致賢於既濟㉗。凝爲和兮聚五福，發爲春兮消六沴〔十〕。不我後兮不我先，適當我兮生之代㉘。彼鱗蟲兮與羽族㉙，咸知樂而不知惠。我爲人兮最靈，所以愧賢相而荷聖帝。樂乎樂乎！汎于渭兮詠而歸㉚，聊逍遥以卒歲。（2806）

【校】

①徙家　金澤本、《文苑英華》其下有「於」字，《文苑英華》校：「一無此字。」

②居於　《唐文粹》無「於」字。

③清靜　「靜」紹興本等作「朝」，據金澤本、《唐文粹》改。《文苑英華》作「淨」，校：「一作朝。」

④之恩　「恩」金澤本、《文苑英華》、《唐文粹》作「遇」，《文苑英華》校：「一作恩。」

⑤流於　金澤本、《文苑英華》作「流爲」。

⑥于時　馬本、《全唐文》作「予時」。

⑦因爲　「爲」《文苑英華》作「作」，校：「一作爲。」

⑧愛此　「此」紹興本等作「彼」，據金澤本、《文苑英華》、《唐文粹》改。《文苑英華》校：「一作彼。」

⑨之年　「年」金澤本、《文苑英華》、《唐文粹》作「幸」，《文苑英華》校：「一作年。」

⑩華與夷　《文苑英華》、《唐文粹》作「夷與華」，金澤本作「令夷與華」。

⑪帝　金澤本、《文苑英華》明刊本、《唐文粹》作「皇帝」。

⑫爲鹽梅　金澤本所校本其上有「而」字。

⑬四來　「四」《文苑英華》作「西」，校：「一作四。」

⑭心慚　「心」馬本誤「必」。

⑮太常　《文苑英華》其下有「兮」字，校：「一無此字。」
⑯芳菲菲　《文苑英華》作「芸芳菲」，校：「一作芳菲菲。」此下《唐文粹》有「兮」字。
⑰一事　金澤本、《文苑英華》、《唐文粹》無「一」字。
⑱兩入　「兩」紹興本等作「一」，據金澤本、《文苑英華》改。《文苑英華》校：「一作一。」平岡校：「白氏詩云：典校在秘書。三旬兩入省。」
⑲悠悠　《文苑英華》其下有「兮」字，校：「一無此字。」
⑳清流　馬本作「清泉」，誤。
㉑其　金澤本、《文苑英華》、《唐文粹》作「且」，《文苑英華》校：「一作其。」
㉒澹灩　金澤本、《唐文粹》作「淡灩」，《文苑英華》作「灩澹」，校：「一作澹灩。」
㉓岸柳　金澤本作「岸楊」。
㉔浩歌　「歌」《文苑英華》作「歎」，校：「一作歌。」
㉕裒裒　那波本、金澤本作「裔裔」，字通。
㉖樂其樂　金澤本、《唐文粹》作「得其樂」，《文苑英華》作「樂得其樂」。
㉗致賢　金澤本、《唐文粹》作「致時」。
㉘之代　金澤本、《文苑英華》、《唐文粹》作「之世」。平岡校：「世字押韻。」

㉙蟲兮　金澤本、《唐文粹》無「兮」字。

㉚汎于渭　「汎」金澤本、《文苑英華》作「浴」，《文苑英華》校：「一作汎。」

【注】

陳《譜》、汪《譜》、朱《箋》：作於貞元二十年（八〇四），下邽。

〔一〕右丞相高公：高郢。白居易貞元十六年于高郢主試下應進士舉。《舊唐書·白居易傳》：「貞元末，進士尚馳競，不尚文，就中六籍尤擯落。禮部侍郎高郢始用經藝爲進退，樂天一舉擢上第。」《舊唐書·高郢傳》：「改中書舍人，凡九歲，拜禮部侍郎。時應舉者，多務朋游，馳逐聲名……郢性剛直，尤疾其風，既領職，拒絶請託，雖同列通熟，無敢言者。志在經藝，專考程試。凡掌貢舉三歲，進幽獨，抑浮華，朋濫之風，翕然一變。拜太常卿。貞元十九年冬，進位銀青光禄大夫，守中書侍郎、同中書門下平章事。」又見《唐會要》卷五九「禮部侍郎」等。嚴耕望《唐史研究叢稿·論唐代尚書省之職權與地位》：「中葉以後，貢舉之任尤重，其權任逾於吏部銓選遠甚。蓋吏部銓選之權日奪，而進士科舉爲士林所重，一登貢榜，身價十倍。此種風氣，愈後愈熾。士人藉此建立其在政治社會上地位，朝廷藉此凝聚四方對於中央之向心力，上下交重其事，而掌貢舉者與登貢榜者，又有座主門生之關係，互相結納，互增聲華，即無異爲政治上一種勢力。故文柄之任，最爲重選……惟中葉以後，多由閣下（中書舍人）權知，然後正拜禮侍……

高郢、權德輿皆由中書舍人權知。自元和以後，類由中舍權知，一榜然後正拜，不由中舍者蓋極少。事由閣下權知，又有呈榜過堂之制，則貢舉之職與宰相關係至切，而與本部尚書、本省僕射反渺不相涉，是知貢舉亦不啻一使職矣。」高郢以貞元十五、十六、十七三年知貢舉，貞元十六年正除禮侍，考證詳見《登科記考》卷十五、嚴耕望《唐僕尚丞郎表》卷十六「禮侍」。

〔二〕左丞相鄭公：鄭珣瑜。白居易于貞元十八年冬試書判拔萃科，時鄭珣瑜爲吏部侍郎。《新唐書·鄭珣瑜傳》：「復以吏部侍郎召，進門下侍郎、同中書門下平章事……順宗立，即遷吏部尚書。」

〔三〕三峯：《太平寰宇記》卷二九華州華陰縣：「太華山在縣南八里……按《名山記》：華嶽有三峰，直上數千仞，基廣而峰峻，疊秀迄於嶺表，有如削成。今博山香爐，形實象之。」

〔四〕百里之清流：《詩·邶風·谷風》：「涇以渭濁，湜湜其沚。」箋：「涇水以有渭，故見渭濁。」疏：「此婦人以涇比己……涇水言以有渭，故人見謂己濁。猶婦人言以有新昏，故君子見謂己惡也。見渭濁，言人見渭，己涇之濁，由與清濁相入故也。定本『涇水以有渭，故見其濁』。」《漢書·溝洫志》云『涇水一碩，其泥數斗』，潘岳《西征賦》云『清渭濁涇』是也。」按，唐人詩文以言清渭爲常，例多不煩枚舉。陳郁《藏一話腴》乙集卷下：「《詩》云：『涇以渭濁。』東坡云：『涇水一石，其泥數斗。』是涇不自知其濁，而反以渭爲濁也。惟杜少陵曰：『回首清渭濱。』深得其旨。」譚嗣同《石菊影廬筆識》學篇二十六：「《毛詩》：『涇以渭濁。』孔疏：『涇水以有渭水清，故見涇水濁。』

朱子沿之，謂涇濁渭清。他説皆謂涇清渭濁。紛爭靡定，國朝遂有尋源之使。其實水之清濁，隨所見之時爲異耳。嗣同隨任甘肅，往來度隴者八，其地小觀近游，尤不勝紀。結晙方舟，亂於涇渭，不下數十。留心覘之，夏秋二水皆濁，冬春二水皆清，合流處亦隨時清濁。烏睹《毛詩》所謂涇渭相入而清濁異耶？湘江之清，遘風雨而濁；黄河之濁，逢冰凌而清，豈可據爲常清濁哉？當涇漲渭涸，則涇濁渭清；涇涸渭漲，則涇清渭濁。《詩》所言，其爲涇漲渭涸時乎？」按，環境變遷，亦未可以今推古。

〔五〕九葉：唐自高祖至德宗計九葉。

〔六〕二紀：自德宗建中元年（七八〇）即位至貞元二十年（八〇四），計二十四年，合二紀。鹽梅：謂賢臣。《書·説命下》：「若作酒醴，爾惟麴糵。若作和羹，爾惟鹽梅。」

〔七〕太常：此指尚書禮部。《唐會要》卷五九《禮部尚書》：「龍朔二年，改爲司禮太常伯。咸亨元年復舊。」蘭臺：《唐會要》卷六五《秘書省》：「龍朔二年二月四日，改爲蘭臺……神龍元年二月五日，復改爲秘書監如舊。」

〔八〕閣有芸：芸閣，秘書省。《初學記》卷十二引魚豢《典略》：「芸臺香辟紙魚蠹，故藏書臺稱芸臺。」庾信《預麟趾殿校書和劉儀同》：「芸香上延閣，碑石向鴻都。」

〔九〕三旬而兩入：白居易《常樂里閑居偶題十六韻兼寄劉十五公輿王十一起吕二炅吕四潁崔十八玄亮元九積劉三十二敦質張十五仲方時爲校書郎》（《白氏文集》卷五 0173）：「典校在秘書，三旬兩入省。」

〔十〕五福：《書·洪範》：「五福：一曰壽，二曰富，三曰康寧，四曰攸好德，五曰考終命。」六沴：《尚書大傳》、《漢書·五行志》作「六沴」，《周禮》注作「六癘」。《周禮·天官·疾醫》：「疾醫掌養萬民之疾病，四時皆有癘疾。」注：「癘疾，氣不和之疾……《五行傳》曰：六癘作見。」疏引《尚書大傳·五行傳》「金沴木」、「火沴金」、「水沴火」、「土沴水」、「木金水火沴土」，爲五沴；又引《洪範》六極「六曰弱，皇不極之誅」，並前五者爲六沴。

傷遠行賦

貞元十五年春，吾兄吏于浮梁，分微祿以歸養，命予負米而還鄉〔一〕。出郊野兮愁予，夫何道路之茫茫。茫茫兮二千五百①，自鄱陽而歸洛陽。朝濟乎大江，暮登乎高崗②。山險巇③，路屈曲④，甚孟門與太行〔二〕。楓林鬱其百尋，涵瘴煙之蒼蒼。其中闃其無人，唯鷓鴣之飛翔〔三〕。水有含沙之毒蟲⑤，山有當路之虎狼〔四〕。況乎雲雷作而風雨晦，忽靄靄兮不見暘⑥。涉泥濘兮僕夫重膇，陟崔嵬兮征馬玄黄〔五〕。步一步兮不可進，獨中路兮徬徨⑦。噫！昔我往兮春草始芳，今我來兮秋風其涼。獨行踽踽兮惜晝短，孤宿煢煢兮愁夜長。況太夫人抱疾而在堂⑧，自我行役諒夙夜而憂傷。惟母念子之心，心可測而可量。雖割慈而不言，終蘊結乎中腸。曰予弟兮侍左右⑨，固就養而無方。雖溫凊之靡闕，詎當我之在傍⑩〔六〕？無羽翼以輕舉，羨歸雲之飛揚。惟晝夜與寢食，之心曷其弭忘⑪？投山館以寓宿，夜緜緜而未央⑫。獨輾轉而不寐，候東方之晨光。雖則驅征車而遵歸路，猶自流鄉淚之浪浪⑬。（2807）

【校】

①二千五百　金澤本作「三千五百里」。

②高崗　那波本作「高岡」。

③險巇　金澤本其下有「兮」字，馬本作「險有兮」，《全唐文》作「險歧兮」。

④屈曲　金澤本作「曲屈」。

⑤毒蟲　金澤本其下有「兮」字。

⑥暘　馬本、《全唐文》作「日陽」二字。

⑦兮　金澤本作「而」。

⑧抱疾而　金澤本無「而」字。

⑨予弟　馬本、《全唐文》作「有弟」。
⑩詎當　金澤本作「誰當」。
⑪之心　金澤本作「中心」。
⑫而　金澤本作「乎」。
⑬猶自　金澤本作「猶復」。

【注】

陳《譜》、汪《譜》、朱《箋》：作於貞元十五年（七九九）。

〔一〕吾兄：居易長兄幼文，時官浮梁主簿。《舊唐書・地理志三》江南西道：「饒州下，隋鄱陽郡。」屬縣有浮梁。居易以本年春自浮梁返洛陽，當于去年夏赴饒州，有《將之饒州江浦夜泊》詩（《白氏文集》卷九0423）：「煩冤寢不得，夏夜長於秋。苦乏衣食資，遠爲江海遊。」《舊唐書・德宗紀》：「（貞元十四年）冬十月癸酉，以歲凶穀貴，出太倉粟三十萬石，開場糶以惠民」；「（十二月）癸酉，出東都含嘉倉粟七萬石，開場糶以惠河南饑民」；「（十五年二月）癸卯，罷三月羣臣宴賞，歲饑也。出太倉粟十八萬石，糶於京畿諸縣。」權德輿《論江淮水災上疏》（貞元十四年八月上）：「自去年（年字疑衍）六月已來，關東多雨，淮南、浙西、徐、蔡、襄、鄂等道，霖潦爲災者二十餘州。皆浸没田疇，毁敗廬舍。而瀕淮之地，爲害特甚，因風鼓濤，人多墊溺。」《全唐文補遺》第七輯檀執柔《大唐福田寺□大德法師常儼置粥院記》：「至貞元十五祀，天下大旱，人用乏食，百姓流離，京師米斗至五百，由是父子兄弟不相保焉。」可知貞元十五年前後，水旱相繼，歲食惟艱。居易故遠赴浮梁，負米還鄉。

〔二〕孟門太行：《左傳》襄公二十三年：「齊侯遂伐晉，取朝歌，爲二隊，入孟門，登大行。」杜預注：「孟門，晉隘道。大行山在河内北郡。」《呂氏春秋·離俗覽》：「三苗不服，禹請攻之。舜曰：『以德可也。』行德三年，而三苗服。孔子聞之，曰：『通乎德之情，則孟門、太行不爲險矣。』」

〔三〕鷓鴣：左思《吴都賦》：「鷓鴣南翥而中留，孔雀綷羽以翱翔。」《文選》引劉逵注：「鷓鴣，如雞，黑色，其鳴自呼。或言此鳥常南飛不北。豫章已南諸郡處處有之。」

〔四〕含沙之毒蟲：《搜神記》卷十二：「漢光武中平中，有物處於江水，其名曰蜮，一曰短狐，能含沙射人。所中者則身體筋急，頭痛發熱，劇者至死。江人以術方抑之，則得沙石於肉中。《詩》所謂『爲鬼爲蜮，則不可測』也。今俗謂之溪毒。先儒以爲男女同川而浴，淫女爲主，亂氣所生也。」鮑照《苦熱行》：「含沙射流影，吹蠱痛行暉。」

〔五〕重膇：《左傳》成公六年：「郇瑕氏土薄水淺，其惡易覯。易覯則民愁，民愁則墊隘，於是乎有沈溺重膇之疾。」杜預注：「重膇，足腫。」玄黄：《詩·周南·卷耳》：「陟彼高岡，我馬玄黄。」傳：「玄馬病則黄。」

〔六〕溫清：《禮記・曲禮上》：「凡爲人子之禮，冬溫而夏清，昏定而晨省，在醜夷不爭。」釋文：「清，七性反，字從冫，冰冷也。本或作水旁，非也。」

宣州試射中正鵠賦①〔一〕

以「諸侯立誠衆士知訓」爲韻。任不依次用韻，限三百五十字已上成②。

聖人弦木爲弧，剡木爲矢〔二〕。唯弧矢之用也，中正鵠而已矣。是謂武之經，禮之紀。故王者務以選諸侯，諸侯用而貢多士〔三〕。將俾乎禮無秕稗，位有降殺〔四〕。廣場闢而堵牆開，射夫同而鐘鼓戒③〔五〕。有以致國用④，終歲貢⑤。使技癢者出於羣，藝成者推於衆。在乎矢不虛發，弓不再控。射，繹志也，信念茲而在茲〔六〕。鵠，小鳥也，取難中而能中。乃設五正，張三侯〔七〕。叶吉日於清晝，順殺氣於素秋。禮事展，樂容修。既五善而斯備，將百中而是求〔八〕。於是誠心內蘊，莊容外奮⑥。升降揖讓，合君子之令儀〔九〕；進退周旋，伸先王之彝訓⑦〔十〕。故禮舉而義立⑧，且無聲而有聞⑨〔十一〕。及夫觀者坌入，射者挺立〔十二〕。矢既挾，弓既執，抗大侯，次決拾⑩〔十三〕。指正則掌內必取，料鵠乃彀中所及。雕弧乍滿，當晝而明月彎彎；銀鏑急飛⑪，不夜而流星熠熠。其一發也，騞若徹札〔十四〕。其再中也，搉如貫笠〔十五〕。玉霜降而弓力調，金風勁而弦聲急⑫〔十六〕。愜羣心而踴躍，駭衆目而翕習。若然者⑬，安知不能空彎而雁驚⑭，虛引而猿泣者也〔十七〕？矧乃正其色，溫如栗如⑮〔十八〕；游於藝，匪疾匪徐〔十九〕。妙能曲盡，勇可賈餘⑯〔二十〕。豈不以志正形直，心莊體舒〔二一〕？不出正兮⑰，信得禮之大者〔二二〕；無失鵠也，豈反身而求諸？斯蓋弓矢合規，容止有儀。必氣盈而神王，寧心讐而力疲〔二三〕？則知善射者，在乎合禮合樂，不必乎飲羽〔二四〕；在乎和容和志⑱，不必乎主皮〔二五〕。夫如是⑲，則射之禮，射之義，雖百世而可知⑳。（2808）

【校】

①題　《文苑英華》無「宣州」二字。

②題下注　「誠」金澤本、《文苑英華》作「戒」。「用韻」金澤本作「用」。「成」金澤本作「成之」。《文苑英華》無「任不」以下十五字。

③戒　馬本、《全唐文》作「誠」。

④有以　「有」《文苑英華》作「于」，校：「一作有。」

⑤終　金澤本、《文苑英華》作「修」，馬本作「充」。

⑥莊容　「莊」金澤本、《文苑英華》作「壯」，《文苑英華》校：「一作莊。」
⑦伸先王　「伸」金澤本、《文苑英華》作「仰」，《文苑英華》校：「一作伸。」「王」馬本誤「生」。
⑧義立　「立」金澤本、《文苑英華》作「具」，《文苑英華》校：「一作立。」馬本、《全唐文》作「得」。
⑨有聞　「聞」金澤本、馬本作「問」，《文苑英華》校：「一作問。」
⑩次　《全唐文》作「佽」。
⑪急飛　「急」金澤本、《文苑英華》作「忽」，《文苑英華》校：「一作急。」
⑫金風　「風」《文苑英華》作「氣」，校：「一作風。」
⑬若然　金澤本「然」上有「不」字，校：「或本無之。」
⑭雁鷩　《文苑英華》明刊本作「雁落」。
⑮栗如　金澤本、《文苑英華》作「洒如」。
⑯可賈　「可」《文苑英華》作「而」，校：「一作可。」
⑰不出正　馬本、《全唐文》作「不出範」。
⑱在乎　金澤本其上有「善中者」三字。
⑲夫如是　紹興本脱「夫」字，據他本補。
⑳百世　金澤本、《文苑英華》作「百代」。

【注】

陳《譜》、汪《譜》、朱《箋》：作於貞元十五年（七九九），宣城。陳《譜》：貞元十五年己卯，「是歲舉進士於宣州，試《射中正鵠賦》、《窗中列遠岫詩》，公預薦送。」

〔一〕宣州：《舊唐書·地理志三》江南西道：「宣州，隋宣城郡……乾元元年，復爲宣州。」按，居易應試宣州，蓋因宣州爲宣州觀察使治所，其兄幼文官饒州浮梁主簿，饒州爲其支郡，或得請託之便。射中正鵠：《禮記·中庸》：「子曰：『射有似乎君子，失諸正鵠，反求諸其身。』」注：「畫曰正，棲皮曰鵠。」釋文：「正、鵠皆鳥名也。一曰正，正也；鵠，直也。大射則張皮侯而棲鵠，賓射則張布侯而設正也。」又《射義》：「孔子曰：『射者何以射，何以聽？循聲而發，發而不失正鵠者，其唯賢者乎！』」

〔二〕弦木爲弧二句：《易·繫辭下》：「弦木爲弧，剡木爲矢，弧矢之利，以威天下，蓋取諸《睽》。」

〔三〕故王者務以選諸侯二句：《禮記·射義》：「是故古者天子以射選諸侯、卿、大夫、士。射者，男子之事也，因而飾之以禮樂也」；「是故古者天子之制，諸侯歲獻，貢士於天子，天子試之於射宮。」

〔四〕禮無秕稗：《左傳》定公十年：「齊侯將享公，孔丘謂梁丘據曰：『齊、魯之故，吾子何不聞焉？事既成矣，而又享之，是勤執事也。且犧象不出門，嘉樂不野合。饗而既具，是棄禮也。若其不具，用秕稗也。用秕稗，君辱；棄禮，名惡。』」杜預注：「秕，穀不成者。稗，草之似穀者。言享不具禮，穢薄若秕稗。」

〔五〕堵牆：《禮記·射義》：「孔子射於矍相之圃，蓋觀者如堵牆。」

〔六〕射繹志也：《禮記·射義》：「射之爲言者繹也，或曰舍也。繹者，各繹己之志也。」念兹在兹：《左傳》襄公二十一年：「《夏書》曰：『念兹在兹，釋兹在兹。』將謂由己壹也。信由己壹，而後功可念也。」

〔七〕設五正張三侯：《周禮·夏官·射人》：「王以六耦射三侯，三獲三容，樂以《騶虞》，九節五正。諸侯以四耦射二侯……」注：「鄭司農云：三侯，熊、虎、豹也……玄謂三侯者，五正、三正、二正之侯也……《考工·梓人職》曰：『張五采之侯則遠國屬。』遠國，謂諸侯來朝者也。五采之侯，即五正之侯也。正之言正也，射者内志正，則能中焉。畫五正之侯，中朱，次白，次蒼，次黄，玄居外。三正，損玄黄。二正，去白蒼而畫以朱緑。其外之廣，皆居侯中參分之一，中二尺。」

〔八〕五善：《周禮·地官·鄉大夫》：「退而以鄉射之禮五物詢衆庶，一曰和，二曰容，三曰主皮，四曰和容，五曰興舞。」《論語·八佾》「射不主皮」集解引馬曰「射有五善」引此。

〔九〕升降揖讓：《禮記·射義》：「孔子曰：『君子無所爭，必也射乎！揖讓而升，下而飲，其爭也君子。』」

〔十〕進退周旋：《左傳》襄公三十一年：「故君子在位可畏，旋舍可愛，進退有度，周旋可則，容止可觀，作事可法，德行可象，聲乞可樂，動作有文，言語有章，以臨其下，謂之有威儀也。」

〔十一〕無聲而有聞：《詩·小雅·車攻》：「之子于征，有聞無聲。」傳：「有善聞而無喧嘩之聲。」

〔十二〕觀者坌入：《史記·司馬相如列傳》：「登陂陁之長阪兮，坌入曾宫之嵯峨。」集解：「《漢書音義》曰：坌，並也。」

〔十三〕抗大侯：《詩·小雅·賓之初筵》：「大侯既抗，弓矢斯張。」傳：「大侯，君侯也。抗，舉也。」箋：「天子、諸侯之射皆張三侯，故君侯謂之大侯。」次決拾：《詩·小雅·車攻》：「決拾既佽，弓矢既調。」傳：「決，鈎弦也。拾，遂也。佽，利也。」箋：「佽，謂手指相佽比也。」疏：「決著於右手大指，所以鈎弦。開體遂著於左臂，所以遂弦。手指相比次，而後射得和利。故毛云：佽，利。謂相次然後射利，非訓佽爲利也。」

〔十四〕騞若徹札：騞，破裂聲。《莊子·逍遥遊》：「奏刀騞然。」《左傳》成公十六年：「潘尫之黨與養由基蹲甲而射之，徹七札焉。」革甲内外厚薄複疊七層，稱七札。詳《周禮·考工記·函人》孫詒讓《正義》。

〔十五〕㩧如貫笠：張衡《西京賦》：「流鏑㩧擈。」《文選》引薛綜注：「中聲也。」《左傳》宣公四年：「又射汰輈，以貫笠轂。」杜預注：「兵車無蓋，尊者則邊人執笠，依轂而立，以禦寒暑，名曰笠轂。此言箭過車輈，及王之蓋。」疏：「服虔云：笠轂，轂之蓋如笠，所以蔽轂上，以禦矢也。一曰車轂上鐵也。或曰兵車旁幔輪，謂之笠轂。杜以彼爲不安，故改之而爲此説，亦是以意而言，差於人情爲允耳。」

〔十六〕弓力調：《詩·小雅·車攻》：「決拾既佽，弓矢既調。」箋：「調，謂弓强弱與矢輕重相得。」

〔十七〕空彎而雁驚：《戰國策·楚策四》：「更羸與魏王處京臺之廡下，仰見飛鳥，更羸謂魏王曰：『臣能爲王引弓虚發而下鳥。』魏王曰：『然則射可至此乎？』更羸曰：『可。』有間，雁從東方來，更羸以虚弓發以下之。魏王曰：『然則射之精乃至於此乎？』更羸曰：『此孽也。』王曰：『先生何以知之？』對曰：『其飛徐，其鳴悲。飛徐者，故瘡痛也。鳴悲者，久失群也。故瘡未息，而驚心未去，聞弦音引而高飛，故瘡烈而隕也。』」虚引而猿泣：《呂氏春秋·不苟論》：「荆廷嘗有神白猿，荆之善射者莫之能中，荆王請養由基射之。養由基矯弓操矢而往，未之射而括中之矣，發之則猿應矢而下。」《藝文類聚》卷九五引《呂氏春秋》作「未發，猿擁樹而號」。

〔十八〕溫如栗如：《書·舜典》：「直而溫，寬而栗。」傳：「教之正直而溫和，寬弘而能莊栗。」

〔十九〕游於藝：《論語·述而》：「志于道，據於德，依于仁，游於藝。」匪疾匪徐：《莊子·天道》：「斫輪，徐則甘而不固，疾則苦而不入。不徐不疾，得之于手而應之於心，口不能言，有數存焉於其間。」

〔二十〕妙能曲盡：陸機《文賦》：「因論作文利害所由，佗日殆可謂曲盡其妙。」勇可賈餘：《左傳》成公二年：「欲勇者賈余餘勇。」

〔二一〕心莊體舒：《禮記·緇衣》：「心莊則體舒，心肅則容敬。」

〔二二〕不出正兮：《詩·齊風·猗嗟》：「儀既成兮，終日射侯。不出正兮，展我甥兮。」傳：「二尺曰正。」箋：「正，所以射於侯中者，天子五正，諸侯三正，大夫二正，士一正。」疏：「正者，侯中所射之處……正大如鵠，三分侯廣而正居一焉。……正以彩畫爲之。其外之廣雖則不同，其內皆方二尺。」

〔二三〕氣盈而神王：王，去聲。《莊子·養生主》：「澤雉十步一啄，百步一飲，不蘄畜乎樊中。神雖王，不善也。」釋文：「王，于況反。」

〔二四〕飲羽：《呂氏春秋·季秋紀》：「養由基射兕，中石，矢乃飲羽，誠乎兕也。」

〔二五〕在乎和容和志二句：《周禮·地官·鄉大夫》：「退而以鄉射之禮五物詢衆庶，一曰和，二曰容，三曰主皮，四曰和容，五曰興舞。」注：「鄭司農云：……和謂閨門之內行也。容謂容貌也。主皮謂善射。射所以觀士……玄謂和載六德，容包六行也。庶民無射禮，因田獵分禽則有主皮。主皮者，張皮射之，無侯也。主皮、和容、興舞，則六藝之射與禮樂與？」《儀禮·鄉射禮》：「禮，射不主皮。主皮之射者，勝者又射，不勝者降。」注：「不主皮者，貴其容體比於禮，其節比於樂，不待中爲備也。」《論語·八佾》：「子曰：『射不主皮，爲力不同科，古之道也。』」

窗中列遠岫詩①〔一〕

題中以平聲爲韻②。

天靜秋山好，窗開曉翠通。遥憐峯窈窕，不隔竹朦朧。萬點當虛室，千重疊遠空。列簪攢秀氣，緣隙助清風。碧愛新晴後，明宜反照中。宣城郡齋在，望與古時同③。（2809）

【校】

①題 「中」紹興本、馬本作「下」，據他本改。《文苑英華》「窗中」前有「宣州試」三字，無「詩」字。

②題注 汪本作「以題中平聲爲韻」，金澤本作「題中用平聲韻」。

③古時 「時」《文苑英華》作「詩」，校：「集作時。」

【注】

陳《譜》、汪《譜》、朱《箋》：作於貞元十五年（七九九），宣城。

〔一〕窗中列遠岫：謝朓《郡内高齋閑坐答呂法曹》：「結構何迢遞，曠望極高深。窗中列遠岫，庭際俯喬林。日出衆鳥散，山暝孤猿吟。已有池上酌，復此風中琴。非君美無度，孰爲勞寸心。惠而能好我，問以瑶華音。若遺金門步，見就玉山岑。」按，詩作於宣城。

省試性習相遠近賦①〔一〕

以「君子之所慎焉」爲韻。依次用，限三百五十字已上成。中書侍郎高郢下試。貞元十六年二月十四日及第，第四人②。

嘻！下自人，上達君，德以慎立③，而性由習分〔二〕。習則生常，將俾夫善惡區别；

慎之在始，必辯乎是非糾紛。原夫性相近者，豈不以有教無類，其歸於一揆〔三〕？習相遠者，豈不以殊途異致，乃差於千里？昏明波注，導爲愚智之源；邪正歧分，開成理亂之軌。安得不稽其本，謀其始，觀所恒④，察所以？考成敗而取捨，審臧否而行止。俾流遁者反迷塗於騷人，積習者遵要道於君子。且夫德莫德於老氏，乃道是從矣；聖莫聖於宣尼，亦曰非生知之〔四〕。則知德在修身，將見素而抱樸〔五〕；聖由志學，必切問而近思〔六〕。在乎積藝業於黍累，慎言行於毫釐〔七〕。故得其門，志彌篤兮，性彌近矣。由其徑，習愈精兮，道愈遠而⑤。其旨可顯，其義可舉。勿謂習之近，徇迹而相背重阻；勿謂性之遠，反真而相去幾許？亦猶一源派別，隨混澄而或濁或清⑥；一氣脈分，任吹呴而爲寒爲暑〔八〕。是以君子稽古於時習之初⑦，辯惑於成性之所〔九〕。然則性者中之和，習者外之徇〔十〕。中和思於馴致，外徇戒於妄進。非所習而習則性傷，得所習而習則性順。故聖與狂，由乎念與罔念〔十一〕；福與禍，在乎慎與不慎。慎之義，莫匪乎率道爲本⑧，見善而遷⑨〔十二〕。觀炯誡於既往⑩，審進退於未然⑪。故得之則至性大同，若水濟水也〔十三〕；失之則衆心不等，猶面如面焉⑫〔十四〕。誠哉！性習之說，吾將以爲教先。（2810）

【校】

①題　《文苑英華》無「省試」二字。「遠近」金澤本、《文苑英華》作「近遠」。

②題下注　「以」金澤本作「用」。「爲韻」金澤本作「韻」。「中書侍郎高郢」金澤本作「中書高郢侍郎」。「第四人」三字金澤本無。《文苑英華》無「依次用」以下文字。那波本無「貞元」以下文字。

③德以　金澤本、《文苑英華》其上有「咸」字。

④所恒　「恒」金澤本、《文苑英華》作「由」，《文苑英華》校：「一作恒。」

⑤兮　《文苑英華》作「而」，校：「一作兮。」

⑥混澄　「混」《文苑英華》作「渾」，校：「一作混。」

⑦君子　金澤本所校本其下有「順其語默慎其取與莫不」十字。

⑧莫匪　金澤本作「莫近」。

⑨而遷　「而」《文苑英華》作「則」，校：「一作而。」

⑩炯誡　馬本、《全唐文》作「誡僞」。

⑪進退　金澤本作「進取」。

⑫如面　馬本、《全唐文》作「隔面」，誤。

【注】

陳《譜》、汪《譜》、朱《箋》：作於貞元十六年（八〇〇），長安。陳《譜》：貞元十六年庚辰，「二月十四日，中書舍人高郢下第四人及第，試《性習相遠近賦》、《玉水記方流詩》。」

〔一〕性習相遠近：《論語·陽貨》：「子曰：『性相近也，習相遠也。』」

〔二〕德以慎立：《書·文侯之命》：「丕顯文、武，克慎明德。」

〔三〕有教無類：《論語·季氏》：「子曰：『有教無類。』」歸於一揆：《孟子·離婁下》：「先聖後聖，其揆一也。」

〔四〕非生知之：《論語·季氏》：「孔子曰：『生而知之者上也，學而知之者次也。困而學之，又其次也。困而不學，民斯爲下矣。』」

〔五〕見素而抱樸：《老子》十九章：「見素抱樸，少私寡欲。」

〔六〕切問而近思：《論語·子張》：「子夏曰：『博學而篤志，切問而近思，仁在其中矣。』」

〔七〕黍累：《漢書·律曆志上》：「度長短者不失毫氂，量多少者不失圭撮，權輕重者不失黍絫。」注：「應劭曰：十黍爲絫，十絫爲一銖。」

〔八〕一氣脈分二句：劉向《別錄》：「《方士傳》言：鄒衍在燕，燕有谷，地美而寒，不生五穀。鄒子居之，吹律而溫氣至，而黍生，今名黍谷。」

〔九〕時習之初：《論語·學而》：「子曰：『學而時習之，不亦説乎？』」

〔十〕性者中之和：《禮記·中庸》：「喜怒哀樂之未發，謂之中，發而皆中節，謂之和。中也者，天下之大本也。和也者，天下之達道也。致中和，天地位焉，萬物育焉。」

〔十一〕故聖與狂二句：《書·多方》：「惟聖罔念，作狂；惟狂克念，作聖。」

〔十二〕率道爲本：《荀子·非十二子》：「率道而行，端然正己，不爲物傾側，夫是之謂誠君子。」見善而遷：《易·益·象》：「君子以見善則遷，有過則改。」

〔十三〕至性大同二句：《左傳》昭公二十年：「齊侯至自田，晏子侍於遄臺，子猶而造焉。公曰：『唯據與我和夫！』晏子對曰：『據亦同也，焉得爲和？』公曰：『和與同異乎？』對曰：『異。和如羹焉……今據不然。君所謂可，據亦曰可；君所謂否，據亦曰否。若以水濟水，誰能食之？若琴瑟之專一，誰能聽之？同之不可也如是。』」此取同之義，故稱若水濟水。

〔十四〕衆心不等二句：《左傳》襄公三十一年：「子産曰：『人心之不同，如其面焉。吾豈敢謂子面如吾面乎？』抑心所謂危，亦以告也。』」

玉水記方流詩①〔一〕　以流字爲韻，六十字成②。

良璞含章久，寒泉徹底幽。孚尹光瀲灩③，方折浪悠悠〔二〕。淩亂波紋異，縈迴水性

柔。似風搖淺瀨，疑月落清流④。潛穎應傍達⑤，藏真豈上浮〔三〕。玉人如不記，淪棄即千秋。（2811）

【校】

①題　「詩」字《文苑英華》無。

②題下注　「成」金澤本作「成之」。

③孚尹　紹興本、那波本作「尹孚」，金澤本作「孚伊」，《文苑英華》作「尹浮」，馬本作「短孚」。從平岡校改。灩灩《文苑英華》作「泛泛」，校：「集作灩灩。」

④疑月　「疑」《文苑英華》作「如」，校：「集作疑。」

⑤潛穎　紹興本、馬本作「潛頴」，那波本、《文苑英華》作「潛頴」，據金澤本改。「傍達」金澤本作「旁達」。

【注】

陳《譜》、汪《譜》、朱《箋》：作於貞元十六年（八〇〇），長安。

〔一〕玉水記方流：句出顏延之《贈王太常》：「玉水記方流，璇源載圓折。蓄寶每希聲，雖秘猶彰徹。」

〔二〕孚尹：《禮記·聘義》：「夫昔者君子比德于玉焉……孚尹旁達，信也。」鄭玄注：「孚，讀爲浮。尹，讀如竹箭之筠。浮筠，謂玉采色也。采色旁達，不有隱翳，似信也。」方折：《淮南子·墜形訓》：「水圓折者有珠，方折者有玉。」《文選》顔延之《贈王太常》李善注：「《尸子》曰：凡水，其方折者有玉，其圓折者有珠也。」

〔三〕潛穎：左思《吴都賦》：「其琛賂則琨瑶之阜，銅鍇之垠……精曜潛穎，硩陊山谷。」

求玄珠賦〔一〕　以「玄非智求珠以真得」爲韻①。

至乎哉！玄珠之爲物也，淵淵緜緜，不知其然。存乎視聽之表，生乎天地之先〔二〕。其中有象②，與道相全〔三〕。求之者刳其心，俾損之又損〔四〕；得之者反其性，乃玄之又玄〔五〕。玄無音，聽之則希〔六〕；珠無體，搏之則微③〔七〕。故以音而求之者妄④，以體而得之者非⑤。倏爾去焉，將窅冥而齊往；忽乎來矣，與象罔而同歸⑥。是以聖人之求玄珠也，損明聖⑦，薄仁義。索之惟艱，失之孔易。莫不以心忘心⑧，以智去智〔八〕。其難得也，劇乎剖巨蚌之胎〔九〕。其難求也，甚乎待驪龍之睡⑨〔十〕。夫惟不皦不昧⑩，至明至幽〔十一〕。必致之於馴致⑪，豈求之於躁求〔十二〕？性失則遺⑫，若合浦之徙去〔十三〕；心虚潛至，同夜光之闇投⑬〔十四〕。斯乃動爲道樞⑭，靜爲心符〔十五〕。至光不耀⑮，至真不渝〔十六〕。察之無形，謂其有而非有⑯；應之有信，爲其無而非無⑰〔十七〕。故立喻比夫至寶⑱，强名爲之玄珠⑲。名不徒爾，喻必有以。以不凝滯爲圓，以無瑕疵爲美⑳〔十八〕。蓋外明者不若內明之理㉑，純白者不若虚白之旨〔十九〕。藏於身不藏於川，在乎心不在乎水。然則頤其神㉒，保其真㉓，雖無脛求之必臻；役其識㉔，徇其惑，雖没齒求之不得。則知珠者㉕，無形之形；玄者，無色之色。亦何必遊赤水之上，造崑丘之側？苟悟漆園之言，可臻玄珠之極㉖。（2812）

【校】

①題下注　紹興本、那波本無「爲韻」二字，據他本補。二字金澤本作「依次爲韻」四字。

②其中有象　《文苑英華》作「亘古不改」，校：「一作其中有象。」

③搏之則微　「搏」紹興本等作「摶」，據金澤本改；「則」《文苑英華》作「甚」，其下校：「一作搏之則微。」

④求之者　金澤本、《文苑英華》無「之」字。

⑤得之者　金澤本、《文苑英華》無「之」字。

⑥象罔　紹興本等作「罔象」，據金澤本改。

⑦損明聖　「損」《文苑英華》作「捐」，校：「一作損。」

⑧莫不　《文苑英華》作「將在乎」，校：「三字一作莫不。」
⑨待　金澤本、《文苑英華》作「伺」，《文苑英華》校：「一作待。」
⑩夫惟　《文苑英華》作「妙乎哉」，校：「一作夫惟。」
⑪必致　「必」《文苑英華》作「將」，校：「一作必。」
⑫性失　「失」《文苑英華》作「滑」，校：「一作失。」
⑬夜光　「光」《文苑英華》作「室」，校：「一作光。」闇金澤本、《文苑英華》作「暗」，《文苑英華》校：「一作闇。」
⑭斯乃　《文苑英華》作「然則」，校：「一作斯乃。」
⑮至光　「光」《文苑英華》作「明」，校：「一作光。」
⑯謂其　《文苑英華》無「其」字，校：「一有其字。」
⑰爲其　「爲」金澤本、馬本、《文苑英華》作「謂」。《文苑英華》無「其」字，校：「一有其字。」
⑱故　金澤本作「是故」，《文苑英華》作「是以」，校：「二字一作故。」「比夫」《文苑英華》作「將爲」，校：「二字一作比夫。」
⑲名爲　「爲」金澤本、馬本、《文苑英華》作「謂」。
⑳無瑕疵　《文苑英華》作「不炫耀」，校：「三字一作無瑕疵。」「瑕疵」金澤本作「疵瑕」。
㉑理　《文苑英華》作「義」，校：「一作理。」

㉒然則　《文苑英華》作「夫惟」，校：「一作然則。」又其下有「外其心」三字。

㉓保其真　「保」《文苑英華》作「寶」，校：「一作保。」又其上有「韜其光」三字。

㉔役其識　《文苑英華》其上有「若乃勞其智」五字，《全唐文》作「勞其智」三字；其下《文苑英華》有「肆其妄」三字，明刊本「妄」作「忘」，《全唐文》作「志」。

㉕則知　《文苑英華》其下有「真宗奥秘妙本冥默」八字。

㉖可臻　金澤本作「可致」。

【注】

朱《箋》：作於貞元十六年（八〇〇）。

〔一〕玄珠：《莊子·天地》：「黄帝遊乎赤水之北，登乎昆侖之丘而南望，還歸，遺其玄珠。使知索之而不得，使離朱索之而不得，使喫詬索之而不得也。乃使象罔，象罔得之。黄帝曰：『異哉！象罔乃可以得之乎？』」郭象注：「明得真者，非用心也，象罔然即真也。」成玄英疏：「罔象，無心之謂。離聲色，絶思慮，故知與離朱，自涯而反；喫詬言辯，用力失真。唯罔象無心，獨得玄珠也。」

〔二〕生乎天地之先：《老子》二十五章：「有物混成，先天地生。寂兮寥兮，獨立不改，周行而不殆，可以爲天下母。吾不知其名，字之曰道，强爲之名曰大。」

〔三〕其中有象二句：《老子》二十一章：「道之爲物，惟恍惟惚。惚兮恍兮，其中有象。恍兮惚兮，其中有物。」

〔四〕求之者刳其心：《莊子·天地》：「夫道，覆載萬物者也，洋洋乎大哉！君子不可以不刳心焉。」損之又損：《老子》四十八章：「爲學日益，爲道日損。損之又損，以至於無爲。」

〔五〕得之者反其性：《莊子·繕性》：「古之行身者，不以辯飾知，不以知窮天下，不知窮德，危然處其所而反其性已，又何爲哉！」玄之又玄：《老子》一章：「無名天地之始，有名萬物之母。常無，欲以觀其妙；常有，欲以觀其徼。此兩者同出而異名，同謂之玄。玄之又玄，衆妙之門。」

〔六〕聽之則希：《老子》四十一章：「大音希聲。」

〔七〕搏之則微：《老子》十四章：「視之不見，名曰夷；聽之不聞，名曰希；搏之不得，名曰微。」《莊子·知北遊》：「光曜問乎無有曰：『夫子有乎？其無有乎？』光曜不得問，而孰視其狀貌，窅然空然，終日視之而不見，聽之而不聞，搏之而不得也。」

〔八〕以心忘心：《莊子·讓王》：「故養志者忘形，養形者忘利，致道者忘心矣。」以智去智：《莊子·大宗師》：「墮肢體，黜聰明，離形去知，同於大通，此謂坐忘。」

〔九〕剖巨蜯之胎：左思《吴都賦》：「剖巨蚌於回淵，濯明月於漣漪。」《文選》引劉逵注：「巨蚌，育明珠者。《列仙傳》曰：高后時，會稽朱仲獻三寸四寸珠，此非回淵巨蚌不出之也。」

〔十〕驪龍之睡：《莊子·列禦寇》：「夫千金之珠，必在九重之淵而驪龍頷下。」

〔十一〕不皦不昧：《老子》十四章：「其上不皦，其下不昧。」至明至幽：《淮南子·原道训》：「夫道者……约而能张，幽而能明。」

〔十二〕馴致：《易·坤·象》：「馴致其道。」

〔十三〕合浦之徙去：《後漢書·循吏傳·孟嘗》：「遷合浦太守，郡不産穀實，而海出珠寶。與交趾比境，常通商販，貿糴糧食。先時宰守並多貪穢，詭人採求，不知紀極，珠遂漸徙於交趾郡界……嘗到官，革易前敝，求民病利。曾未逾歲，去珠復還。」

〔十四〕夜光之闇投：《史記·魯仲連鄒陽列傳》：「臣聞明月之珠，夜光之璧，以闇投人於道路，人無不按劍相眄者，何則？無因而至前也。」

〔十五〕動爲道樞：《莊子·齊物論》：「彼是莫得其偶，謂之道樞。」成玄英疏：「樞，要也。」靜爲心符：《莊子·人間世》：「聽止於耳，心止于符。」成玄英疏：「符，合也。心起緣慮，必與境合。」

〔十六〕至光不耀：《莊子·刻意》：「光矣而不耀，信矣而不期。」至真不渝：《老子》四十一章：「質真若渝。」

〔十七〕察之無形四句：《莊子·大宗師》：「夫道，有情有信，無爲無形。可傳而不可受，可得而不可見。」

〔十八〕以不凝滯爲圓：《楚辭・漁父》：「聖人不凝滯於物，而能與世推移。」

〔十九〕外明者不若内明之理：《莊子・在宥》：「慎女内，閉女外，多知爲敗。」純白者不若虛白之旨：《莊子・天地》：「機心存於胸中，則純白不備；純白不備，則神生不定。」《莊子・人間世》：「虛室生白，吉祥止止。」郭象注：「夫視有若無，虛室者也。虛室而純白獨生矣。」

漢高皇帝親斬白蛇賦①〔一〕

以題爲韻。依次用②。

高皇帝將欲戡時難③，撥禍亂④，乃耀聖武，奮英斷，提神劍於手中，斬靈蛇於澤畔⑤。何精誠之潛發，信天地之幽贊。卒能滅强楚，降暴秦，創王業於炎漢。于時瓜割區宇⑥，蜂起英豪。以堅甲利兵相視，以壯圖鋭氣相高。皆欲定四海之洶洶，救萬姓之嗷嗷。帝既心闚咸陽，氣王芒碭。率卒晨往⑦，縱徒夜亡。有大蛇兮出山穴，亘路傍。凝白虹之精彩，被素龍之文章⑧。鱗甲皛以雪色⑨，睛眸赩其電光⑩。聳其身，形蜿蜿而莫犯；舉其首，勢矯矯而靡亢。勇夫聞之而挫鋭，壯士覩之而摧剛⑪。於是行者告于高皇⑫。皇帝乃奮布衣⑬，挺干將。攘臂直進，瞋目高驤。一呼而猛氣咆勃，再叱而雄姿抑揚。觀其將斬未斬之際，蛇方欲縱毒螫⑭，肆猛噬⑮。我則審其計，度其勢。口譟雷霆，手操鋒鋭。凜龍顔而色作，振虎威而聲厲。天之啓⑯，神之契，舉刃一揮，溘然而斃。不知我者謂我斬白蛇，知我者謂我斬白帝〔二〕。於是灑雨血，摧霜鱗，塗野草，濺路塵。嗟乎！神化將窮，不能保其命；首尾雖在，不能衛其身。盛矣哉！聖人之草昧經綸，應乎天，順乎人。制勍敵必示以乃武乃文⑰，靜災禍不可以弗躬弗親⑱。若夫龍泉黯黯⑲，秋水湛湛。苟非斯劍，蛇不可斬。天威煌煌，神武洸洸。苟非我王，蛇不可當。是知人在威不在衆，我王也萬夫之防；器在利不在大，斯劍也三尺之長〔三〕。于以讋萬物⑳，于以威八方㉑。曆數既終，聞素靈之夜哭〔四〕；嗜欲將至，知赤帝之道昌。由是氣呑豪傑，威振幽遐。素車降而三秦歸德，朱旗建而六合爲家〔五〕。彼戮鯨鯢與截犀兕㉒，未若我提青蛇而斬白蛇㉓。（2813）

【校】

①題　「漢高皇帝」金澤本作「漢高帝」，《文苑英華》作「漢高祖」。金澤本、《文苑英華》無「親」字。

②題注　《文苑英華》無「依次」二字。金澤本作「以漢高皇帝親斬長蛇依次爲韻」。按，賦中押「長」字韻，不押「白」字韻。

③高皇帝　《文苑英華》作「漢高帝」。「將欲」《文苑英華》無「欲」字。

④禍亂　金澤本作「世亂」。

⑤靈蛇　盧校作「白蛇」。

⑥瓜割　《文苑英華》作「瓜剖」。

⑦晨往　「往」金澤本、《文苑英華》作「發」，《文苑英華》校：「一作往。」

⑧素龍　「素」那波本、金澤本作「白」，《文苑英華》校：「一作白。」

⑨皛　《文苑英華》作「皚」，校：「一作皛。」馬本作「晶」。

⑩艴其　「其」《文苑英華》作「而」，校：「一作其。」

⑪覩之　「覩」《文苑英華》作「觀」，校：「一作覩。」

⑫行者　「行」《文苑英華》校：「一作從。」《全唐文》作「從」。高皇　金澤本作「高皇帝」。平岡校：「此句皇字押韻。」

⑬皇帝　《文苑英華》作「高皇」，馬本作「帝」。

⑭方欲　《文苑英華》無「欲」字，校：「一有欲字。」

⑮肆　金澤本作「肆極」。

⑯天之啓　紹興本、那波本其上有「何」字，馬本作「荷」。據金澤本、《文苑英華》删。《文苑英華》校：「一有何字。」「啓」馬本作「靈」。

⑰乃文　金澤本、《文苑英華》作「乃神」。

⑱靜災禍　「靜」《文苑英華》作「殄」，「禍」金澤本、《文苑英華》作「沴」。「弗躬弗親」那波本、金澤本作「不躬不親」。《文苑英華》校：「一作不躬不親。」

⑲若夫　金澤本作「故夫」，《文苑英華》作「原夫」，校：「一作若夫。」

⑳讋　《文苑英華》作「慴」。

㉑威　那波本、金澤本、《文苑英華》作「駭」。

㉒戮　那波本、金澤本作「討」。《文苑英華》無此字，校：「一有誅字。」「與」那波本、金澤本、《文苑英華》無此字。

㉓我　那波本、金澤本作「乎」，《文苑英華》無此字。

【注】

陳《譜》：貞元十九年癸未（八〇三），「以拔萃選登科。李商隱撰公《墓碑》云：『前進士避祖諱，選書判拔萃。』蓋公祖名鍠，與宏同音，言所以不應宏辭也。《摭言》云：『白公試宏辭賦，考落，以賦有「不知我者謂我斬白蛇，知我者謂我斬白帝也」。登科之人賦皆無聞，白公之賦傳於天下。』按公未嘗應宏詞，此賦是行卷所作，《摭言》誤也。」朱《箋》繫於貞元十六年（八〇〇）。

〔一〕斬白蛇：《史記・高祖本紀》：「高祖以亭長爲縣送徒酈山，徒多道亡。自度比至皆亡之，到豐西澤中，止飲，夜乃解縱所送徒，曰：『公等皆去，吾亦從此逝矣。』徒中壯士願從者十餘人。高祖被酒，夜徑澤中，令一人行前。行前者還報曰：『前有大蛇當徑，願還。』高祖醉，曰：『壯士行，何畏！』乃前，拔劍擊斬蛇。蛇遂分爲兩，徑開。行數里，醉，因卧。後人來至蛇所，有一老嫗夜哭。人問何哭，嫗曰：『人殺吾子，故哭之。』人曰：『嫗子何爲見殺？』嫗曰：『吾子，白帝子也，化爲蛇，當道，今爲赤帝子斬之，故哭。』人乃以嫗爲不誠，欲告之，嫗因忽不見。」

〔二〕知我者謂我斬白帝：《史記・高祖本紀》集解：「應劭曰：秦襄公自以居西戎，主少昊之神，作西畤，祠白帝。至獻公時櫟陽雨金，以爲瑞，又作畦畤，祠白帝。少昊，金德也。赤帝，堯後，謂漢也。殺之者，明漢當滅秦也。秦自謂水，漢初自謂土，皆失之。至光武乃改定。」索隱：「至光武乃改者，謂改漢爲火德，秦爲金德。」

〔三〕斯劍也三尺之長：《史記・高祖本紀》索隱：「《漢舊儀》云：斬蛇劍長七尺。又高祖云『吾以布以提三尺劍取天下』。二文不同者，崔豹《古今注》：『當高祖爲亭長，理應提三尺劍耳；及貴，當別得七尺寶劍。』故《舊儀》因言之。」正義：「其蛇大，理須别求是劍斬之。三尺劍者，常佩之劍。」

〔四〕聞素靈之夜哭：史岑《出師頌》：「素靈夜歎，皇運來授。」陸機《皇太子宴玄圃宣猷堂有令賦詩》：「黄暉既渝，素靈承祜。」《文選》李善注：「金於西方爲白，故曰素靈。」

〔五〕素車降而三秦歸德：《史記・高祖本紀》：「漢元年十月，沛公兵遂先諸侯至霸上。秦王子嬰素車白馬，繫頸以組，封皇帝璽符節，降軹道旁。」

李調元《賦話》卷四：「唐時律賦，字有定限，鮮有過四百者。馳騁才情，不拘繩尺，亦唯元、白爲然。微之《五色祥雲賦》、《觀兵部馬射賦》、樂天《雞距筆賦》以及白樂天《斬白蛇賦》，踔厲發揚，有凌轢一切之概，皆傑作也。」

大巧若拙賦〔一〕 以「隨物成器巧在乎中」爲韻。依次用①。

巧之小者有爲，可得而闚。巧之大者無迹②，不可得而知。蓋取之於《巽》，授之以《隨》〔二〕。動而有度，舉必合規③。故曰：「大巧若拙。」其義在斯。爾乃掄材於山木④，審器於軌物⑤〔三〕。將務乎心匠之忖度，不在乎手澤之翦拂。故爲棟者資其自天之端⑥，爲輪者取其因地之屈⑦。其公也於物無情⑧，其正也依法有程⑨。既游藝而功立，亦居肆而事成〔四〕。大小存乎目擊，材無所棄；取捨資乎指顧⑩，物莫能爭。然後任道弘用，隨形制器。信無爲而爲，因所利而利〔五〕。不凝滯於物，必簡易於事。豈朝疲而夕倦，庶日省而月試。知大巧之有成，見庶物之無棄。然則比其義，取其類⑪，亦猶善從政者⑫，物得其宜〔六〕；能官人者，才適其位。嘉其尺度有則，繩墨無撓。工非剞劂，自得不矜之能〔七〕；器靡雕鎪，誰識無心之巧？衆謂之拙，以其因物不改；我爲之巧⑬，以其成功不宰。不改故物全，不宰故功倍。遇以神也，郢人之術攸同⑭〔八〕；合乎道焉，老氏之言斯在。噫！舟車器異，杞梓材殊。罔枉枘以鑿，罔破圓爲觚〔九〕。必將考廣狹以分寸，審刓方以規模⑮。則物不能以長短隱，材不能以曲直誣⑯。是謂心之術也，豈慮手之傷乎〔十〕？且夫大盈若沖，大明若蒙⑰〔十一〕。是以大巧，棄其末工⑱。則知巧在乎不違天真，非勞形於木人之内⑲〔十二〕；巧在乎無枉物情⑳，非役神於棘刺之中㉑〔十三〕。豈徒與班爾之輩騁技而校功哉㉒〔十四〕？（2814）

【校】

①題注　《文苑英華》無「依次用」三字。

②無迹　「迹」《文苑英華》作「朕」，校：「一作迹。」

③舉必　《文苑英華》作「不工」，校：「一作舉必。」

④爾乃　「爾」《文苑英華》作「若」，校：「一作爾。」「山木」《文苑英華》無「木」字，校：「一有木字。」

⑤軌物　《文苑英華》無「軌」字，校：「一有軌字。」

⑥資　《文苑英華》作「任」，校：「一作資。」「之」《文苑英華》作「而」，校：「一作之。」端　金澤本作「瑞」。
⑦之屈　「之」《文苑英華》作「而」，校：「一作之。」
⑧其公　「公」《文苑英華》作「工」，校：「一作公。」
⑨依法　「依」《文苑英華》作「於」，校：「一作依。」
⑩取捨資乎指顧　金澤本作「用捨在乎指歸」，《文苑英華》作「用捨在於頤旨」，校：「一作取捨資乎指顧。」
⑪豈朝……其類　紹興本等無此三十二字，據《文苑英華》、金澤本所校本補。《文苑英華》校：「一無此三十二字。」
⑫從政　《文苑英華》作「爲政」。
⑬爲　金澤本、《文苑英華》作「謂」。
⑭郢人　「人」《文苑英華》作「匠」，校：「一作人。」
⑮審　《文苑英華》作「定」，校：「一作審。」
⑯以曲直誣　《文苑英華》此下有「可謂藝之要道之樞」八字，校：「一無此八字。」
⑰大盈若沖大明若蒙　《文苑英華》作「大明若蒙大盈若沖」，校：「一作大盈若沖大明若蒙。」
⑱大巧　金澤本作「大功」。「末工」　那波本作「木工」。
⑲勞形　《文苑英華》作「役神」，校：「二字一作勞形。」

⑳物情　紹興本、那波本校：「情一作性。」金澤本、《文苑英華》「情」作「性」，《文苑英華》校：「一作情。」

㉑非役神於棘刺之中　《文苑英華》作「非勞形於棘猴之中」，校：「一作非役神於棘刺之中。」

㉒豈徒　《文苑英華》其上有「若然者」三字。「班爾」《文苑英華》作「般爾」，馬本作「班倕」。盧校：『王儞亦巧工，見《淮南子》。」「校」《文苑英華》作「効」，校：「一作校。」

【注】

朱《箋》：作於長慶三年（八二三）以前。

〔一〕大巧若拙：《老子》四十五章：「大巧若拙。」

〔二〕取之於巽：《易・説卦》：「巽爲木。」疏：「巽爲木，木可以輮曲直，即巽順之謂也。」授之以隨：《易・序卦》：「豫必有隨，故受之以隨。」王弼注：「順以動者，衆之所隨。」

〔三〕掄材於山木：《周禮・地官・山虞》：「凡邦工入山林而掄材，不禁。」注：「掄猶擇也。」審器於軌物：《左傳》隱公五年：「凡物不足以講大事，其材不足以備器用者，則君不舉焉。君將納民於軌物者也。」

〔四〕游藝：《論語・述而》：「子曰：『志於道，據於德，依於仁，游於藝。』」居肆：《論語・子張》：「子夏曰：『百工居肆以成其事，君子學以致其道。』」

〔五〕無爲而爲：《老子》三十七章：「道常無爲而無不爲。」因所利而利：《論語·堯曰》：「子曰：『因民之所利而利之，斯不亦惠而不費乎？』」

〔六〕物得其宜：《荀子·榮辱》：「故先王案爲之制禮義以分之，使有貴賤之等，長幼之差，知愚、能不能之分，皆使人載其事而各得其宜。」

〔七〕工非剞劂二句：《淮南子·齊俗訓》：「神機陰閉，剞劂無迹，人巧之妙也。」《書·大禹謨》：「汝惟不矜，天下莫與汝爭能。」

〔八〕遇以神也二句：《莊子·養生主》：「庖丁爲文惠君解牛……釋刀對曰：『臣之所好者道也，進乎技矣。始臣之解牛之時，所見无非全牛者。三年之後，未嘗見全牛也。方今之時，臣以神遇而不以目視，官知止而神欲行。』」《莊子·徐無鬼》：「郢人堊慢其鼻端若蠅翼，使匠石斲之。匠石運斤成風，聽而斲之，盡堊而鼻不傷，郢人立不失容。」

〔九〕枉枘以鑿：《淮南子·氾論訓》：「是猶持方枘而周員鑿也。」破圓爲觚：《史記·酷吏列傳》：「漢興，破觚而爲圜。」索隱：「應劭曰：觚，八棱有隅者。高祖反秦之政，破觚爲圜，謂除其嚴法，約三章耳。」

〔十〕豈慮手之傷：《老子》七十四章：「夫代大匠斲，稀有不傷其手。」

〔十一〕大盈若沖：《老子》四十五章：「大盈若沖，其用不窮。」

〔十二〕則知二句：《論衡・儒增》：「猶世傳言曰『魯般巧，亡其母也』。言巧工爲母作木車馬、木人御者，機關備具，載母其上，一驅不還，遂失其母。」

〔十三〕棘刺：《韓非子・外儲説左上》：「燕王征巧術人，衛人請以棘刺之端爲母猴，燕王説之，養之以五乘之奉。」

〔十四〕班爾之輩：《淮南子・本經訓》：「公輸、王爾無所錯其剞劂削鋸，然猶未能澹人主之欲也。」高誘注：「公輸，巧者。一曰魯班之號也。王爾，古之巧匠也。」

雞距筆賦〔一〕

以「中山兔毫作之尤妙」爲韻。任不依次用①。

足之健兮有雞足，毛之勁兮有兔毛。就足之中，奮發者利距；在毛之內，秀出者長毫。合爲手筆②，正得其要。象彼足距，曲盡其妙。圓而直，始造意於蒙恬〔二〕；利而銛，終騁能於逸少③〔三〕。斯則創因智士，傳在良工④。拔毫爲鋒，截竹爲筒⑤。視其端，若武安君之頭銳⑥〔四〕；窺其管，如玄元氏之心空〔五〕。豈不以中山之明，視勁而迅〔六〕；汝陰之翰，音勇而雄〔七〕？一毛不成，採衆毫於三穴之內〔八〕；四者可棄，取銳武於五德之中〔九〕。雙美是合，兩揆而同⑦。故不得兔毫，無以成起草之用；不名雞距，無以表入木之功〔十〕。

及夫親手澤，隨指顧。秉以律，動有度。染松煙之墨，灑鵝毛之素〔十一〕。莫不晝爲屈鐵，點成垂露〔十二〕。若用之文戰⑧，則摧敵而先鳴〔十三〕。若用之草聖，則擅場而獨步〔十四〕。察所以，稽其故。雖云任物以用長，亦在假名而善喻。向使但隨物棄，不與人遇，則距畜縮於晨雞，毫摧殘於寒兔。又安得取名於彼，移用在茲⑨？映赤笺，狀紺趾乍舉〔十五〕；對紅牋，疑錦臆初披〔十六〕。輟翰停毫，既象乎翹足就棲之夕；揮芒拂鋭，又似乎奮拳引鬬之時。苟名實之相副者⑩，信動静而似之。其用不困，其美無儔。因草爲號者質陋，折蒲而書者體柔〔十七〕。彼皆瑣細，此實殊尤。是以搦之而變成金距，書之而化作銀鉤⑪〔十八〕。夫然，則董狐操，可以勃爲良史⑫；宣尼握，可以删定《春秋》⑬。其不象雞之羽者⑭，鄙其輕薄；不取雞之冠者，惡其軟弱⑮。斯距也，如劍如戟，可擊可搏⑯。將壯我之毫芒⑰，必假爾之鋒鍔。遂使見之者書狂發，秉之者筆力作。挫萬物而人文成，草八行而鳥迹落〔十九〕。縹囊盛處⑱，類藏錐之沈潛〔二十〕；團扇或書⑲，同舞鏡之揮霍〔二一〕。儒有學書臨水，負笈辭山⑳〔二二〕。含毫既至，握管迴還㉑〔二三〕。過兔園而易感，望雞樹以難攀㉒〔二四〕。願爭雄於爪距之下㉓，冀得攜於筆硯之間㉔。（2815）

【校】

①題下注　《文苑英華》無「任不依次用」五字。

②手筆　馬本作「乎筆」，誤。

③騁能　紹興本、那波本作「聘能」，據他本改。

④傳　《文苑英華》作「製」，校：「一作傳。」

⑤截竹　「截」《文苑英華》作「裁」，校：「一作截。」

⑥鋭　金澤本、《文苑英華》作「小」，《文苑英華》校：「一作鋭。」

⑦而　《文苑英華》作「相」，校：「一作而。」

⑧文戰　紹興本等作「交戰」，據金澤本改。《文苑英華》作「戰陣」，校：「一作交戰。」静嘉堂抄本校語「交戰」作「文戰」。

⑨在　《文苑英華》作「於」，校：「一作在。」

⑩相副者　《文苑英華》無「相」字，校：「一有相字。」馬本無「者」字。

⑪化作　「作」金澤本、《文苑英華》作「出」，《文苑英華》校：「一作作。」

⑫勃爲　馬本作「修爲」，盧校作「勒爲」。

⑬刪　金澤本、《文苑英華》作「削」，《文苑英華》校：「一作刪。」

⑭其　金澤本、《文苑英華》作「夫其」。

⑮軟弱　「軟」《文苑英華》作「柔」，校：「一作軟。」

⑯可擊可搏　《文苑英華》作「可繫可縛」，校：「一作可擊可搏。」

⑰將壯　「壯」《文苑英華》作「爲」，校：「一作壯。」

⑱盛處　「盛」金澤本、《文苑英華》作「或」，《文苑英華》校：「一作盛。」

⑲或書　「或」金澤本、《文苑英華》作「忽」，《文苑英華》校：「一作團扇或書。」

⑳辭山　馬本作「登山」。

㉑迴還　「迴」金澤本、《文苑英華》作「未」，《文苑英華》校：「一作迴。」

㉒以　金澤本、《文苑英華》作「而」，《文苑英華》校：「一作以。」

㉓爪距　紹興本、馬本作「爪趾」，據那波本、金澤本改。

㉔攜　金澤本、《文苑英華》作「儁」，馬本作「雋」。

朱《箋》：作於長慶三年（八二三）以前。

【注】

〔一〕雞距筆：齊己《寄黃暉處士》：「蒙氏藝傳黃氏子，獨聞相繼得名高。鋒鋩妙奪金雞距，纖利精分玉兔毫。」黄庭堅《謝送宣城筆》：「宣城變樣蹲雞距，諸葛名家捋鼠須。」原注：「山谷草書此詩又跋云：李公擇在宣城，令諸葛生作雞距法，題云草玄筆，以寄孫莘老。」謝薖《戲詠鼠須筆》：「編須捋取蝟毛磔，裁管縛成雞距長。誰言鼠輩不足齒，也復論功翰墨場。」方回《贈筆工馮應科》：「山谷道人昔有取，諸葛雞距異棗核。」雞距筆者乃短鋒筆，筆頭緊束尖鋭，形如雞距。朱《箋》引《韻語陽秋》，謂「蓋猶今之兼毫筆」，未確。白居易《代書詩一百韻寄微之》（《白氏文集》卷十三 0604）：「策目穿如札，毫鋒鋭若錐。」自注：「時與微之各有纖鋒細管筆，攜以就試，相顧輒笑，目爲毫錐。」容或近之。日本正倉院藏唐筆，傅芸子謂疑即雞距筆。參《正倉院考古記》。

〔二〕始造意於蒙恬：《藝文類聚》卷五八：「《博物志》曰：蒙恬造筆。」《初學記》卷六：「《尚書·中候》：『玄龜負圖出，周公援筆以時文寫之。』《曲禮》云：『史載筆，士載言。』此則秦之前已有筆矣。蓋諸國或未之名，而秦獨得其名，恬更爲之損益耳。故《説文》曰：『楚謂之聿，吴謂之不律，燕謂之拂，秦謂之筆。』是也。」

〔三〕利而銛：揚雄《法言·問道》：「或曰：刀不利，筆不銛，而獨加諸砥，不亦可乎？」逸少：王羲之。

〔四〕若武安君之頭鋭：武安君，白起。《藝文類聚》卷十七引嚴尤《三將敘》：「趙孝成王曰：『誰能當武安君？』平原君曰：『澠池之會，臣察武安君，小頭而鋭，瞳子白黑分明，視瞻不轉。小頭而鋭，斷敢行也；目黑白分，見事明也；視瞻不轉，執志强也。可與持久，難與爭鋒，廉頗足以當之。』」《太平御覽》卷三六六引《春秋後語》略同。《晉書·趙至傳》：「（嵇）康每曰：『卿頭小而鋭，瞳子黑白分明，有白起之風矣。』」

〔五〕如玄元氏之心空：玄元氏，謂老子。《老子》三章：「虛其心，實其腹。」

〔六〕中山之明二句：中山，兔之隱語。韓愈《毛穎傳》：「毛穎者，中山人也。其先明視。」馬永卿《嬾真子》卷五：「退之以毛穎爲中山人者，蓋出於右軍經云：唯趙國毫中用。」《初學記》卷二一引王羲之《筆經》：「漢時諸郡獻兔毫，出鴻都（當從《太平御覽》卷九百七作「書鴻都門題」），惟有趙國毫中用。」按，白居易與韓愈均以中山代指兔毫，或有沿承。《禮記·曲禮下》：「凡祭宗廟之禮……兔曰明視。」疏：「兔肥則目開而視明也。」故王云：目精明，皆肥貌也。」

〔七〕汝陰之翰二句：汝陰疑當作平陰。《左傳》襄公二十一年：「齊莊公朝，指殖綽、郭最曰：『是寡人之雄也。』州綽曰：『君以爲雄，誰敢不雄？然臣不敏，平陰之役，先二子鳴。』」杜預注：「十八年，晉伐齊，及平陰，州綽獲殖綽、郭最。故自比於雞，鬥勝而先鳴。」《後漢書·百官志三》注引蔡質《漢儀》：「汝南出雞鳴，衛士候朱爵門外，專傳雞鳴於宮中。」岡村繁《白氏文集》四引此。《樂府詩集》卷八三《雞鳴歌》引《樂府廣題》：「漢有雞鳴衛士，主雞唱宮外。《舊儀》：宮中與臺并不得畜雞。晝漏盡，夜漏起，中黄門持五夜，甲夜畢傳乙，乙夜畢傳丙，丙夜畢傳丁，丁夜畢傳戊，戊夜，是爲五更。未明三刻雞鳴，衛士起唱。」歌曰：「東方欲明星爛爛，汝南晨雞登壇喚。」

徐陵《烏棲曲》：「唯憎無賴汝南雞，天河未落猶爭啼。」

〔八〕採衆毫於三穴之内：《戰國策·齊策四》：「狡兔有三窟，僅得免其死耳。」

〔九〕取鋭武於五德之中：《韓詩外傳》卷二：「君獨不見夫雞乎？首戴冠者，文也。足傅距者，武也。敵在前敢鬥者，勇也。得食相告，仁也。守夜不失時，信也。雞有此五德，君猶日瀹而食之者何也？」距象戈戟之横刺，故爲武之象徵。

〔十〕入木之功：張懷瓘《書斷》卷二《王羲之》：「晉帝時祭北郊，更祝版，工人削之，筆入木三分。」孫過庭《書譜》：「有乖入木之術，無間臨池之志。」

〔十一〕松煙之墨：《初學記》卷二一引曹植《樂府詩》：「墨出青松煙，筆出狡兔翰。」鵝毛之素：吴均《和蕭洗馬子顯古意詩六首》：「淚研兔枝墨，筆染鵝毛素。」

〔十二〕畫爲屈鐵：杜甫《戲爲雙松圖歌》：「兩株慘裂苔蘚皮，屈鐵交錯回高枝。」蘇渙《懷素上人草書歌》：「鉤鎖相連勢不絶，倔强毒蛇爭屈鐵。」點成垂露：庾肩吾《書品序》：「流星疑燭，垂露似珠。」庾元威《論書》：「其百體者，懸針書，垂露書……。」

〔十三〕文戰：特指科場考試。元稹《鶯鶯傳》：「明年，文戰不勝，張遂止於京。」郭行則《對矜射判》：「文戰而未覺先鳴，齊驅而適聞後殿。」先鳴：見注〔七〕。

〔十四〕草聖：衛恒《四體書勢·草書》：「弘農張伯英者，因而轉精其巧……韋仲將謂之草聖。」

〔十五〕赤筦：《藝文類聚》卷五八引《漢官儀》：「尚書令僕丞郎，月給赤管大筆雙，篆題曰：北工作。楷於頭上。象牙寸半著筆下。」崔豹《古今注》卷下：「史官載事，故以彤管，用赤心記事也。」紺趾：雞爪色近赤。

〔十六〕錦臆：鮑照《代雉朝飛》：「刎繡頸，碎錦臆。」庾信《鬥雞詩》：「解翅蓮花動，猜群錦臆張。」

〔十七〕因草爲號：徐摛《詠筆詩》：「本自靈山出，名因瑞草傳。纖端奉積潤，弱質散芳煙。」折蒲而書：《漢書·路溫舒傳》：「父爲里監門，使溫舒牧羊。溫舒取澤中蒲截以爲牒，編用寫書。」任昉《爲蕭揚州薦士表》：「至乃集螢映雪，編蒲緝柳。」

〔十八〕金距：《左傳》昭公二十五年：「季、郈之雞鬥，季氏介其雞，郈氏爲之金距。」銀鉤：索靖《草書狀》：「蓋草書之爲狀也，婉若銀鉤，漂若驚鸞。」

〔十九〕八行：書信每紙八行。馬融《與竇伯向書》：「書雖兩紙，紙八行，行七字。」鳥迹：《太平御覽》卷七九引《帝王世紀》：「黄帝，有熊氏少典之子……其史倉頡，又取像鳥迹，始作文字。」崔瑗《草書勢》：「書契之興，始自頡皇。寫彼鳥迹，以定文章。」

〔二十〕縹囊：書囊。蕭統《文選序》：「詞人才子，則名溢於縹囊；飛文染翰，則卷盈乎緗袠。」藏錐：顔真卿《張長史十二意筆法記》：「如錐畫沙，使其藏鋒，畫乃沈著。」

〔二一〕團扇或書：《太平廣記》卷二〇七《王羲之》（出《圖書會粹》）：「羲之罷會稽，住蕺山下，旦見一老姥，把十許六角竹扇出市。王聊問：『比欲貨耶？一枚幾錢？』答云：『二十許。』右軍取筆書扇，扇五字。姥大悵惋云：『老婦舉家朝餐，俱仰於此，云何書壞？』王答曰：『無所損，但道是王右軍書字，請一百。』既入市，人竟市之。後數日，復以數扇來詣，請更書，王笑而不答。」王維《故人張諲工詩善易卜兼能丹青頃以詩見贈聊獲酬之》：「屏風誤點惑孫郎，團扇草書輕内史。」

〔二二〕學書臨水：衛恒《四體書勢·草書》：「弘農張伯英者……臨池學書，池水盡黑。」負笈辭山：《三國志·魏書·王修傳》裴注引王隱《晉書》：「邴春者，根矩之後也。少立志操，寒苦自居，負笈遊學，身不停家。」

〔二三〕含毫：陸機《文賦》：「或操觚以率爾，或含毫而邈然。」

〔二四〕兔園：漢梁孝王園。謝莊《雪賦》：「梁王不悦，遊於兔園。乃置旨酒，命賓友，召鄒生，延枚叟，相如末至，居客之右。」雞樹：《初學記》卷十一引郭頒《魏晉世語》：「劉放、孫資，共典樞要。夏侯獻、曹肇，心内不平。殿中有雞棲樹，二人相謂：『此亦久矣，其復能幾？』指謂中書監劉放、中書令孫資。」

李調元《賦話》卷三：「唐白居易《雞距筆賦》云：『視其端，若武安君之頭小；窺其管，如玄元氏之心空。』滑稽之談，意外巧妙。其通篇變化縱横，亦不似律賦尋常蹊徑，千古絶作也。」

黑龍飲渭賦① 以「出爲漢祥下飲渭水」爲韻②〔一〕。

龍爲四靈之長，渭居八水之一③〔二〕。飲亹亹之清流，浴彬彬之玄質④。忽兮下降⑤，賁然躍出。首蜿蜒以涌煙，鱗錯落而點漆。動而無悔，爰作瑞於秦川；應必有徵，乃效靈於漢日。觀其攸止，察其所爲。行藏不忒，動靜有儀。睛眸炫燿，文彩陸離。躍于泉，於焉表異；守其黑，所以標奇⑥。或隱或見，時行時止⑦。順冬夏而無乖，應昏明而有以。於是稽大易，按前史⑧。符聖人之昌運⑨，飛而在天⑩〔三〕；表王者之休徵，下而飲水⑪。爾乃降長川⑫，俯高岸。氣默默以黯黯⑬，光璨璨而爛爛。聞之者心駭而屏息⑭，覩之者目衁而改觀⑮。一呼一吸⑯，而聲起風雷；或躍或騰⑰，而勢超雲漢。觀夫莫智匪常，莫黑至祥〔四〕。契昌期於南面，合正色於北方〔五〕。拖尾迴翔，擘波騰驤⑱。飲清瀾之浩浩⑲，動素浪之湯湯⑳。頓頷而碎珠迸落㉑，奮髯而細雨飛揚。警水府兮鱣鮪奔走㉒，駭泉室兮蛟鼉伏藏㉓。玄雲從而淺深一色，白日照而左右交光㉔。且彼候時出處㉕，憑虛上下。度弱水而斯馭㉖，去鼎湖而是駕㉗〔六〕。聞茂先之劍飛㉘，見長房之杖化㉙〔七〕。豈若此炎精冥契㉚，水德潛稟〔八〕？玄甲黯以凝黛㉛，文章斐兮摛錦㉜〔九〕。逼而察也，類天馬出水而遊㉝〔十〕；遠而望之，疑晴虹截澗而飲㉞〔十一〕。已而負蒼天㉟，去清渭㊱，排冥冥之寥廓，反浩浩之元氣㊲。則知水物之靈，鱗蟲之貴，盛矣哉抑斯龍之所謂㊳。（2816）

【校】

①題　「渭」《文苑英華》作「渭水」，校：「一無水字。」

②題注　紹興本作「出爲漢祥下飲渭水」八字。

③渭居　「居」《文苑英華》校：「一作爲。」

④浴　馬本作「落」，誤。

⑤忽兮　《文苑英華》作「翻若」，校：「一作忽兮。」

⑥躍于……標奇　《文苑英華》作「下泉于以表異守黑于以標奇」，校：「一作躍于泉於焉表異守其黑所以標奇。」

⑦或隱或見時行時止　《文苑英華》作「不一徒爾異心有以」，校：「一作或隱或見時行時止。」

⑧順冬夏……前史　二十字《文苑英華》作「順春秋而隱見隨晦明而行止」，校文與紹興本等同。

⑨符　金澤本、《文苑英華》作「叶」，《文苑英華》校：「一作符。」

⑩在天　《文苑英華》作「上天」。

⑪下　金澤本、《文苑英華》作「見」，《文苑英華》校：「一作下。」

⑫爾乃　《文苑英華》作「於是」，校：「一作爾乃。」降長川　《文苑英華》作「下長流」，校：「一作降長川。」金澤本作「下長川」。

⑬氣默默以黯黯　「默默」金澤本作「黙黙」。六字《文苑英華》作「秋騤騤以矯矯」，校：「一作氣默默以黯黯。」

⑭聞之　《文苑英華》其上有「紫雲隨而瑞氣氤氳白日照而文章炳煥」十六字，校：「一無此十六字。」「屏息」《文苑英華》作「易色」，校：「一作屏息。」

⑮䀛　金澤本作「眩」，《文苑英華》作「眙」，校：「一作䀛。」

⑯一呼一吸　《文苑英華》作「呼吸」，校：「二字一作一呼一吸。」

⑰或躍或騰　《文苑英華》作「宛轉」，校：「二字一作或躍或騰。」

⑱觀夫……騰驤　三十字《文苑英華》作「爾其矯首陸梁拖尾迴翔蹈流鳴躍劈波騰驤」，校文與紹興本等同。又金澤本「觀夫」作「觀其」，「至祥」作「呈祥」。

⑲浩浩　金澤本作「活活」，《文苑英華》作「澮澮」，校：「一作浩浩。」

⑳動素浪　「動」金澤本作「歕」，《文苑英華》作「噴」，校：「一作動。」「浪」《文苑英華》校：「一作波。」

㉑頓頷　「頷」《文苑英華》明抄本作「領」，校：「一作頷。」明刊本正文作「頷」，校：「一作額。」

㉒警水府兮　「警」金澤本、《文苑英華》作「讋」，「水府兮」《文苑英華》作「水族則」，校：「一作警水府兮。」

㉓兮蛟　《文苑英華》作「則鼉」，校：「二字一作兮蛟。」

㉔玄雲……交光　十六字《文苑英華》作「信可符帝王之度叶邦家之游標三秦之嘉瑞呈二漢之徵祥」，校文與紹興本等同。

㉕彼　《文苑英華》作「夫」，校：「一作彼。」「候時」　《文苑英華》作「順氣」，校：「一作候時。」

㉖弱水　「弱」《文苑英華》作「若」，校：「一作弱。」

㉗去　《文苑英華》作「知」，校：「一作去。」

㉘聞茂先　《文苑英華》作「同張華」，校：「一作聞茂先。」「劍飛」　《文苑英華》作「飛劍」。

㉙杖　《文苑英華》作「竹」，校：「一作杖。」

㉚豈若此　《文苑英華》無「此」字，校：「一有此字。」

㉛玄甲黯　《文苑英華》作「黑質黯」，校：「三字一作玄甲臂。」

㉜文章斐兮　「文」金澤本作「黑」。四字《文苑英華》作「玄文斐以」，校文與紹興本等同。

㉝而　《文苑英華》作「以」，校：「一作而。」

㉞晴虹　《文苑英華》作「長虹」。

㉟已而　「已」金澤本、《文苑英華》作「既」，《文苑英華》校：「一作已。」「負蒼天」　《文苑英華》作「跨白雲」，校：「一作負蒼天。」

㊱去　《文苑英華》作「騰」，校：「一作去。」

㊲反　金澤本作「及」，《文苑英華》作「度」，校：「一作反。」

㊳盛矣　「盛」金澤本、《文苑英華》作「展」，《文苑英華》校：「一作盛。」

【注】

朱《箋》：作於長慶三年（八二三）以前。

〔一〕黑龍飲渭：《元和郡縣圖志》卷一京兆府長安縣：「龍首山在縣北一十里，長六十里，頭入渭水，尾達樊川。秦時有黑龍從南山出飲水，其行道因成土山。」按，題注云「出爲漢祥」，然傳説爲秦事，賦中亦多據秦事爲説。漢初祠黑帝，亦自謂得水德，尚黑。賦蓋含混言之。

〔二〕龍爲四靈之長：《禮記·禮運》：「麟鳳龜龍，謂之四靈。」渭居八水之一：《三輔黄圖》：「關中八水，皆出入上林苑。灞水出藍田谷，西北入渭。滻水亦出藍田谷，北至灞陵入灞。涇水出安定涇陽笄頭山，東至陽陵入渭。渭水出隴西首陽縣鳥鼠同穴山，東北至華陰入河。豐水出鄠南山豐谷，北入渭。鎬水在昆明池也。牢水出鄠縣西南，入潦谷，北流入渭。潏水在杜陵，從皇子陂西流，經昆明池入渭。」

〔三〕飛而在天：《易·乾·卦》：「九五，飛龍在天，利見大人。」

〔四〕莫黑至祥：《史記·封禪書》：「秦始皇既并天下而帝，或曰：黄帝得土德，黄龍地螾見。夏得木德，青龍止於郊，草木暢茂。殷得金德，銀自山溢。周得火德，有赤烏之符。今秦變周，水德之時。昔秦文公出獵，獲黑龍，此其水德之瑞。於是秦更命河曰德水，以冬十月爲年首，色上黑。」

〔五〕契昌期於南面：曹植《畫贊·文王赤雀》：「瑞爲天使，和氣所致。嗟爾後王，昌期而至。」合正色於北方：《史記·秦始皇本紀》：「衣服旄旌節旗，皆上黑。」正義：「以水德屬北方，故上黑。」集解：「張晏曰：水，北方；黑，終數六。」

〔六〕度弱水而斯馭：《太平廣記》卷二《周穆王》（出《仙傳拾遺》）：「乃乘八駿之馬奔戎，使造父爲御。得白狐玄貉，以祭于河宗。導車涉弱水，魚鱉黿鼉以爲梁。」去鼎湖而是駕：《史記·封禪書》：「黄帝採首山銅，鑄鼎於荆山下。鼎既成，有龍垂胡髯下迎黄帝。黄帝上騎，群臣後宫從上者七十餘人，龍乃上去。餘小臣不得上，乃悉持龍髯，龍髯拔，墮，墮黄帝之弓。百姓仰望黄帝既上天，乃抱其弓與胡髯號。故後世因名其處曰鼎湖，其弓曰烏號。」

〔七〕茂先之劍飛：張華字茂先。《晉書·張華傳》：「初，吴之未滅也，斗牛間常有紫氣，道術者皆以吴方强盛，未可圖也，惟華以爲不然。及吴平之後，紫氣愈明。華聞豫章人雷煥妙達緯象，乃要煥宿……華曰：『是何祥也？』煥曰：『寶劍之精，上徹於天耳。』……華大喜，即補煥爲豐城令。煥到縣，掘獄屋基，入地四丈餘，得一石函，光氣非常，中有雙劍，並刻題，一曰龍泉，一曰太阿。

其夕，斗牛間氣不復見焉……遣使送一劍並土與華，留一自佩。或謂焕曰：『得兩送一，張公豈可欺乎？』焕曰：『本朝將亂，張公當受其禍。此劍當繫徐君墓樹耳。靈異之物，終當化去，不永爲人服也。』……華誅，失劍所在。焕卒，子華爲州從事，持劍行經延平津，劍忽於腰間躍出墮水，使人没水取之，不見劍，但見兩龍各長數丈，蟠縈有文章，没者懼而反。須臾光彩照水，波浪驚沸，於是失劍。」長房之杖化：《後漢書·方伎傳·費長房》：「長房辭歸，翁與一竹杖，曰：『騎此任所之，則自至矣。既至，可以杖投葛陂中也。』又爲作一符，曰：『以此主地上鬼神。』長房乘杖，須臾來歸，自謂去家適經旬日，而已十餘年矣。即以杖投陂，顧視則龍也。」

〔八〕炎精冥契：炎精，火德。王延壽《魯靈光殿賦》：「殷五代之純熙，紹伊唐之炎精。」《文選》李善注：「言漢盛於五代純熙之道，而紹帝堯火德之運。」

〔九〕玄甲黯以凝黛：玄甲，黑甲。班固《封燕然山銘》：「玄甲耀日，朱旗絳天。」文章斐兮擒錦：《詩·小雅·巷伯》：「萋兮斐兮，成是貝錦。」傳：「萋、斐，文章相錯也。」

〔十〕天馬出水而遊：《史記·樂書》：「後伐大宛得千里馬，馬名蒲梢，次作以爲歌。歌詩曰：天馬來兮從西極，經萬里兮歸有德。承靈威兮降外國，涉流沙兮四夷服。」

〔十一〕晴虹截澗而飲：張正見《遊匡山簡寂館詩》：「鏡似臨峰月，流如飲澗虹。」李調元《賦話》卷三：「唐白居易《黑龍飲渭水賦》起句云：『龍爲四靈之長，渭居八水之一。』獨有千古，其餘英氣逼人，光明俊偉。結聯云：『逼而察也，類天馬出水以遊；遠而望之，疑長虹截澗而飲。』風馳雨驟，到此用健句壓住，如駿馬勒韁，是爲名構。」

敢諫鼓賦〔一〕　以「聖人來諫諍之道」爲韻。

鼓者工所製①，諫者君所命②。鼓因諫設，發爲治世之音；諫以鼓來，懸作經邦之柄。納其臣於忠直③，致其君於明聖。將使内外必聞④，上下交正。於是乎唐堯得以爲盛者也。至矣哉！君至公而滅私，臣有犯而無欺⑤〔二〕。諷諫者於焉盡節，獻納者由是正辭⑥。言之者無罪，擊之者有時⑦〔三〕。故謇謇匪躬，道之行也〔四〕；鼘鼘不已，聲以發之〔五〕。始也土鼓增華⑧，蕢桴改造〔六〕。外揚音以應物，中含虛而體道。不窕不槬，由巧者之作爲⑨〔七〕；大鳴小鳴，隨直臣之擊考⑩〔八〕。有若坎其缶，于宛丘之下〔九〕；又如殷其雷，在南山之陽⑪〔十〕。音鏘鏘以鏜鞳⑫，響容與以徘徊〔十一〕。儆于帝心⑬，四聰之耳必達〔十二〕；納諸人聽，七諍之臣乃來〔十三〕。故用於朝⑭，朝無面從之患〔十四〕；行於國⑮，國無居下之訕。洋洋盈耳，幽贊逆耳之言〔十五〕；坎坎動心，明啓沃心之諫〔十六〕。且夫鼓之爲用也⑯，或備於樂懸，或施於戎政。以諧八音節奏，以明三軍號令⑰。未若備察朝闕，發揮庭諍⑱。聲聞于外，以彰我主聖臣良；道在其中，以表我上忠下敬。然則義之與比，德必有鄰〔十七〕。將善旌而並建，與謗木而俱陳⑲〔十八〕。是必聞其音⑳，則知有獻替之士；聆其響，不獨思將帥之臣㉑。嗟乎！捨之則聲寢，用之則氣振。雖聲氣之在鼓㉒，終用捨之由人㉓。（2817）

【校】

①鼓者　《文苑英華》其上有「大矣哉唐堯之爲盛」八字，校：「一無此八字。」「工所製」《文苑英華》作「樂之器」，校：「三字一作工所製。」

②所命　「所」《文苑英華》作「之」，校：「一作所。」

③忠直　「直」《文苑英華》作「信」，校：「一作直。」

④將使內外必聞　《文苑英華》作「將俾乎內外必聞」，校：「一作將使內外必聞。」

⑤於是……無欺　二十六字《文苑英華》作「然後爲一人之慶頤其旨知君上之無私酌其義知臣下之勿欺」，校文與紹興本等同。又「盛」下馬本衍「治」字。

⑥諷諫……正辭　「諷諫」金澤本作「諷議」。十四字《文苑英華》作「獻納者於焉直節諷議者由是正辭」，校文同紹興本等。

⑦言之……有時　十字《文苑英華》在「聲以發之」句後，作「雖言之無罪而擊之有時」，校文與紹興本等同。

⑧華　《文苑英華》作「革」，校：「一作華。」

⑨巧者　《文苑英華》作「工人」，校：「二字一作巧者。」

⑩直臣　《文苑英華》作「諫者」，校：「二字一作直臣。」

⑪有若……直限　二十字《文苑英華》作「若乃宸居謐靜閶闔洞開隱隱聞於天闕鼕鼕發於帝臺既類夫坎其缶宛丘之下亦象乎殷其雷南山之限」，校文與紹興本等同。

⑫鏘鏘　金澤本作「鏗鍧」，《文苑英華》作「鏗鏘」。「鏜鞳」　金澤本作「鏜鎝」，《文苑英華》作「鞺鞳」。

⑬儆于　「于」《文苑英華》作「乎」，校：「一作于。」

⑭用　《文苑英華》其下有「之」字，校：「一無此字。」

⑮行　《文苑英華》其下有「之」字，校：「一無此字。」

⑯爲用也　《文苑英華》無「也」字，校：「一有也字。」

⑰以諧……號令　《文苑英華》校：「元本作八音之節三軍之命。」

⑱備察……庭諍　「備察」金澤本作「補察」。八字《文苑英華》作「發揮謇諤啓迪諫諍」，校：「一作備察朝闕發揮庭諍。」

⑲然則……俱陳　二十二字《文苑英華》作「稽前典敍彝倫諫鼓既陳諫聲乃臻對善旌而俱懸義之與比將謗木而並

出德必有鄰」，校文與紹興本等同。

⑳必　金澤本、《文苑英華》作「以」，《文苑英華》校：「一作以。」「音」　馬本作「聲」。

㉑不　《文苑英華》作「豈」，校：「一作不。」

㉒聲氣　《文苑英華》作「諫諍」，校：「二字一作聲氣。」

㉓之由　金澤本、《文苑英華》作「而因」，《文苑英華》校：「二字一作之由。」

【注】

朱《箋》：作於長慶三年（八二三）以前。

〔一〕敢諫鼓：《呂氏春秋・不苟論》：「堯有欲諫之鼓，舜有誹謗之木。」《淮南子・主術訓》：「堯置敢諫之鼓，舜立誹謗之木。」

〔二〕君至公而滅私：《書・周官》：「以公滅私，民其允懷。」臣有犯而無欺：《禮記・檀弓上》：「事君有犯而無隱。」

〔三〕言之者無罪：《毛詩序》：「上以風化下，下以風刺上，主文而譎諫，言之者無罪，聞之者足以戒，故曰風。」

〔四〕謇謇匪躬：《易・蹇・卦》：「王臣蹇蹇，匪躬之故。」《象》：「蹇，難也。」

〔五〕鼘鼘：鼓聲。《詩·商頌·那》：「鞉鼓淵淵。」《説文》引作「鼘鼘」。

〔六〕始也二句：《禮記·明堂位》：「土鼓、蕢桴、葦籥，伊耆氏之樂也。」注：「蕢當爲塊，聲之誤也。籥如笛，三孔。伊耆氏，古天子有天下之號也。」疏：「土鼓謂築土爲鼓，蕢桴以土塊爲桴。」

〔七〕不窕不槬：《左傳》昭公二十一年：「夫音，樂之輿也。而鐘，音之器也。天子省風以作樂，器以鐘之，輿以行之。小者不窕，大者不槬，則和於物，物和則嘉成。故和聲入於耳而藏於心，心億則樂。窕則不咸，槬則不容。心是以感，感實生疾。」杜預注：「窕，細不滿。槬，横大不入。」

〔八〕大鳴小鳴：《禮記·學記》：「若撞鐘，叩之以小者則小鳴，叩之以大者則大鳴，待其從容，然後盡其聲。」

〔九〕有若二句：《詩·陳風·宛丘》：「坎其擊缶，宛丘之道。」傳：「坎坎，擊鼓聲。盎謂之缶。」

〔十〕又如二句：《詩·召南·殷其雷》：「殷其雷，在南山之陽。」傳：「殷，雷聲也。」

〔十一〕音鏘鏘以鏜鞈：司馬相如《上林賦》：「鏗鎗闛鞈，洞心駭耳。」《文選》李善注：「鏗鎗，鐘聲也。闛鞈，鼓音也。」響容與以徘徊：《楚辭·離騷》：「遵赤水而容與。」王逸注：「容與，遊戲貌。」班固《西都賦》：「大路鳴鑾，容與徘徊。」

〔十二〕四聰之耳必達：《書·舜典》：「明四目，達四聰。」傳：「廣視聽於四方，使天下無壅塞。」

〔十三〕七諍之臣乃來：《孝經》諫諍章：「昔者天子有爭臣七人，雖無道，不失其天下。」

〔十四〕朝無面從之患：《書·益稷》：「予違，汝弼，汝無面從，退有後言。」傳：「無得面從我違，而退後有言我不可弼。」

〔十五〕逆耳之言：《史記·留侯世家》：「且忠言逆耳利於行，毒藥苦口利於病。」

〔十六〕沃心之諫：《書·説命》：「啓乃心，沃朕心。」傳：「開汝心，以沃我心。」

〔十七〕義之與比：《論語·里仁》：「子曰：『君子之于天下也，無適也，無莫也，義之與比。』」德必有鄰：《論語·里仁》：「子曰：『德不孤，必有鄰。』」

〔十八〕將善旌而並建：《史記·孝文本紀》：「古之治天下，朝有進善之旌。」集解：「應劭曰：旌，幡也。堯設之五達之道，令民進善也。如淳曰：欲有進善者，立於旌下言之。」

李調元《賦話》卷一：「《敢諫鼓賦》云：『洋洋盈耳，幽贊逆耳之言；坎坎動心，明啓沃心之諫。』取材經籍，撰句絶工，所謂不煩繩削而自合者。」

君子不器賦〔一〕　以「用之則行無施不可」爲韻①。

君子哉！道本生知②，德唯天縱〔二〕。抱乎不器之器，成乎有用之用。不器者，通理而黄中〔三〕；有用者，致遠而任重〔四〕。蓋由識包權變③，理藴通明；業非學致，器異琢成〔五〕。審其時，有道舒而無道卷〔六〕；慎其德，捨之藏而用之行〔七〕。語其小，能立誠以修辭〔八〕；論其大，能救物而濟時④〔九〕。以之理心，則一身獨善〔十〕；以之從政，則庶績咸熙〔十一〕。既居家而必達，亦在邦而允釐〔十二〕。彼子貢雖賢，唯稱瑚璉之器〔十三〕；彦輔信美，空標水鏡之姿〔十四〕。是謂非求備者⑤，又何足以多之⑥？豈如我順乎通塞，含乎語默⑦〔十五〕；何用不臧，何響不克？施之乃伊吕事業，蓄之則莊老道德⑧。雖應物而不滯，終飾躬而有則。若止水之在器，任器方圓⑨〔十六〕；如良工之用材，隨材曲直。原夫根淳精於妙有，宅元和於虚受⑩。内弘道而惟新⑪，外濟用而可久。鄙斗筲之奚算，哂挈瓶之固守⑫〔十七〕。何器量之差殊，在性情之能不。豈不以神爲玄樞，智爲心符。全其神，則爲而勿有；虚其心，則用當其無。故動與時合⑬，静與道俱。時或用之，必開臧武之智〔十八〕；道不行也，則守甯子之愚〔十九〕。至乎哉！冥心無我⑭，無可而無不可〔二十〕；應用不疲，無爲而無不爲〔二一〕。信大成而大受，非小惠而小知〔二二〕。故庶類曲從，則輪轅適用；若一隅偏執，則鑿枘難施。是以《易》尚隨時，《禮》貴從宜〔二三〕。盛矣哉⑮！君子斯焉取斯。

【校】

①題下注　紹興本無「以」、「爲韻」三字，據他本補。

②生知　「生」《文苑英華》作「性」，校：「一作生。」

③蓋由　《文苑英華》無「由」字，校：「一有由字。」

④而　《文苑英華》作「以」，校：「一作而。」

⑤是謂　「謂」《文苑英華》作「故」，校：「一作謂。」

⑥又　馬本誤「有」。「多」　《文苑英華》作「知」，校：「一作多。」

⑦含　《文苑英華》作「合」，校：「一作含。」

⑧則　《文苑英華》作「乃」，校：「一作則。」

⑨任器方圓　金澤本作「任器圓方」，《文苑英華》作「因器圓方」，校：「一作任器方圓。」

⑩宅　馬本作「完」。

⑪而　《文苑英華》作「以」，校：「一作而。」

⑫哂　《文苑英華》作「諒」，校：「一作哂。」

⑬時　《文苑英華》作「神」，校：「一作時。」

⑭無我　「無」《文苑英華》作「在」，校：「一作無。」

⑮盛矣哉　金澤本、《文苑英華》作「展矣」，《文苑英華》校：「二字一作盛矣哉。」

朱《箋》：作於長慶三年（八二三）以前。

【注】

〔一〕君子不器：《論語・爲政》：「子曰：『君子不器。』」集解：「包曰：器者各周其用，至於君子，無所不施。」

〔二〕道本生知：《論語・季氏》：「子曰：『生而知之者上也，學而知之者次也。』」德唯天縱：《論語・子罕》：「太宰問於子貢曰：『夫子聖者與？何其多能也？』子貢曰：『固天縱之將聖，又多能也。』」

〔三〕通理而黄中：《易・坤・文言》：「君子黄中通理，正位居體。」疏：「黄中通理者，以黄居中，兼四方之色，奉承臣職，是通曉物理也。」

〔四〕致遠而任重：《論語・泰伯》：「曾子曰：『士不可以不弘毅，任重而道遠。仁以爲己任，不亦重乎？死而後已，不亦遠乎？』」

〔五〕器異琢成：《禮記・學記》：「玉不琢，不成器；人不學，不知道。」

〔六〕有道舒而無道卷：《淮南子・俶真訓》：「是故至道無爲，一龍一蛇，盈縮卷舒，與時變化。」

〔七〕捨之藏而用之行：《論語·述而》：「子謂顔淵曰：『用之則行，捨之則藏，唯我與爾有是夫！』」

〔八〕能立誠以修辭：《易·乾·文言》：「君子進德修業。忠信所以進德也。修辭立其誠，所以居業也。」

〔九〕能救物而濟時：《老子》二十七章：「常善救物，而無棄物。」

〔十〕一身獨善：《孟子·盡心上》：「窮則獨善其身，達則兼善天下。」

〔十一〕庶績咸熙：《書·堯典》：「允釐百工，庶績咸熙。」傳：「允，信。釐，治。工，官。績，功。咸，皆。熙，廣也。言定四時成歲曆，以告時授事，則能信治百官，衆功皆廣，歎其善。」

〔十二〕既居家二句：《論語·顔淵》：「子張對曰：『在邦必聞，在家必聞。』子曰：『是聞也，非達也。夫達也者，質直而好義，察言而觀色，慮以下人。在邦必達，在家必達。夫聞也者，色取仁而行違，居之不疑。在邦必聞，在家必聞。』」

〔十三〕彼子貢二句：《論語·公治長》：「子貢問曰：『賜也何如？』子曰：『女，器也。』曰：『何器也？』曰：『瑚璉也。』」集解：「包曰：瑚璉，黍稷之器。夏曰瑚，殷曰璉，周曰簠簋，宗廟之器貴者。」

〔十四〕彦輔信美二句：樂廣字彦輔。《世説新語·賞譽》：「衛伯玉爲尚書令，見樂廣與中朝名士談議，奇之曰：『自昔諸人没已來，常恐微言將絶。今乃復聞斯言於君矣。』命子弟造之，曰：『此人，人之水鏡也，見之若披雲霧睹青天。」」

〔十五〕含乎語默：《易·繫辭上》：「子曰：『君子之道，或出或處，或默或語。』」

〔十六〕若止水二句：《荀子·君道》：「君者，盤也，盤圓而水圓；君者，盂也，盂方而水方。」《韓非子·外儲説左上》：「孔子曰：『爲人君者，猶盂也；民，猶水也。盂方水方，盂圜水圜。』」

〔十七〕鄙斗筲之奚算：《論語·子路》：「曰：『今之從政者何如？』子曰：『噫！斗筲之人，何足算也？』」」哂挈瓶之固守：《左傳》昭公七年：「人有言曰：雖有挈瓶之知，守不假器，禮也。」杜預注：「挈瓶，汲者，喻小知。爲人守器，猶知不以借人。」

〔十八〕臧武之智：《左傳》襄公二十三年：「仲尼曰：『知之難也。有臧武仲之知，而不容于魯國，抑有由也。作不順而施不恕也。』」《論語·憲問》：「子路問成人。子曰：『若臧武仲之知，公綽之不欲，卞莊子之勇，冉求之藝，文之以禮樂，亦可以爲成人矣。』」

〔十九〕道不行也二句：《論語·公冶長》：「子曰：『甯武子，邦有道，則知；邦無道，則愚。其知可及也，其愚不可及也。』」

〔二十〕無可而無不可：《論語·微子》：「子曰：『不降其志，不辱其身，伯夷、叔齊與！』謂『柳下惠、少連，降志辱身矣。言中倫，行中慮，其斯而已矣。』謂『虞仲、夷逸，隱居放言，身中清，廢中權。我則異於是，無可無不可。』」集解：「馬曰：亦不必進，亦不必退，唯義所在。」

〔二一〕無爲而無不爲：《老子》三十七章：「道常無爲無不爲。」

〔二二〕信大成二句：《孟子·萬章下》：「孔子之謂集大成。集大成也者，金聲而玉振之也。」《論語·衛靈公》：「子曰：『君子不可小知，而可大受也；小人不可大受，而可小知也。』」

〔二三〕易尚隨時：《易·隨·彖》：「隨時之義大矣哉！」禮貴從宜：《禮記·曲禮上》：「禮從宜，使從俗。」

賦賦　以「賦者古詩之流」爲韻。

賦者，古詩之流也〔一〕。始草創於荀宋，漸恢張於賈馬〔二〕。冰生乎水，初變本於典墳；青出於藍，復增華於風雅。而後諧四聲，祛八病，信斯文之美者〔三〕。我國家恐文道寖衰，頌聲凌遲，乃舉多士，命有司。酌遺風於三代，明變雅於一時①〔四〕。全取其名，則號之爲賦；雜用其體，亦不出乎詩②。四始盡在，六義無遺〔五〕。是謂藝文之儆策，述作之元龜。觀夫義類錯綜，詞采舒布③。文諧宮律，言中章句④〔六〕。華而不豔，美而有度。雅音瀏亮，必先體物以成章〔七〕；逸思飄飖，不獨登高而能賦〔八〕。其工者，究筆精⑤，窮指趣⑥，何慚《兩京》於班固〔九〕？其妙者，抽秘思，騁妍詞，豈謝《三都》於左思⑦〔十〕？掩黃絹之麗藻，吐白鳳之奇姿〔十一〕。振金聲於寰海，增紙價於京師〔十二〕。則《長楊》、《羽獵》之徒胡爲比也⑧，《景福》、《靈光》之作未足多之〔十三〕。所謂立意爲先，能文爲主；炳如繢素，鏗若鐘鼓〔十四〕。郁郁哉溢目之黼黻，洋洋乎盈耳之韶頀⑨〔十五〕。信可以凌轢風騷⑩，超軼今古者也⑪。今吾君網羅六藝，淘汰九流⑫。微才無忽，片善是求。況賦者，雅之列，頌之儔。可以潤色鴻業，可以發揮皇猷。客有自謂握靈蛇之珠者，豈可棄之而不收⑬〔十六〕？（2819）

【校】

①明　金澤本、《文苑英華》作「詳」，《文苑英華》校：「一作明。」

②出　《文苑英華》作「違」，校：「一作出。」

③舒布　「舒」《文苑英華》作「分」，校：「一作舒。」

④言中　金澤本作「言合」。

⑤筆精　《文苑英華》作「精微」。

⑥指趣　《文苑英華》作「旨趣」。

⑦三都　紹興本等作「二都」，據金澤本、《文苑英華》改。

⑧爲　金澤本、《文苑英華》作「可」，校：「一作爲。」

⑨韶護　金澤本、《文苑英華》作「韶武」。

⑩凌轢　紹興本等作「凌礫」，據金澤本、《文苑英華》改。

⑪超軼　《文苑英華》作「超逸」。

⑫淘汰　「淘」《文苑英華》作「澄」，校：「一作淘。」

⑬豈可　金澤本、《文苑英華》無「可」字。棄之　《文苑英華》作「斯文」，此句校：「一作豈可棄斯文而不收。」

【注】

朱《箋》：作於長慶三年（八二三）以前。

〔一〕賦者古詩之流：班固《兩都賦序》：「賦者，古詩之流也。」

〔二〕荀宋：荀卿、宋玉。賈馬：賈誼、司馬相如。《文心雕龍・詮賦》：「然則賦也者，受命于詩人，而拓宇于楚辭也。於是荀況《禮》、《智》，宋玉《風》、《釣》，爰錫名號，與詩畫境。六義附庸，蔚成大國。述客主以首引，極聲貌以窮文。斯蓋別詩之原始，命賦之厥初也。秦世不文，頗有雜賦。漢初詞人，循流而作。陸賈扣其端，賈誼振其緒。枚、馬播其風，王、揚騁其勢。皋、朔已下，品物畢圖。繁積于宣時，校閱于成世。」

〔三〕諧四聲祛八病：《南齊書・陸厥傳》：「永明末，盛爲文章。吳興沈約、陳郡謝朓、琅琊王融以氣類相推轂。汝南周顒善識聲韻，約等文皆用宮商，以平上去入爲四聲，以此製韻，不可增減。世呼爲永明體。」《南史·陸厥傳》：「（沈）約等文皆用宮商，將平上去入四聲，以此製韻，有平頭、上尾、蜂腰、鶴膝。」皎然《詩式》：「沈休文酷裁八病，碎用四聲。」後人所言「八病」，頗有出入。一般所説爲平頭、上尾、蜂腰、鶴膝、大韻、小韻、正紐、傍紐。所謂四聲八病，原應用於詩體。此則指唐代律賦，蓋充類言之。

〔四〕我國家六句：唐代進士科試初但試策而已，後改爲試帖經、雜文、策文三場。徐松《登科記考》卷一永隆二年：「按雜文兩首，謂箴銘論表之類。開元間始以賦居其一，或以詩居其一，亦有全用詩賦者，非定制也。雜文之專用詩賦，當在天寶之間。」參傅璇琮《唐代科舉與文學》。

〔五〕四始盡在：《毛詩序》：「是以一國之事，繫一人之本，謂之風。言天下之事，形四方之風，謂之雅。雅者正也，言王政之所由廢興也。政有小大，故有小雅焉，有大雅焉。頌者，美盛德之形容，以其成功告於神明者也。是謂四始，詩之至也。」箋：「始者，謂王道興衰之所由也。」六義無遺：《毛詩序》：「故詩有六義焉：一曰風，二曰賦，三曰比，四曰興，五曰雅，六曰頌。」疏：「風、雅、頌者，《詩》之異體；賦、比、興者，《詩》文之異辭耳。大小不同，而得並爲六義者，賦、比、興是《詩》之所用，風、雅、頌是《詩》之成形。用彼三事，成此三事，是故稱爲義。」白居易承班固、劉勰諸人説，以賦源出於《詩》，以文體之賦源自賦寫、賦誦之賦，故謂四始皆用賦，六義亦不遺賦。

〔六〕文諧宮律：宮律，即宮商律呂。白居易《寄唐生》（《白氏文集》卷一 0033）：「非求宮律高，不務文字奇。」義同此。《文心雕龍・聲律》：「夫音律所始，本於人聲者也。聲含宮商，肇自血氣。先王因之，以制樂歌。」言中章句：《文心雕龍・章句》：「夫設情有宅，置言有位。宅情曰章，位言曰句。故章者，明也；句者，局也。局言者，聯字以分疆；明情者，總義以包體。」

〔七〕雅音瀏亮二句：陸機《文賦》：「詩緣情而綺靡，賦體物而瀏亮。」

〔八〕登高而能賦：《韓詩外傳》卷七：「孔子曰：君子登高必賦。」《漢書・藝文志》：「傳曰：不歌而誦謂之賦，登高能賦可以爲大夫。」

〔九〕何慚兩京於班固：班固作《兩都賦》。

〔十〕豈謝三都於左思：左思作《三都賦》。

〔十一〕掩黄絹之麗藻：《世説新語・捷悟》：「魏武嘗過曹娥碑下，楊修從。碑背上見題作『黄絹幼婦，外孫虀臼』八字，魏武謂修曰：『解不？』答曰：『解。』魏武曰：『卿未可言，待我思之。』行三十里，魏武乃曰：『吾已得。』令修别記所知。修曰：『黄絹，色絲也，於字爲絶。幼婦，少女也，於字爲妙。外孫，女子也，於字爲好。虀臼，受辛也，於字爲辭，所謂絶妙好辭也。』」吐白鳳之奇姿：《西京雜記》卷二：「(揚)雄著《太玄經》，夢吐鳳皇集《玄》之上，頃之而滅。」《太平御覽》卷九一五引作「白鳳皇」。

〔十二〕振金聲於寰海：《孟子・萬章下》：「孔子之謂集大成。集大成也者，金聲而玉振之也。」增紙價於京師：《晉書・文苑傳・左思》：「欲賦三都……遂構思十年……於是豪貴之家競相傳寫，洛陽爲之紙貴。」

〔十三〕長楊羽獵：揚雄作《長楊賦》、《羽獵賦》。景福靈光：何晏作《景福殿賦》，王延壽作《魯靈光殿賦》。

〔十四〕炳如繢素：《論語·八佾》：「子夏問曰：『「巧笑倩兮，美目盼兮，素以爲絢兮。」何謂也？』子曰：『繪事後素。』」

〔十五〕郁郁哉溢目之黼黻：《論語·八佾》：「子曰：『周監於二代，郁郁乎文哉。吾從周。』」《周禮·冬官考工記》：「畫繢之事，雜五色……青與赤謂之文，赤與白謂之章，白與黑謂之黼，黑與青謂之黻。」洋洋乎盈耳之韶頀：《論語·泰伯》：「子曰：『師摯之始，《關雎》之亂，洋洋乎盈耳哉！』」《左傳》襄公二十九年：「見舞韶濩者，曰：『聖人之弘也，而猶有慚德，聖人之難也。』」杜預注：「殷湯樂。」疏：「《周禮》謂之大濩。鄭玄云：大濩，湯樂也。」

〔十六〕握靈蛇之珠：曹植《與楊德祖書》：「然今世作者，可略而言……當此之時，人人自謂握靈蛇之珠，家家自謂抱荆山之玉。」庾信《趙國公集序》：「自魏建安之末，晉太康以來，雕蟲篆刻，其體三變，人人自謂握靈蛇之珠，抱荆山之玉矣。」《太平御覽》卷九三四引《洞冥記》：「蛇璣出塗雲國。有青靈蛇産珠，色光白，如瓊琰之類。」

白居易文集校注卷第二①

銘贊箴謡偈　凡二十一首②

續座右銘③

崔子玉《座右銘》④〔一〕，余竊慕之⑤。雖未能盡行，常書屋壁⑥。然其間似有未盡者，因續爲《座右銘》云。

勿慕貴與富，勿憂賤與貧。自問道何如⑦，貴賤安足云。聞毁勿戚戚，聞譽勿欣欣⑧。自顧行何如，毁譽安足論。無以意傲物，以遠辱於人。無以色求事，以自重其身〔二〕。游與邪分歧，居與正爲鄰。於中有取捨，此外無疏親。修外以及内，静養和與真。養内不遺外，動率義與仁。千里始足下，高山起微塵〔三〕。吾道亦如此，行之貴日新〔四〕。不敢規他人，聊自書諸紳〔五〕。終身且自勗，身殁貽後昆〔六〕。後昆苟反是，非我之子孫。（2820）

【校】

①卷第二　即《白氏文集》紹興本、馬本卷三十九，那波本、金澤本卷二十二。

②二十一首　金澤本作「二十二首」。

③題　《唐文粹》無「續」字。

④崔子玉　《文苑英華》其下有「作」字。

⑤余　金澤本、《文苑英華》、《唐文粹》作「予」。

⑥常書　金澤本、《文苑英華》其下有「于」字。

⑦何如　《文苑英華》作「如何」，校：「集本、《文粹》作何如。」下文「自顧行何如」句同。

⑧欣欣　《文苑英華》作「忻忻」。

【注】

朱《箋》：作於長慶三年（八二三）以前。

〔一〕崔子玉座右銘：《後漢書·崔瑗傳》：「瑗字子玉，早孤，鋭志好學……瑗高於文辭，尤善爲書、記、箴、銘。」崔瑗《座右銘》：「無道人之短，無説己之長。施人慎勿念，受施慎勿忘。世譽不足慕，唯仁爲紀綱。隱心而後動，謗議庸何傷。無使名過實，守愚聖所藏。在涅貴不淄，曖曖内含光。柔弱生之徒，老氏誡剛彊。行行鄙夫志，悠悠故難量。慎言節飲食，知足勝不祥。行之苟有恆，久久自芬芳。」《文選》呂延濟注：「瑗兄璋爲人所殺，瑗遂手刃其仇，亡命。蒙赦而出，作此銘以自戒，嘗置座右，故曰座右銘。」

〔二〕無以色求事：《史記·呂不韋列傳》：「吾聞之，以色事人者，色衰而愛弛。」

〔三〕千里始足下：《老子》六十四章：「千里之行，始於足下。」高山起微塵：《荀子·勸學》：「積土成山，風雨興焉；積水成淵，蛟龍生焉。」

〔四〕行之貴日新：《禮記·大學》：「湯之《盤銘》曰：『苟日新，日日新，又日新。』」

〔五〕聊自書諸紳：《論語·衛靈公》：「子張書諸紳。」集解：「孔曰：紳，大帶。」

〔六〕身殁貽後昆：《書·湯誥》：「以義制事，以禮制心，垂裕後昆。」傳：「垂優足之道示後世。」

騶虞畫贊　并序

騶虞，仁瑞之獸也〔一〕。其所感所食，曁形於質文，孫氏《瑞應圖》具載其事①〔二〕。元和元年夏②，有以《騶虞圖》贈予者，予愛其外猛而威，内仁而信，又嗟曠代不覿③，引筆贊之詞云爾④。

盂山有獸⑤，仁心毛質〔三〕。不踐生芻，不食生物。有道則見，非時不出。三季已還，退藏於密〔四〕。我聞其名，徵之於書。不識其形，得之於圖。白質黑文，猊首虎軀〔五〕。是耶非耶，孰知之乎？已矣夫，已矣夫！前不見往者⑥，後不見來者。于嗟乎騶虞！（2821）

【校】

①瑞應圖　紹興本等無「應」字，據《文苑英華》、《唐文粹》補。

②元年　《文苑英華》、金澤本初寫、天海本作「九年」，《文苑英華》校：「《文粹》作元。」

③又嗟　金澤本、《文苑英華》其下有「其」字。

④云爾　《文苑英華》、《唐文粹》、天海本作「曰」，金澤本作「曰爾」。

⑤盂山　紹興本等作「孟山」，據金澤本、《文苑英華》、盧校改。盧校：「見《西山經》，作孟訛。」「有獸」紹興本、那波本作「有猛」，據金澤本、《文苑英華》、馬本改。

⑥前不見　《唐文粹》其下有「其」字，《文苑英華》校：「《文粹》有其字。」下句「後不見」同。

【注】

朱《箋》：作於元和元年（八〇六），長安。按，序「元和元年」或作「九年」。

〔一〕騶虞仁瑞之獸：《詩·召南·騶虞》序：「仁如騶虞，則王道成。」傳：「騶虞，義獸也。白虎黑文，不食生物，有至信之德則應之。」

〔二〕孫氏瑞應圖：《隋書·經籍志》：「《瑞應圖》三卷。《瑞應贊》一卷。梁有孫柔之《瑞應圖記》、《孫氏瑞應圖贊》各三卷，亡。」《舊唐書·經籍志》：「《瑞應圖記》二卷，孫柔之撰。」《新唐書·藝文志》作「三卷」。《藝文類聚》卷九九騶虞：「《瑞應圖》曰：白虎者，仁而不害，王者不暴虐，恩及行葦則見。」

〔三〕盂山有獸二句：《山海經·西山經》：「又北二百二十里，曰盂山，其陰多鐵，其陽多銅，其獸多白狼白虎，其鳥多白雉白翟。」

〔四〕退藏於密：《易·繫辭上》：「聖人以此洗心，退藏於密。」

〔五〕猊首虎軀：猊，狻猊，獅子。《爾雅·釋獸》：「狻麑，如虦貓，食虎豹。」郭璞注：「即師子也。出西域。漢順帝時疏勒王來獻犎牛及師子。《穆天子傳》曰：狻猊日走五百里。」

貘屏贊 并序

貘者，象鼻犀目，牛尾虎足，生南方山谷中〔一〕。寢其皮辟濕①，圖其形辟邪。予舊病頭風，每寢息，常以小屏衛其首。適遇畫工，偶令寫之。按《山海經》，此獸食鐵與銅，不食他物。因有所感，遂爲贊曰②。

邈哉奇獸，生於南國。其名曰貘，非鐵不食。昔在上古，人心忠質。征伐教令，自天子出。劍戟省用，銅鐵羨溢。貘當是時，飽食終日。三代以降，王法不一。鑠鐵爲兵，範銅爲佛。佛像日益，兵刃日滋。何山不剗，何谷不隳？銖銅寸鐵，罔有孑遺。悲哉彼貘，無乃餒而？嗚呼！匪貘之悲，惟時之悲。（2822）

【校】

①辟濕　紹興本等作「辟溫」，據金澤本、天海本改。馬本作「辟瘟」。

②曰　金澤本、天海本作「云」，《文苑英華》作「焉」，校：「《文粹》作云。」

【注】

朱《箋》：作於長慶三年（八二三）以前。

〔一〕貘：《爾雅·釋獸》：「貘，白豹。」郭璞注：「似熊。小頭庳脚，黑白駁，能舐食銅鐵及竹骨。骨節强直，中實少髓，皮辟濕。或曰豹白色者，別名貘。」《説文》：「貘，似熊而黄黑色，出蜀中。」

畫鵰贊 并序

壽安令白旻①，予宗兄也〔一〕。得丹青之妙，傳寫之要。毛羣羽族，尤是所長。長慶元年②，以畫鵰貺予。予愛之，因題贊云。

鷙禽之英，黑鵰丁丁。鉤綴八爪，劍插六翎。想入心匠，寫從筆精。不卵不雛，一日而成。軒然將飛，戛然欲鳴。毛動骨活，神來著形。始知造物，不必杳冥③。但獲天機，則與化爭。韓幹之馬④，籍籍知名〔二〕。薛稷之鶴，翩翩有聲〔三〕。研工覈能，較真鬬靈。豈無他人？不如我兄。（2823）

【校】

①白旻　「旻」紹興本等作「昊」，據金澤本、《文苑英華》改。朱《箋》：「《唐朝名畫錄》及《歷代名畫記》俱作『旻』，似以作『旻』爲是。」

②元年　「元」《文苑英華》作「九」，校：「二本（集本、《文粹》）作元。」長慶僅四年。

③因　《文苑英華》其下有「以」字，校：「集無以字。」

④杳冥　「杳」金澤本、天海本、《唐文粹》作「窅」，《文苑英華》校：「集作窅，通用。」

⑤韓幹　「幹」紹興本、那波本作「盰」，紹興本校：「一本作幹。」金澤本作「肝」。據他本改。

【注】

朱《箋》：作於長慶元年（八二一），長安。

〔一〕白旻：《唐朝名畫録》：「盧弁貓兒，白旻鷹鴿，蕭悦竹，又偏妙也。」《歷代名畫記》卷十：「白旻官至同州澄城令，工花鳥鷹鶻，觜爪纖利，甚得其趣。旻善歌，常醉酣，歌闋便畫自娱。」

〔二〕韓幹：《唐朝名畫録》：「韓幹，京兆人也。明皇天寶中召入供奉，上令師陳閎畫馬。帝怪其不同，因詰之，奏云：『臣自有師。陛下内厩之馬，皆臣之師也。』其後果能狀飛黄之質，圖噴玉之奇……開元後，四海清平，外國名馬，重譯累至。然而沙磧之遥，蹄甲皆薄。明皇遂擇其良者，與中國之駿同頒盡寫之……畫高僧、鞍馬、菩薩、鬼神等，並傳於世。」

〔三〕薛稷：《唐朝名畫録》：「薛稷，天后朝位至少保，文章學術，名冠時流。學書師褚河南，時稱買褚得薛，不失其節。畫蹤如閻立本。今秘書省有畫鶴，時號一絶。」《封氏聞見記》卷五：「則天朝，薛稷亦善畫。今尚書省側考功員外郎廳有稷畫鶴，宋之問爲讚。工部尚書廳有稷畫樹石，東京尚書坊岐王宅亦有稷畫鶴，皆稱精絶。」

續虞人箴〔一〕　元和十五年①。

唐受天命，十有二聖②。業業惕惕③，咸勤于政④〔二〕。鳥生深林，獸在豐草。春蒐冬狩，取之以道。鳥獸蟲魚，各遂其生。君民朝野⑤，亦克用寧。在昔玄祖，厥訓孔彰⑥。馳騁畋獵，俾心發狂〔三〕。何以驗之⑦？曰羿與康〔四〕。曾不是誡，終然覆亡。故我列聖，鑑彼前王。雖有畋遊，樂不至荒⑧〔五〕。高祖方獵，蘇長進言。不滿十旬，未足爲歡。上心忽悟⑨，爲之輟畋〔六〕。故武德業，垂二百年⑩。降及宋璟，亦諫玄宗。溫顏聽納⑪，獻替從容。及璟趨出⑫，鷂死握中⑬〔七〕。故開元事，播于無窮⑭。噫！逐獸于野，走馬于路。豈不快哉？銜橛可懼〔八〕。噫！夜歸禁苑⑮，朝出皇都⑯。豈不樂哉？寇戎可虞。臣非獸臣，不當獻箴。輒思出位，敢諫從禽。螻蟻命小，安危計深。苟裨萬一，臣死甘心。

（2824）

【校】

①題注　金澤本、天海本作「天寶十五年秋獻」，《文苑英華》作「天寶十五年穆宗時」。

②十有二　金澤本作「十有三」。

③業業惕惕　《新唐書·白居易傳》作「兢兢業業」。

④于政　《新唐書·白居易傳》作「厥政」。

⑤君民朝野　《新唐書·白居易傳》作「民野君朝」。

⑥厥　金澤本、那波本作「祖」，《文苑英華》校：「集作祖。」

⑦驗之　《新唐書·白居易傳》作「效之」。

⑧故我……至荒　十六字《新唐書·白居易傳》無。

⑨忽悟　《新唐書·白居易傳》作「既悟」。

⑩故武德業垂二百年　八字《新唐書·白居易傳》無。

⑪溫顔「溫」　《文苑英華》作「怡」，校：「集作溫。」

⑫及瓌趨出　《新唐書·白居易傳》作「瓌趨以出」。

⑬鷁死握中　那波本作「臨死之中」。「握」馬本作「懷」。

⑭故開元事播于無窮　八字《新唐書·白居易傳》無。

⑮噫夜……甘心　四十九字《新唐書·白居易傳》作「審其安危惟聖之慮」。

⑯朝出　金澤本、天海本作「晨出」。

【注】

朱《箋》：作於元和十五年（八二〇），長安。

〔一〕虞人箴：《左傳》襄公四年：「晉侯曰：『戎狄無親而貪，不如伐之。』魏絳曰：『……獲戎、失華，無乃不可乎？《夏訓》有之曰：有窮后羿。』公曰：『后羿何如？』對曰：『昔有夏之方衰也，后羿自鉏遷于窮石，因夏民以代夏政。恃其射也，不修民事，而淫于原獸……有窮由是遂亡，失人故也。昔周辛甲之爲大史也，命百官，官箴王闕。於虞人之箴曰：「芒芒禹迹，畫爲九州，經啓九道。民有寢廟，獸有茂草，各有攸處，德用不擾。在帝夷羿，冒于原獸，忘其國恤，而思其麀牡。武不可重，用不恢于夏家。獸臣司原，敢告僕夫。」虞箴如是，可不懲乎？』於是晉侯好田，故魏絳及之。」《新唐書·白居易傳》：「入爲司門員外郎，以主客郎中知制誥。穆宗好畋游，獻《續虞人箴》以諷。」

〔二〕業業惕惕：《書·臯陶謨》：「兢兢業業。」傳：「業業，危懼。」《詩·陳風·防有鵲巢》：「心焉惕惕。」傳：「惕惕猶忉忉也。」

〔三〕在昔玄祖四句：《老子》十二章：「馳騁田獵，令人心發狂。」

〔四〕曰羿與康：羿，后羿。見注〔一〕。康，太康。《史記·夏本紀》：「夏后帝啓崩，子帝太康立。帝太康失國。」集解：「孔安國曰：盤于游田，不恤民事，爲羿所逐，不得反國。」

〔五〕樂不至荒：《詩·唐風·蟋蟀》：「好樂無荒，良士瞿瞿。」

〔六〕高祖方獵六句：《舊唐書·蘇世長傳》：「從幸涇陽校獵，大獲禽獸於旌門。高祖入御營，顧謂朝臣曰：『今日畋樂乎？』世長進曰：『陛下游獵，薄廢萬機，不滿十旬，未爲大樂。』高祖色變，既而笑曰：『狂態發耶？』世長曰：『爲臣私計則狂，爲陛下國計則忠矣。』」

〔七〕降及宋璟六句：《隋唐嘉話》卷上：「太宗得鷂，絶俊異，私自臂之。望見鄭公，乃藏於懷。公知之，遂前白事，因語古帝王逸豫，微以諷諫。語久，帝惜鷂且死，而素嚴敬徵，欲盡其言。徵語不時盡，鷂死懷中。」吴曾《能改齋漫録》卷四：「《唐書·白居易傳》：獻《續虞人箴》曰：降及宋璟，亦諫玄宗……余考《劉禹錫嘉話録》及《資治通鑑》，乃是太宗與魏鄭公，非宋璟也。」費衮《梁谿漫志》卷五：「《通鑑》載唐太宗嘗自臂鷂……按白樂天元和十五年獻《續虞人箴》云……則是宋璟諫明皇，非魏徵諫太宗也。樂天在當時耳目相接，必有據依，殆史之誤。抑豈二事皆然，適相似耶？」按，《通鑑》采唐人筆記，《唐語林》亦采《隋唐嘉話》。其撰著在先，蓋居易誤記。

〔八〕銜橛可懼：《韓非子·姦劫弑臣》：「無棰策之威，銜橛之備，雖造父不能以服馬。」司馬相如《上書諫獵》：「且夫清道而後行，中路而馳，猶時有銜橛之變。」《文選》李善注：「張揖曰：銜，馬勒也。橛，騑馬口長銜也。」

三謡　并序

予廬山草堂中，有朱藤杖一，蟠木机一①，素屏風二，時多杖藤而行，隱机而坐，掩屏而卧。宴息之暇，筆硯在前，偶爲三謡，各導其意。亦猶《座右》、《陋室銘》之類爾②〔一〕。

蟠木謡

蟠木蟠木，有似我身。不中乎器，無用於人。下擁腫而上輪菌③，桷不桷兮輪不輪〔二〕。天子建明堂兮既非梁棟，諸侯斲大輅兮材又不中〔三〕。唯我病夫，或有所用。用爾爲几，承吾臂支吾頤而已矣。不傷爾朴④，不枉爾理。爾勿怏怏⑤，爲几之外，無所用爾。爾既不材，吾亦不材，胡爲乎人間徘徊？蟠木蟠木，吾與汝歸草堂去來⑥。

（2825）

【校】

①机　金澤本作「几」，下文同。

②座右　金澤本、天海本作「崔氏」。

③輪菌　紹興本等作「轔菌」，據金澤本改。

④爾朴　馬本作「爾性」。

⑤爾勿怏怏　各本脱「勿」字，據金澤本補。

⑥吾與汝　金澤本作「吾與爾」。

【注】

朱《箋》：作於元和十三年（八一八），江州。

〔一〕陋室銘：《新唐書・崔沔傳》：「沔儉約自持，禄稟隨散宗族，不治居宅，嘗作《陋室銘》以見志。」顔真卿《崔孝公宅陋室銘記》：「公諱沔，字若沖……爲常侍時著《陋室銘》以自廣……逆胡再陷洛陽，屋遂崩圮，唯簷下廢井存焉……後裔乃刻《陋室銘》於井北遺址之前，以抒所心。」明清流傳之署名劉禹錫《陋室銘》，或謂作者爲崔沔，亦不足信。參吳小如《〈陋室銘〉作者質疑》（《文學遺産》一九九六年第六期）。

〔二〕下擁腫而上輪菌：《莊子・逍遥遊》：「吾有大樹，人謂之樗。其大本擁腫而不中繩墨，其小枝卷曲而不中規矩。立之途，匠者不顧。」枚乘《七發》：「龍門之桐，高百尺而無枝，中鬱結之輪菌，根扶疏以分離。」《文選》李善注：「張晏《漢書》注曰：輪菌，委曲也。」桷不桷兮輪不輪：嵇康《與山巨源絶交書》：「足下見直木，必不可以爲輪；曲者，不可以爲桷。」

〔三〕明堂：《禮記・明堂位》：「昔者周公朝諸侯於明堂之位，天子負斧依南鄉而立……明堂也者，明諸侯之尊卑也。」大輅：《左傳》僖公二十八年：「賜之大輅之服，戎輅之服。」杜預注：「大輅，金輅。」

素屏謡

素屏素屏，胡爲乎不文不飾①，不丹不青？當世豈無李陽冰之篆字②〔一〕，張旭之筆迹〔二〕，邊鸞之花鳥〔三〕，張藻之松石③〔四〕？吾不令加一點一畫於其上④，欲爾保真而全白。吾於香鑪峯下置草堂，二屏倚在東西牆。夜如明月入我室⑤，曉如白雲圍我牀。我心久養浩然氣⑥，亦欲與爾表裏相輝光⑦。爾不見當今甲第與王宫⑧，織成步障銀屏風⑨〔五〕。綴珠陷鈿帖雲母，五金七寶相玲瓏。貴豪待此方悦目，然肯寢卧乎其中⑩。

素屏素屏，物各有所宜，用各有所施。爾今木爲骨兮紙爲面，捨吾草堂欲何之？

（2826）

【校】

①胡爲乎　金澤本、天海本、《文苑英華》作「孰爲乎」。

②篆字　金澤本、天海本、《文苑英華》作「篆文」。

③張藻　《全唐詩》作「張璪」。

④一點一畫　金澤本作「一畫一點」。「於其上」金澤本、天海本其下有「者」。

⑤我室　「室」紹興本校：「一作懷。」

⑥浩然　金澤本作「顥然」。

⑦欲與爾　《文苑英華》作「欲與汝」。

⑧甲第　金澤本、天海本、《文苑英華》作「侯家主第」，《文苑英華》校：「三字集作甲。」

⑨銀屏　馬本作「錦屏」。

⑩然肯　《文苑英華》作「晏然」。

【注】

〔一〕李陽冰：《唐國史補》卷上：「李陽冰善小篆，自言斯翁之後，直至小生，曹喜、蔡邕不足言也。開元中，張懷瓘《書斷》，陽冰、張旭並不及載。」《宣和畫譜》卷二：「方時顔真卿以書名世，真卿書碑，必得陽冰題其額，欲以擅連璧之美，蓋其篆法妙天下如此。」

〔二〕張旭：《唐國史補》卷上：「張旭草書得筆法，後傳崔邈、顔真卿。旭言：『始吾見公主擔夫爭路，而得筆法之意。後見公孫氏舞劍器，而得其神。』旭飲酒輒草書，揮筆而大叫，以頭揾水墨中而書之，天下呼爲張顛。醒後自視，以爲神異，不可復得。後輩言筆札者，歐、虞、褚、薛，或有異論，至張長史，無間言矣。」

〔三〕邊鸞：《唐朝名畫録》：「邊鸞，京兆人也。少攻丹青，最長於花鳥，折枝草木之妙，未之有也。或觀其下筆輕利，用色鮮明，窮羽毛之變態，奮花卉之芳妍。貞元中獻孔雀解舞者，德宗詔於玄武殿寫其貌，一正一背，翠彩生動，金羽輝灼，若運清聲，宛應繁節。後因出宦，遂致疏放，其意困窮。於澤潞間寫《玉芝圖》，連根苗之狀，精極，見傳於世。近代折枝花居其第一，凡草木、蜂蝶、雀蟬，並居妙品。」

〔四〕張藻：張璪亦作張藻。《歷代名畫記》卷十：「張璪，字文通，吴郡人。初，相國劉晏知之，相國王縉奏檢校祠部員外郎、鹽鐵判官，坐事貶衡州司馬，移忠州司馬。尤工樹石山水，自撰《繪境》一篇，言畫之要訣，詞多不載。初，畢庶子宏擅名於代，一見驚歎之，異其唯用禿毫，或以手摸絹素。因問璪所受，璪曰：『外師造化，中得心源。』畢宏於是閣筆。」《唐朝名畫録》：「張藻員外，衣冠文學，時之名流。畫松石山水，當代擅價。唯松樹特出古今，能用筆法。常以手握雙管，一時齊下，一爲生枝，一爲枯枝。氣傲煙霞，勢凌風雨。槎枒之形，鱗皴之狀，隨意縱横，應手間出，生枝則潤含春澤，枯枝則慘同秋色。其山水之狀，則高低秀絶，咫尺重深，石突欲落，泉噴如吼。其近也若逼人而寒，其遠也若極天之盡。所畫圖録，人間至多。」

〔五〕織成：一種絲織品。《西京雜記》卷一：「緎以戚里織成錦，一曰斜文錦。」《唐會要》卷八六：「開元二年閏三月勑：諸錦、綾羅、縠繡、織成、紬絹、絲、犛牛尾、真珠、金鐵，並不得與諸蕃互市。」步障：《世説新語·汰侈》：「君夫作紫絲布步障碧綾裏四十里，石崇作錦步障五十里以敵之。」

朱藤謡〔一〕

朱藤朱藤①，温如紅玉，直如朱繩。自我得爾以爲杖，大有裨於股肱。前年左遷，東南萬里。交遊別我于國門，親友送我于滻水〔二〕。登商山兮車倒輪摧②，渡漢水兮馬跙蹄開〔三〕。中途不進，部曲多迴。唯此朱藤，實隨我來。瘴癘之鄉，無人之地。扶衛衰病，驅呵魑魅。吾獨一身，賴爾爲二③。或水或陸，自北徂南。泥黏雪滑，足力不堪。吾本兩足，得爾爲三。紫霄峯頭，黃石巖下〔四〕。松門石磴，不通輿馬。吾與爾披雲撥水，環山繞野。二年踏遍匡廬間，未嘗一步而相捨。雖有隸子弟④，良友朋，扶危助蹇，不如朱藤。嗟乎！窮既若是，通復何如？吾不以常杖待爾，爾勿以常人望吾。朱藤朱藤，吾雖青雲之上，黃泥之下⑤，誓不棄爾於斯須。（2827）

【校】

①朱藤朱藤　金澤本作「朱藤兮朱藤兮」。

②商山　紹興本等作「高山」，據金澤本、天海本改。

③爲二　金澤本作「爲貳」。

④隸子弟　馬本作「佳子弟」。

⑤黃泥　金澤本、天海本其上有「與」字。

【注】

〔一〕朱藤：白居易《朱藤杖紫驄吟》（《白氏文集》卷八 0339）：「拄上山之上，騎下山之下。江州去日朱藤杖，忠州歸日紫驄馬。」韓愈《和虞部盧四汀酬翰林錢七徽赤藤杖歌》：「赤藤爲杖世未窺，臺郎始攜自滇池。滇王掃宮避使者，跪進再拜語嗢咿。繩橋拄過免傾墮，性命造次蒙扶持。途經百國皆莫識，君臣聚觀逐旌麾。共傳滇神出水獻，赤龍拔鬚血淋漓。又云羲和操火鞭，暝到西極睡所遺。」赤藤杖即朱藤杖，出雲南。

〔二〕滻水：《太平寰宇記》卷二五雍州萬年縣：「滻水，荆溪、狗枷二水之下流也。《封禪書》：秦都咸陽，霸、滻、長水，皆非大川，以近咸陽，盡得祠之。」白居易《紅藤杖》（《白氏文集》卷十五 0869）：「交親過滻別，車馬到江迴。唯有紅藤杖，相隨萬里來。」

〔三〕商山：白居易《仙娥峯下作》（《白氏文集》卷十 0488）：「我爲東南行，始登商山道。」《史記·蘇秦列傳》正義：「商阪即商山也，在商洛縣南一里。亦曰楚山。武關在焉。」渡漢水：白居易自長安赴江州，經襄陽，渡漢水。有《再到襄陽訪問舊居》（《白氏文集》卷十 0490）詩。馬跙蹄開：揚雄《太玄經·從更至應》：「駟馬跙跙，而更其御。」注：「跙跙，不調也。」

〔四〕紫霄峯：在廬山。白居易《元十八從事南海欲出廬山臨別舊居有戀泉聲之什因以投和兼伸別情》（《白氏文集》卷十七 1022）：「雨露初承黃紙詔，煙霞欲別紫霄峯。」陳舜俞《廬山記》：「（簡寂）觀在白雲峰下，其間一峰獨出而秀卓者曰紫霄峰。」黃石巖：《廬山記》卷三：「俗傳黃石公所居，非也。其崖壁皆黃色。」《廬山志》卷五：「雙澗峰下有黃巖寺。桑疏：黃巖寺，唐僧智常建。智常住歸宗，先結廬於黃石巖。」白居易《白雲期》（《白氏文集》卷七 0302）注：「黃石巖下作。」

無可奈何①

無可奈何兮，白日走而朱顔頽，少日往而老日摧②。生者不住兮，死者不迴。況乎寵辱豐顇之外物，又何常不十去而一來③。去不可挽兮，來不可推。無可奈何兮，已焉哉。惟天長而地久，前無始兮後無終④。嗟吾生之幾何，寄瞬息乎其中。又如太倉之稊米，委一粒於萬鍾〔一〕。何不與道逍遥，委化從容⑤，縱心放志，洩洩融融？胡爲乎分愛惡於生死，繫憂喜於窮通？倔强其骨髓，齟齬其心胸。合冰炭以交戰⑥，秖自苦兮厥躬⑦〔二〕。彼造物者于何不爲⑧？此與化者云何不隨⑨？或喣或吹，或盛或衰。雖千變與萬化，委一順以貫之。爲彼何非？爲此何是？誰冥此心？夢蝶之子〔三〕。何禍非福？何吉非凶？誰達此觀？喪馬之翁〔四〕。俾吾爲秋毫之杪，吾亦自足，不見其小〔五〕。俾吾爲泰山之阿，吾亦無餘，不見其多。是以達人静則脗然與陰合迹⑩，動則浩然與陽同波⑪。委順而已，孰知其他。時耶命耶，吾其無奈彼何。委耶順耶⑫，彼亦無奈吾何。夫兩無奈何⑬，然後能冥至順而合大和⑭〔六〕。故吾所以飲大和，扣至順，而爲無可奈何之歌。（2828）

【校】

①題　《文苑英華》、《唐文粹》作「無可奈何歌」。

②往而　金澤本、《文苑英華》、《唐文粹》作「往兮」。

③何常　金澤本、《文苑英華》、《唐文粹》作「何嘗」。「十去」金澤本、《文苑英華》、《唐文粹》作「一去」。

④無始兮　「兮」《文苑英華》作「而」，校：「《文粹》作兮。」

⑤從容　金澤本作「從容之」。

⑥合冰炭　金澤本作「含冰炭」。

⑦自苦兮　金澤本、《文苑英華》、《唐文粹》作「自苦乎」。

⑧于何　馬本作「云何」。

⑨此與化者　「此與」《文苑英華》作「而此」，校：「《文粹》作此與。」

⑩脗然　那波本作「闇然」。紹興本校：「一作闇然。」「合迹」金澤本作「合質」。

⑪動則　金澤本作「亦動則」。

⑫委耶　「委」金澤本、那波本、《文苑英華》作「隨」，《文苑英華》校：「《文粹》作委。」紹興本校：「一作隨耶。」

⑬兩無奈何　《唐文粹》作「兩無可奈何」。

⑭大和　馬本作「太和」，下文同。

朱《箋》：作於長慶三年（八二三）以前。

【注】

〔一〕太倉之稊米：《莊子·秋水》：「計中國之在海内，不似稊米之在太倉乎？」

〔二〕合冰炭以交戰：《諸法集要經》卷十：「離愛除煩惱，無冰炭交心。」

〔三〕夢蝶之子：《莊子·齊物論》：「昔者莊周夢爲蝴蝶，栩栩然蝴蝶也，自喻適志與，不知周也。俄然覺，則蘧蘧然周也。不知周之夢爲蝴蝶與，蝴蝶之夢爲周與？」

〔四〕喪馬之翁：《淮南子·人間訓》：「近塞上之人有善術者，馬無故亡而入胡，人皆弔之。其父曰：『此何遽不爲福乎？』居數月，其馬將胡駿馬而歸，人皆賀之。其父曰：『此何遽不能爲禍乎？』家富良馬，其子好騎，墮而折其髀，人皆弔之。其父曰：『此何不遽爲福乎？』居一年，胡人大入塞，丁壯者引弦而戰，近塞之人，死者十九，此獨以跛之故，父子相保。」

〔五〕秋毫之杪：《莊子·齊物論》：「天下莫大於秋豪之末，而大山爲小。」

〔六〕合大和：《易·乾·象》：「保合大和，乃利貞。」嵇康《答向子期難養生論》：「以大和爲至樂，則榮華不足顧也；以恬澹爲至味，則酒色不足欽也。」

自誨

樂天樂天，來與汝言。汝宜拳拳，終身行焉。物有萬類①，錮人如鎖。事有萬感，熱人如火。萬類遞來②，鎖汝形骸。使汝未老，形枯如柴③。萬感遞至，火汝心懷。使汝未死，心化爲灰。樂天樂天，可不大哀！汝胡不懲往而念來？人生百歲七十稀④，設使與汝七十期⑤，汝今年已四十四⑥，却後二十六年能幾時⑦？汝不思二十五六年來事⑧，疾速倏忽如一寐？往日來日皆瞥然，胡爲自苦於其間〔一〕？樂天樂天，可不大哀⑨！而今而後，汝宜飢而食⑩，渴而飲，晝而興，夜而寢〔二〕。無浪喜，無妄憂。病則臥，死則休。此中是汝家，此中是汝鄉。汝何捨此而去⑪，自取其遑遑？遑遑兮欲安往哉？樂天樂天歸去來！（2829）

【校】

①萬類　金澤本、天海本作「萬緣」，下文同。

②遞來　金澤本、天海本作「迭開」。

③使汝未老形枯如柴　金澤本、天海本在「萬感遞至火汝心懷」下。

④百歲　金澤本作「百年」。

⑤設使　金澤本、天海本作「設從」。

⑥年已　金澤本作「已年」。

⑦却後　金澤本、天海本作「其後」。「能幾時」金澤本作「幾何時」。

⑧不思　金澤本作「何不思」。

⑨可不大哀　金澤本、天海本無四字。

⑩汝宜　金澤本、天海本作「汝其」。

⑪而去　金澤本、天海本作「而遠去」。

【注】

朱《箋》：作於元和十年（八一五），長安。

〔一〕瞥然：忽然。《太平廣記》卷八六《抱龍道士》（出《野人閑話》）：「復同行十里，瞥然不見。」

〔二〕汝宜飢而食四句：《祖堂集》卷三懶瓚《樂道歌》：「我不樂生天，亦不愛福田。飢來即喫飯，睡來即卧瞑。」《大珠慧海禪師語錄》卷下：「有源律師來問：『和尚修道，還用功否？』師曰：『用功。」曰：「如何用功？」師曰：「飢來喫飯，困來即眠。」曰：「一切人總如是，同師用功否？」師曰：「不同。」曰：「何故不同？」師曰：「他喫飯時不肯喫飯，百種須索，睡時不肯睡，千般計較，所以不同也。」」

八漸偈　并序

唐貞元十九年秋八月，有大師曰凝公遷化于東都聖善寺鉢塔院〔一〕。越明年二月①，有東來客白居易作《八漸偈》。偈六句四言以讚之②。初，居易常求心要於師③，師賜我八言焉。曰觀，曰覺，曰定，曰慧，曰明，曰通，曰濟，曰捨。繇是入於耳，貫於心，達於性，于茲三四年矣。嗚呼！今師之報身則化，師之八言不化。至哉八言，實無生忍觀之漸門也〔二〕。故自觀至捨④，次而讚之。廣一言爲一偈，謂之《八漸偈》。蓋欲以發揮師之心教，且明居易不敢失墜也。既而升于堂，禮于牀，跪而唱，泣而去。偈曰。

【校】

①二月　金澤本、天海本作「春二月」。

②六句　金澤本「句」字重。

③常求　金澤本、天海本作「嘗求」。

④至捨　金澤本、天海本作「至濟」。平岡校：「非是。」

【注】

朱《箋》：作於貞元二十年（八〇四），長安。

〔一〕凝公：法凝。本書卷三三《東都十律大德長聖善寺鉢塔院主智如和尚茶毗幢記》（3620）：「年十二，授經於僧皎。二十二受具戒於僧晤，學《四分律》於曇濬律師，通《楞伽》、《思益》心要於法凝大師。」《全唐文補遺》第八輯尼妙性《唐故天女寺尼勝藏律師墳所尊勝石幢記》：「律師法名勝藏，姓范氏，則故居士徹之女也。自幼年有□□之性，敬慕釋門，隨慈母不□輪，問禪要於聖善山門院大辯先師。言□□□正□離念真宗□□□□。及歲滿，具戒於聖善嚴持院凝大師。律不學，精通得度，隸名居於天女□……元和七年十二月一日染疾，奄然謝世。德齡四十八，法夏二十八。」亦即其人。張説《唐玉泉寺大通禪師（神秀）碑銘》：「爾其開法大略，則慧念以息想，極力以攝心……持奉《楞伽》，近爲心要。過此以往，未之或知。」李邕《大照禪師（普寂）塔銘》：「遠詣玉泉大通和上……約令看《思益》，次《楞伽》，因而告曰：此兩部經，禪學所宗要者。」法凝蓋北宗禪傳人。聖善寺：在東都章善坊。《唐會要》卷四八《寺》：「聖善寺，章善坊。神龍元年二月，立爲中興。二年，中宗爲武太后追福，改爲聖善寺。寺内報慈閣，中宗爲武后所立。」北宗傳人普寂弟子弘正天寶間居聖善寺。李華《故左溪大師碑》：「至梁、魏間，有菩薩僧菩提達摩禪師傳《楞伽》法，八世至東京聖善寺弘正禪師，今北宗是也。」法凝當即弘正弟子。

〔二〕無生忍觀之漸門：指法凝所傳北宗禪法。無生忍，又作無生法忍。《大智度論》卷五十：「無生法忍者，於無生滅諸法實相中信受通達，無礙不退，是名無生忍。」漸門：北宗禪被稱爲漸門。宗密《禪源諸詮集都序》卷三：「問：前云佛説頓教漸教，禪開頓門漸門，未審三種教中，何頓何漸？答：……如前所敍諸家，有云先因漸修功成，而豁然頓悟，有云因頓修而漸悟，有云因漸修而漸悟等者，皆説證悟也。有云先須頓悟，方可漸修者，此約解悟也。」又《中華傳心禪門師資承襲圖》宗密禪師答：「然能和尚滅度後，北宗漸教大行，因成頓門弘傳之障。」

觀偈〔一〕

以心中眼，觀心外相。從何而有，從何而喪？觀之又觀，則辯真妄①〔二〕。（2830）

【校】

①辯　金澤本、馬本作「辨」。

【注】

〔一〕觀偈：凝公所授八言，大體出於北宗「五方便門」。其説略見於宗密《圓覺經大疏鈔》卷三「方便通經」，今有敦煌文書《大乘無生方便門》（S. 0735v 、大正藏册八五）。五方便門：第一總彰佛體，亦名離念門；第二開智慧門，亦名不動門；第三顯不思議門；第四明諸法正性門；第五了無異門。參印順《中國禪宗史》第四章。此觀偈，略相當於第一總彰佛體即離念門方便之看心、淨心。《大乘無生方便門》記錄傳禪實況：「和（尚）：看淨！細細看。即用淨心眼，無邊無涯際遠看，無障礙看。和（尚）問：見何物？答：一物不見。」

〔二〕以心中眼六句：《金剛經》：「佛告須菩提：『凡所有相，皆是虚妄。若見諸相非相，即見如來。』」《大乘無生方便門》：「和（尚）言：一切相總不得取。所以《金剛經》云：『凡所有相，皆是虚妄。』看心若淨，名淨心地。莫卷縮身心，舒展身心，放曠遠看，平等盡虚空看！」

覺偈〔一〕

惟真常在，爲妄所蒙。真妄苟辯①，覺生其中②。不離妄有，而得真空。（2831）

【校】

①辯　金澤本作辨。

②覺生　金澤本、天海本作「覺性」。

【注】

〔一〕覺偈：此偈謂由淨心達至覺性。敦煌另一抄卷《大乘五方便北宗》（P．2270）：「問：是沒是淨心體？答：覺性是淨心體。比來不覺，故心使我。今日覺悟，故覺使心。」

定偈〔一〕

真若不滅，妄即不起。六根之源，湛如止水。是爲禪定，乃脱生死。（2832）

【注】

〔一〕定偈：此偈言禪定，由定發慧，相當於五方便門之第二開智慧門，又名不動門。《大乘無生方便門》：「此不動是由定發慧方便，是開慧門。聞是慧，此方便非但能發慧，亦能正定。」

慧偈〔一〕

專之以定①，定猶有繫。濟之以慧，慧則無滯。如珠在盤，盤定珠慧。（2833）

【校】

①專之　紹興本等作「慧之」，據金澤本、天海本、《景德傳燈録》改。

【注】

〔一〕慧偈：此偈言由定發慧。《大乘無生方便門》：「此不動是由定發慧方便……若不得此方便，正定即是落邪定，貪著禪味，墮二乘涅槃。已得此方便，正定即得圓寂，是大涅槃。智用是知，慧用是見，是名開佛知見。知見即是菩提。」

明偈〔一〕

定慧相合，合而後明。照彼萬物，物無遯形。如大圓鏡，有應無情〔二〕。（2834）

【注】

〔一〕明偈：據印順《中國禪宗史》所説，五方便門的餘三門皆表示證悟的深入。此偈及以下三偈均描繪證悟深入的境界，約與餘三門相當。明偈約相當於第四「明諸法正性門」。

〔二〕如大圓鏡：《大乘本生心地觀經》卷二：「如大圓鏡現諸色像，如是如來鏡智之中，能現衆生諸善惡業。以是因緣，此智名爲大圓鏡智。」

通偈〔一〕

慧至乃明，明則不昧。明至乃通，通則無碍。無碍者何？變化自在〔二〕。（2835）

【注】

〔一〕通偈：約相當於五方便門之第五了無異門，此門或作「自然無礙解脱道」。

〔二〕明至乃通四句：《華嚴經》卷十二：「入因陀羅網法界自在，成就如來無礙解脱。」

濟偈〔一〕

通力不常，應念而變。變相非有，隨求而見。是大慈悲①，以一濟萬。（2836）

【校】

①慈悲　金澤本作「慈心」。

【注】

〔一〕是大慈悲二句：《增壹阿含經》卷三一：「諸佛世尊成大慈悲，以大悲爲力，弘益衆生。」

捨偈

衆苦既濟，大悲亦捨〔一〕。苦既非真，悲亦是假。是故衆生，實無度者〔二〕。（2837）

【注】

〔一〕衆苦既濟大悲亦捨：《華嚴經》卷四十：「常爲衆生，滅諸苦陰，不捨大悲。」此反言之，與此偈言無度無修相應。

〔二〕是故衆生實無度者：《最勝問菩薩十住除垢斷結經》卷八：「菩薩得此總持者，雖度衆生，亦無度者。」《大般涅槃經》卷三：「如來度脱一切衆生，無度脱故能解衆生。」此偈總結以上諸偈，謂諸方便法門歸於無度無修。

繡阿彌陀佛贊〔一〕 并序

繡西方阿彌陀佛一軀，女弟子京兆杜氏奉爲亡妣范陽縣太君盧夫人八月十一日忌辰所造也①〔二〕。五綵莊嚴，一心恭敬，願追冥福，誓報慈恩。贊曰：

善始一念②，千念相屬。繡始一縷，萬縷相續。功績成就，相好具足〔三〕。金身螺髻，玉毫紺目〔四〕。報罔極恩，薦無量福。（2838）

【校】

①亡妣　紹興本等無「亡」字，據金澤本、《文苑英華》補。《文苑英華》校：「集無亡字。」八月　金澤本、天海本作「歲八月」。

②善始　金澤本、天海本作「善生」；那波本作「善念」，誤。

【注】

朱《箋》：作於長慶三年（八二三）以前。

〔一〕阿彌陀佛：西方極樂世界教主，意譯無量壽佛，爲淨土信仰所崇奉，能接引念佛人往生西方淨土。

〔二〕京兆杜氏：即居易弟白行簡妻子。見次篇《繡觀音菩薩像贊》(2839)。

〔三〕相好具足：佛之應化身具足三十二相、八十種好。《華嚴經》卷十五：「虛空法界等一切劫中去來今佛，相好具足而自莊嚴。」《無量壽經》卷下：「一切具足，身色相好。」

〔四〕金身螺髻二句：《觀無量壽經》：「無量壽佛身如百千萬億夜摩天閻浮檀金色，佛身高六十萬億那由他恒河沙由旬，眉間白毫右旋轉如須彌山，佛眼清淨如四大海水清白分明。」螺髻、紺目、眉間毫相均屬三十二相。《佛説大乘造像功德經》卷上：「我若受命造佛形像，但可模擬螺髻、玉毫少分之相，諸餘相好光明威德誰能作耶？」

繡觀音菩薩像贊①〔一〕　并序

故尚書膳部郎中太原白府君諱行簡妻京兆杜氏〔二〕，奉爲府君祥齋，敬繡救苦觀音菩薩一軀②，長五尺二寸③，闊一尺八寸，紉針縷綵，絡金綴珠，衆色彰施，諸相具足。發弘願於哀懇④，薦景福於幽靈。稽首焚香，跪而贊曰：

集萬縷兮積千針，勤十指兮虔一心。嗚呼！鑑悲誠而介冥福⑤，實有望於觀音⑥。

(2839)

【校】

①題　「觀音」《文苑英華》作「觀世音」。

②觀音　金澤本、《文苑英華》作「觀世音」。「菩薩」金澤本其下有「像」字。

③二寸　金澤本作「三寸」。

④弘願　「弘」《文苑英華》作「大」，校：「集作弘。」

⑤而　《文苑英華》作「兮」，校：「集作而。」

⑥觀音　金澤本、《文苑英華》明刊本作「觀世音」。

【注】

朱《箋》：約作於大和元年（八二七）至大和二年（八二八），長安。按，此文編入《白氏文集》前集，或爲後來附入。

〔一〕觀音菩薩：即觀世音菩薩，又名觀自在菩薩。據《法華經·普門品》等記述，謂受苦衆生遭遇困難一心稱名，觀世音菩薩即時觀其音聲，令得解脱。

〔二〕白行簡：白居易弟行簡，字知退。《舊唐書·白行簡傳》：「行簡寶曆二年冬病卒。」

畫水月菩薩贊①〔一〕

淨淥水上②，虛白光中。一覩其相，萬緣皆空。弟子居易，誓心歸依。生生劫劫，長爲我師。（2840）

【校】

①題　《文苑英華》題下注：「周助畫。」按，當作「周昉」。

②淥　金澤本、馬本作「綠」。

【注】

朱《箋》：約作於大和元年（八二七）至大和二年（八二八），長安。按，此據前篇類推，未必可據。

〔一〕水月菩薩：即水月觀音菩薩。《歷代名畫記》卷三：「勝光寺……塔東南院，周昉畫水月觀自在菩薩。」卷十：「周昉，字景玄，官至宣州長史。初效張萱畫，後則小異，頗極風姿。全法衣冠，不近閭里。衣裳勁簡，彩色柔麗。菩薩端嚴，妙創水月之體。」《唐朝名畫録》：「周昉字仲朗，京兆人也……今上都畫水月觀自在菩薩……皆殊絶當代。」《全唐文補遺》第五輯闕名《唐故贊善大夫贈使持節都督原州諸軍事原州刺史賜紫金魚袋上柱國周府君（曉）墓誌銘》：「長兄特進、光祿卿、汝南郡開國公晧，次兄朝議郎、守太子僕昉，皆國之良也。」周晧、周昉兄弟，又見《唐朝名畫録》、《畫斷》等。據此誌，周曉卒於至德二年（七五七），年十七。周昉生年當在開元二十九年（七四一）前，至貞元間大著名。

白居易文集校注卷第三①

哀祭文　凡十四首

哀二良文

丞相隴西公出鎮于汴州〔一〕，軍司馬、御史大夫陸長源實左右之〔二〕，二年而軍用寧②。司空南陽公作藩于徐州〔三〕，軍副使、祠部員外郎鄭通誠實先後之，三年而民用康③。暨十五年春，隴西薨，浹辰而師亂④，大夫以直道及禍。十六年夏，南陽薨，翌日而難作，員外以危行遇害⑤。惜乎！大夫，人之望也。員外，國之良也。咸克潔于身，儉于家，勤于邦，又申之以言行、文學、智謀、政事。故其歷要官，參劇務，如刀劍發鉶，割而無滯；如鐘磬在懸⑥，動而有聲。識者以爲異時登天子股肱耳目之任，必能經德秉哲⑦，紹復隴西、南陽之事業，以藩輔王家。嗚呼！善人宜將鍾奕葉之慶，而不免及身之禍。天乎！報施之朕，何其昧歟⑧？昔詩人有《黄鳥》之章⑨，以哀三良不得其死〔四〕，今斯文亦以《哀二良》命其篇云⑩。

伊大化之無形兮⑪，浩浩而茫茫。中有禍牙兮⑫，若機之張〔五〕。梁之亂兮，陸受其毒；徐之難兮，鄭罹其殃。惟善人兮，邦之紀綱。邦之瘁兮，而人先亡⑬〔六〕。謂天之惡下民兮，胡爲生此忠良⑭？謂天之愛下民兮，胡爲生此豺狼？我欲階冥冥，問蒼蒼。蒼蒼之不可問兮⑮，俾我心之盡傷〔七〕。悲夫！而今而後，吾知夫天難忱而命靡常⑯。

（2841）

【校】

①卷第三　即《白氏文集》紹興本、馬本卷四十，那波本卷二十三。

②二年　林羅山本、蓬左本、《文苑英華》作「三年」，《文苑英華》校：「集本、《文粹》作二。」

③三年　林羅山本、蓬左本、《文苑英華》、《唐文粹》作「十年」，《文苑英華》校：「集作三。」

④師　郭本作「汴師」。

⑤遇　《文苑英華》作「受」，校：「集、《文粹》作遇。」

⑥鐘磬　《文苑英華》作「鐘鼓」，校：「集、《文粹》作磬。」

⑦經德　《唐文粹》作「修德」。

⑧其味　郭本作「其舛」。

⑨有　盧校作「賦」。

⑩命　紹興本等無，據林羅山本、《文苑英華》、《唐文粹》補，馬本作「名」。「其篇」郭本、盧校作「其辭」。

⑪伊　郭本作「噫」。

⑫牙　紹興本等作「身」，據《文苑英華》改。《文苑英華》校：「集作身。」《唐文粹》此字無。

⑬而人　《唐文粹》作「正人」。《文苑英華》「而」字下校：「浙本有正字。」

⑭胡爲　《唐文粹》其下有「乎」字。《文苑英華》校：「《文粹》有乎字。」下文「胡爲」同。

⑮蒼蒼　林羅山本、蓬左本其上有「冥冥」二字。

⑯靡常　《唐文粹》其下有「耶」字，《文苑英華》校：「《文粹》有耶字。」

【注】

陳《譜》、朱《箋》：作於貞元十六年（八〇〇）。

〔一〕丞相隴西公：董晉。《舊唐書·董晉傳》：「（貞元）五年，遷門下侍郎、同平章事……會汴州節度李萬榮疾甚，其子迺爲亂。以晉爲檢校左僕射、同平章事，兼汴州刺史、宣武軍節度營田、汴宋觀察使。晉既受命，唯將幕官傔從等十數人，都不召集兵馬……朝廷恐晉柔懦，尋以汝州刺史陸長源爲晉行軍司馬。晉謙恭簡儉，每事因循多可，故亂兵粗安。長源好更張云爲，數請改易舊事，務從削刻。晉初皆然之，及案牘已成，晉乃命且罷。又委錢穀支計于判官孟叔度，叔度輕佻，好慢易軍人，皆惡之。晉十五年二月卒，年七十六，廢朝三日，除太傅，賜布帛有差。卒後未十日，汴州大亂，殺長源、叔度等。」

〔二〕陸長源：《舊唐書·陸長源傳》：「陸長源字詠之……貞元十二年，授檢校禮部尚書、宣武軍行軍司馬，汴州政事，皆決斷之。性輕佻，言論容易，恃才傲物，所在人畏而惡之。及至汴州，欲以峻法繩驕兵，而董晉判官楊凝、孟叔度亦縱恣淫湎，衆情共怒。晉性寬緩，事務因循，以收士心。長源每事守法，晉或苟且，長源輒執而正之。及晉卒，令長源知留後事……或勸長源，故事有大變，皆賞三軍，三軍乃安。長源曰：『不可使我同河北賊，以錢買健兒取旌節。』兵士怨怒滋甚，乃執長源及叔度等臠而食之，斯須骨肉糜散。」

〔三〕司空南陽公：張建封。《舊唐書·張建封傳》：「貞元四年，以建封爲徐州刺史……建封在彭城十年，軍州稱理。復又禮賢下士，無賢不肖，遊其門者，皆禮遇之……十六年，遇疾，連上表請速除代，方用韋夏卿爲徐泗行軍司馬，未至而建封卒，時年六十六，册贈司徒。子愔。愔以蔭授虢州參軍。初，建封卒，判官鄭通誠權知留後事，通誠懼軍士謀亂，適遇浙西兵遷鎮，通誠欲引入州城爲援。事洩，三軍怒，五六千人斫甲仗庫取戈甲，執帶環繞衙城，請愔爲留後，乃殺通誠、楊德宗，大將段伯熊、吉遂、曲澄、張秀等。軍衆請於朝廷，乞授愔旄節。初不之許，乃割濠、泗二州隸淮南，加杜佑平章事以討徐州。既而泗州刺史張伾以兵攻埇橋，與徐軍接戰，伾大敗而還。朝廷不獲已，乃授愔起復右驍衛將軍同正，兼徐州刺史、御史中丞。」

〔四〕黄鳥之章：《左傳》文公六年：「秦伯任好卒。以子車氏之三子奄息、仲行、鍼虎爲殉。皆秦之良也。國人哀之，爲之賦《黄鳥》。君子曰：秦穆之不爲盟主也，宜哉。死而棄民。先王違世，猶詒之法，而況奪之善人乎！《詩》曰：『人之云亡，邦國殄瘁。』無善人之謂也。若之何奪之？」

〔五〕中有禍牙兮若機之張：《管子・版法》：「外之有徒，禍乃始牙。」揚雄《徐州箴》：「禍如丘山，本在萌牙。」《書・太甲上》：「若虞機張，往省括於度則釋。」傳：「機，弩牙也。虞，度也。度機，機有度以准望，言修德夙夜思之，明旦行之，如射先省矢括於度，釋則中。」

〔六〕邦之瘁兮二句：《詩・大雅・瞻卬》：「人之云亡，邦國殄瘁。」參注〔四〕。

〔七〕俾我心之盡傷：《書・酒誥》：「誕惟厥縱淫泆于非彝，用燕喪威儀，民罔不盡傷心。」傳：「民無不盡然痛傷其心。」

禜城北門文①〔一〕

爲濠州刺史作。

具年月日②。某官某敬以醴幣禜于外城北門③：某聞北鄘四門之神④，有水旱之災，於是乎禜之⑤〔二〕。今年春，天作淫雨，將害于農，墊于民。惟城積陰之氣，惟北太陰之位〔三〕。是用昭告于城之北門，惟門有神裁之。某以天子休命，殿于是邦。大懼天厲之不時⑥，俾黎民阻飢。敢以正辭告神，神若之何不聽⑦？敢以至誠感神，神若之何不弔？尚克陰沴不作，時陽咸若⑧，百穀用成，庶民用寧〔四〕，實惟鄘之神，門之靈。於戲！北鄘北門之神，明聽斯言，罔俾雨水昏墊，以作某之憂，神之羞⑨。（2842）

【校】

①題　紹興本、那波本作「城北門文」，馬本作「祭城北門文」。據林羅山本、蓬左本、天海本、《文苑英華》改。

②具　林羅山本、《文苑英華》無此字。郭本作「某」。

③某官某　林羅山本、蓬左本作「某官某乙」。「禜」紹興本、那波本無此字，馬本作「祭」。據林羅山本、蓬左本、《文苑英華》補。「外城」《文苑英華》無「外」字，校：「集有外字。」

④北鄘　「北」蓬左本、《文苑英華》作「四」，《文苑英華》校：「集作北。」

⑤禜之　紹興本誤「榮之」，郭本誤「營之」。

⑥天厲　郭本作「夭厲」，《文苑英華》校：「京本作夭。」

⑦神若之　郭本作「神若知」。下文同。

⑧時陽　《全唐文》作「時暘」，郭本作「雨暘」。
⑨神之羞　《文苑英華》其下有「尚饗」二字。

【注】

朱《箋》：作於貞元十六年（八〇〇）以前。

〔一〕禜城北門：《周禮·春官·鬯人》：「禜門用瓢齎。」注：「禜謂營酇所祭。門，國門也。」營酇謂圈地以祭。《周禮·春官·大祝》：「掌六祈，以同鬼神示。一曰類，二曰造，三曰禬，四曰禜，五曰攻，六曰説。」注：「禜，日月星辰山川之祭也……玄謂：類、造加誠，肅求如志。禬、禜告之，以時有災變也。攻、説則以辭責之。禜如日食以朱絲禜社，攻如其鳴鼓然……造、類、禬、禜皆有牲，攻、説用幣而已。」

〔二〕北鄘四門之神三句：《左傳》昭公十八年：鄭火災，「郊人助祝史除於國北，禳火于玄冥、回祿，祈於四鄘。」杜預注：「爲祭處於國北者，就大陰禳火」；「鄘，城也。城積土，陰氣所聚，故祈祭之，以禳火之餘災。」疏：「就國北者，南爲陽，北爲陰，就大陰禳火也。」又昭公元年：「山川之神，則水旱癘疫之災，於是乎禜之。日月星辰之神，則雪霜風雨之不時，於是乎禜之。」

〔三〕惟城積陰之氣二句：見注〔二〕。

〔四〕時陽咸若三句：《書·洪範》：「曰乂，時暘若。」傳：「君行政治，則時暘順之。」又：「歲月日時無易，百穀用成，乂用明，俊民用章，家用平康。」

祭符離六兄文①〔一〕

維貞元十七年某月某日，從祖弟居易等謹祭于符離主簿六兄之靈：嗚呼！聖忘情②，愚不及情，情所鍾者，唯居易與兄〔二〕。豈不以親莫愛於弟兄，别莫痛於死生③？斯親也而有斯别也，孰能不哀從中來而失聲④？去年春，居易南遊，兄亦東適，夥歙之間⑤，欣然一覿〔三〕。相顧笑語⑥，相勉行役，中路遽别，情甚感激。孰知此别，爲生死隔？矧兄遇疾于路，路無藥石；歸全于家，家無金帛。環堵之室，不容弔客；稚齒之子⑦，未知哀戚。自古孔懷之痛，亦莫我之與劇〔四〕。古人有言：「神福仁，天福敬⑧。」〔五〕又曰：「惡有餘殃，善有餘慶。」〔六〕惟兄道源乎大和⑨，德根乎至性，以孝友肥其身⑩，以仁信壇其行〔七〕，而位不登於再命，年不及於知命。何報施之我欺⑪，俾吾兄之不幸？嗚呼！已焉哉！既卜遠日⑫，既宅新阡⑬，春草之中⑭，晝爲墓田⑮〔八〕。濉水南岸，符離東偏，其地則邇，其别終天〔九〕。惟弟與家人⑯，儼拜哭於車前。魂兮有知，鑑斯文，歆斯筵，知居易

之心煢煢然。（2843）

【校】

①題　「符離」《全唐文》作「苻離」，正文同。

②聖　《文苑英華》作「聖人」，校：「集無人字。」

③死生　《文苑英華》作「生死」，校：「集作死生。」平岡校：「誤倒。」

④哀　《文苑英華》校：「集作苦。」

⑤黟歙　那波本誤「黔歙」。

⑥笑語　郭本作「笑談」。

⑦稚齒　郭本作「稚豎」。

⑧天福　林羅山本、蓬左本、《文苑英華》作「天祐」，《文苑英華》校：「集作福。」

⑨大和　《文苑英華》明刊本、《全唐文》作「太和」。

⑩孝友　郭本作「孝義」。

⑪我欺　郭本作「訛斯」。

⑫遠日　郭本作「遷日」。

⑬既宅　《文苑英華》作「既窆」，校：「集作宅。」《全唐文》作「就宅」。

⑭春草　那波本作「奉養」。

⑮畫　《文苑英華》作「盡」，校：「集作畫。」

⑯弟　林羅山本、蓬左本、《文苑英華》作「弟姪」，郭本作「弟子」。

【注】

朱《箋》：作於貞元十七年（八〇一），符離。

〔一〕符離六兄：名不詳。居易從祖兄。按，居易兄幼文行大，此六兄，又有於潛七兄、烏江十五兄，見《白氏文集》卷十三《自河南經亂關内阻飢兄弟離散各在一處因望月有感聊書所懷寄上浮梁大兄於潛七兄烏江十五兄兼示符離及下邽弟妹》（0687）及本卷《祭烏江十五兄文》（2846）。《舊唐書・地理志一》河南道：「宿州上，徐州之符離縣也。元和四年正月敕，以徐州之符離置宿州」；「符離，漢縣。隋治朝解城。貞觀元年，移置竹邑城。元和四年正月，置宿州，仍爲上州。」

〔二〕聖忘情四句：《世説新語・傷逝》：「王戎喪兒萬子，山簡往省之，王悲不自勝。簡曰：『孩抱中物，何至於此？』王曰：『聖人忘情，最下不及情。情之所鍾，正在我輩。』」

〔三〕去年春居易南遊：貞元十六年二月十七日居易進士及第，旋歸洛陽省親。朱金城《白居易年譜》、羅聯添《白樂天年譜》均據此文，謂居易本年春又南遊浮梁，途經黟、歙。黟歙：據《元和郡縣圖志》卷二八江南西道，歙州屬宣歙觀察使管下，黟縣爲歙州屬縣。從宣城至浮梁需經歙州。

〔四〕孔懷之痛：《詩·小雅·常棣》：「死喪之威，兄弟孔懷。」箋：「死喪可畏怖之事，維兄弟之親甚相思念。」

〔五〕神福仁天福敬：《左傳》成公五年：「神福仁而禍淫。」又昭公四年：「志曰：『能敬無災。』又曰：『敬逆來者，天所福也。』」

〔六〕惡有餘殃善有餘慶：《易·坤·文言》：「積善之家必有餘慶，積不善之家必有餘殃。」

〔七〕以孝友肥其身：《淮南子·精神訓》：「故子夏見曾子，一臞一肥。曾子問其故，曰：『出見富貴之樂而欲之，入見先王之道又説之。兩者心戰，故臞；先王之道勝，故肥。』」以仁信羶其行：《莊子·徐无鬼》：「卷婁者，舜也。羊肉不慕蟻，蟻慕羊肉，羊肉羶也。舜有羶行，百姓悦之，故三徙成都，至鄧之虚，而十有萬家。」

〔八〕既卜遠日：《禮記·曲禮上》：「凡卜筮日，旬之外曰遠某日，旬之内曰近某日。喪事先遠日，吉事先近日。」

〔九〕濉水南岸：《太平寰宇記》卷十七宿州：「睢水在符離縣北二十里。」白居易《醉後走筆酬劉五主簿長句之贈兼簡張大賈二十四先輩昆季》（《白氏文集》卷十二0581）：「陴湖緑愛白鷗飛，濉水清憐紅鯉肥。」均作濉水。

祭楊夫人文〔一〕

維元和三年歲次戊子①，八月辛亥朔，十九日己巳，將仕郎、守左拾遺、翰林學士太原白居易謹以清酌庶羞之奠，敬祭于陳氏楊夫人之靈②：惟夫人柔明治性③，溫惠保身，靜修言容，動中規度。洎承訓師氏，作嬪良人，茂四德而蘭幽有香，潔百行而玉立無玷④。發爲淑問⑤，著爲芳猷，姻族有輝，閨闈是式。噫！福仁何昧⑥，積慶無徵。宜享永年，遽歸長夜。浮生若此，永痛如何！嗚呼！生必有涯，人誰不没？所甚感者，其唯情乎！故事劇者情易鍾，感深者理難遣〔二〕。夫人雖宜其室⑦，竟未辭家〔三〕。蓄和順之誠⑧，不得施於娣姒〔四〕；蘊孝敬之德⑨，不得展於舅姑。有志莫伸，何恨過此？況一嬰沈痼，自夏租秋。伏枕七旬，姊妹視疾。歸櫬千里，弟兄主喪。凋桃李之花，夫遠不見；失乳哺之愛，女小未知⑩。乃使哀情⑪，倍鍾血屬。洛川迢遞，秦野蒼茫，日慘不光，雲愁無色。姊妹且病⑫，親老尤慈。哭别一聲，聞者腸斷。居易早聆懿範，近接嘉姻〔五〕。維私之眷每深，有慟之情何已⑬〔六〕？敬陳薄奠⑭，庶鑒悲誠。尚饗！（2844）

【校】

①三年　紹興本等作「二年」。據蓬左本、《文苑英華》改。岑仲勉《翰林學士壁記注補》：「『二年』應作『三年』，居易遷左拾遺在三年四月二十八日。」戊子爲元和三年，朱《箋》據改。

②陳氏　《文苑英華》無二字，校：「集有陳氏二字。」

③治性　「治」《文苑英華》作「理」，校：「集作治。」

④玉立　《文苑英華》作「玉瑩」，校：「集作立。」

⑤淑問　那波本、郭本作「淑聞」。

⑥福仁　《文苑英華》作「福行」，校：「集作仁。」

⑦宜其　林羅山本、蓬左本、《文苑英華》作「從宜」，《文苑英華》校：「集作宜其。」

⑧之誠　那波本、《文苑英華》作「之誠」。

⑨孝敬　《文苑英華》作「孝恭」，校：「集作敬。」

⑩女小　那波本作「女少」。

⑪乃使　林羅山本、蓬左本作「至使」。《文苑英華》「乃」作「其」，校：「集作乃。」

⑫姊妹　林羅山本、蓬左本、《文苑英華》作「妹孤」，《文苑英華》校：「集作姊妹。」

⑬有　《文苑英華》作「百」，校：「集作有。」

⑭敬　《文苑英華》作「恭」，校：「集作敬。」

【注】

〔一〕楊夫人：陳《譜》：「公姨也。公夫人弘農郡君於虞卿、汝士爲從兄妹。」朱《箋》：作於元和三年（八〇八），長安。陳《譜》繫於元和二年（八〇七），誤。

〔二〕感深者理難遣：《晉書·衛玠傳》：「玠嘗以人有不及，可以情恕；非意相干，可以理遣。故終身不見喜愠之容。」

〔三〕夫人雖宜其室二句：《詩·周南·桃夭》：「之子于歸，宜其室家。」傳：「之子，嫁子也。」箋：「宜者，謂男女年時俱當。」

〔四〕蓄和順之誠：《禮記·昏義》：「婦順者，順於舅姑，和於室人，而後當於夫。」

〔五〕近接嘉姻：朱《箋》據本文及《贈内》詩（《白氏文集》卷一 0032），謂居易約於本年七、八月間與楊氏夫人結婚。

〔六〕維私之眷：《白氏六帖事類集》卷六姊妹：「維私：《詩》曰：譚公維私。《爾雅》云：姊妹之夫爲私。」《詩·衛風·碩人》：「東宫之妹，邢侯之姨，譚公維私。」傳：「妻之姊妹曰姨。姊妹之夫曰私。」

祭小弟文〔一〕

維元和八年歲次癸巳，二月某朔二十五日①，仲兄居易、季兄行簡以清酌之奠，致祭于亡弟金剛奴：嗚呼！川水一逝，不復再還；手足一斷，無因重連②。惟吾與爾③，其苦亦然。黄壚白日，相見無緣。每一念至，腸熱骨酸。如以刀火，刺灼心肝。况爾之生，生也不夭。苗而不秀，九歲夭焉。昔權殯爾，滩南古原④。今改葬爾⑤，渭北新阡。祔先塋之北次⑥，就卑位於東偏。冀神魂之不孤，庶窀穸之永安。嗚呼！自爾捨我⑦，歸于下泉。日來月往，二十二年。吾等罪逆不孝，殃罰所延，一别爾後，再罹凶艱。灰心垢面，泣血漣漣⑧。松檟之下，其生尚殘。昔爾孤於地下，今我孤於人間⑨。與其偷生而孤苦，不若就死而團圓。欲自決以毁滅，又傷孝於歸全。進退不可，中心煩冤。仰天一號，痛苦萬端。嗚呼！爾魂在几，爾骨在棺，吾親奠酹⑩，於爾牀前〔二〕。苟神理之有知，豈不聞吾此言？尚饗！（2845）

【校】

①某朔　蓬左本無「某」字。

②重連　《文苑英華》作「再連」。

③與爾　《文苑英華》作「與汝」。

④濉南　《文苑英華》作「睢南」。「古原」郭本作「平原」。

⑤葬爾　「爾」《文苑英華》作「汝」，校：「集作爾。」

⑥祔　《文苑英華》作「俯」，校：「集作祔。」

⑦自爾捨我　《文苑英華》作「自汝捨吾」，「吾」校：「集作我。」

⑧泣血　《文苑英華》作「泣淚」，校：「集作血。」

⑨今我　《文苑英華》作「今吾」。

⑩酹　《文苑英華》校：「蜀本作酌。」

【注】

陳《譜》、朱《箋》：作於元和八年（八一三），下邽。

〔一〕小弟：居易幼弟白幼美，小字金剛奴。見本書卷五《唐白氏之殤墓誌銘》（2867）。

〔二〕爾魂在几：《周禮·春官·司几筵》：「凡喪事，設葦席，右素几。凡吉事變几，凶事仍几。」《禮記·祭統》：「鋪筵同几，爲依神也。」疏：「言人生時形體異，故夫婦别几，死則魂氣同歸於此，故夫婦共几。鋪席設几，使神依之。」

祭烏江十五兄文〔一〕　時在宣城。

維貞元十七年七月七日①，從祖弟居易，謹以清酌庶羞之奠，敬祭於故烏江主簿十五兄之靈②：《易》云：「積善之家，必有餘慶。」〔二〕《書》曰：「非天夭人，人中絶命③。」〔三〕則冉牛斯疾④，顔回不幸，何繆舛之若斯⑤？諒聖賢之同病⑥〔四〕。惟兄之生，生而不辰。孩失其怙，幼喪所親。旁無弟兄⑦，藐然一身。自强自立，以至成人。蓋以孤孑靡託，孝友彌敦⑧。自居易與兄及高九、行簡，雖從祖之昆弟，甚同氣之天倫〔五〕。故雖百里信宿之别，曷常不惻然而悲辛⑨？矧終天之永訣，知後期而無因。徒撫膺而隕涕，諒沈痛之難伸。追思乎早歲離阻，各悲零僲。中年集會，共喜長成。同參選於東都，俱署吏於西京〔六〕。居則共被而寢，出則連騎而行⑩。友于四人，同年成名。優遊笑傲，怡怡弟兄。雖不侔八龍三虎⑪，亦自謂當家一時之榮〔七〕。及兄辭滿淮南，薄遊江東，居易亦以行邁，忽逆旅而逢⑫。或酒或歌，宴衎從容。何朝不遊？何夕不同？常以兄仁信根于心，孝悌積于躬，謂至行之有答⑬，必景福以來從⑭。嗚呼！位始及一命，禄未過數鍾⑮。年又不得四十⑯，而殁於道途之中⑰。鬱壯志而不展，結幽憤於無窮。況舊業東洛，先塋北邙〔八〕。三千里外，身殁陵陽〔九〕。有妹出嫁⑱，無男主喪。悠悠孤旐，未辨還鄉。宣城之西⑲，荒草道傍。旅殯於此，行路悲涼。秋風蕭蕭，白日無光。聚今晨之弟姪，對前日之盃觴。稽首再拜，魂兮來享。進三奠而退一慟，孰不神酸而骨傷？哀哉！伏惟尚饗。

（2846）

【校】

①十七年　馬本作「十五年」，誤。

②烏江　《文苑英華》其下有「縣」字。

③人中　《文苑英華》其下有「自」字，校：「集無此字。」

④冉牛　紹興本等作「冉求」，馬本、《文苑英華》明刊本改「冉牛」。《文苑英華》校：「《論語》作冉伯牛，名耕。」

⑤繆舛　林羅山本、蓬左本作「繆戾」。《文苑英華》「舛」作「盭」，校：「集作舛。」

⑥之　林羅山本、蓬左本作「其」。《文苑英華》作「而」，校：「集作之。」

⑦旁　《文苑英華》作「房」。「弟兄」《文苑英華》作「兄弟」。

⑧孝友　蓬左本其上有「而」字。

⑨曷常　林羅山本、蓬左本、《文苑英華》作「曷嘗」。

⑩連騎　《文苑英華》作「聯騎」。

⑪雖不　林羅山本、蓬左本、《文苑英華》其下有「敢」字，《文苑英華》校：「集無此字。」

⑫逢　林羅山本、蓬左本、《文苑英華》作「相逢」。

⑬有答　《文苑英華》作「有益」，校：「集作答。」

⑭以　林羅山本、蓬左本、《文苑英華》作「之」，《文苑英華》校：「集作以。」

⑮未過　紹興本等作「未遇」，據林羅山本、蓬左本、《文苑英華》改。

⑯又　紹興本、那波本作「及」，據林羅山本、蓬左本、《文苑英華》改。郭本作「乃」。

⑰道途　林羅山本、蓬左本、《文苑英華》作「道路」，《文苑英華》校：「集作途。」

⑱出嫁　林羅山本、蓬左本作「出家」。

⑲之　蓬左本、《文苑英華》作「郭」，《文苑英華》校：「集作之。」

朱《箋》：作於貞元十七年（八〇一）。

【注】

〔一〕烏江十五兄：朱《箋》、羅聯添《白樂天年譜》考十五兄名白逸。乾隆《江南通志》卷四一《輿地志·壇廟》：「白逸墓在寧國府城西，居易兄也。居易有《祭十五兄文》。」烏江：和州烏江縣，屬淮南道，見《舊唐書·地理志三》。

〔二〕易云：見本卷《祭符離六兄文》（2843）注〔六〕。

〔三〕書曰：《書·高宗肜日》：「非天夭民，民中絶命。」傳：「非天欲夭民，民自不修義以致絶命。」

〔四〕冉牛斯疾：《論語·雍也》：「伯牛有疾，子問之，自牖執其手，曰：『亡之，命矣夫！斯人也而有斯疾也！斯人也而有斯疾也！』」顔回不幸：《論語·雍也》：「哀公問：『弟子孰爲好學？』孔子對曰：『有顔回者好學，不遷怒，不貳過，不幸短命死矣。今也則亡，未聞好學者也。』」

〔五〕高九：居易從祖兄弟，排行不詳。朱《箋》疑即白皡，見本書卷六《記異》（2873）。行簡：居易弟白行簡。

〔六〕同參選於東都二句：按，此「參選」、「署吏」對言，所謂「參選於東都」當指東都貢舉。然考諸史實，頗有不合。《册府元龜》卷六四〇：「永泰元年，始置兩都貢舉。禮部侍郎官號皆以知兩都爲名，每歲兩地别放及第。」「（大曆）十年五月，詔今年諸色舉人，並赴上都集……先是，禮部侍郎賈至以時艱歲歉，舉人赴省者衆，權奏兩都分理。時禮部侍郎常袞以貢舉人合謁見，異於選人，併合上都集，舉舊章也。是後，不置東都貢舉。」卷六四一：「文宗大和元年七月勅：今年權於東都置舉，其明經進士任使東都赴集。」可知貞元、元和間並無東都貢舉事。四人中居易、行簡均於長安貢舉，且行簡本年尚未中舉。可知下文所謂四人「同年成名」亦爲虚言。此純爲行文騰挪之法。

〔七〕八龍三虎：《後漢書・荀淑傳》：「有子八人……並有名稱，時人謂之八龍。」《後漢書・賈彪傳》：「初，彪兄弟三人，並有高名，而彪最優，故天下稱曰：賈氏三虎，偉節最怒。」

〔八〕先塋北邙：白氏祖塋在同州韓城，自居易祖父改葬下邽。見卷九《襄州别駕府君事狀》（2904）。此十五兄爲居易從祖兄，故先塋别在洛陽北邙。

〔九〕身殁陵陽：《元和郡縣圖志》卷二十八宣州涇縣：「陵陽山，在縣西南一百三十里，陵陽子明得仙處。」

祭浮梁大兄文〔一〕　時在九江①。

維元和十二年歲次丁酉②，閏五月己亥③，居易等謹以清酌庶羞之奠④，再拜跪奠大哥于座前：伏惟哥孝友慈惠，和易謙恭，發自修身，施於爲政。行成門内，信及朋僚。廉幹露於官方，溫重形於酒德。冀資福履，保受康寧，不謂纔及中年，始登下位〔二〕。辭家未踰數月⑤，寢疾未及兩旬，皇天無知，降此凶酷。交遊行路，尚爲興歎；骨肉親愛，豈可勝哀。舉聲一號，心骨俱碎。今屬日時叶吉，窀穸有期。下邽南原，永附松櫝〔三〕。居易負憂繫職，身不自由。伏枕之初，既闕在左右；執紼之際，又不獲躬親。痛恨所鍾，倍百常理。嗚呼！追思曩昔，同氣四人。泉壤九重，剛奴早逝〔四〕。巴蜀萬里，行簡未歸〔五〕。煢然一身，漂棄在此。自哥至止⑥，形影相依。死灰之心，重有生意。豈料避弓之日，毛羽摧積〔六〕；垂白之年，手足斷落。誰無兄弟？孰不死生？酌痛量悲，莫如今日。宅相癡小，居易無男〔七〕。撫視之間，過於猶子。其餘情禮⑦，非此能伸。伏冀慈靈⑧，俯鑒悲懇。哀纏痛結，言不成文。嗚呼哀哉！伏惟尚饗。（2847）

【校】

①題下注　「九江」林羅山本作「江州」。

②十二年　紹興本等作「十三年」，據林羅山本、《文苑英華》改。朱《箋》：「丁酉爲元和十二年，白行簡元和十三年春始至江州，文云『行簡未歸』，其爲十二年作無疑。」

③五月　《文苑英華》其下有「十日」二字。

④之奠　蓬左本無二字。

⑤未踰　「未」《文苑英華》作「不」，校：「集作未。」

⑥至止　《文苑英華》作「至此」，校：「集作止。」

⑦情禮　郭本、《文苑英華》靜嘉堂抄本、明刊本作「情理」。

⑧伏冀　「伏」《文苑英華》作「惟」，校：「集作伏。」「慈靈」那波本作「兹靈」。

【注】

陳《譜》、朱《箋》：作於元和十二年（八一七），江州。

〔一〕浮梁大兄：居易兄白幼文，同宗兄弟中行大。按，幼文行大，而其下「符離六兄」、「烏江十五兄」均年長於居易十餘歲或七八歲不止，可據此考知其必爲居易同父異母兄。居易父母結婚在大曆四年（七六九），見本書卷九《襄州别駕府君事狀》（2904），居易則生於大曆七年（七七二）。幼文當年長於居易二十歲左右，乃至大於居易之母潁川縣君。居易之母亦一直依居易、行簡爲生，未嘗與幼文同居。

〔二〕不謂纔及中年二句：幼文退官後居符離，元和十一年夏秋攜諸院孤小弟妹至江州。見本書卷八《答户部崔侍郎書》（2884）、《與微之書》（2886）等。

〔三〕下邽南原永附松檟：白氏祖塋原在韓城縣，自居易祖父改卜於下邽縣。見本書卷九《故鞏縣白府君事狀》(2903)、《襄州别駕府君事狀》(2904)。幼文蓋由其子輩扶柩歸葬下邽。

〔四〕剛奴早逝：見本卷《祭小弟文》(2845)。

〔五〕巴蜀萬里行簡未歸：白行簡元和九年五六月赴劍南東川節度使盧坦幕，見《白氏文集》卷十《别行簡》(0459)等。

〔六〕豈料避弓之日二句：《戰國策·楚策四》：「更嬴與魏王處京臺之下，仰見飛鳥，更嬴謂魏王曰：『臣能爲王引弓虛發而下鳥。』魏王曰：『然則射可至此乎？』更嬴曰：『可。』有間，雁從東方來，更嬴以虛弓發以下之。魏王曰：『然則射之精乃至於此乎？』更嬴曰：『此孽也。』王曰：『先生何以知之？』對曰：『其飛徐，其鳴悲。飛徐者，故瘡痛也；鳴悲者，久失群也。故瘡未息而驚心未去，聞弦音引而高飛，故瘡裂而隕也。』」

〔七〕宅相：本書卷三二《祭弟文》(3615)：「宅相得彭澤場官，各知平善。」又《白氏文集》卷三十《狂言示諸姪》(2196)，「諸姪」金澤文庫本作「三姪」，注：「三姪，謂宅相、匡幃、龜兒也。」宅相當爲幼文子之小名。

祭匡山文〔一〕

維元和十二年歲次丁酉，三月辛酉朔①，二十一日②，將仕郎、守江州司馬白居易謹以清酌之奠③，敢昭告于匡山神之靈④：恭惟神道正直聰明⑤，扶持匡廬，福利動植。居易賦命蹇連⑥，與時參差，願於靈山，棲此陋質。遺愛寺側，既置草堂〔二〕。欲居其中，參禪養素。而開構池宇，在神域中；往來道途，由神門外。輒用酒脯，告虔於神。神其聽之，歆此薄奠。非敢徼福⑦，所期薦誠。尚饗。（2848）

【校】

①三月　紹興本等作「二月」，據林羅山本、蓬左本改。朱《箋》：「元和十二年二月辛卯朔，三月辛酉朔。又《草堂記》：『時三月二十七日，始居新堂。』可知祭山必在三月。」

②二十一日　《文苑英華》其下有「辛巳」二字。

③守江州　「守」字《文苑英華》無。

④之靈　二字林羅山本、蓬左本無。平岡校：「此與昭告于臯亭廟神、昭告于浙江神同例。」

⑤神道　紹興本等無「道」字，據林羅山本、蓬左本、《文苑英華》補。

⑥蹇連　《文苑英華》作「蹇薄」。

⑦徼福　蓬左本作「徼徼福」。

【注】

陳《譜》、朱《箋》：作於元和十二年（八一七），江州。

〔一〕匡山：即廬山，以匡俗隱居於此，又稱匡山。《太平御覽》卷四一引《潯陽記》：「匡俗，周武王時人，屢逃徵聘，結廬此山。後登仙，空廬尚在。弟子等呼爲廬山，又名匡山，蓋稱其姓。」

〔二〕遺愛寺側既置草堂：見卷六《草堂記》（2869）。

祭廬山文

維元和十二年歲次丁酉，三月辛酉朔①，二十五日乙酉，將仕郎、守江州司馬白居易以香火酒脯告于廬山遺愛寺四旁上下大小諸神②：居易夙聞匡廬天下神秀，幸因左宦③，得造茲山〔一〕。又聞永、遠、宗、雷同居于是，道俗並處，古之遺風〔二〕。而遺愛西偏，鄭氏舊隱，三寺長老，招予此居④〔三〕。創新堂宇⑤，疏舊泉沼，或來或往，棲遲其間。不唯躭玩水石，以樂野性；亦欲擺去煩惱，漸歸空門。儻秩滿以來，得以自遂⑥，餘生終老，願託於斯。今葺構既成，遊息方始⑦。爰以潔敬，薦兹馨香。不敢媚神，不敢禳福⑧。但使疵厲不作⑨，魑魅不逢⑩〔四〕。猛獸毒蟲，各安其所。苟人居之靜謐，則神道之光明。齋心露誠，庶幾有答。尚饗。（2849）

【校】

①三月　紹興本等作「二月」，據林羅山本、蓬左本改。「辛酉朔」三字據林羅山本、蓬左本、《文苑英華》補。

②告于　林羅山本、蓬左本、《文苑英華》其上有「敢」字。「四旁」林羅山本、蓬左本作「四方」；《文苑英華》作「四倚」，校：「集作傍。」

③左宦　紹興本等作「佐宦」，據《文苑英華》、郭本改。蓬左本校作「左宦」，天海本校作「佐官」。《文苑英華》校：「集作佐官。」

④招予　《文苑英華》作「招于」。

⑤堂宇　「堂」《文苑英華》作「室」，校：「集作堂。」

⑥自遂　郭本作「閒遂」。

⑦遊息　《文苑英華》作「遊目」，校：「集作息。」

⑧禳福　《文苑英華》作「攘福」。

⑨疵厲　《文苑英華》作「疵癘」，馬本作「疫厲」。

⑩魈魅　「魈」《文苑英華》、馬本作「魑」，《文苑英華》校：「集作魈。」

【注】

陳《譜》、朱《箋》：作於元和十二年（八一七），江州。

〔一〕左宧：亦作左官。《文選》潘岳《爲賈謐作贈陸機》李善注：「《漢書》曰：武有衡山、淮南之謀，作左宧之律。應劭曰：人道尚右，今舍天子而仕諸侯，故謂之左宧。」今《漢書·諸侯王表》及注作「左官」。

〔二〕永遠宗雷：慧永、慧遠及宗炳、雷次宗。《高僧傳》卷六《慧遠傳》：「時有沙門慧永，居在西林，與遠同門舊好，遂要遠同止。永謂刺史桓伊曰：『遠公方當弘道，今徒屬已廣，而來者方多。貧道所棲褊狹，不足相處，如何？』桓乃爲遠復於山東更立房殿，即東林是也……彭城劉遺民、豫章雷次宗、雁門周續之、新蔡畢穎之、南陽宗炳、張萊民、張季碩等，並棄世遺榮，依遠遊止。遠乃於精舍無量壽像前，建齋立誓，共期西方。乃令劉遺民著其文。」《廣弘明集》卷二七：「彭城劉遺民，以晉太元中除宜昌、柴桑二縣令。值廬山靈邃，足以往而不反。遇沙門釋慧遠，可以服膺。丁母憂，去職入山，遂有終焉之志。於西林澗北，別立禪坊，養志閑處，安貧不營貨利。是時閑退之士輕舉而集者，若宗炳、張野、周續之、雷次宗之徒，咸在會焉。遺民與群賢遊處，研精玄理，以此永日。」

〔三〕鄭氏舊隱：韋應物有《題鄭弘憲侍御遺愛草堂》。查慎行《廬山記遊》：「（遺愛）寺本唐鄭弘憲所創，韋應物刺江州時有《題鄭侍御遺愛草堂》詩云：『居士近依僧，青山結茅屋。』寺僧不知，但設香山木主耳。」

〔四〕疵厲不作：《莊子·逍遥遊》：「其神凝，使物不疵癘而年穀熟。」《釋文》：「疵，病也。司馬云：毁也。癘，惡病也。」

祭李侍郎文〔一〕

維長慶元年歲次辛丑，五月景申朔①，十日乙巳，中散大夫、守中書舍人、翰林學士、上柱國、賜紫金魚袋元稹②，朝議郎、守尚書主客郎中、知制誥白居易③，謹以清酌庶羞之奠，敬祭于故刑部侍郎、贈工部尚書隴西李公杓直之靈④：於戲！代重名義，公能佩服。德潤行羶，溫溫郁郁⑤。凡嚮善者，如螘慕肉〔二〕。時重爵位，公負楨幹。春秋天官，是攝是贊⑥。尚書六職，公理其半。朝重文翰⑦，公掌詔令。西閣綸言，内庭密命。公實出入，迭操二柄〔三〕。家重隆盛，公曁陳許⑧。兩掖中臺，差肩接武〔四〕。青幢赤茀，叔出季處〔五〕。門重婚嗣，公娶令族。鏘鏘振振，和鳴似續。男女七人，五珠二玉。年重壽考，公亦云老。心雖壯健，髮已華皓。五十加八，亦不爲夭。人重康寧，公體豐盈。迨乎奄忽，不失和平。啓手足夜，無呻吟聲。古稱五福，公有七福〔六〕。凡人得一，死猶瞑目。矧公兼之，豈有不足？所不足者，不在其身⑨。怏怏惻惻，其在他人。爲門户惜主，爲骨肉惜親。爲吾儕惜良友，爲朝廷惜賢臣。況稹也不才，居易無似。辱與公游，十九年矣。昔貞元歲⑩，俱初筮仕。並命同官，蘭臺令史〔七〕。以公明達，以我頑鄙。度長絜能，信非倫擬。一言膠合，不知所以。莫逆之交，貴從兹始⑪。間登清近⑫，遞罹讒毁。江、澧、通州，左遷萬里〔八〕。或合或散，一伏一倚。浩浩世途，是非同軌。齒牙相軋，波瀾四起。公獨何人，心如止水。風雨如晦，雞鳴不已。不因紛阻，孰辯君子。以膠投漆，如弧有矢。所以綢繆，見于生死。前年去年，次第徵還。或先或後，俱到長安。水流火就，松茂柏懽⑬。置酒欲飲，握手何言。初論瘴癘，次敍艱難。三心六眼，同一潸然。稹與居易，旋登禁掖。公領銓衡，職勤務劇〔九〕。私室多故，公門少隙。歡會實稀，光陰虚擲。互相勸勉⑭，急務歡適。且曰朱顏已去，白日可惜。花寺春朝⑮，松園月夕。大開口笑，滿酌酒喫。言約則然，心期未獲。嗚呼杓直，而忍遺我⑯。棄我何處⑰？捨我何之？豈反真歸寂⑱，寞然而無所爲⑲？將精多魂强⑳，的然而有所知〔十〕？怳如聞兮倏如覩，未甘心於永辭。彼有靈兮此有夢，胡不一來兮質我疑？逝川渺其不迴，日月忽乎有時。指岐下以歸祔，備大葬之威儀〔十一〕。禮有進而無退，祖於庭而送之畿㉑。旌竿舉兮輀輪動，遂不得少留乎京師。嗚呼杓直！其鑒于兹。爵盈不飲，豆乾不食㉒，如之何勿思？公兒號我，公馬嘶我，如之何勿悲？嗚呼杓直！已而已而，哀哉尚饗。（2850）

【校】

①景申　馬本、郭本作「丙申」。

②中散……魚袋　二十一字《文苑英華》作「翰林學士守中書舍人」，校文同紹興本等。「中散」林羅山本、蓬左本作「朝散」。平岡校：「按此年二月元稹除中書舍人，時階朝散大夫。」

③知制誥　三字紹興本等脱，據林羅山本、蓬左本、《文苑英華》補。

④之靈　二字蓬左本無。

⑤溫溫　《文苑英華》作「彬彬」，校：「集作溫溫。」

⑥春秋天官是攝是贊　《文苑英華》作「天官是攝司寇是贊」，校文同紹興本等。

⑦朝重　蓬左本作「聖重」。

⑧曁　紹興本等作「既」，據蓬左本、《文苑英華》改。

⑨其身　「其」《文苑英華》作「公」，校：「集作其。」

⑩歲　《文苑英華》作「年」，校：「集作歲。」

⑪貴　林羅山本、蓬左本、《文苑英華》作「賁」，《文苑英華》校：「集作貴。」

⑫間登清近　紹興本等作「清問登近」，據林羅山本、蓬左本、《文苑英華》改。《文苑英華》校文同紹興本等。

⑬柏懽　馬本作「柏堅」。

⑭互相　紹興本等作「不相」，據林羅山本、蓬左本、《文苑英華》改。

⑮花寺　《文苑英華》作「花時」，校：「集作寺。」郭本作「花陰」。

⑯遺我　《文苑英華》作「我遺」。平岡校：「遺字押韻。」

⑰何處　《文苑英華》作「何遽」，校：「集作處。」

⑱歸寂　「寂」紹興本空格，那波本脱，馬本作「冥」，郭本、盧校作「空」。此據林羅山本、蓬左本、《文苑英華》。

⑲寞然　紹興本、那波本作「莫然」；《文苑英華》作「冥然」，校：「集作寞。」馬本作「漠然」。此據林羅山本、蓬左本。

⑳魂　《文苑英華》作「魄」，校：「集作魂。」

㉑送之　蓬左本、《文苑英華》作「送於」，《文苑英華》校：「京本作之。」

㉒豆　林羅山本、蓬左本、天海本作「餖」。

【注】

陳《譜》、朱《箋》：作於長慶元年（八二一），長安。

〔一〕李侍郎：李建，字杓直。見卷四《有唐善人墓碑》（2855）及元稹《唐故中大夫尚書刑部侍郎上柱國隴西縣開國男贈工部尚書李公墓誌銘》。

〔二〕德潤行羶四句：《莊子·徐无鬼》：「卷婁者，舜也。羊肉不慕蟻，蟻慕羊肉，羊肉羶也。舜有羶行，百姓悦之，故三徙成都，至鄧之虚，而十有萬家。」

〔三〕西閣絲言四句：李建曾任翰林學士，翰林爲内庭；又知制誥，爲中書省職掌。西閣指中書省，又稱西省。

〔四〕家重隆盛四句：陳許謂李建兄遜。《有唐善人墓碑》：「陳許節度、禮部尚書遜，兄也。」中臺，尚書省。《唐會要》卷五七尚書省：「武德元年因隋舊制爲尚書省。龍朔二年二月四日，改爲中臺。咸亨元年十二月二十三日，改爲尚書省。」李建贈工部尚書。

〔五〕青幢赤茀：青幢，碧油幢，節度使旄節。《文獻通考》卷一一五：「旌節，唐天寶中置，節度使受命日賜之，得以專制軍事，行即建節，府樹六纛……麾槍設髹漆木盤，綢以紫繒複囊，又綢以碧油絹袋。」白居易《和東川楊慕巢尚書府中獨坐感戚在懷見寄十四韻》（《白氏文集》卷三四2480）：「紫綬黃金印，青幢白玉珂。」赤茀，即赤芾，或作赤韍、赤紱。《詩·曹風·候人》：「彼其之子，三百赤芾。」傳：「大夫以上赤芾乘軒。」《釋文》：「芾音弗，祭服謂之芾。」又《小雅·采芑》：「服其命服，朱芾斯皇。」《釋文》：「芾，本又作茀，或作紱，皆音弗。下篇『赤芾』同。」唐人指服緋。白居易《戊申歲暮詠懷三首》（《白氏文集》卷二七 1914）：「紫泥丹筆皆經手，赤紱金章盡到身。」叔出季處：《左傳》昭公元年：季武子伐莒，晉樂桓子相趙文子，欲求貨於叔孫而爲之請，叔孫曰：「諸侯之會，衛社稷也。我以貨免，魯必受師。是禍之也……雖怨季孫，魯國何罪？叔出季處，有自來矣，吾又誰怨？」此指李建兄弟或居内廷，或出爲節使。

〔六〕古稱五福：《書·洪範》：「五福：一曰壽，二曰富，三曰康寧，四曰攸好德，五曰考終命。」

〔七〕並命同官蘭臺令史：蘭臺，秘書省。《舊唐書·職官志二》秘書省：「龍朔改爲蘭臺，光宅改爲麟臺，神龍復爲秘書省。」李建初任秘書省校書郎，白居易亦任校書郎。

〔八〕江澧通州左遷萬里：元和十年白居易貶江州司馬，元稹出爲通州司馬。元和十一年李建貶澧州刺史。《舊唐書·李建傳》：「與宰相韋貫之友善，貫之罷相，建亦出爲澧州刺史。」元稹《李公墓誌銘》：「會仲兄遜被口語，上疏明白，出刺澧州。」

〔九〕公領銓衡職勤務劇：元稹《李公墓誌銘》：「入以亞太常，於禮部中覈貢士。用已薦取文章，選用多薦説者。遂爲禮部侍郎，遷刑部。權於吏部郎衆品。」

〔十〕將精多魂强：《左傳》昭公七年：「人生始化曰魄，既生魄，陽曰魂。用物精多，則魂魄强。」杜預注：「物，權勢。」疏：「若其居高官而任權勢，奉養厚，則魂氣强，故用物精而多，則魂魄强也。」

〔十一〕指岐下以歸祔：岐下，鳳翔。《有唐善人墓碑》：「是歲五月二十五日歸祔於鳳翔某縣某鄉某原之先塋。」

禱仇王神文〔一〕

維長慶三年歲次癸卯①，八月癸未朔，十七日己亥，朝議大夫、使持節杭州諸軍事、守杭州刺史、上柱國白居易，謹遣朝議郎、行餘杭縣令常師儒，以清酌之奠敬祭于仇王神：嘗聞神者所以司土地，守山川②，率禽獸③，福生人也。餘杭縣自去年冬逮今秋④，虎暴者非一，神其知之乎？人死者非一，神其念之乎⑤？居易與師儒猥居牧宰⑥，慚無政化，不能使渡江出境，是用虔告于神。惟神廟居血食，非人不立。則人，神之主也〔二〕。獸，神之屬也。今縱其屬，殘其主，於神何利焉？於人何辜焉？若一昔之後⑦，神其有知，即能輝靈申威⑧，服猛禁暴⑨，是人之福幸，亦神之昭昭⑩。若人告不聞⑪，獸害不去，是無神也，人何望哉⑫？嗚呼！正直聰明，盍鑒於此。尚饗。（2851）

【校】

①三年　紹興本等作「二年」，據林羅山本、蓬左本、《文苑英華》改。

②守　《文苑英華》作「主」，校：「集作守。」

③率　紹興本等無此字，據林羅山本、蓬左本、《文苑英華》補。《文苑英華》校：「集無此字。」《全唐文》作「驅」。

④去年　林羅山本、蓬左本無「年」字。

⑤念之　那波本作「知念」，馬本作「知之」。此句《文苑英華》校：「京本作神祇知念乎。」

⑥牧宰　《文苑英華》作「牧守」，校：「集作宰。」

⑦若一昔　《文苑英華》作「一告」，校：「一告二字集作若一昔。」馬本「昔」作「告」，《全唐文》作「酹」。

⑧輝靈　「輝」《文苑英華》作「耀」，校：「集作輝。」馬本作「揮靈」。

⑨服　《文苑英華》作「伏」，校：「集作服。」

⑩昭昭　那波本作「昭明」。

⑪人告　《文苑英華》作「人苦」，校：「集作告。」

⑫望哉　《文苑英華》作「望焉」，校：「集作哉。」

【注】

陳《譜》、朱《箋》：作於長慶三年（八二三），杭州。

〔一〕仇王神：《太平廣記》卷二九五《樹伯道》（出《異苑》）：「餘杭縣有仇王廟，由來多神異。晉隆安初，縣人樹伯道爲吏，得假將歸，于汝南灣覓載，見一朱舸，中有貴人。因求寄，須臾如睡。猶聞有聲，若劇甚雨。俄而至家，以問船工，亦云：『仇王也。』伯道拜謝而還。」又卷一三一《許憲》（出《廣古今五行記》）：「晉義熙中，餘杭縣有仇王廟，高陽許憲爲縣令。憲男于廟側放火獵，便穢祠前。忽有三白麞從屋走出，男引弓射，忽失所在。復以火圍之，風吹火反，遂燒死，而憲以事免官。」

〔二〕人神之主也：《左傳》桓公六年：「夫民，神之主也。是以聖王先成民而後致力於神。」

祈皋亭神文①〔一〕

維長慶三年歲次癸卯②，七月癸丑朔，十六日戊辰，朝議大夫、使持節杭州諸軍事③、守杭州刺史、上柱國白居易，以酒乳香果昭告于皐亭廟神：去秋愆陽，今夏少雨，實憂災沴，重困杭人。居易忝奉詔條，愧無政術，既逢愆序，不敢寧居。一昨禱伍相神〔二〕，祈城隍祠〔三〕，靈雖應期④，雨未霑足。是用撰日祇事⑤，改請于神⑥。恭聞明神，稟靈於陰祇，資善於釋氏。聰明正直，潔靖慈仁。無幽不通，有感必應。今請齋心虔告⑦，神其鑑之。若四封之間，五日之内，雨澤霈足，稼穡滋稔，敢不增修像設，重薦馨香，歌舞鐘鼓，備物以報。如此，則不獨人之福，亦惟神之光。若寂寥自居⑧，肸蠁無應⑨〔四〕。長吏虔誠而不答，下民顒望而不知。坐觀田農，使至枯悴。如此，則不獨人之困，亦唯神之羞。惟神裁之，敬以俟命。尚饗。（2852）

【校】

①題　「祈」馬本作「祝」。又馬本題下注：「今杭州皐亭山神在城東北。」《全唐文》同，另有：「一作錢塘湖龍君祝文。」

②三年　紹興本等作「二年」，據蓬左本、《文苑英華》改。

③杭州　二字紹興本等脱，據林羅山本、蓬左本、《文苑英華》補。

④應期　《文苑英華》作「有應」，校：「集作應期。」

⑤撰日　「撰」《文苑英華》作「選」，校：「京本作撰。」郭本亦作「選」。馬本作「擇日」。
⑥改　《文苑英華》、郭本作「敬」，《文苑英華》校：「集作改。」
⑦請　林羅山本、《文苑英華》作「則」。
⑧自居　《文苑英華》作「自處」，校：「集作居。」
⑨肸蠁　「蠁」那波本、《文苑英華》作「蠻」。盧校：「蠁當作響。」

【注】

陳《譜》、朱《箋》：作於長慶三年（八二三），杭州。

〔一〕皐亭神：《咸淳臨安志》卷七一：「《唐書・地理志》：錢塘縣有皐亭山。《祥符志》云：今屬仁和縣。在縣之東北二十里，高百餘丈，雲出則雨。」《夢粱錄》卷十四仕賢祠：「靈惠廟，在江漲橋化度寺。按，神姓陳名頊，字行嵩，會稽人，仕於東晉，使虜留三年，仗節不屈，拔劍斫羈縻，復命於朝。歷四州刺史，食邑錢塘、海鹽、鹽官三縣之祿。死葬於皐亭山。梁朝封王爵，號崇善。宋朝賜廟額，以禱雨而應，初封侯，累加美號，進王爵曰慈佑福善昭應王。且神生則忠於國，死則佑於民，正謂之武功忠孝，節義昭著。有行祠凡四十餘處矣。」

〔二〕伍相神：《咸淳臨安志》卷七一：「忠清廟在吳山，神伍氏名員……《史記》云：吳人憐之，爲立祠於江上，命曰胥山。唐元和十年刺史盧元輔修，並作《胥山銘》。唐景福二年封惠廣侯。」《夢粱錄》卷十四山川神：「忠清廟在吳山，其神姓伍，名員，乃楚大夫奢之子。自唐立祠，至宋亦祀之。每歲海潮大溢，衝擊州城。春秋大醮，詔命學士院撰青詞以祈國泰民安。累錫美號曰忠武英烈顯聖福安王。有行祠在仁和縣治東南隅。」

〔三〕城隍祠：《咸淳臨安志》卷七一：「城隍廟舊在鳳凰山。」《夢粱錄》卷十四山川神：「城隍廟在吳山，賜額永固。歲之豐凶水旱，民之疾病禍福，祈而必應。朝廷累加美號，曰輔正康濟明德廣聖王。」

〔四〕肸蠁無應：司馬相如《上林賦》：「肸蠁布寫，晻薆咇茀。」《文選》李善注：「司馬彪曰：肸，過也。芬芳之過，若蠁之布寫也。」

祭龍文①

維長慶三年歲次癸卯，八月癸未朔，二日甲申，朝議大夫、使持節杭州諸軍事、守杭州刺史、上柱國白居易，率寮吏薦香火拜告于北方黑龍〔一〕：惟龍其色玄，其位坎，其神壬癸，與水通靈〔二〕。昨者②，歷禱四方，寂然無應。今故虔誠潔意，改命於黑龍③。龍無水，欲何依④？神無靈，將恐歇⑤。澤能救物⑥，我實有望於龍；物不自神，龍豈無求於我？若三日之內，一雨霶霈，是龍之靈，亦人之幸。禮無不報，神其聽之。急急如律令〔三〕！（2853）

【校】

①題　林羅山本、蓬左本、《文苑英華》作「祭龍文」，《文苑英華》校：「集作祭。」

②昨者　蓬左本作「昨日者」。

③改命　「改」《全唐文》校：「一作致。」

④欲何依　《全唐文》校：「一作顧何宅。」

⑤歇　馬本作「竭」。

⑥能　《文苑英華》校：「川本作無。」

【注】

朱《箋》：作於長慶三年（八二三），杭州。

〔一〕北方黑龍：此據古五龍之說。《墨子・貴義》：「且帝以甲乙殺青龍於東方，以丙丁殺赤龍於南方，以庚辛殺白龍於西方，以壬癸殺黑龍於北方。」《春秋繁露・求雨》：「冬舞龍六日，禱於名山以助之……以壬癸日爲大黑龍一，長六丈，居中央。又爲小龍五，各長三丈，於北方，皆北鄉，其間相去六尺。」

〔二〕惟龍其色玄四句：《易・説卦》：「坎者，水也，正北方之卦也。」《淮南子・天文訓》：「北方，水也，其帝顓頊，其佐玄冥，執權而治冬。其神爲辰星，其獸玄武，其音羽，其日壬癸。」

〔三〕急急如律令：王楙《野客叢書》卷十二《如律令》：「《資暇集》曰：符祝之類，末句『急急如律令』者，人以爲如飲酒之律令，速去不得遲也。一説謂漢朝每行下文書，皆云如律令，言非律令文書行下，當亦如律令，故符祝有如律令之言。按律令之令，讀如零。律令是雷邊捷鬼，此鬼善走，與雷相疾，故曰如律令。僕謂雷邊捷鬼之説，出於近世雜書，西漢未之聞也。漢人謂如律令者，戒其如律令之旋行速耳，豈知所謂捷鬼邪！此語近于巫史，不經之甚。宋時有『文書如千里驛行』之語，正漢人如律令之意也。」趙彦衛《雲麓漫鈔》卷七：「急急如律令，漢之公移常語，猶今云符到奉行。張天師漢人，故承用之，而道家遂得祖述。」

祭浙江文①

維長慶四年歲次甲辰，五月己酉朔，四日壬子，朝議大夫、使持節杭州諸軍事、守杭州刺史、上柱國白居易，謹以清酌少牢之奠，敢昭告于浙江神〔一〕：滔滔大江，南國之紀〔二〕。安波則爲利②，浲流則爲害③〔三〕。故我上帝命神司之。今屬潮濤失常，奔激西北。水無知也，如有憑焉。侵淫郊鄽，壞敗廬舍，人墜墊溺，龥天無辜④。居易祇奉璽書⑤，興利除害，守土守水，職與神同。是用備物致誠，躬自虔禱。庶俾水反歸壑⑥，谷遷爲陵，土不騫崩，人無蕩析。敢以醴幣羊豕，沈奠于江。惟神裁之，無忝祀典。尚饗。

（2854）

【校】

①題　林羅山本、蓬左本、《文苑英華》作「祭浙江文」，《文苑英華》校：「集作祭。」

②安波　《文苑英華》作「潤下」，校：「集作安波。」

③浲　那波本、《文苑英華》作「斡」，《文苑英華》校：「集作浲。」平岡校當是「斡」字：「《鵩鳥賦》云：斡流而遷兮。」

④龥　那波本、《文苑英華》作「籲」，字通。

⑤祇奉　《文苑英華》作「祇承」，校：「集作奉。」

⑥反歸　《文苑英華》作「返于」，校：「集作歸。」

陳《譜》、朱《箋》：作於長慶四年（八二四），杭州。

【注】

〔一〕浙江神：《元和郡縣圖志》卷二六錢塘縣：「浙江在縣南一十二里。《莊子》云浙河，即謂浙江。蓋取其曲折爲名……江濤每日晝夜再上，常以月十日、二十五日最小，月三日、十八日極大。小則水漸漲，不過數尺。大則濤湧高至數丈。每年八月十八日，數百里士婦共觀舟人漁子泝潮觸浪，謂之弄濤。」《夢粱錄》卷十四山川神：「平濟王廟在浙江廣子灣，累封曰顯烈廣順王。順濟廟，元浙江里人馮氏，自侯加至王爵，曰英烈王。王封助靈佐順侯。英顯于通應公廟，即廟子頭楊村龍王廟是也。平波祠，賜額善順廟。錢塘順濟龍王，賜額昭應廟。並在白塔嶺之原。孚應廟在磨刀坑。廣順廟在龍山。惠順廟在江塘。順濟龍王廟在楊村順濟宫。三侯加王爵美號，曰廣澤靈應，曰順澤昭應，曰敷澤嘉應。自平濟至順濟十廟，俱司江濤神也。」

〔二〕滔滔大江二句：《詩·小雅·四月》：「滔滔江漢，南國之紀。」

〔三〕洚流則爲害：《孟子·告子下》：「水逆行謂之洚水。洚水者，洪水也。仁人之所惡也。」

白居易文集校注卷第四①

碑碣　凡六首

有唐善人碑

唐有善人曰李公。公名建②，字杓直，隴西人③〔一〕。魏將軍申公發，公十五代祖也。周柱國陽平公遠④，六代祖也。綏州刺史明，高祖也。太子中允進德，曾祖也。緜州昌明令珍玉⑤，大父也。雅州别駕、贈禮部尚書震，考也。贈博陵郡太君崔氏，妣也。陳許節度使、禮部尚書遜⑥，兄也〔二〕。渭源縣君房氏，妻也。容管招討使濟，外舅也〔三〕。長慶元年二月二十三日夜，無疾即世于長安修行里第。是歲五月二十五日，歸祔于鳳翔某縣某鄉某原之先塋。春秋五十八。有二女五男，曰訥、朴、恪、愨、碩⑦〔四〕。公官歷校書郎，左拾遺〔五〕，詹府司直⑧，殿中侍御史，比部、兵部、吏部員外郎，兵部、吏部郎中，京兆少尹，澧州刺史，太常少卿，禮部、刑部侍郎，工部尚書。職歷容州招討判官，翰林學士，鄜州防禦副使⑨，轉運判官，知制誥，知吏部選事⑩。階中大夫。勳上柱國。爵隴西縣開國男。有史官起居郎渤海高釴作行狀⑪〔六〕，有翰林學士、中書舍人河南元稹作墓誌⑫，有尚書主客郎中、知制誥太原白居易作墓碑，大署其碑曰善人墓。善人者何？公幼孤，孝養太君。太君老疾，常曰：「猨子勸我食，吾輒飽；勸我藥，吾意其疾瘳。」猨子，公小字也。及長，居荆州石首縣。其居數百家⑬，凡爭鬬，稍稍就公決，公隨而評之。寖及鄉，人不詣府縣，皆相率曰：「請問李君。」公養有餘力，讀書屬文，業成，與兄遜起應進士，俱中第。爲校書時，以文行聞，故德宗皇帝擢居翰林⑭。翰林時，以視草不詭隨，退官詹府〔七〕。詹府時，以貞恬自處，不出户輒數月。鄜帥路恕高之⑮，拜請爲副⑯〔八〕。在鄜時，有非類者至，以病去。爲御史時，上位有遏其行事者⑰，作《謬官詩》以諷。爲吏部郎時⑱，調文學科暨吏課高者⑲，得無停年。又省減勞文急成狀限⑳，繇是吏史輩無緣爲姦㉑，訖今選部令用其法㉒。知制誥時，筆削間有以自是不屈者，因請告，改京兆少尹㉓〔九〕。少尹時，與大尹議㉔，歲減府税錢十三萬㉕。在澧時，不鞭人，不名吏。居歲餘，人人自化。在禮部時，由文取士㉖，不聽譽，不信毁〔十〕。公爲人，質良寬大，體與用綽然有餘裕。爲政廉平易簡㉗，不求赫赫名。與人交，外淡中堅，接士多可而有別，稱賢薦能未常倦。好議論而無口過，遠邪諛而不忤物。其居家，菲衣食，厚賓客，禮妻子，愛甥姪。初，先太君好善，喜佛書㉘，不食肉。公不忍違其志，亦終身蔬食。自八九歲時始諷《詩》《書》，日三百言㉙，諷畢，盡得其義。善理王氏《易》、《左氏春秋》㉚。前後著文凡一百五十二首，皆詣理撮要㉛，詞無枝葉。其卓然者有《詹事府司直》、《比部員外郎廳記》，《請雙日坐疏》〔十一〕，《與梁肅書》，《上宰相論選事狀》，秉筆者許之。薨之日，不識者惜，識者嘆，交游出涕㉜，執友慟㉝。夫如是，其善人乎？《傳》曰：「善人，國之紀也。」〔十二〕《語》曰：「善人，吾不得而見之矣。」〔十三〕噫！善人之稱難乎哉！獨加於公無愧焉。銘曰㉞：

古者墓有表，表有云；顯其行，省其文。故季札死，仲尼表其墓曰君子〔十四〕。今吾喪李君，署其碑曰善人。嗚呼！李君有知乎，無知乎？君之名，與此石俱。（2855）

【校】

①卷第四　即《白氏文集》紹興本、馬本卷四十一，那波本、金澤本卷二十四。

②公　金澤本「公」字不重。

③隴西人　金澤本其下有「也」字。

④陽平公　馬本「陽」作「楊」，字混。

⑤珍玉　紹興本等作「珍王」，據金澤本改。朱《箋》：「當以珍玉爲正。」

⑥節度使　紹興本等脱「使」字，據金澤本、《文苑英華》補。

⑦訥　馬本作「納」。

⑧詹府　盧校：「當俱作詹事府。」連後文言。

⑨鄜州　《文苑英華》作「鄜坊」，校：「集作州。」

⑩知吏部　「知」字紹興本等無，據金澤本、《文苑英華》補。《文苑英華》校：「集無知字。」

⑪渤海　《文苑英華》其下有「郡」字，校：「集無此字。」「釴」紹興本、馬本作「錢」，《文苑英華》作「鉞」，校：「集作錢。」金澤本亦作「鉞」。那波本作「釴」。平岡校、朱《箋》據新、舊《唐書》及元稹制、白居易制，均以作「釴」爲是。

⑫有翰林　「有」字紹興本等無，據金澤本、《文苑英華》補。

⑬其居　金澤本、《文苑英華》其上有「環」字。

⑭擢居　金澤本作「擢君」。

⑮鄜帥　紹興本、那波本訛作「鄜師」。「路恕」那波本訛作「愶恐」。

⑯拜　紹興本等作「𢷏」，注：「音拜。」乃拜之本字。金澤本作「拜」。

⑰上位　紹興本等作「上任」，據金澤本、《文苑英華》改。「有遏」《文苑英華》作「有過」，校：「集作遏。」

⑱時　那波本作「中」，《文苑英華》作「中時」。

⑲吏課　紹興本等作「利課」，據金澤本、《文苑英華》、馬本改。

⑳省減　紹興本等作「省成」，據金澤本、郭本改。「勞文」紹興本等無「文」字，據金澤本、天海本補。

㉑吏史　那波本、金澤本、《文苑英華》無「史」字，「吏」字《文苑英華》校：「集作史。」

㉒訖　《文苑英華》作「詭」，屬上讀，校：「集作訖。」金澤本、馬本作「迄」。「選部令」紹興本等無「令」字，據金澤本補。

㉓京兆　紹興本等無此二字，據金澤本、《文苑英華》補。又《文苑英華》不重「少尹」二字。

㉔大尹　紹興本等無「尹」字，據金澤本、《文苑英華》補。

㉕錢　金澤本作「緡」，其下有「至」字。《文苑英華》作「緡」，無「至」字。

㉖取士　紹興本、那波本、郭本作「取生」，據金澤本、《文苑英華》、馬本改。《文苑英華》校：「集作生。」

㉗廉平　那波本作「廣乎」。

㉘喜佛書　紹興本等無「喜」字，據金澤本、天海本、《文苑英華》補。

㉙諷詩書日三百言　七字紹興本等無，據金澤本、天海本、《文苑英華》補。

㉚善理　金澤本、《文苑英華》作「善治」，《文苑英華》校：「集作理。」

㉛詣理　馬本作「義理」，誤。

㉜交遊　《文苑英華》其下有「者」字。

㉝執友　《文苑英華》其下有「者」字。「慟」金澤本、馬本作「慟哭」。

㉞銘曰　金澤本作「銘云」。

【注】

陳《譜》、朱《箋》：作於長慶元年（八二一），長安。

〔一〕李建：見新、舊《唐書》本傳、元稹《唐故中大夫尚書刑部侍郎上柱國隴西縣開國男贈工部尚書李公墓誌銘》。

〔二〕李遜：字友道。見新、舊《唐書》本傳。《舊唐書·李遜傳》：「（元和）十四年，拜許州刺史，充忠武節度、陳許溵蔡等州觀察處置等使。」

〔三〕房濟：《唐代墓誌彙編續集》貞元〇三九（《全唐文補遺》第六輯）《唐故洪州武寧縣令房府君墓誌記》，署「廿五叔前滁州刺史濟記」。文曰：「洪州武寧縣令房從會，清河人也。源流系序，譜諜具詳。曾祖融，皇正諫大夫，鸞臺鳳閣平章事。祖璩，皇兵部郎中。父憲商，皇淄州鄒平縣尉。」房融、房璩、房濟並見《新唐書·宰相世系表一》河南房氏。《世系表》：「濟，容管經略使。」房璩兄即房琯。

〔四〕李訥：《舊唐書·李建傳》：「三子：訥、恪、樸。訥最知名，官至華州刺史、檢校尚書右僕射。」《新唐書·李訥傳》：「建子訥，字敦止。及進士第，累遷中書舍人，爲浙東觀察使……凡三爲華州刺史，歷兵部尚書，以太子太傅卒。」李慤：《新唐書·高銖傳》：「徙太常卿，嘗罰禮生。博士李慤慍見曰：『故事，禮院不關白太常。故卿莅職，博士不參集，不宜罰小史，隳舊典。』銖歎曰：『吾老而不能退，乃爲小兒所辱。』卒。」又見《唐會要》卷六五《太常寺》大中九年八月條。

〔五〕左拾遺：《舊唐書·李建傳》作「右拾遺」。丁居晦《重修承旨學士壁記》謂李建貞元二十一年三月十七日遷左拾遺。

〔六〕高釴：字翹之。《舊唐書·高釴傳》：「累遷至右補闕，充史館修撰。（元和）十四年，上疏請不以内官爲京西北和糴使。十五年，轉起居郎，依前充職。釴孤貞無黨，而能累陳時政得失。長慶元年，穆宗憐之，面賜緋於思政殿，仍命以本官充翰林學士。」

〔七〕退官詹府：元稹《李公墓誌銘》：「使居翰林中，就拜左拾遺。會德宗皇帝崩，鄆帥擅師於曹，詔歸之。公不肯與姑息。時王叔文恃幸異公意，不隨，卒用公意。鄆果怙。後一年，司直給（詹）事府。會朝廷以觀察防禦事授路恕治於鄜，恕即日就，公乃自貳拜降。」路恕節度鄜坊，據《舊唐書·憲宗紀》在元和三年二月。《舊唐書·李建傳》：「元和六年坐事罷職，除詹事府司直。」岑仲勉《翰林學士壁記注補》謂《舊唐書》「六年」字誤，當作元和元年。又，《册府元龜》卷五一三《憲官部·引薦》：「高郢爲御史大夫時，右拾遺、翰林學士李建罷職降詹事府司直，郢表授殿中侍御史。」

〔八〕路恕：字體仁。嗣恭子。《舊唐書·路恕傳》：「年纔三十，爲懷州刺史。久之，轉京兆少尹、監門衛大將軍，兼御史中丞、教練招討等使。其後爲鄜坊觀察使、太子詹事。坐事貶吉州刺史，遷太子賓客。」《憲宗紀》：「（元和三年二月）丙子，以右金吾衛大將軍路恕爲鄜州刺史、鄜坊節度使。」

〔九〕改京兆少尹：《册府元龜》卷五五三《詞臣部·稽緩》：「李建，穆宗長慶元年除兵部郎中、知制誥，自以草詔思遲，不願當其任，旋改京兆少尹。」

〔十〕在禮部時由文取士：《册府元龜》卷六五一《貢舉部·謬濫》：「穆宗元和十五年正月即位。是年禮部侍郎李建知貢舉，進取非其人，又惑於請託，故其年不爲得士。竟以人情不洽，遽改爲刑部侍郎。」朱《箋》：「白氏此文所記迥異，或係爲建譽飾之詞。」

〔十一〕請雙日坐疏：《舊唐書·李遜傳》：「（元和）九年，入爲給事中。遜以舊制隻日視事對群臣，遜奏論曰：『事君之義，有犯無隱。陳誠啓沃，不必擇辰。今群臣敷奏，乃候隻日，是畢歲臣下睹天顔、獻可否能幾何？』憲宗嘉之，乃許不擇時奏對。」李建疏當與此奏有關。

〔十二〕傳曰：《後漢書·蔡邕傳》：「善人，國之紀也。」

〔十三〕語曰：《論語·述而》：「子曰：『善人，吾不得而見之矣；得見有恒者，斯可矣。』」

〔十四〕故季札死仲尼表其墓曰君子：歐陽修《集古録跋尾》卷八《唐重摹吳季子墓銘》：「右古篆文曰

『嗚呼有吳延陵季子之墓』，自前世相傳以爲孔子所書。據張從紳《疑記》云：『舊石堙滅，開元中玄宗命殷仲容搨本，遂傳於世。然則開元之前，已有刻石矣。其後正元中，鄭播又爲記。盧國遷建堂樹碑，則今本又非仲容所模者。字亦奇偉，莫知何人所書。』按孔子未嘗至吳，以《史記》世家考之，其歷聘諸侯，南不逾楚。推其歲月蹤跡，無過吳之理。不得親銘季子之墓。又其字特大，非簡牘所容。惟博物君子，必能辨之。」吾丘衍《學古編·辯謬品》：「延陵季子十字碑在鎮江，人謂孔子書。文曰：『嗚呼有吳延陵君子之墓。』按古法帖止云『嗚呼有吳君子』而已。篆法敦古，似乎可信。今此碑妄增『延陵之墓』四字，除『之』外三字，是漢人方篆，不與前六字合。借夫子以欺後人，罪莫大於此。又且因『君』字作『季』字。漢器蜀郡『洗』字半邊，正與此『君』字同用此法也。以『季』字音，顯見其謬。」郎瑛《七修類稿》卷十九《延陵碑》：「予按歐陽、子行，皆辨非孔子，明矣。或者即仲容所書，借孔子以欺世。此秦觀所以疑唐人之所書，有見也。《丹鉛續論》又謂：陶潛作《季札贊》曰：『夫子戾止，爰詔作銘。謂題有吳，延陵君子。』此可證爲古有。據此，則子行敦古可信之言又是也。但陶集無此贊，載《藝文集》，知今非全集也。」嚴可均《全上古三代文》：「季子聘上國，喪子于嬴、博之間，見《檀弓》。此蓋孔子使子貢觀葬後題字。讀此當以『於虖』句，『有吳延陵君』句，『子之葬』句。唐宋人不識篆文，釋『葬』爲『墓』，非也。」按，「延陵君子」宋以後用爲典故，然歐陽修尚不知碑文「君子」之讀。白氏此文或別有據。此碑之真僞，亦無定論。

唐故通議大夫和州刺史吳郡張公神道碑銘① 并序

張之爲著姓尚矣。自漢太傅良、侍中肱、晉司空華、丞相嘉以降，勳賢軒冕，歷代不乏。肱避地渡江，始居于吳，故其子孫稱吳郡人〔一〕。嘉以孝悌聞于郡，故其所居號孝張里。嘉之曾孫裕在宋爲司徒，即公五代祖也。司徒之孫儔在隋爲吳郡都督②，即公曾王父也。台州臨海令諱鶡，即公王父也③。袁州司馬諱孝績④，即公皇考也⑤。或以人物著，或以閻閥稱⑥，迄今爲江南右族。公諱無擇⑦，字無擇〔二〕。未冠，丁袁州府君憂，廬於墓，晝號而夜泣者三年矣，有靈芝醴泉出焉。既冠，好學能屬文。從鄉賦⑧，登明經第⑨。應制舉⑩，中精通經史科。補弘文館校書郎，調左金吾錄事，換杭州錄事參軍⑪〔三〕。在杭州，前後詰僞制補吏者三十八人，駮假年侍老者二千人⑫，舉而正之，人伏其明⑬。會劉幽求來爲刺史，舉課上聞⑭，詔授絳州錄事參軍〔四〕。絳之郡丞有主壻者⑮，怙寵侮法，豪奪人利。公數其罪，露章奏之。章下丞相府⑯，丞相姚元崇奇之，致書褒美〔五〕。尋改太原府功曹參軍。給事中張袛爲江淮安撫使，表公正直，奏署部從事⑰。吏部尚書陸象先爲河東按察使，狀公清白，奏授懷州獲嘉令〔六〕。在獲嘉以不茹柔得人心⑱，以不吐剛得罪，繇是左遷鄂州司馬。移深州司馬，轉虢州長史。時上方思理，詔求二千石之良者。時宰以公塞詔，擢拜和州刺史。公在郡奉詔條，卹人隱而已，不知其他。無何，水潦害農，公請蠲穀籍之損者什七八。時李知柔爲本道採訪使，素不快公之剛直⑲，密疏誣奏以附下爲名，遂貶蘇州別駕〔七〕。老幼攀泣而遮道者數百人⑳，信宿方得去。移曹州別駕，歲餘，謝病歸老于家。天寶十三載正月二十一日㉑，終于東都利仁里私第㉒〔八〕。其年二月十二日㉓，葬于河南府伊闕縣中李原㉔，享年八十三。噫！公生天地間八十有三年，可謂壽矣。其間當明皇帝馭天下四十有五年，可謂時矣。有其才，得其壽，逢其時，然職不過陪臣，秩僅至郡守，凡所貯蓄，鬱而不舒。嗚呼！其命也夫！公之文學，常爲賀知章、賈彦璿許之〔九〕。公之諒直，常爲李邕、張庭珪稱之〔十〕。公之政事，又爲劉、姚、張、陸推之。夫以八君子之力援之而不足，以一知柔之力排之而有餘㉕，厄窮不振，以至没齒。嗚呼！其命也夫！古人云：「道不虚行。」〔十一〕又云：「其後必有達者㉖。」〔十二〕故公之子大理評事誠以節行聞于時㉗，公之孫户部侍郎平叔以才位光于國〔十三〕，報施之道，信昭昭矣。不在其身，則在子孫，相去幾何哉？長慶二年某月某日㉘，平叔奉祖德碣之㉙，居易據家狀序而銘之㉚。其辭曰㉛：

有木有木，碩大而長。破爲桷杙，不作棟梁。有驥有驥，規行矩步。辱在短轅，不駕大輅。嗚呼噫嘻！公亦如之。將時不遇我㉜，而我不遇時？勿謂已矣，天錫多祉。既賢其子，以濟其美。又才其孫，以大其門。苟無先德，孰啓後昆？（2856）

【校】

①題 《文苑英華》作「曹州别駕張公神道碑」，校文與紹興本等同，「吴郡」作「吴興郡」。

②隋 《文苑英華》作「趙」，校：「集作隋，是。」

③王父 金澤本、《文苑英華》作「大父」，《文苑英華》校：「集作王。」馬本作「王大父」，誤。

④孝績 「孝」《文苑英華》作「季」，校：「集作孝。」「績」金澤本作「續」。

⑤皇考 馬本作「王考」，誤。

⑥闔 金澤本、《文苑英華》、《唐文粹》作「婚」，《文苑英華》校：「集作闔。」

⑦公諱無擇 紹興本、那波本無「公」字。《唐文粹》、《全唐文》「無擇」作「擇」。此據金澤本、《文苑英華》。

⑧鄉賦 馬本作「鄉試」。

⑨明經 紹興本等脱「明」字，據金澤本、《文苑英華》、《唐文粹》補。

⑩應制舉 金澤本、天海本、《唐文粹》其上有「既第」二字。

⑪換 《文苑英華》校：「一作授。」

⑫二千　那波本、馬本、《唐文粹》作「二十」。盧校：「此乃小民規免役者，故有二千之多。」朱《箋》：「父母老疾，犯罪者可上請充侍，非限於小民。盧校非。」

⑬伏　馬本作「服」。

⑭上聞　紹興本等無「上」字，據金澤本、天海本、《文苑英華》、《唐文粹》補。《文苑英華》校：「集無上字。」

⑮郡丞　紹興本等無「丞」字，據金澤本、天海本、《文苑英華》、《唐文粹》補。

⑯丞相府　三字紹興本等無，據金澤本、《文苑英華》補。

⑰署部　紹興本等作「置部」，據金澤本、《唐文粹》改。《文苑英華》作「署郡」，校：「集作置部。」

⑱令在獲嘉　四字那波本、《唐文粹》無。

⑲剛直　那波本作「聞直」，誤。

⑳老幼　金澤本、《文苑英華》作「幼艾」，《文苑英華》校：「集作老幼。」

㉑十三載　金澤本、《文苑英華》明抄本作「十載」，《文苑英華》校：「集有三字。」明刊本正文作「十二年」。「二十一日」《文苑英華》作「二十八日」，校：「集作一。」

㉒私第　金澤本無「私」字。

㉓其年　金澤本、《文苑英華》作「十二載」，《文苑英華》校：「十二載三字集作其年。」

㉔中李原　「李」《文苑英華》作「里」，校：「集作李。」

㉕排之　「排」《文苑英華》作「推」，校：「集作排。」

㉖達者　「達」金澤本、《文苑英華》作「起」，《文苑英華》校：「集作達。」

㉗大理　馬本誤「大禮」。「諴」金澤本、《文苑英華》明刊本、馬本、郭本作「誠」。平岡校：「按張公字老萊，當從諴。」

㉘某月某日　紹興本、那波本作「某年月某日」，金澤本作「月日」，此從馬本、《文苑英華》、《唐文粹》。盧校：「某年二字謂壬寅也。」

㉙碣之　金澤本、《文苑英華》、《唐文粹》作「揭而碑之」，《文苑英華》校：「揭而碑之四字集作碣之。」

㉚據　金澤本、《文苑英華》作「按」，《文苑英華》校：「集作據。」

㉛曰　金澤本、《唐文粹》作「云」。

㉜將時　馬本誤「何時」。「遇我」《唐文粹》作「我遇」。

【注】

朱《箋》：作於長慶二年（八二二），長安。

〔一〕肱避地渡江始居於吴：《新唐書·宰相世系表二下》：「吴郡張氏，本出自嵩第四子睦，字選公，後漢蜀郡太守，始居吴郡。裔孫顯，齊廬江太守，生紹。」王楙《野客叢書》卷二一《張良有後》：

「《(容齋)隨筆》論張良無後，謂有二事。其一勸沛公因懈而擊秦軍，既解而追項羽。此事甚於殺降，宜其無後。僕謂不然。良既仕漢，則盡忠於漢，奚暇他恤哉……僕因考之，後漢司空皓、晉司空華、唐宰相嘉貞、延賞、弘靖、九齡，皆良之後也。蕃衍盛大如此，安得謂之無後哉？《後漢・張皓傳》曰：『六世祖良。』僕考《世系》，皓正良九世孫，非六世也。良生不疑，不疑生典，典生默，默生金，金生千秋，千秋生嵩，嵩生睦，睦生嗣，嗣生皓。自不疑以下數至皓，恰九世。《吳郡圖經》亦曰：『良七世孫睦，後漢爲蜀郡太守，始居吳郡。張氏皆其後。』白樂天作《張公碑》曰：『良生睦，避地渡江，始居於吳。其子孫稱吳郡人。』然則吳郡之張，正良之後爾。《隨筆》之説，正與劉夢得謂張曲江無後之意同。案曲江之後，初亦未嘗絶也。」據王楙説，「肱」當作「睦」。

〔二〕張無擇：《唐代墓誌彙編》大中一三六（《全唐文補遺》第一輯）劉航《唐故泗州司倉參軍彭城劉府君夫人吳郡張氏墓誌銘》：「先妣夫人即府君親舅之女，得姓曰張，望出吳郡。和州刺史無擇之曾孫，大理評事諴之孫，河南府王屋丞平仲之女也。外范陽盧氏，祖擢，處州縉雲縣令。」

〔三〕錄事參軍：《唐六典》卷三十：「司錄、錄事參軍，掌付事勾稽，省署抄目，糾正非違，監守符印。若列曹有異同，得以聞奏。」嚴耕望《唐史研究叢稿・唐代府州僚佐考》：「《六典》云『糾正非違』，《通典》云『糾彈部内非違』，此爲司錄錄事參軍最基本之重要職權，故可考之史料亦較多……白居易《和州刺史吳郡張公神道碑》云：『換杭州錄事參軍。在杭州，前後詰僞制補吏者三十八人，駮假年侍老者二千人，舉而正之，人伏其明。會劉幽求來爲刺史，舉課上聞，詔授絳州録事參軍。絳之郡丞有主壻者，怙寵侮法，豪奪人利。公數其罪，露章奏之。』此更强毅之吏固能舉其職之佳例矣。又《通典》有『部内』二字，是當包括屬縣而言……獨孤及《閻公墓誌》及白居易《張公碑》各糾案數十事者，恐亦不限於州府内之官佐也。」

〔四〕劉幽求：《舊唐書·劉幽求傳》：「開元初，改尚書左右僕射爲左右丞相，乃授幽求尚書左丞相，兼黄門監。未幾，除太子少保。姚崇素嫉忌之，乃奏言幽求鬱怏於散職，兼有怨言。貶授睦州刺史，削其實封六百户。歲餘，稍遷杭州刺史。三年，轉桂陽郡刺史，在道憤恚而卒。」

〔五〕姚元崇：姚崇，本名元崇。《舊唐書·姚崇傳》：「（開元四年）是時，上初即位，務修德政，軍國庶務，多訪於崇，同時宰相盧懷慎、源乾曜等，但唯諾而已。崇獨當重任，明於吏道，斷割不滯。然縱其子光禄少卿彝、宗正少卿异廣引賓客，受納饋遺，由是爲時所譏……崇自是憂懼，頻面陳避相位，薦宋璟自代。俄授開府儀同三司，罷知政事。」

〔六〕陸象先：《舊唐書·陸象先傳》：「（開元）六年，廢河中府，依舊爲蒲州，象先爲刺史，仍爲河東道按察使……按察使停，入爲太子詹事，歷工部尚書。十年冬，知吏部選事，又加刑部尚書。」

〔七〕李知柔：《新唐書·宗室世系表上》博陵郡公道弼孫、御史中丞知柔。又見《唐郎官石柱題名考》卷七司勳郎中。《册府元龜》卷二四《帝王部·符瑞》：「（天寶）五載五月乙卯，河東郡太守李知柔奏：乘泉縣潘水修功德處有白魚引舟，五色雲起。望宣付史館。從之。」

〔八〕利仁里：《唐兩京城坊考》卷六利仁坊：「和州刺史張（無）擇宅。」引白居易《利仁北街作》（《白氏文集》卷三二 2347），謂：「按所謂張家者，疑即擇之後人。」

〔九〕賈彥璿：《舊唐書・五行志》：「開元四年五月，山東螟蝗害稼，分遣御史捕而埋之……八月四月，敕河南、河北檢校捕蝗使狄光嗣、康瓘、敬昭道、高昌、賈彥璿等，宜令待蟲盡而刈禾將畢，即入京奏事。」《元和姓纂》卷七：「濮陽：工部員外賈彥璿，弟彥璡。」

〔十〕張庭珪：即張廷珪。《舊唐書・張廷珪傳》：「廷珪少以文學知名，性慷慨，有志尚……（開元）二十二年卒，年七十餘。贈工部尚書，謚曰貞穆。廷珪素與陳州刺史李邕親善，屢上表薦之。邕所撰碑碣之文，必請廷珪八分書之。廷珪既善楷隸，甚爲時人所重。」《全唐文補遺》第五輯徐浩《唐故贈工部尚書張公墓誌銘》：「公諱庭珪，字溫玉，范陽方城人……其薦賢也，則達奚珣、苗晉卿、李邕、梁涉、孫逖、張利貞、王靈漸、李融、李玄成，爲一時之俊，咸登庸也。其癉惡也，則張昌宗作涼宮，薛懷義建僞閣，殫萬家之産，並劾奏焉。其詳刑也，免張文成於殊死，諫張真楷於極法，迴九重之聽，進讜議焉。」正作庭珪。

〔十一〕古人云：《易・繫辭下》：「苟非其人，道不虛行。」

〔十二〕又云：《左傳》昭公七年：「聖人有明德者，若不當世，其後必有達人。」

〔十三〕張平叔：《舊唐書・穆宗紀》：「（長慶二年三月壬寅）以鴻臚卿、判度支張平叔爲户部侍郎充職。平叔以曲承恩顧，上疏請官自賣鹽，可以富國强兵，陳利害十八條。詔下其疏，令公卿詳議。中書舍人韋處厚隨條詰難，固言不可，事遂不行。」「（十二月）丁未，判度支、户部侍郎張平叔貶通州刺史。」參本書卷十一《張平叔可户部侍郎判度支制》（2927）。

唐贈尚書工部侍郎吳郡張公神道碑銘① 并序

有唐嶺南觀察推官、試大理評事吳郡張公，大曆三年十一月八日，終于伊川别墅。五年八月七日，葬于伊闕縣中李原，春秋五十五。元和十三年，詔贈主客員外郎。明年，贈太常少卿。又明年，贈尚書工部侍郎。夫人吳郡陸氏，貞元二年某月某日終于某所②，春秋六十六。追封嘉興縣太君，又封吳郡太夫人。嗣子通議大夫、守尚書户部侍郎、判度支、上柱國、賜紫金魚袋平叔③，以長慶二年某月某日立神道碑④。太原白居易文其碑云：公諱誡⑤，字老萊，吳郡人。父諱無擇，和州刺史。祖諱孝績⑥，袁州司馬。由高曾而上，世德世禄，載在和州府君碑内⑦，此不書。公年十八，以通經中第。及調判入高等，授蘇州長洲尉。秩滿，丁先府君憂。既禫，又丁先太夫人憂。泣血六年，哀毁過制⑧，以方寸再亂，殆無宦情⑨。既除喪，退居不調者累年。而親友以大義敦責，不得已而復起，選授左武衛騎曹參軍分司東都⑩。屬安禄山陷覆洛京，以僞職淫刑脅劫士庶，公與同官范陽盧巽潛遁于陸渾山，食木實、飲泉水者二年⑪，迄不爲逆命所汙。及肅宗嗣位，詔河南尹薛伯連搜訪不仕賊庭隱藏山谷者，伯連得六人以應詔，而公與巽在焉〔一〕。繇是名節聞于朝野，君子以爲知道。優詔褒美，特授密縣主簿。未周歲，遷宋州碭山縣令。時睢陽當大兵後，野無草，里無人。公撫之，一年襁負至，二年汙萊闢，三年衣食足。及解印去，縣民相率泣而餞之，君子以爲知政。嶺南節度觀察使李勉，偉人也，既高公陸渾之節，又美公碭山之政，欲以名職禮命起而大之，遂奏授試大理評事、充觀察推官〔二〕。及除書簡牒到門，即公捐館舍之明日也。才如是，命如是，嗚呼哀哉！公常自負其才不後於人，自疑其命不偶於世。及將去碭山而反伊川也，頓駕搦管，沈歎久之，因賦《詠懷詩》云：「論成方辯命，賦罷即歸田。」竟如是言⑫，終于衡茅之下，君子以爲知命。公有三子，曰平仲、平叔、平季〔三〕。夫人陸氏，即國子司業、集賢殿學士善經之女⑬，賢明有法度〔四〕。初，公既没，諸子尚幼，夫人勤求衣食，親執《詩》《書》，諷而導之⑭，咸爲令子。又常以公遺志擇其子而付之，故平叔卒能振才業，致名位，追爵命，碣碑表⑮，繼父志，揚祖德。此誠孝子順孫之道也，亦由夫人慈善教誘之德浸漬而成就之，不其然乎！居易常辱與户部游，而知其家事治⑯，見託譔述，庶傳信焉。銘曰：

猗嗟碭山，以文行保家聲，以義節振時名，以惠政撫縣民⑰。而職不登諸侯卿，秩不及廷尉評。悲哉！猗嗟碭山，前有和州，名德如彼；後有户部，才位若此。才子之父，名父之子。賢者兼之，可謂俱美。休哉！（2857）

【校】

①題　《文苑英華》作「嶺南觀察推官贈尚書工部侍郎吴郡張公神道碑銘」。

②二年　金澤本、《文苑英華》作「三年」，《文苑英華》校：「集作二。」「某日」金澤本作「日」。

③通議大夫　平岡校據《張平叔可户部侍郎判度支制》（本書卷十一 2927），謂張平叔長慶二年三月階朝議大夫，當據改。

④某月某日　金澤本作「月日」。

⑤誠　馬本、《文苑英華》明刊本作「誠」，明刊本校：「一作誠。」明抄本無此校。

⑥孝績　金澤本作「孝續」。

⑦碑内　金澤本無「内」字。

⑧過制　金澤本、《文苑英華》作「過禮」，《文苑英華》校：「集作制。」

⑨殆　《文苑英華》作「始」，校：「一作殆。」

⑩騎曹　《文苑英華》作「將軍」，校：「集作騎曹。」

⑪二年　《文苑英華》作「三年」，校：「集作二。」

⑫是言　「是」金澤本、《文苑英華》作「其」，《文苑英華》校：「集作是。」

⑬集賢殿　金澤本無「殿」字。

⑭諷　金澤本、《文苑英華》作「誨」，《文苑英華》校：「集作諷。」

⑮碣　金澤本作「揭」。

⑯治　馬本作「故」，屬下讀。郭本作「始」。

⑰縣民　金澤本作「縣氓」，押韻。

【注】

朱《箋》：作於長慶二年（八二二），長安。

〔一〕薛伯連：《新唐書·宰相世系表三下》薛氏西祖：悌子，「伯連，河東尹。」《唐會要》卷七十《州縣改置》：「（天寶）七載十二月一日，改會昌爲昭應縣，仍廢新豐，隸入昭應，以薛伯連爲縣令。」

〔二〕李勉：字玄卿。《舊唐書·李勉傳》：「至德初，從至靈武，拜監察御史……（大曆）四年，除廣州刺史，兼嶺南節度觀察使……在官累年，器用車服無增飾。及代歸，至石門停舟，悉搜家所貯南貨犀象諸物，投之江中。耆老以爲可繼前朝宋璟、盧奐、李朝隱之徒。人吏詣闕請立碑，代宗許之。十年，拜工部尚書。」

〔三〕張平仲：見《唐代墓誌彙編》大中一三六（《全唐文補遺》第一輯）劉航《唐故泗州司倉參軍彭城劉府君夫人吴郡張氏墓誌銘》。參前誌。

〔四〕陸善經：《舊唐書·元載傳附李少良》：「時元載專政，所居第宅崇侈，子弟縱横，貨賄公行，士庶咸嫉之。少良怨不見用，乘衆怒以抗疏上聞，留少良於禁内客省。少良友人韋頌因至禁門訪少良，少良漏其言，頌不慎密，遂爲載備知之。乃奏少良狂妄，詔下御史臺訊鞫。是時御史大夫缺，載以張延賞爲之，屬意焉。少良以泄禁中奏議，制使陸珽同伏罪。初，韋頌及珽俱與少良友善，與載子弟親黨款狎。頌得少良微旨，漏於載所親，遂達於載。載密召珽問之，珽具白其狀及禁中語。載得之，奏於上前，上大怒，並付京兆府決殺。珽，國子司業善經子也，少傳父業，頗通經史，性浮躁而疏，故及於累。」《新唐書·藝文志》著録《六典》三十卷，張九齡知集賢院事，加陸善經參撰。又《開元禮》一百五十卷，陸善經參與撰緝。又陸善經注《孟子》七卷。《元和姓纂》卷十陸訛作「陸善敬」，岑仲勉《元和姓纂四校記》有辨。

傳法堂碑①

王城离域有佛寺②，號興善〔一〕。寺之坎地有僧舍③，名傳法堂〔二〕。先是，大徹禪師宴居于是寺，説法于是堂，因名焉④。有問師之名迹，曰：號惟寬，姓祝氏，衢州信安人〔三〕。祖曰安，父曰皎。生十三歲出家，二十四具戒⑤。僧臘三十九，報年六十三。終興善寺，葬灞陵西原，詔謚曰大徹禪師元和正真之塔云⑥。有問師之傳授⑦，曰：釋迦如來欲涅槃時，以正法密印付摩訶迦葉，其下十二葉傳至馬鳴⑧。又十二葉，傳至師子比丘。又二十四葉⑨，傳至佛馱先那。先那傳圓覺達摩，達摩傳大弘可，可傳鏡智璨，璨傳大醫信，信傳大滿忍⑩，忍傳大鑒能⑪，是爲六祖。能傳南岳讓，讓傳洪州道一。一謚曰大寂，寂即師之師。貫而次之，其傳授可知矣〔四〕。有問師之道屬，曰：自四祖以降⑫，雖嗣正法，有家嫡而支派者⑬，猶大宗小宗焉。以世族譬之，即師與西堂藏、甘泉賢、勒潭海、百巖暉俱父事大寂，若兄弟然〔五〕。章敬澄若從父兄弟〔六〕，徑山欽若從祖兄弟〔七〕，鶴林素、華嚴寂若伯叔然⑭〔八〕。當山忠、東京會若伯叔祖〔九〕，嵩山秀、牛頭融若曾伯叔祖⑮〔十〕。推而序之，其道屬可知矣。有問師之化緣，曰：師爲童男時，見殺生者畫然不忍食⑯，退而發出家心。遂求落髮於僧曇，受尸羅於僧崇，學毗尼於僧如〔十一〕，證大乘法於天台止觀，成最上乘道於大寂道一。貞元六年，始行化於閩越間⑰。歲餘，而迴心改服者百數。七年，馴猛虎於會稽，作勝家道場⑱〔十二〕。八年⑲，與山神受八戒於鄱陽，作迴嚮道場⑳〔十三〕。十三年，感非人於少林寺㉑。二十一年，作有爲功德於衛國寺〔十四〕。明年，施無爲功德於天宮寺〔十五〕。元和四年，憲宗章武皇帝召見於安國寺〔十六〕。五年，問法於麟德殿〔十七〕。其年，復靈泉於不空三藏池㉒〔十八〕。十二年二月晦，大説法於是堂，説訖就化㉓。其化緣云爾。有問師之心要，曰：師行禪演法垂三十年，度白黑衆殆百千萬㉔，應病授藥㉕，安可以一説盡其心要乎㉖？然居易爲贊善大夫時，常四詣師，四問道。第一問云：「既曰禪師，何故説法？」師曰：「無上菩提者，被於身爲律，説於口爲法，行於心爲禪。應用有三，其實一也。如江湖河漢㉗，在處立名㉘，名雖不一，水性無二㉙。律即是法，法不離禪，云何於中妄起分別？」第二問云：「既無分別，何以修心？」師曰：「心本無損傷，云何要修理？無論垢與淨，一切勿起念。」第三問云：「垢即不可念，淨無念可乎？」師曰㉚：「如人眼睛上，一物不可住。金屑雖珍寶㉛，在眼亦爲病。」第四問云：「無修無念，亦何異於凡夫耶㉜？」師曰：「凡夫無明，二乘執著，離此二病，是名真修㉝。真修者不得勤㉞，不得妄㉟。勤即近執著，妄即落無明㊱。」其心要云爾。師之徒殆千餘，達者三十九人㊲。其入室受道者有義崇㊳，有圓鏡。以先師常辱與予言，知予嘗醍醐、嗅薝蔔者有日矣。師既殁後，予出守南賓郡，遠託譔述，迨今而成。嗚呼！斯文豈直起師教、慰門弟子心哉？抑且志吾受然燈記㊴，記靈山會於將來世㊵。故其文不避繁。

銘曰：

佛以一印付迦葉，至師五十有九葉，故名師堂爲傳法。(2858)

【校】

①題　金澤本作「傳南宗禪法堂碑」，《文苑英華》作「西京興善寺傳法堂碑」。

②离域　金澤本、《文苑英華》作「离地」。馬本作「離域」，誤。

③寺　金澤本重「寺」字。「坎地」紹興本等作「次也」，據金澤本、《文苑英華》改。

④名焉　紹興本、那波本「名」下衍「曰」字，據他本删。

⑤二十四　金澤本、《文苑英華》其下有「歲」字。

⑥正真　紹興本等作「正直」，據金澤本、《文苑英華》改。

⑦有問師　那波本作「師有」，誤。

⑧其下十二葉　五字紹興本等脱，據金澤本補。《文苑英華》有「其下」二字，而脱「傳至馬鳴又」，校文同紹興本等。

⑨又　紹興本等作「及」，據金澤本、《文苑英華》改。《文苑英華》校：「集作及。」

⑩大滿忍　紹興本等作「圓滿忍」，據金澤本、《文苑英華》改。《文苑英華》校：「集作圓。」平岡校：「弘忍謚曰大滿禪師。」

⑪大鑒　那波本作「天鑒」，誤。

⑫自　馬本作「田」，誤。《全唐文》作「由」。
⑬冡嫡　紹興本等作「家嫡」，據《文苑英華》改。
⑭華嚴　《文苑英華》作「花嚴」，校：「集作華。」
⑮曾伯叔祖　馬本作「曾祖伯叔」。盧校作「伯叔曾祖」。
⑯殺生者　《文苑英華》無「者」字。
⑰行化於　紹興本等作「行於」；《文苑英華》作「行化」，無「於」字。此從金澤本。
⑱勝家　紹興本等作「滕家」，據《文苑英華》改。《文苑英華》校：「集作滕。」金澤本所校本亦作「勝」。
⑲八年　紹興本等作「八日」，據金澤本、《文苑英華》改。
⑳迴嚮　那波本作「迴鬱」，誤。
㉑感非人　「感」那波本誤「盛」。
㉒池　紹興本等作「也」，據金澤本、《文苑英華》改。
㉓就化　紹興本等作「説化」。此據《文苑英華》。金澤本作「就代」，「代」字訛。
㉔百千萬　紹興本等其下有「億」字，此據金澤本。
㉕授　《文苑英華》作「受」，校：「集作授。」
㉖一説　金澤本無「一」字。

㉗如　天海本作「譬如」。

㉘在處　金澤本、《文苑英華》作「在在」；那波本作「在」，闕一字。

㉙無二　《文苑英華》作「如一」，校：「集作無二。」

㉚師曰　《文苑英華》「師」下有「告之」二字，校：「集無此二字。」

㉛金屑　「金」《文苑英華》作「念玉」，校：「二字集作金。」

㉜亦　金澤本、《文苑英華》作「又」，《文苑英華》校：「集作亦。」

㉝真修　馬本作「貞修」，下文同。

㉞不得勤　「勤」郭本、《文苑英華》明刊本作「動」，下文「勤即」同。

㉟不得妄　「妄」金澤本、《文苑英華》作「忘」，下文「妄即」同。

㊱妄即　「即」金澤本、《文苑英華》作「則」，《文苑英華》校：「集作即。」

㊲三十九人　金澤本無「人」字。

㊳受道　「道」金澤本、《文苑英華》作「遺」，《文苑英華》校：「集作道。」《宋高僧傳》此句作「入室受遺寄者」。

㊴然燈　「然」《文苑英華》作「信默」，校：「二字集作然。」

㊵將來世　郭本無「世」字。

朱《箋》：作於元和十四年（八一九），忠州。

【注】

㈠王城离域有佛寺號興善：离域，南城。《易・説卦》：「离也者，明也，萬物皆相見，南方之卦也。」《唐會要》卷五十《觀》：「初，宇文愷置都，以朱雀門街南北盡郭有六條高坡，象乾卦。故於九二置宫闕，以當帝之居。九三立百司，以應君子之數。九五貴位，不欲常人居之，故置元都觀、興善寺以鎮之。」《唐兩京城坊考》卷二靖善坊：「大興善寺，盡一坊之地。初曰遵善寺。隋文承周武之後，大崇釋氏，以收人望，移都先置此寺，以其本封名焉。神龍中，韋庶人追贈父貞爲酆王，改此寺爲酆國寺。景雲元年復舊。」

㈡坎地：北地。《易・説卦》：「坎者水也，正北方之卦也。」

㈢惟寬：傳見《宋高僧傳》卷十、《景德傳燈録》卷七、《五燈會元》卷三，多採白氏此文。

㈣有問師之傳授：禪宗西天二十八祖説見於敦煌本《壇經》等，其説源自《付法藏因緣傳》，天台宗智顗曾據之提出西天二十三祖説，見《摩訶止觀》卷首。白氏此文所敍與二十八祖説不同，其説當據梁僧祐《出三藏記集》卷十二「薩婆多部記目録」所記五十三世或五十四世師宗相承説。參胡適《白居易時代的禪宗世系》（《胡適文存》三集）。然文字仍有疑誤。文末「至師五十有九葉」，以惟寬爲五十九世，逆數至圓覺達摩爲五十一世。但所敍摩訶迦葉以下世系，正數至圓覺達摩止四十九世，至惟寬爲五十七世。又文中所敍傳人世系，與《出三藏記集》五十三世或五十四世説亦有出入。如馬鳴爲十二葉，《出三藏記集》中分別爲十一世和九世；師子比丘爲二十四葉，《出三藏記集》中分別爲二十五世和二十一世。馬鳴爲十二葉、師子比丘爲二十四葉，反而同于《寶林傳》以下的西天二十八祖説。

〔五〕西堂藏：西堂智藏。傳附《宋高僧傳》卷十《道一傳》：「唐虔州西堂釋智藏，姓廖氏。虔化人也。生有奇表，親黨異其偉器。八歲從師，道趣高邈。隨大寂移居龔公山。」並見《景德傳燈録》卷七等。甘泉賢：《宋高僧傳》卷九《唐太原甘泉寺志賢傳》：「釋志賢，姓江，建陽人也……大寶元年，於本州佛跡巖承事道一禪師，曾無間然。」按，「大寶」或校改作「天寶」，疑當作「大曆」。勒潭海：未詳。疑指百丈懷海。「勒潭」疑當作「泐潭」。按，懷海居洪州百丈山，泐潭亦在洪州。白氏此文或有混淆。岡村繁《白氏文集》五亦以爲百丈懷海之誤。百巖暉：即章敬懷暉。《宋高僧傳》卷十《懷暉傳》：「釋懷暉，姓謝氏，泉州人也。宿殖根深，出塵志道，迨乎進具，乃尚雲遊。貞元初，禮洪州大寂禪師，頓明心要。時彭城劉濟頗德暉，互相推證。後潛岨崍山，次寓齊州靈巖寺，又移卜百家巖。」並見《景德傳燈録》卷七等。

〔六〕章敬澄若從父兄弟：《景德傳燈録》卷四嵩山普寂禪師法嗣四十六人：「京兆章敬寺澄禪師。」按，普寂爲神秀弟子，澄禪師當爲弘忍下三世。惟寬爲弘忍下四世。此文與《景德傳録燈》所記不合。「從父兄弟」謂同祖父，則以澄禪師爲懷讓下二世。

〔七〕徑山欽若從祖兄弟：《宋高僧傳》卷九《唐杭州徑山法欽傳》：「釋法欽，俗姓朱氏，吴郡昆山人也……年二十八，僞裝赴京師，路由丹徒，因遇鶴林素禪師，默識玄鑒，知有異操。」《景德傳燈錄》卷四作「徑山道欽禪師」。按，四祖道信下別出法融一系，爲牛頭宗。李華《潤州鶴林寺故徑山大師碑銘》記其傳承爲智巖、慧方、法持、智威、鶴林、徑山，劉禹錫《牛頭山第一祖融大師新塔記》無慧方，與白氏此文均差一世或兩世。又《宋高僧傳》有法持爲弘忍傳法弟子之説，則徑山、惟寬同爲弘忍下四世。「從祖兄弟」謂同曾祖，則以徑山爲慧能下三世。

〔八〕鶴林素：即鶴林玄素，師智威。傳見《宋高僧傳》卷九及《景德傳燈錄》卷四。華嚴寂：未詳。岡村繁《白氏文集》五疑爲嵩山普寂。

〔九〕當山忠：《宋高僧傳》卷九《唐均州武當山慧忠傳》：「釋慧忠，俗姓冉氏，越州諸暨人也……少而好學，法受雙峰，默修全真，心承一印。」又見《景德傳燈錄》卷五慧能大師法嗣：「西京光宅寺慧忠國師者，越州諸暨人也。姓冉氏。自受心印，居南陽白崖山黨子谷。四十餘祀，不下山門。道行聞於帝里。唐肅宗上元二年，敕中使孫朝進賫詔徵赴京，待以師禮。初居千福寺西禪院，及代宗臨御，復迎止光宅精藍。十有六載，隨機説法。」東京會：即神會。慧能弟子，居洛陽荷澤寺。傳見《宋高僧傳》卷八及《景德傳燈錄》卷四等。

〔十〕嵩山秀：即神秀，弘忍弟子，爲北宗六祖。按，神秀居荊州玉泉寺。同門老安居嵩山會善寺，神秀弟子普寂亦居嵩山。白氏稱「嵩山秀」，或有混淆。牛頭融：牛頭山法融。此以神秀、法融爲同輩，與禪宗燈錄等不合。按，以上所記慧能、神秀法嗣世系無錯亂，唯記牛頭宗一系多有不合。蓋牛頭宗傳承，其時尚多歧説；以其祔入禪宗世系，或難有定論。

〔十一〕尸羅：受持戒行。《大智度論》卷十三：「好行善道，不自放逸，是名尸羅。」毗尼：律。

〔十二〕勝家道場：得生尊勝之家，爲圓成勝法内容。《大寶積經》卷四三：「復得四種圓成勝法……二者菩薩摩訶薩處在人中，獲得五種成勝生法。云何爲五？所謂得生勝家，得勝妙色，得勝淨戒，得勝眷屬，於諸衆生得修勝慈。」

〔十三〕迴嚮道場：佛教稱以自己所修之功德善根迴轉於衆生爲迴嚮。

〔十四〕有爲功德：指世間一切因緣所生功德善法，與無爲功德即涅槃第一義諦相對。衛國寺：朱《箋》引《兩京城坊考》卷七洛城東城之東第四南北街殖業坊：「衛國寺。神龍二年，節愍太子建，以本封爲名。」按，《唐會要》卷四八《寺》：「安國寺，宣教坊。本節愍太子宅。神龍二年，立爲崇恩寺，後改爲衛國寺。景雲元年十二月六日，改爲安國寺。」此寺名、建年、建主均同，唯坊名有異，當爲一寺。

〔十五〕天宫寺：《唐會要》卷四八《寺》：「天宫寺，觀善坊。高祖龍潛宅，貞觀六年立爲寺。」按，「觀善坊」當作「尚善坊」。《兩京城坊考》卷六尚善坊：「坊北天津橋。」《兩京城坊考校補記》：「天津橋天宫寺：《續玄怪録》：李愬登天津橋，因入憩天宫寺。」《太平廣記》卷九四《華嚴和尚》（出《原化記》）：「華嚴和尚，學於神秀禪師，謂之北祖，常在洛都天宫寺。」

〔十六〕安國寺：此長安安國寺。《唐會要》卷四八《寺》：「安國寺，長樂坊。景雲元年九月十一日，敕捨龍潛舊宅爲寺，便以本封安國爲名。」

〔十七〕麟德殿：《南部新書》丙卷：「麟德殿三面，亦謂之三殿。」《雍録》卷四：「李肇《記》曰：翰林院在少陽院南，其東當三院。結鄰、鬱儀樓，即三院之東西廊也。……三殿者，麟德殿也。一殿而三面，故名三殿也。三院即三殿也。」

〔十八〕復靈泉於不空三藏池：梵僧不空，玄宗時入長安，住大興善寺。代宗時加號大廣智三藏。傳見《宋高僧傳》卷一。《酉陽雜俎續集》卷五寺塔記：「靖善坊大興善寺……寺後先有曲池，不空臨終時，忽時涸竭。至惟寬禪師止住，因潦通泉，白蓮藻自生。今復成陸矣。」

唐撫州景雲寺故律大德上弘和尚石塔碑銘①〔一〕 并序

元和十一年春，廬山東林寺僧道深、懷縱、如建、沖契、宗一、至柔、訔諸、智則、智明、雲臯、太易等凡二十輩②〔二〕，與白黑衆千餘人俱齎持故景雲大德弘公行狀一通③，贄錢十萬④，來詣潯陽府，請司馬白居易作先師碑，會有故不果⑤。十二年夏⑥，作石墳成，復來請，會有疾不果⑦。十三年夏，作石塔成，又來請，始從之。既而僧反山⑧，衆反聚落，錢反寺府⑨，翌日而文就。明年而碑立，其詞云爾⑩：

我聞竺乾古先生出世法，法要有三：曰戒、定、惠⑪〔三〕。戒生定，定生惠，惠生八萬四千法門。是三者迭爲用。若次第言，則定爲惠因，戒爲定根〔四〕，根植則苗茂⑫，因樹則果滿⑬。無因求滿，猶夢果也；無根求茂，猶揠苗也。雖佛以一切種智攝三界，必先用戒〔五〕。菩薩以六波羅蜜化四生，不能捨律〔六〕。律之用⑭，可思量，不可思量⑮。如來十弟子中稱優波離善持律〔七〕。波離滅，有南山大師得之〔八〕。南山滅，有景雲大師得之。師諱上弘，姓饒氏。曾祖君雅，祖公悦⑯，父知恭⑰。臨川南城人。童而有知，故生十五歲發出家心，始從舅氏剃落。壯而有立，故生二十二歲立菩提願⑱，從南岳大圓大師具戒。樂其所由生⑲，故大曆中不去父母之邦，請隸于本州景雲寺。修道應無所住，故貞元初離我我所⑳〔九〕，徙居于洪州龍興寺㉑。説法親近善知識，故與匡山法真、天台靈裕、荆門法裔暨興果神湊、建昌惠進五長老交遊㉒〔十〕。佛法屬王臣，故與姜相國公輔、太師顔真卿暨本道廉使楊君憑、韋君丹四君子友善㉓〔十一〕。提振禁戒，故講《四分律》，而從善遠罪者無央數㉔。隨順化緣，故坐甘露壇而誓衆主盟者二十年㉕〔十二〕。荷擔大事，故前後登方等施尸羅者十有八會㉖〔十三〕。救拔羣生㉗，故娑婆男女由我得度者萬五千五百七十二人㉘。示生無常，故元和十年十月己亥，遷化于東林精舍。示滅有所，故是月丙寅歸全于南岡石墳㉙。住世七十七歲㉚，安居五十五夏㉛。自生至滅，隨迹示教，行止語嘿，無非佛事。夫施於人也博，則反諸己也厚，故門人鄉人報如不及㉜。繇是藝松成林，琢石爲塔。塔有碑，碑有銘曰㉝：

佛滅度後，薝蔔香衰，醍醐味醨。誰反是香？誰復是味？景雲大師。景雲之生，一匡苾蒭，中興毗尼。景雲之滅，衆將安仰？法將疇依？昔景雲來，行道者隨㉞，踐迹者歸。今景雲去，升堂者思，入室者悲。鑪峯之西，虎谿之南，石塔巍巍。有記事者，以真實辭㉟，書於塔碑。（2859）

【校】

①題　《文苑英華》無「唐」字，亦無「銘」字。

②⿱巩言諸　紹興本等作「以言語」，據金澤本、《文苑英華》、《唐文粹》改。《文苑英華》「⿱巩言」校：「音辯。」「諸」校：「集作語，非。」太易　金澤本作「大易」；《文苑英華》作「太一」，校：「集本、《續廬山記》作易。」

③賫持　紹興本等作「實持」，據金澤本改。

④贄錢　紹興本等作「執錢」，據金澤本、《文苑英華》、《唐文粹》改。《文苑英華》校：「集作執，非。」

⑤有故　《文苑英華》作「有疾」，校：「一本（集本、《續廬山記》）作故。」

⑥有病　金澤本、《文苑英華》作「有疾」。

⑦夏　金澤本、《文苑英華》、《唐文粹》作「冬」，《文苑英華》校：「二本作夏。」

⑧僧反　「反」《文苑英華》作「及」，校：「二本作反。」

⑨錢反　「反」《文苑英華》明刊本校：「二本作及。」「寺府」馬本誤「寺反」，《全唐文》作「施者」。

⑩云爾　金澤本、《唐文粹》無「爾」字。《文苑英華》作「曰」，校：「集作云爾。」

⑪惠　金澤本、《文苑英華》明刊本作「慧」，下文同。

⑫根植　紹興本等其上有「定」字，據金澤本、《文苑英華》、《唐文粹》删。「植」郭本作「直」。

⑬因樹　《全唐文》其上有「慧」字。「樹」下紹興本、馬本有「成」字。此據那波本、金澤本、《文苑英華》、《唐文粹》。

⑭律之用　《文苑英華》「用」上有「明」字，校：「二本無明字。」金澤本「用」下有「也」字。

⑮不可思量　金澤本作「不可不思量」。

⑯公悦　紹興本等作「公悦」，據金澤本、《文苑英華》、《唐文粹》改。劉軻《廬山東林寺故臨壇大德塔銘》亦作「公悦」。

⑰知恭　《全唐文》作「和恭」。

⑱二十二歲　紹興本等作「十五歲」，據金澤本、《文苑英華》改。《文苑英華》校：「集作十五歲，非。」《唐文粹》作「二十五歲」。朱《箋》：「劉軻《塔銘》云：『二十二歲具戒於衡岳大圓大師』，當以《英華》爲正。」「立菩提願」《文苑英華》作「立菩薩」，校：「三字二本作立菩提願。」

⑲所由生　紹興本、那波本無「生」字，據他本補。

⑳我我所　《文苑英華》明刊本、《唐文粹》作「我所」，誤。

㉑徙居于　紹興本、那波本作「從君」，此據金澤本。《唐文粹》、馬本作「徙居」，無「于」字。

㉒法真　馬本、郭本作「法貞」。「法裔」《文苑英華》作「法師裔」，校：「集無師字。」「惠進」金澤本所校本、《文苑英華》、《宋高僧傳》作「惠璡」。《文苑英華》校：「集作進。」《文苑英華》此句下校：「《記》作故與匡山法真建昌惠璡天台法裔荆門靈裕暨興果神湊五長老交遊。」

㉓太師顔　金澤本、《文苑英華》、《唐文粹》作「顔太師」，《文苑英華》校：「集作太師顔。」

㉔從善　「從」《文苑英華》作「徙」，校：「集作從。」「無央」馬本作「無其」。

㉕主盟　紹興本等誤「生盟」，據金澤本、《文苑英華》、《唐文粹》改。

㉖十有八　馬本其下衍「人」字。

㉗救拔　郭本作「救渡」。

㉘由我　「由」紹興本、那波本作「曰」，據他本改。「五百」二字據金澤本、《文苑英華》、《唐文粹》補。

㉙歸全　「全」字紹興本等無，據金澤本、《唐文粹》補。「南岡」金澤本作「南崗」。

㉚住世七十七歲　紹興本等作「住二十七年七歲」，據金澤本、《文苑英華》、《唐文粹》改。

㉛五十五　各本作「六十五」，平岡校：「事不合。《宋高僧傳》作五十五，當從之。」劉軻《廬山東林寺故臨壇大德塔

銘》：「乃遺言二三子曰：吾生七十有七，臘五十有六。」從改。

㉜報如　紹興本等作「輒如」，據金澤本、《文苑英華》、《唐文粹》改。《文苑英華》校：「集作輒，非。」

㉝銘曰　《唐文粹》、馬本「銘」字重。

㉞行道　紹興本、那波本作「道行」，據他本改。《文苑英華》校：「集作道行。」

㉟真實　紹興本等作「實真」，據金澤本、《文苑英華》、《唐文粹》改。

【注】

朱《箋》：作於元和十三年（八一八），江州。

〔一〕上弘和尚：劉軻《廬山東林寺故臨壇大德塔銘》：「大師諱上弘，俗饒姓，其先臨川人。祖公悦，父知恭，世爲南城聞儒……二十二歲具戒於衡岳大圓大師。大曆八載，敕配本州景雲寺。」傳又見《宋高僧傳》卷十六。景雲寺，在臨川縣城北隅。見《撫州府志》卷二十。

〔二〕廬山東林寺僧諸人：道深、雲皋又見本書卷六《遊大林寺序》（2876）。《白氏文集》卷三六有《送後集往廬山東林寺兼寄雲皋上人》（2744）。道深、懷縱、如建、沖契、宗一、智則、智明、雲皋又見劉軻《廬山東林寺故臨壇大德塔銘》。雲皋、沖契、宗一又見鄭素卿《西林寺水閣院律大德齊朗和尚碑》：「乃以本際實行，付雲皋比丘草具狀，藉門弟子大德道建、如達、沖契、宗一等，虔請碑銘於滎陽鄭氏子素卿。」

〔三〕竺乾古先生：指佛。竺乾，印度古稱。《弘明集》卷一《正誣論》：「故其經云：『聞道竺乾有古先生，善入泥洹，不始不終，永存綿綿。』竺乾者，天竺也。」

〔四〕定爲惠因戒爲定根：《楞嚴經》卷六：「佛告阿難：汝常聞我毗奈耶中，宣説修行，三決定義：所謂攝心爲戒，因戒生定，因定發慧，是則名爲三無漏學。」

〔五〕佛以一切種智攝三界必先用戒：《法苑珠林》卷八七：「《大品經》云：我若不持戒，當墮三惡道中。尚不得人身，況能成就衆生，淨佛國土，具一切種智！」

〔六〕菩薩以六波羅蜜化四生不能捨律：六波羅蜜即布施波羅蜜、持戒波羅蜜、忍辱波羅蜜、精進波羅蜜、禪定波羅蜜、智慧波羅蜜。

〔七〕優波離：佛陀十大弟子之一，被稱爲「持律第一」。《法苑珠林》卷二五：「優波離自從佛受戒已來，未曾犯如毫釐，故稱持律第一。」

〔八〕南山大師：道宣。開南山律宗，又稱南山大師。傳見《宋高僧傳》卷十四。

〔九〕我我所：我謂自身，執著外物爲我所。《大智度論》卷十一：「我是一切諸煩惱根本，先著五衆爲我，然後著外物爲我所。」

〔十〕匡山法真、天台靈裕、荆門法裔：顔真卿《西林寺題名》：「唐永泰丙午歲，真卿以疏拙貶佐吉州。夏六月癸亥，與殷亮、韋桓尼、賈鎰、楊鶠憩於西林。有法真律師，深究清淨毗尼之學，即律祖師志恩之上足，余內弟正義之阿闍黎也。」劉軻《廬山東林寺故臨壇大德塔銘》：「貞元三年，止南昌龍興寺，四方聞者麈至。時江州峰頂寺長老法真、台州國清寺法裔、荆州慶門寺雲裕並有大名於時，會有事於靈壇，故三長老攝大師以臨之。」雲裕當即靈裕，雲、靈字淆。顔真卿《撫州寶應寺律藏院戒壇記》：「乃請欽登壇而董振鐸焉，仍俾龍岡道幹、天台法裔……等同秉法事。」白文稱「荆門法裔」，蓋與靈裕山門互淆。興果神湊：見本卷次篇《唐江州興果寺律大德湊公塔碣銘並序》(2860)。

〔十二〕姜相國公輔：《舊唐書·姜公輔傳》：「貶公輔爲泉州別駕……順宗即位，起爲吉州刺史。尋卒。」《順宗實録》卷二：「(三月)壬申，以故相撫州別駕姜公輔爲吉州刺史。」姜公輔貶官當據《順宗實録》爲撫州別駕，故與上弘有交往。太師顔真卿：《舊唐書·顔真卿傳》：「(元)載坐以誹謗，貶峽州別駕，撫州、湖州刺史。」《代宗紀》：「(永泰二年二月)乙未，貶刑部尚書顔真卿爲峽州員外別駕，以不附元載，載陷之於罪也。」顔真卿有《東林寺題名》、《西林寺題名》，作於永泰二年。《撫州寶應寺律藏院戒壇記》作於大曆六年。本道廉使楊君憑：《舊唐書·憲宗紀》：「(永貞元年冬十月)甲申，以湖南觀察使楊憑爲洪州刺史、江西觀察使。」韋君丹：《新唐書·韋丹傳》：「徙爲江南西道觀察使。丹計口受俸，委餘於官，罷八州冗食者，收其財……大和中，裴誼觀察江西，上言爲丹立祠堂，刻石紀功，不報。宣宗讀《元和實録》，見丹政事卓然，它日與宰相語：『元和時治民孰第一？』周墀對：『臣嘗守江西，韋丹有大功，德被八州，歿四十年，老幼思之不忘。』」

〔十二〕甘露壇：東林寺甘露戒壇。陳舜俞《廬山記》卷二：「甘露戒壇在寺之東南隅。梁大清中，襲法師講《金光明經》於林間，甘露浹木者三日，因於林間作戒壇。」

〔十三〕方等：意譯方廣、廣大。指大乘經典。尸羅：持戒。

唐江州興果寺律大德湊公塔碣銘①〔一〕　并序

如來滅後後五百歲，有持戒見性者曰興果律師。師姓成，號神湊，京兆藍田人。既出家，具戒於南岳希操大師〔二〕，參禪於鍾陵大寂大師〔三〕。志在《四分毗尼藏》〔四〕。其他典論，以有餘力通。大曆八年，制懸經論律三科策試天下僧〔五〕。師中等得度，詔配江州興果寺。後從僧望移隸東林寺②，即鴈門遠大師舊道場，有甘露壇、白蓮池在焉〔六〕。師既居是，嗣興佛事③。元和十二年九月七日遘疾④，二十六日反真⑤，十月十九日遷全身於寺西道北⑥，祔鴈門墳左。春秋七十四，夏臘五十一⑦。至乎哉！師本行也，以精進心，脂不退輪⑧〔七〕；以勇健力⑨，撾無畏鼓⑩〔八〕。故登壇進律，鬱爲法將者垂三十年，領羯磨會十三，化大衆萬數⑪。儀範所攝，惠用所誘，貢高增慢⑫，罔不降伏〔九〕。其威重如是。自興果訖東林⑬，一盂齋，一榻居，衣麻寢菅，如坐七寶⑭。繇是名聞檀施，來無虛月，盡歸寺藏，與大衆共之。迨啓手足日⑮，前無長物。其簡儉如是⑯。師心行禪，身持律，起居動息，皆有常節。雖沍寒隆暑，風雨黑夜，捧一鑪，秉一燭，行道禮佛者四十五年，凡十二時，未嘗闕一。其精勤如是。師既疾亟，四大將壞，無戀著念，無厭離想。郡太守、門弟子進醫饋藥者數四⑰，師領之云：「報身非病，焉用是爲？」言訖趺坐，恬然就化。其了悟如是。門人道建、利辯、元審、元總等封墳建塔⑱，思有以識之〔十〕。以先師常辱與予遊，託爲銘碣。初，予與師相遇，如他生舊識，一見訢合⑲，不知其然。及遷化時，予又題一四句詩爲別，蓋欲會前心，集後緣也。不能改作，因取爲銘曰⑳：

本結菩提香火社㉑，共嫌煩惱電泡身㉒。不須戀戀從師去㉓，先請西方作主人㉔。

（2860）

【校】

①題　《文苑英華》無「唐」字，「塔碣銘」作「塔碑」，校：「集本、《續廬山記》作塔碣銘。」

②移隸　「移」《文苑英華》作「餘」，校：「二本作移。」「東林寺」金澤本重「寺」字。

③嗣　紹興本等作「寺」，據金澤本、《文苑英華》改。《文苑英華》校：「集作寺，非。」

④遘　《文苑英華》校：「《記》作感。」

⑤反真　紹興本、那波本、馬本誤「及真」，據金澤本、天海本、《文苑英華》改。郭本作「殁其」，「其」字屬下讀。

⑥西道　紹興本等無「西」字，據金澤本、《文苑英華》補。

⑦五十一　紹興本等其下衍「日」字，據金澤本、《文苑英華》删。《文苑英華》校：「集有日字。」

⑧脂　《文苑英華》作「指」，校：「一本作脂。」

⑨力　紹興本誤「刀」，據他本改。

⑩撾　《文苑英華》校：「《記》作搥。」

⑪大衆　金澤本、《文苑英華》作「木叉衆」，《文苑英華》校：「集作大。」平岡校：「木叉佛家語。」

⑫貢高增慢　紹興本等作「貴高憎慢」，據金澤本、《文苑英華》改。《文苑英華》「貢」校：「一本作貴。」「增」校：「一本作憎。」

⑬訖　馬本誤「起」。

⑭七寶　紹興本作「漆寶」，據那波本、金澤本、《文苑英華》改。馬本作「漆室」，誤。

⑮手足　金澤本無「足」字。「日」馬本作「目」，屬下讀。

⑯簡儉　金澤本作「儉簡」。

⑰數四　那波本作「數回」，誤。

⑱利辯　金澤本、《文苑英華》作「利⿱辡言」，《文苑英華》校：「集作辯，與⿱辡言同。」

⑲訢合　馬本作「欣合」，郭本作「斯合」。「訢」《文苑英華》校：「《記》作語。」

⑳銘曰　金澤本、天海本、《文苑英華》「銘」字重。

㉑菩提香火　金澤本、天海本、《文苑英華》作「香火菩提」，《文苑英華》「提」字校：「《記》作薩。」又此句校：「集作菩提香火社。」

㉒煩惱電泡　金澤本、天海本、《文苑英華》作「電泡煩惱」，此句《文苑英華》校：「集作煩惱電泡身。」

㉓從　金澤本、天海本、《文苑英華》作「任」，《文苑英華》校：「集作從。」此句《宋高僧傳》作「不須惆悵隨師去」。

㉔作　金澤本、《文苑英華》作「爲」，《文苑英華》校：「集作作。」按，此詩又見《白氏文集》卷十七，題《興果上人歿時題此決别兼簡二林僧社》，文與紹興本等本卷同。

【注】

〔一〕凑公：朱《箋》：作於元和十二年（八一七），江州。

神凑傳見《宋高僧傳》卷十六。又白居易有《興果上人歿時題此決别兼簡二林僧社》（《白氏文集》卷十七 1032）。

〔二〕南岳希操大師：柳宗元《衡山中院大律師塔銘》：「衡山中院大律師曰希操，没年五十七……公晳姓，凡去儒爲釋者三十一祀，掌律度衆者二十六會。南尼戒法，壞而復正，由公而大興。衡岳佛寺，毁而再成，由公而丕變。故當世之士若李丞相泌，道未嘗屈，睹公而稽首，尊之不名。出世之士若石廪瓚公，言未嘗形，遇公而歎息，推以護法……凡所受教，若華嚴照公、蘭若貞公、荆州至公、律公，皆大士。凡所授教，若惟瑗、道郢、靈幹、惟正、惠常、誠盈，皆聞人。」《景德傳燈録》卷十四藥山惟儼：「唐大曆八年，納戒于衡岳希操律師。」

〔三〕鍾陵大寂大師：馬祖道一。《宋高僧傳》卷十《唐洪州開元寺道一傳》：「釋道一，姓馬氏，洪州人也……大曆中，聖恩博洽，隸名於開元精舍。其時連率路公，聆風景慕，以鍾陵之壤，巨鎮奥區……憲宗追謚曰大寂禪師。」鍾陵謂洪州。

〔四〕四分毗尼藏：即《四分律》。姚秦佛陀耶舍與竺佛念共譯。佛教戒律典籍，爲唐代律宗所依。

〔五〕制懸經論律三科策試天下僧：《册府元龜》卷六十《帝王部·立制度》：「（開元）十三年，詔有司試天下僧尼。年六十已下者，限落者退還俗。不得以坐禪對策儀試。諸寺三階院通入大院，不得有異。」又卷五二《帝王部·崇釋氏》：「（敬宗寶曆元年二月丁亥）仍令兩街功德使各選擇有戒行僧謂之大德者考試。僧能暗記經一百五十紙，尼能暗記經一百紙，即令與度。此事停廢已久，所在長吏方喜耕織者稍衆。今忽重置，蓋寶壽寺僧法真因道場修功德奏論得請也。」

〔六〕鴈門遠大師：慧遠。《高僧傳》卷六《慧遠傳》：「釋慧遠，本姓賈氏，雁門婁煩人也。」甘露壇：

見前篇注〔十二〕。白蓮池：陳舜俞《廬山記》卷二：「神運殿之後有白蓮池，昔謝靈運恃才傲物，少所推重，一見遠公，肅然心服，乃即寺翻《涅槃經》。因鑿池爲臺，植白蓮池中，名其臺曰翻經臺。今白蓮亭即其故地。」

〔七〕以精進心脂不退輪：《維摩經·佛國品》：「逮無所得，不起法忍，已能隨順，轉不退輪。」

〔八〕以勇健力撾無畏鼓：《華嚴經》卷五四：「清淨無畏，大師子吼。以本大願周遍法界，擊大法鼓，雨大法雨。」

〔九〕貢高增慢：佛教稱未悟教理而高傲自大爲增上慢。比較他人而生自負高傲，稱貢高我慢，亦爲增上慢。《增壹阿含經》卷八：「彼依此智慧，而自貢高，毀呰他人，是謂名爲惡知識法。」

〔十〕道建、利辯、元審、元總：道建、利辯又見卷六《遊大林寺序》(2876)。又見於許堯佐《廬山東林寺律大德熙怡大師碑銘》：「門人法粲、道鏡、道寧、道深、道琛、道建、利砮等。」利砮即利辯。

白居易文集校注卷第五①

墓誌銘　凡七首

大唐故賢妃京兆韋氏墓誌銘②〔一〕　并序

德宗聖文神武皇帝元妃韋氏諱某，字某，京兆人也。曾祖某，某官。祖某，某官。父某，某官。妃即某官府君第某女也。母曰永穆公主。元和四年四月某日，妃薨于某所。以其年四月某日③，詔葬于萬年縣上好里洪平原。上悼焉，哀榮之禮有以加焉④。嗚呼！惟韋氏代德官業⑤，族系婚戚，有族史家牒存焉。今奉詔但書地及時與妃之所以曰賢之義而已。貞元中，沙鹿上仙⑥，長秋虛位，凡六十九御之政多聽於妃⑦〔二〕。妃先以《采蘩》之誠奉于上⑧，故能致霜露之感薦于九廟⑨〔三〕。次以《樛木》之德逮于下，故能分雲雨之澤洽于六宮〔四〕。其餘坐論婦道，行贊內理。服用必中度，故組紃有常訓；言動必中節，故環珮有常聲。二十七年⑩，禮無違者。册命曰賢，不亦宜哉！永貞中號奉宮車⑪，誓留園寢，麻衣告朔，蓬首致哀。執匪懈之心，視奠於靈坐⑫；修無上之道，薦福于崇陵〔五〕。殆茲殁身，不衰其志。故葬之日，掌文之臣白居易得以無媿之詞誌于墓，而銘曰：

京兆阡兮，洪平原兮。歲己丑兮，日丁酉兮。惟土田兮與時日，龜兮蓍兮與言吉。峨峨新墳葬者誰？德宗皇帝韋賢妃。（2861）

【校】

①卷第五　即《白氏文集》紹興本、馬本卷四十二，那波本卷二十五。

②題　《文苑英華》、郭本無「大唐」二字。

③其年　《文苑英華》作「某年」。

④焉　《文苑英華》作「等」，校：「集作焉。」

⑤代德　郭本作「大德」。

⑥沙鹿　《文苑英華》作「沙麓」，校：「集作鹿。」

⑦六十九御　「六十」《文苑英華》作「六御」，校：「集作六十，未詳。」「十」盧校：「當作宮。」

⑧誠　《文苑英華》作「職」，校：「集作成。」

⑨致霜露　「致」紹興本、郭本脱，據他本補；《文苑英華》作「助」。

⑩二十七年　紹興本等作「七十二年」，據《文苑英華》改。《文苑英華》校：「集作七十二。」

⑪永貞　紹興本等作「貞元」，據《文苑英華》改。《文苑英華》校：「集作貞元中，非。」

⑫視奠　「視」《文苑英華》作「侍」，校：「集作視。」

【注】

陳《譜》、朱《箋》：作於元和四年（八〇九），長安。

〔一〕韋氏：《唐會要》卷三《雜録》：「元和四年，德宗皇后妃韋氏卒，廢朝三日。妃祖濯，尚中宗女定安公主，官至衛尉少卿。父會昌中爲義王駙馬。妃少入宫，性敏順，善於承奉，德宗重之，遂册爲妃。六宫服其德。崇陵復土畢，於園寢終三年之制。至是卒。」岑仲勉《唐集質疑》：「妃之父斷不能遲至會昌中爲義王駙馬。《元和姓纂》：『濯，駙馬太僕（卿），生會，贊善大夫。』知會乃妃父之名，會字下當有奪誤。義王，玄宗子，開元十三年封。會娶其女，則妃母或封縣主。今《賢妃墓誌》乃云：『母曰永穆公主。』其文必誤。永穆，玄宗長女。《會要》六、《新書》八三均祇云降王繇，不合者一。尚公主必稱駙馬，而《姓纂》於會未之言，不合者二。誌有言：『今奉詔，但書地及時與妃之所以曰賢之義而已』，意因此白氏不及細考歟？」按，岑氏辨《會要》文誤甚是，然考韋會事未詳。《新唐書·諸帝公主》中宗八女：「定安公主，始封新寧郡。下嫁王同皎。同皎得罪，神龍時又嫁韋濯。濯即韋皇后從祖弟，以衛尉少卿誅，更嫁太府卿崔銑。主薨，王同皎子請與父合葬，給事中夏侯銛曰：『主義絶王廟，恩成崔室。逝者有知，同皎將拒諸泉。』銑或訴於帝，乃止。」王同皎子即王繇，尚永穆公主。《舊唐書·王鉷傳》：「鉷與弟户部郎中銲，召術士任海川遊其門，問其相命，言有王否。海川震懼，潛匿不出。鉷懼洩其事，令逐之，至馮翊郡，得，誣以他事杖殺之。定安公主男韋會任王府司馬，聞之，話於私庭，乃被侍兒説於傭保者。或有憾於會，告於鉷，鉷遣賈季鄰收於長安獄，入夜縊之，明辰載屍還其家。會，皇堂外甥。同産兄王繇尚永穆公主，而惕息不敢言。」《唐代墓誌彙編》大曆〇〇三《大唐故光禄卿王公（訓）墓誌銘》：「祖同皎，皇光禄卿駙馬都尉，贈太子少保，尚定安長公主。父繇，皇特進太子詹事、駙馬都尉，贈太傅，尚永穆長公主。」定安公主因王同皎得罪而改嫁韋濯，生韋會，故王繇爲韋會同産兄。韋會當任義王府司馬（義王玭，玄宗二十四子），《舊唐書·王鉷傳》奪「義」字，《唐會要》則誤「司馬」爲「駙馬」。王繇爲韋會兄，其妻永穆公主實爲韋妃之伯母。誌文「母曰」疑爲「伯母」之誤，稱母某某而加「曰」字亦不合一般行文習慣。

〔二〕沙鹿上仙：謂皇后卒。《春秋》僖公十四年：「秋八月辛卯，沙鹿崩。」《漢書·元后傳》：「元城建公曰：『昔春秋沙麓崩，晉史卜之，曰：「陰爲陽雄，土火相乘，故有沙麓崩。後六百四十五年，宜有聖女興。其齊田乎！」今王翁孺徙，正直其地，日月當之。元城郭東有五鹿之虚，即沙麓地也。後八十年，當有貴女興天下』云。」《舊唐書·后妃傳》：德宗昭德皇后王氏，貞元二年十一月甲午册爲皇后，是日崩於兩儀殿。長秋：漢長秋宮。皇后所居。六十九御：當從盧校作「六宮九御」。《周禮·天官·内宰》：「以陰禮教六宮，以陰禮教九嬪，以婦職之法教九御，使各有屬。」注：「九御，女御也。九九而御于王，因以號焉。使之九九爲屬，同時御又同事也。」

〔三〕采蘩之誠：《詩·召南·采蘩》序：「《采蘩》，夫人不失職也。夫人可以奉祭祀，則不失職矣。」

霜露之感：哀淒之心。《禮記·祭義》：「秋，霜露既降，君子履之，必有淒愴之心，非其寒之謂也。春，雨露既濡，君子履之，必有怵惕之心，如將見之。樂以迎來，哀以送往。」

〔四〕樛木之德：《詩·周南·樛木》序：「《樛木》，后妃逮下也。言能逮下而無嫉妬之心焉。」

〔五〕薦福于崇陵：《舊唐書·德宗紀》：「（永貞元年）十月己酉，葬於崇陵，昭德皇后王氏祔焉。」

唐故會王墓誌銘①〔一〕 并序

唐元和五年冬十一月四日②，會王寢疾，薨于内邸。大小斂之日，上皆不舉樂③，不坐朝，恩也。越十二月十八日，詔京兆尹播監視葬事④〔二〕，窆于萬年縣崇道鄉西趙原，禮也。是日又詔翰林學士白居易爲之銘誌，故事也⑤。王諱纁，字某⑥。德宗之孫，順宗之子，陛下之弟⑦。幼有令德⑧，早承寵章，未冠而王，受封曰會⑨。夫以祖功宗德之慶⑩，父天兄日之貴，胙土列藩之寵⑪，好德樂善之賢，宜乎壽考福延，爲王室輔。嗚呼！降年不永，二十一而終⑫。哀哉！皇帝厚惇睦之恩⑬，深友悌之愛。故王之薨也⑭，軫悼之念，有加於常情⑮。王之葬也⑯，遺奠之儀⑰，有加於常數⑱。哀榮兼備，斯其謂乎！

銘曰：

歲在寅，月窮紀。萬年縣，崇道里。會王薨，葬於此。(2862)

【校】

①題　《文苑英華》作「會王墓誌銘」。原石另行署「翰林學士將仕郎守京兆府户曹參軍臣白居易奉勅撰」。

②五年冬　原石無「冬」字。

③上皆　原石作「上爲之」。「不舉樂」　原石無「樂」字。

④京兆尹播　原石作「京兆尹王播」。《文苑英華》作「京兆尹王播龍」，「龍」字校：「疑作就。三字集本止作播。」

⑤是日……故事也　原石無此十八字。

⑥字某　原石作「字纁」。

⑦陛下　原石作「皇帝」。
⑧令德　「令」《文苑英華》作「仁」，校：「集作令。」
⑨曰會　原石作「于會」。
⑩宗德　「宗」《文苑英華》作「績」，校：「集作宗，是。」
⑪胙　《文苑英華》作「祚」，校：「集作祚。」
⑫終　《文苑英華》作「薨」，校：「集作終。」
⑬王之薨　原石作「其薨」。
⑭惇睦　「惇」原石、《文苑英華》作「敦」，《文苑英華》校：「集作惇。」
⑮有加於常情　原石作「有以加情」。
⑯王之葬　原石作「其葬」。
⑰遺奠　原石作「哀榮」。《文苑英華》作「追尊」，校：「集作遺奠。」
⑱有加於常數　原石作「有以加等」。其下有「仍詔掌文之臣居易爲其墓銘」十二字，無「哀榮兼備斯其謂乎」八字。

【注】

朱《箋》：作於元和五年（八一〇），長安。

〔一〕會王：《舊唐書·德宗順宗諸子傳》：「會王纁，順宗第十四子，貞元二十一年封。元和五年十一月薨。」

〔二〕京兆尹播：王播。《舊唐書·憲宗紀》：「（元和五年）冬十月戊辰朔，以京兆尹許孟容爲兵部侍郎，以中丞王播代孟容。」

故滁州刺史贈刑部尚書滎陽鄭公墓誌銘①〔一〕 并序

周宣王封母弟桓公于鄭，厥後因封命氏，爲滎陽人。鄭自桓公而下，平簡公而上，世家婚嗣，咸詳于史諜②，故不書。公諱某③，字某。五代祖諱某，北齊尚書令，是爲平簡公④。曾祖諱某，下邳郡太守⑤。王父諱某，衛州刺史。皇考諱某⑥，秘書郎，贈鄭州刺史〔二〕。公即秘書第三子，好學攻詞賦，進士中第⑦，判入高等。始授鄄城尉。無何，本郡守移他鄉⑧，州民有暴悖者，相率遮道，麾訶不去⑨。公忿其犯上，立斃六七人。採訪使奇之，奏署支使〔三〕。改浚儀主簿，轉大理評事兼佐漕務。彭果領五府，奏公爲節度判官。會果坐贓，連累僚佐，貶光化尉〔四〕。移向城尉，歷北海⑩。時祿山始亂，傳檄郡邑。邑民孫俊、鄧犀伽毆市人⑪，劫廩藏以應。公時已去秩，因奮呼率寮吏子弟急擊之，殺俊、犀伽⑫，盡殲其黨，繇是一邑用寧〔五〕。朝庭美之⑬，擢授登州司馬。尋轉長史，累加朝散大夫。入爲太子左贊善大夫，尚書屯田員外郎，太子中允。出攝淄州刺史，俄換萊州⑭，連有善最。詔授檢校司勳郎中、兼侍御史，充青萊登海密五州租庸使。太尉李公光弼鎮徐州，奏公爲節度判官，改太子左諭德〔六〕。屬海沂饑，盜賊起，詔除沂州刺史⑮，充海密沂三州招討使，加正議大夫、賜紫金魚袋。比至部，而蒼山賊帥李浩與其徒五千來降，繇是三郡底定。復入爲衛尉少卿。相國王公縉統河南，奏公爲副元帥判官〔七〕。未幾，除秘書少監、兼滁州刺史、本州團練使。居八載，政績大成。大曆十二年二月十五日⑯，薨于揚州，權窆于某所。享年七十有八。公凡七佐軍，四領郡，祿俸不積滯，衣食無常主。常歎曰：「以飽暖活孀幼，以清白貽子孫，是吾心也。」逮啓手足，卒如其志。先是，太夫人常寢疾，公衣不解、髮不櫛者彌年⑰，侍疾執喪，憂毀過禮。公尤善五言詩，與王昌齡、王之渙、崔國輔輩聯唱迭和，名動一時，逮今著樂詞、播人口非一⑱。晚賦《思舊遊詩》百篇⑲，亦傳於代。前夫人清河崔氏，贈清河郡太君。後夫人博陵崔氏，贈博陵郡君。生子七人，女七人。長子雲逵，有才名，官至刑部侍郎，京兆尹〔八〕。公由京兆累贈至散騎常侍、刑部尚書。次子微，終潤州司馬。次子公逵⑳，有至行〔九〕。初，公年高，就養不仕㉑，及居憂廬墓，泣血三年。淮南節度使、本道黜陟使臮朝賢袁高、高參等累以孝悌稱薦㉒〔十〕，嚮名教者慕之。今爲侍御史、上柱國、滄景節度參謀。次子方逵，衡州司士參軍〔十一〕。次子震㉓，當陽丞㉔。次子文弼㉕，幽州參軍。次子安逵，率府倉曹參軍㉖。公自捐館舍，殆逾三紀，家國多故，未克反葬。至元和年月日㉗，始遷兆于鄭州新鄭縣某原㉘，祔先秘書塋，二夫人從焉。時京兆已即世，諸弟在下位，獨侍御史銜恤襄事㉙，孝備始終。見託追譔，銘于墓石。銘曰：

世祿德門，斯之謂可久。懿文茂績，斯之謂不朽。二千石之祿，七十八之年，斯之謂貴壽。内史之顯揚，柱史之孝行，斯之謂有後。嗚呼鄭公！榮如是，哀如是，又何不足之有？（2863）

【校】

①題　《文苑英華》作「滁州刺史鄭公墓誌銘」。「滎」馬本誤作「榮」。

②詳于　「詳」《文苑英華》作「載」，校：「集作詳。」

③公諱某　「某」《文苑英華》作「朗」，朱《箋》：「疑爲『昫』之訛文。」

④是爲　「是」《文苑英華》校：「集作謚。」

⑤下邳　紹興本等作「下邽」，據《文苑英華》改。「邳」《文苑英華》校：「集作邽。」

⑥皇考　馬本作「王考」。

⑦進士　《文苑英華》其上有「舉」字。

⑧他鄉　《文苑英華》作「他部」。

⑨不去　郭本作「不法」。

⑩北海　《文苑英華》其下有「尉」字。

⑪鄧犀伽　《文苑英華》作「鄧羅伽」，下文「犀伽」同。

⑫犀伽　紹興本、那波本作「伽羅」，據他本改。

⑬美之　「美」《文苑英華》作「嘉」，校：「集作美。」

⑭俄換　《文苑英華》作「俄改」，校：「集作換。」

⑮奏公……沂州　二十四字紹興本、那波本、郭本無，馬本作「奏公爲徐州」，此據林羅山本、天海本、《文苑英華》補。「海沂」《文苑英華》作「海州沂州」。

⑯十二年　《文苑英華》作「十三年」，「三」校：「集作二。」

⑰不解　《文苑英華》作「不解帶」。

⑱逮今　「逮」《文苑英華》作「訖」，校：「集作逮。」「人口」　《文苑英華》其下有「者」字。

⑲百篇　《文苑英華》作「百三十篇」。

⑳公逵　「逵」《文苑英華》作「達」，校：「一作逵。」

㉑就養不仕　《文苑英華》作「不就仕」。

㉒臮　那波本、馬本、郭本誤「泉」。

㉓震　《文苑英華》作「震陽」，校：「二字集作農。」

㉔當陽　《文苑英華》作「當塗縣」，校：「集作當陽。」

㉕文弼　《文苑英華》作「震弼」，校：「集作文弼。」

㉖次子安逵……參軍　十二字《文苑英華》無。

㉗元和年　《文苑英華》作「元和五年」，馬本作「元和二年」。「月日」二字《文苑英華》無，郭本作「某月」。

㉘始遷　「始」《文苑英華》作「移」，校：「集作始。」

㉙褱事　「褱」《文苑英華》作「考」，校：「集作褱。」

【注】

朱《箋》：作於元和二年（八〇七），長安。按，文云「時京兆已即世」，鄭雲逵卒於元和五年，文當作於元和五年後。

〔一〕滎陽鄭公：鄭雲逵父名昈，《新唐書·鄭雲逵傳》附見，多採白氏此文。《全唐詩》卷二七二有鄭盻《落花》詩。

〔二〕五代祖諱某十句：《唐代墓誌彙編》開元三三六一《大唐故贈博州刺史鄭府君墓誌》（《全唐文補遺》第四輯）：「高祖述祖，北齊侍中、開府儀同三司、尚書左僕射，謚平簡公。曾祖武叔，冠軍將軍，太□□□□道授隋廣陵、下邳二郡守。父懷節，皇朝澧州司馬□衛州刺史。府君即衛州之長子也，諱進思，字光啓。」又天寶二三六《唐故淮南道採訪支使河東郡河東縣尉滎陽鄭府君墓誌銘》（《全唐文補遺》第二輯）：「公諱宇，滎陽人也。六代祖平簡公述祖，北齊有傳。曾祖懷節，皇朝衛州刺史。祖進思，皇朝博州刺史。父游，晉州臨汾縣令。」知平簡公名述祖，下邳郡守名武叔，衛州刺史名懷節。另咸亨〇三六《大唐朝議郎行周王西閤祭酒上柱國程務忠妻鄭氏墓誌銘》：「曾祖叔武，銀青光禄大夫，北豫州大中正，青、光二州刺史，謚平簡公。祖道瑗，密州高密縣令、泗州下邳郡丞……父懷節，絳州曲沃縣令、舒州望江縣令、揚州六合縣令、貝州鄃縣令、邢州鉅鹿縣令。」此誌之「叔武」當即鄭進思誌之「武叔」，此誌又載有其下道瑗一代，唯以平簡公之號屬叔武，與前二誌不合。《北齊書·鄭述祖傳》：「祖羲，魏中書令。父道昭，魏秘書監……天保初，累遷太子少師、儀同三司、兖州刺史……子元德，多藝術，官至琅邪守。」歷官與數誌亦不同，亦無平簡之謚。又《全唐文補遺·千唐誌齋新藏專輯》盧季長《大唐故著作郎貶台州司户滎陽鄭府君并夫人瑯琊王氏墓誌銘》：「公諱虔，字趍庭，滎陽人也……曾父道瑗，隨朗州司法參軍。大父懷節，皇澧州司馬，贈衛州刺史。父鏡思，皇秘書郎，贈主客郎中、秘書少監。公則秘書之次子。」秘書郎鏡思，與旿父官同，惟贈官有異，可斷爲一人。如此，則鄭旿乃鄭虔之弟。

〔三〕採訪使奇之奏署支使：《新唐書·百官志》諸使僚佐記節度使、觀察使有支使一人。《資治通鑑》乾符元年胡三省注：「唐制，節度使幕屬有掌書記，觀察有支使，以掌表牋書翰，亦書記之任也。」嚴耕望《唐史研究叢稿·唐代方鎮使府僚佐考》謂史傳碑刻等觀察支使、採訪支使常見，未有節度支使，疑《新唐書·百官志》誤書。

〔四〕彭果領五府五句：彭果又作彭杲。《舊唐書·玄宗紀》：「（天寶六載）三月戊戌，南海太守彭果坐贓，決杖，長流溱溪郡，死于路。」《盧懷慎傳子奐》：「天寶初，爲晉陵太守。時南海郡利兼水陸，瓌寶山積，劉巨鱗、彭杲相替爲太守、五府節度，皆坐贓鉅萬而死。」《全唐文補遺》第七輯《楊國忠等進貢銀鋌題記》：「其三嶺南採訪使兼南海郡太守臣彭杲進銀五十兩。」作「彭杲」。

〔五〕邑民孫俊鄧犀伽毆市人七句：《新唐書·鄭雲逵傳》記鄭旿事採此節。

〔六〕太尉李公光弼鎮徐州：《舊唐書·肅宗紀》：「（上元二年五月乙未），李光弼來朝，進位太尉、兼侍中，充河南副元帥，都統河南、淮南、山南東道五道行營節度，鎮臨淮。」

〔七〕相國王公縉統河南：《舊唐書·代宗紀》：「（廣德二年）八月丁卯，宰臣王縉爲侍中，持節都統河南、淮西、淮南、山南東道節度行營事，進封太原郡公。」

〔八〕鄭雲逵：《舊唐書·鄭雲逵傳》：「鄭雲逵，滎陽人。大曆初，舉進士。性果誕敢言。客遊兩河，以畫干于朱泚，泚悦，乃表爲節度掌書記、檢校祠部員外郎，仍以弟滔女妻之……滔代泚後，請爲判官。滔助田悦爲逆，雲逵諭之不從，遂棄妻子馳歸長安……雲逵元和元年拜右金吾衛大將軍，歲中改京兆尹。五年五月卒。」按，鄭雲逵爲元稹外諸翁。元稹《敍詩寄樂天書》：「故鄭京兆於僕爲外諸翁。」

〔九〕鄭公逵：本書卷十五有《鄭公逵可陝府司馬制》(3076)。

〔十〕袁高：《舊唐書·袁高傳》：「袁高字公頤，恕己之孫。少慷慨，慕名節。登進士第，累辟使府，有贊佐裨益之譽。代宗登極，徵入朝，累官至給事中，御史中丞。建中二年，擢爲京畿觀察使。以論事失旨，貶韶州長史，復拜爲給事中。」以不草復用盧杞詔，諫諸道進耕牛知名。高參：《舊唐書·德宗紀》：「(貞元元年七月)庚申，以諫議大夫高參爲中書舍人。」《新唐書·獨孤及傳》：「乃喜獎拔後進，如梁肅、高參、崔元翰、陳京、唐次、齊抗皆師事之。」

〔十一〕鄭方逵：《舊唐書·鄭雲逵傳》：「三年，雲逵奏：其弟前太僕丞方逵，受性兇悖，不知君親，衆惡備身，訓教莫及。結聚兇黨，江中劫人。臣亡父先臣昈杖至一百，終不能斃……詔令京兆府錮身遞送黔州，付李模於僻遠州驅使，勿許東西。」

唐河南元府君夫人滎陽鄭氏墓誌銘①〔一〕 并序

有唐元和元年九月十六日，故中散大夫、尚書比部郎中、舒王府長史河南元府君諱寬夫人滎陽縣太君鄭氏②〔一〕，年六十，寢疾殁于萬年縣靖安里私第。越明年二月十五日，權祔于咸陽縣奉賢鄉洪瀆原，從先姑之塋也。夫人曾祖諱遠思，官至鄭州刺史，贈太常卿〔二〕。王父諱曦③，朝散大夫，易州司馬〔三〕。父諱濟，睦州刺史〔四〕。夫人，睦州次女也④。其出范陽盧氏，外祖諱平子，京兆府涇陽縣令。夫人有四子二女，長曰沂⑤，蔡州汝陽尉〔五〕。次曰秬，京兆府萬年縣尉〔六〕。次曰積，同州韓城尉⑥〔七〕。次曰稹，河南縣尉⑦〔八〕。長女適吳郡陸翰，翰爲監察御史〔九〕。次爲比丘尼，名真一⑧。二女不幸，皆先夫人殁。府君之爲比部也，夫人始封滎陽縣君，從夫貴也⑨。稹之爲拾遺也，夫人進封滎陽縣太君，從子貴也。天下有五甲姓，滎陽鄭氏居其一〔十〕。鄭之勳德官爵，有國史在。鄭之源流婚媾⑩，有家諜在。比部府君世祿、官政、文行，有故京兆尹鄭雲逵之誌在〔十一〕。今所敍者，但書夫人之事而已。初，夫人爲女時，事父母以孝聞，友兄姊、睦弟妹以悌聞，發自生知，不由師訓⑪。其淑性有如此者。夫人爲婦時，元氏世食貧，然以豐潔家祀⑫，傳爲詒燕之訓⑬〔十二〕。夫人每及時祭，則終夜不寢，煎和滌濯，必躬親之。雖隆暑沍寒之時⑭，而服勤親饋，面無怠色⑮。其誠敬有如此者。元、鄭皆大族好合⑯，而姻表滋多⑰。凡中外吉凶之禮有疑議者，皆質於夫人⑱。夫人從而酌之，靡不中禮。其明達有如此者。夫人爲母時，府君既没，積與稹方齠齓，家貧，無師以授業。夫人親執書⑲，誨而不倦，四五年間，二子皆以通經入仕。稹既第⑳，判入等，授秘書省校書郎。屬今天子始踐祚，策三科以拔天下賢俊。中第者凡十八人，稹冠其首焉。由秘書郎拜左拾遺㉑，不數月，讜言直聲動于朝廷，以是出爲河南尉。長女既適陸氏，陸氏有舅姑，多姻族，於是以順奉上，以惠逮下，二紀而殁，婦道不衰〔十三〕。内外六姻，仰爲儀範。非夫人恂恂孜孜善誘所至，則曷能使子達於邦㉒，女宜其家哉？其教誨有如此者。既而諸子雖迭仕㉓，禄稍甚薄㉔〔十四〕。每至月給食、時給衣，皆始自孤弱者，次及疏賤者。由是衣無常主，厨無異膳，親者悦，疏者來，故傭保乳母之類有凍餒垂白不忍去元氏之門者，而况臧獲輩乎！其仁愛有如此者。自夫人母其家，殆二十五年，專用訓誡，除去鞭扑。常以正顔色訓諸女婦㉕，諸女婦其心戰兢㉖，如履于冰。常以正辭氣誡諸子孫㉗，諸子孫其心愧恥㉘，若撻于市。由是納下於少過，致家於大和。婢僕終歲不聞忿爭，童孺成人不識檟楚，閨門之内熙熙然如太古時人也㉙。其慈訓有如此者。噫！昔漆室、緹縈之徒㉚，烈女也〔十五〕；

及爲婦，則無聞。伯宗、梁鴻之妻，哲婦也〔十六〕；及爲母，則無聞。文伯、孟氏之親，賢母也〔十七〕；爲女爲婦時亦無聞。今夫人女美如此，婦德又如此，母儀又如此。三者具美，可謂冠古今矣㉛。嗚呼！惟夫人道移於他㉜，則何用而不臧乎？若引而伸之，可以肥一國焉，則《關雎》、《鵲巢》之化，斯不遠矣。若推而廣之，可以服天下焉，則姜嫄、文母之風㉝，斯不遠矣〔十八〕。豈止於訓四子以聖善，化一家於仁厚者哉？居易不佞，辱與夫人幼子積爲執友㉞，故聆夫人美最熟。積泣血孺慕，哀動他人，託爲譔述，書于墓石。斯古孝子顯父母之志也。嗚呼！斯文之作，豈直若是而已哉㉟！亦欲百代之下㊱，聞夫人之風，過夫人之墓者㊲，使悍妻和，嚚母慈，不遜之女順云爾。銘曰：

元和歲，丁亥春。咸陽道，渭水濱。云誰之墓鄭夫人。(2864)

【校】

①題　《文苑英華》作「河南元府君夫人鄭氏墓誌銘」。

②中散大夫　「中」《文苑英華》作「朝」，校：「集本、《文粹》並作中。」「鄭氏」《文苑英華》其上有「滎陽」二字，校：「一本無此二字。」

③諱⿰日蓋　「⿰日蓋」《文苑英華》明刊本誤「曥」，抄本不誤。

④睦州　《文苑英華》其上有「即」字。

⑤長曰沂　「沂」紹興本、那波本作「泝」，此據馬本、郭本。朱《箋》：「元稹《夏陽縣令陸翰妻河南元氏墓誌銘》、《新唐書宰相世系表》亦俱作『沂』。」

⑥韓城　紹興本等作「韋城」，據《文苑英華》改。《文苑英華》校：「蜀本作韋，非。」

⑦河南縣　《文苑英華》、《唐文粹》其上有「河南府」三字。

⑧名真一　「名」《文苑英華》作「曰」，校：「一本作名。」

⑨從夫貴　「夫」下《文苑英華》有「之」字，校：「一本無之字，下同。」指下句「從子貴」。

⑩源流　《文苑英華》、《唐文粹》作「源派」。「婚媾」《文苑英華》作「婚姻」，校：「一本作源流婚媾。」

⑪不由　那波本作「不自」，《文苑英華》作「不因」。

⑫家祀　《文苑英華》作「家祠」，校：「一本作祀。」

⑬詒燕之訓　《文苑英華》作「治訓」，校：「二字一本作詒燕之訓。」

⑭沍寒　「沍」《文苑英華》校：「蜀本作祈。」

⑮怠色　《文苑英華》作「勞色」。

⑯元鄭　《文苑英華》、《唐文粹》作「元氏鄭氏」，《文苑英華》校：「四字集作元鄭。」「好合」　那波本、《文苑英華》、《唐文粹》無「好」字。

⑰姻表　《文苑英華》其上有「爲親」二字，校：「二本無此二字。」「滋多」《文苑英華》作「滋盛」，校：「二本作多。」
⑱質於　郭本作「資於」。
⑲親執書　《文苑英華》、《唐文粹》作「親執《詩》《書》」。
⑳既第　「既」《文苑英華》作「即」，校：「二本作既。」
㉑左拾遺　《文苑英華》作「右拾遺」，校：「二本作左。」
㉒曷能　郭本作「烏能」。
㉓迭仕　《文苑英華》作「逮事」，校：「二本作迭仕。」
㉔祿稍　馬本作「祿賜」。《文苑英華》作「祿秩」，校：「集作稍。」《唐文粹》作「祿利」。郭本作「祿積」。
㉕諸女婦　《文苑英華》、《唐文粹》作「諸女諸婦」，下文同。《文苑英華》後「諸」字校：「集無諸字。」
㉖戰兢　《文苑英華》作「兢兢戰戰」，校：「四字二本作兢戰。」
㉗諸子孫　《文苑英華》、《唐文粹》作「諸子諸孫」，下文同。《文苑英華》後「諸」字校：「集無諸字。」
㉘其心　郭本作「其志」。
㉙太古　《文苑英華》無「太」字。
㉚漆室　郭本作「漢室」。
㉛可謂　《文苑英華》、《唐文粹》作「可以」。

㉜惟夫人　《文苑英華》、《唐文粹》其下有「之」字。「移於他」郭本作「侈化施」。

㉝之風　《文苑英華》作「之道」，校：「集作風。」

㉞與夫人　「與」《文苑英華》作「以」，校：「集本、《文粹》作與。」

㉟若是　「若」《文苑英華》作「爲」，校：「一本作若。」

㊱亦欲　《文苑英華》作「亦使」，校：「《文粹》作欲。」

㊲過夫人　「過」《文苑英華》校：「《文粹》作覩。」

【注】

陳《譜》、朱《箋》：作於元和二年（八〇七），長安。

〔一〕元府君諱寬：元稹父元寬，參見卷三三《河南元公墓誌銘》（3622）。

〔二〕曾祖諱遠思：按，據《唐代墓誌彙編》開元三六一《大唐故贈博州刺史鄭府君墓誌》（《全唐文補遺》第四輯）、天寶二三六《唐故淮南道採訪支使河東郡河東縣尉滎陽鄭府君墓誌銘》（《全唐文補遺》第二輯），鄭懷節子名進思；又據《全唐文補遺・千唐誌齋新藏專輯》盧季長《大唐故著作郎貶台州司户滎陽鄭府君並夫人瑯琊王氏墓誌銘》，另一子名鏡思。鄭雲逵高祖即鄭懷節，參前篇《故滁州刺史贈刑部尚書滎陽鄭公墓誌銘》（2863）注。鄭雲逵爲元稹外諸翁，元稹《敍詩寄樂天書》：「故鄭京兆于僕爲外諸翁。」其爲元稹父元寬撰墓誌，亦因此之故。據此，可知鄭遠思與進思、鏡思爲兄弟行。

〔三〕王父諱曦：《唐代墓誌彙編》大曆〇五〇盧杞《唐太原府司録先府君墓誌銘》：「府君盧姓，其先姜氏，范陽人焉。七代祖後魏司徒敬侯尚之之裔，鹽山縣尉知誨之子。諱濤，字混成……夫人滎陽鄭氏，易州司馬曦之女也。」

〔四〕父諱濟睦州刺史：《淳熙嚴州圖經》卷一賢牧附題名：「鄭濟，天寶十一載七月十一日自徐州刺史拜。」《全唐文補遺》第八輯張峰《大唐同安郡長史鄭君故夫人崔氏墓誌銘》：「夫人諱悦，字季姜，清河武城人也。皇寧州長史玄弼之曾孫，婺州司馬道郁之孫，亳州司馬綜之第四女，今同安郡長史滎陽鄭君濟之妻也……春秋卅七，以天寶四載四月十四日，移疾終于安國之伽藍……有一子五女。」此鄭濟之年代、宦歷，約與睦州刺史鄭濟相當。然考元稹母之生年，當在天寶六載，出盧氏。或其母爲鄭濟之後夫人歟？

〔五〕長曰沂：元稹《唐故朝議郎侍御史内供奉鹽鐵轉運河陰留後河南元君墓誌銘》：「先府君違養之歲，前累月而季父侍御史府君捐館，予伯兄由官阻於蔡，叔、季皆十年而下，遺其家唯環堵之宫耳，皆曰貨是而襄二事可也。」伯兄謂元沂。元稹父元寬卒於貞元二年，時元沂官蔡州。

〔六〕次曰秬：元稹《唐故朝議郎侍御史内供奉鹽鐵轉運河陰留後河南元君墓誌銘》：「有魏昭成皇帝十一代而生我隋朝兵部尚書府君諱某，後五代而生我比部郎中舒王府長史府君諱某。君即府君之第二子也，諱某，字元度。娶清河崔鄰女，生四子……丁比部府君憂，服闋，調興平、長安、萬年尉。丁滎陽太君憂，服闋，除萬年丞，遷監察御史，知轉運永豐院事、殿中侍御史；留後河陰，加侍御史，賜緋魚袋。元和十四年，以疾去職。九月二十六日，歿於季弟虢州長史積之官舍。」

〔七〕次曰積：元稹《告贈皇考皇妣文》：「積初一命，積始奉朝，供養未遑，奄忽遺棄。」又《告祀曾祖文》：「宗子積，牧民於金，復不克以上牲陪祀。」《新唐書·宰相世系表五下》元：「積，司農少卿。」

〔八〕次曰積：參卷三三《河南元公墓誌銘》(3622)。

〔九〕吳郡陸翰：岑仲勉《唐史餘瀋》卷四《德明之後兩陸翰》：「《新書》七三下《世系表》丹陽陸氏：德明生敦信，相高宗；敦信生慶叶；慶叶生翰，大理司直。此一陸翰，敦信之孫也。《元氏長慶集》五八積姊元氏誌：『生十四年，遂歸於吳郡陸翰。翰，國朝左侍極兼右相敦信之玄孫，臨汝令秘之元子。』此又一陸翰，敦信之玄孫也。依《姓纂》所列，敦信有四子，曰郢客、邠卿、越賓、慶叶。積之姊夫翰，不審出自某枝。然對於《新表》之翰，最少是再從祖稱謂，彼固書香世閥，何以名竟相同？是《表》、《集》有訛；抑敦信之後，果有兩翰？惜乏參證，以明吾疑也。」《舊唐書·孟簡傳》：「初，簡在襄陽，以腹心吏陸翰知上都進奏，委以關通中貴。翰持簡陰事，漸不可制。簡怒，追至州，以土囊殺之，且欲滅口。翰子弟詣闕，進狀訴冤，且告簡贓狀。御史臺按驗，獲簡賂吐突承璀錢帛等共計七千餘貫匹，事狀明白，故再貶之。」當即其人。

〔十〕天下有五甲姓：《新唐書·柳沖傳》柳芳《姓族系論》：「唐《貞觀氏族志》凡第一等則爲右姓；路氏著《姓略》，以盛門爲右姓；柳沖《姓族系錄》凡四海望族則爲右姓。不通歷代之説，不可與言譜也。今流俗獨以崔、盧、李、鄭爲四姓，加太原王氏號五姓，蓋不經也。」《唐國史補》卷上：「四姓惟鄭氏不離滎陽，有岡頭盧、澤底李、土門崔家爲鼎甲。太原王氏，四姓得之爲美，故呼爲鈒鏤王家，喻銀質而金飾也。」

〔十一〕鄭雲逵：見前篇《故滁州刺史贈刑部尚書滎陽鄭公墓誌銘》(2863)注。

〔十二〕詒燕之訓：《詩·大雅·文王有聲》：「詒厥孫謀，以燕翼子。」傳：「燕，安。翼，敬也。」箋：「詒，猶傳也。孫，順也。豐水猶以其潤澤生草，武王豈不以其功業爲事乎？以之爲事，故傳其所以順天下之謀，以安其敬事之子孫，謂使行之也。」

〔十三〕長女既適陸氏：元稹《夏陽縣令陸翰妻河南元氏墓誌銘》：「享年三十有五，殁世於夏陽縣之私第。是歲有唐之貞元二十五（五字衍）年十二月之初五日也。冬十月十有四日，葬於河南洛陽之清風鄉平樂里之北邙原，從祖姑兆。太上永貞之元年歲乙酉朔旦景申辰在己酉，須時順也……生十四年，遂歸於吴郡陸翰。」

〔十四〕祿稍：俸祿。稍謂稍食。《周禮·天官·宫正》：「凡其出入，均其稍食。」注：「稍食，祿稟。」《新唐書·崔衍傳》：「室無妾媵，祿稍周於親族。」陳簡甫《宣州開元以來良吏記》：「非自公無以舉，非祿稍無以入。」

〔十五〕漆室：《列女傳》卷三：「漆室女者，魯漆室邑之女也。過時未適人。當穆公時，君老，太子幼。女倚柱而嘯，旁人聞之，莫不爲之慘者。其鄰人婦從之遊，謂曰：『何嘯之悲也？子欲嫁耶？吾爲子求偶。』漆室女曰：『嗟乎！始吾以子爲有知，今無識也。吾豈爲不嫁不樂而悲哉！吾憂魯君老，太子幼。』……三年，魯果亂，齊楚攻之，魯連有寇。男子戰鬥，婦人轉輸不得休息。君子曰：遠矣漆室女之思也。」緹縈：《漢書・刑法志》：「齊太倉令淳于公有罪當刑，詔獄逮繫長安。淳于公無男，有五女，當行會逮，罵其女曰：『生子不生男，緩急非有益。』其少女緹縈，自傷悲泣，乃隨其父至長安，上書曰：『妾父爲吏，齊中皆稱其廉平，今坐法當刑。妾傷夫死者不可復生，刑者不可復屬，雖後欲改過自新，其道亡繇也。妾願没入爲官婢，以贖父刑罪，使得自新。』書奏天子，天子憐悲其意，遂下令曰：『……其除肉刑，有以易之，即令罪人各以輕重，不亡逃，有年而免。縣爲令。』」

〔十六〕伯宗妻：《列女傳》卷三：「晉大夫伯宗之妻也。伯宗賢，而好以直辯凌人。每朝，其妻常戒之曰：『盜憎主人，民愛其上。有愛好人者，必有憎妒人者。夫子好直言，枉者惡之，禍必及身矣。』……及欒不忌之難，三郤害伯宗，譖而殺之。畢羊乃送州犂于荆，遂得免焉。君子謂伯宗之妻知天道。」梁鴻妻：《後漢書・梁鴻傳》：「勢家慕其高節，多欲女之，鴻並絶不娶。同縣孟氏有女，狀肥醜而黑，力舉石臼，擇對不嫁，至年三十。父母問其故，女曰：『欲得賢如梁伯鸞者。』鴻聞而娉之。女求作布衣、麻屨，織作筐緝績之具。及嫁，始以裝飾入門。七日而梁鴻不答……乃更爲椎髻，著布衣，操作而前。鴻大喜曰：『此真梁鴻妻也。能奉我矣。』字之曰德曜，名孟光。」

〔十七〕文伯：《列女傳》卷一：「魯敬姜妻者，莒女也。號戴己。魯大夫穆伯之妻，文伯之母，季康子之從祖叔母也。博達知禮。穆伯先死，敬姜守養。文伯出學而還歸，敬姜側目而盼之。見其友上堂，從後階降而却行，奉劍而正履，若事父兄。文伯自以爲成人矣。敬姜召而數之曰：『……今以子年之少而位之卑，所與遊者，皆爲服役。子之不益，亦以明矣。』文伯乃謝罪。於是乃擇嚴師賢友而事之。」孟氏：孟子。《列女傳》卷一：「其舍近墓，孟子之少也，嬉遊爲墓間之事，踊躍築埋。孟母曰：『此非吾所以居處子。』乃去，舍市傍。其嬉戲爲賈人衒賣之事。孟母又曰：『此非吾所以居處子也。』復徙舍學宮之旁。其嬉遊乃設俎豆，揖讓進退。孟母曰：『真可以居吾子矣。』」

〔十八〕姜嫄：《詩·大雅·生民》：「厥初生民，時維姜嫄。」傳：「姜，姓也。后稷之母配高辛氏帝焉。」箋：「言周之始祖，其生之者，是姜嫄也。姜姓者，炎帝之後。有女名嫄，當堯之時，爲高辛氏之世妃。」文母：周文王妻，周武王母。《詩·周頌·雝》：「既右烈考，亦右文母。」傳：「烈考，武王也。文母，大姒也。」

唐揚州倉曹參軍王府君墓誌銘①　并序　代裴頲舍人作〔一〕。

公諱某，字士寬〔二〕。其先出自周靈王太子晉。凡二十一代而生翦②，翦爲秦將軍③。又三世而生珣④，珣居太原，故今爲太原人。又十九代而生瓊⑤，瓊爲後魏僕射，謚孝簡公〔三〕。又二代而生曾祖諱滿⑥，官爲河南府王屋縣令。王父諱大璡，爲嘉州司馬。父諱昪⑦，爲京兆府咸陽令、河南府伊闕令〔四〕，有文行學術，應制舉，對沈謀秘略策登科，詩入《正聲集》〔五〕。公即伊闕第三子⑧，好學善屬文。天寶中，應明經舉及第，選授婺州義烏尉⑨，以清幹稱。刺史韋之晉知之，署本州防禦判官〔六〕。無何，租庸轉運使元載又知之，假本州司倉，專掌運務〔七〕。歲終課積居多，遂奏聞真授⑩。永泰中，勅遷越府户曹。屬邑有不理者，公假領之，所至必理。大曆中，本道觀察使薛兼訓以公清白尤異，表奏之，有詔權知餘姚令〔八〕。時海寇初殄，邑焚田荒。公乃營邑室⑪，創器用，復流庸，闢菑畬。凡江南列邑之政，公冠其首⑫。其制邑、闢田、增户之績，則會稽之諜、地官之籍載焉。建中初，選授揚州倉曹參軍。至四年七月二十六日⑬，疾殁于揚州江都縣之私第⑭，春秋六十二⑮。夫人清河崔氏，鳳閣舍人融之姪孫〔九〕，鄭州司法昂之女⑯。婦順母訓⑰，中外師之⑱。貞元二十年十一月十三日，疾終于三原縣之官舍，享年六十二⑲。有子曰播，曰炎，曰起，咸以進士舉及第。播應制舉，對直言極諫策，授集賢殿校書郎，累遷監察、殿中侍御史、三原令。炎既第，未仕（十）。起應博學宏詞科，選授集賢殿校書郎（十一）。昆弟三人，不十年而五登甲科⑳，時論者榮之。一女適范陽盧仲通（十二）。播等號護靈輿㉑，以永貞元年十月二十五日遷祔于京兆府富平縣淳化鄉之某原，從吉兆也。嗚呼！夫懋言行，蓄事業，俾道積于躬者，在人也。踐大官，贊元化，俾功加于民者，由命也。有其人，無其命，雖聖與賢，無可奈何。維公受天地之和，積爲行，發爲文，宣爲用，故在家以孝友聞，行己以清廉聞㉒，涖事以幹蠱聞。如金玉在佩，動而有聲。其大者，又常以經德秉哲，致君濟人爲己任，有識者深知之㉓，宜乎作王者心膂耳目之官，以經緯其邦家。而才爲時生，道爲命屈，名雖聞於天子，位不過於陪臣，鬱鬱然殁而不展其用者㉔，命矣夫！古人云：有明德大智者，若不當世，其後必有餘慶。今其將在後嗣乎？不然者㉕，何乃德行、政事、文學之具美叢乎公之三子乎㉖？天其或者殆將肥王氏之家，大王氏之門，以甚明報施之道者也。某不佞，頃對策於王庭也，與播同升諸科焉㉗。祇命於憲府也，與播聯執其簡焉。及爲考文之官也㉘，又起在選中焉。辱與公之二三子游㉙，而聆公之遺風甚熟，故作斯文，無隱情，無愧辭焉。銘曰：

淮山道光㉚，淮水靈長。繩繩子孫，代有賢良。將軍輔秦，武功抑揚。孝簡翊魏，文德闇彰。降及於公，實生于唐。大智全才，應用無方。作掾于郡，三語有章。承乏於邑，一同載康。展矣之人㉛，何用不臧？宜登大位，俾紹前芳。嗚呼！百鍊之金㉜，不鑄干將。十圍之材，不作棟梁。公亦如之，與世不當。道不虛行，後嗣其昌。（2865）

【校】

①題　《文苑英華》無「唐」字。

②二十一代　「代」《文苑英華》作「世」，校：「集作代。」

③秦將軍　紹興本等無「秦」字，據《文苑英華》補。

④又三世　那波本作「夫二世」。

⑤十九代　「代」《文苑英華》作「世」，校：「集作代。」

⑥二代　《文苑英華》作「三世」，校：「集作二代。」「諱滿」　郭本作「諱蒲」。

⑦諱昪　「昪」馬本、郭本作「昇」。《文苑英華》作「昻」，校：「集作昪。」

⑧公即　「即」《文苑英華》作「則」，校：「集作即。」

⑨義烏　《文苑英華》其下有「縣」字。

⑩遂　《文苑英華》作「又」，校：「集作遂。」
⑪公乃營邑室　《文苑英華》作「及營邑居」，校：「四字集作公乃營邑居。」
⑫其首　《文苑英華》其下有「焉」字，校：「集無此字。」
⑬四年　馬本、郭本作「五年」。
⑭江都　紹興本等作「江陽」，據《文苑英華》改。此句《文苑英華》校：「集作歿于江都縣之私第。」
⑮六十二　《文苑英華》作「六十有二」。
⑯司法　《文苑英華》作「司户」，校：「集作法。」
⑰母訓　《文苑英華》作「母儀」，校：「集作訓。」
⑱中外師之　《文苑英華》作「爲中外師」，校：「集作中外師之。」
⑲六十二　《文苑英華》作「六十有三」，校：「集作二。」
⑳甲科　馬本作「甲第」。
㉑號護　《文苑英華》作「護號」，校：「集作號護。」
㉒行己　《文苑英華》作「在官」，校：「集作行己。」
㉓深知　「深」《文苑英華》作「心」，校：「集作深。」
㉔鬱鬱……用者　《文苑英華》作「鬱然殞殁不展其用者」，校文同紹興本等。

㉕不然者　《文苑英華》、馬本無「者」字。

㉖叢乎　《文苑英華》作「叢於」，校：「集作乎。」馬本作「聚乎」。

㉗與播　「播」紹興本等作炎。據《文苑英華》改，校：「集作炎，非。」

㉘及爲　「及」下《文苑英華》有「其」字，校：「集無此字。」

㉙辱與　《文苑英華》其上有「既」字，校：「集無此字。」「二三子」　馬本作「三子」。

㉚淮山　「淮」《文苑英華》作「緱」，校：「一作淮，非。」

㉛展矣　那波本、《文苑英華》作「展如」。

㉜金　《文苑英華》作「鋼」，校：「集作金。」

【注】

朱《箋》：作於永貞元年（八〇五），長安。

〔一〕裴頲：《登科記考》卷十四貞元十五年引刊本此文「某不佞，頃對策於王廷也，與炎同升諸科焉」，謂：「按王炎是年舉進士，頲蓋與同年。」按，《舊唐書·吐蕃傳下》貞元三年七月褒恤吐蕃盟會使詔有「榆次尉裴頲」，《册府元龜》卷九九八《外臣部·奸詐》載平涼盟會被劫「會盟使兵部尚書崔漢衡、判官鄭叔矩、判官路泌、韓弇、袁同直、裴頲等」，顯非其人。此誌若「代裴頲舍人作」，其人爲「舍人」，必非無聞者。誌又云：「及爲考文之官也，又起在選中焉。」此指王起貞元十九年登博學宏詞科，見《登科記考》卷十五。白居易同年應書判拔萃科。時鄭珣瑜爲吏部侍郎主考。白居易《泛渭賦序》（本書卷一 2806）：「左丞相鄭公之領選部也，予以書判拔萃選登科。」參該篇注。檢《舊唐書・裴垍傳》：「貞元中，制舉賢良極諫，對策第一。授美原縣尉，秩滿，藩府交辟，皆不就。拜監察御史，轉殿中侍御史、尚書禮部考功二員外郎。時吏部侍郎鄭珣瑜請垍考詞、判，垍守正不受請託，考覈皆務才實。元和初，召入爲翰林學士，轉考功郎中、知制誥，尋遷中書舍人。」鄭珣瑜請裴垍爲宏詞科、書判科考文之官，正在貞元十九年。據此推知誌所云考文之官，非裴垍無他人當之。又裴垍貞元十年與王播同登賢良方正能直言極諫科，見《登科記考》卷十三。誌云「某不佞，頃對策於王廷也」，「對策」亦指制舉，《登科記考》據刊本，以王炎貞元十五年舉進士當之，未確。據此可知，與裴垍同升科者乃王播，刊本作「炎」，字訛，當據《文苑英華》改。若此人貞元十五年方中進士，貞元十九年即充考文之官，亦不合常情，覈以唐史，絶無其例。又誌云：「祇命於憲府也，與播聯執其簡焉。」李宗閔《故丞相尚書左僕射贈太尉太原王公神道碑銘》：「調尉盩厔，斷獄首出，御史中丞李汶愛之，奏爲監察御史。」裴垍、王播皆貞元十年初命縣尉，一任後遷監察御史，故亦同執簡於憲府。以上三事，均與裴垍事迹合。裴垍元和初遷中書舍人，此文題注稱「舍人」，當爲補記。故知此誌乃代裴垍作，唐史亦無「裴頲舍人」其人。《登科記考》據白集訛文考「裴頲」爲貞元十五年進士，實誤。

〔二〕公諱某字士寬：王播父王恕。《舊唐書・王播傳》：「父恕，揚府參軍。」

〔三〕其先出自周靈王太子晉：岑仲勉《貞石證史・王顔所説太原王氏》：「抑白居易《王恕墓誌》云：『其先出自周靈王太子晉，凡二十一代而生翦，翦爲秦將軍。又三世而生珣，珣居太原，故今爲太原人。又十九代而生瓊，瓊爲後魏僕射，謚孝簡公。』徵諸《新唐書表》，則謂太子晉後十六世曰翦，與《恕誌》差五代。翦之十二世孫霸，始居太原，與《恕誌》翦後三世珣居太原者異。霸之後有瓊，後魏鎮東將軍，與《恕誌》之瓊，似同而又不同。又《新唐書表》之譜王氏也，自翦而賁、而離，離二子元、威，元遷琅邪，是爲琅邪之祖，四世孫曰吉。威九世孫霸，居太原，是爲太原之祖，其廿一世孫昶，曹魏司空、京陵穆侯……夫居易、少平製碑，當本家牒，《新唐書表》史料，應採姓書，姓書亦不外轉錄家牒；申言之，即祖晉之太原家牒，已自乖違，況乎不祖晉者。」

〔四〕曾祖諱滿至父諱昇：昇或作昪。李宗閔《故丞相尚書左僕射贈太尉太原王公神道碑銘》：「公諱播，字明敭，太原人……高祖滿，汾州長史。生大璡，嘉州司馬，給事中。司馬生昪，咸陽縣令，太子少師。少師生恕，揚州倉曹參軍，尚書左僕射。公，僕射元子也。」《舊唐書・王播傳》：「曾祖璡，嘉州司馬。祖昇，咸陽令。」《新唐書・宰相世系表二中》中山王氏：「汾州長史王滿，亦太原晉陽人，生大璡。」「大璡，嘉州司馬。」大璡子：「昇。昇，咸陽令。」昇子：「恕字士寬，揚府倉曹參軍。」

〔五〕正聲集：《新唐書・藝文志四》：「孫季良《正聲集》三卷。」顧陶《唐詩類選序》：「雖前賢纂録不少，殊途同歸。《英靈》、《間氣》、《正聲》、《南薰》之類，朗照之下，罕有孑遺。而取捨之時，能無少誤？」《大唐新語》卷八：「孫翌撰《正聲集》，以希夷爲集中之最，由是稍爲時人所稱。」參陳尚君《唐人編選詩歌總集敍錄》。

〔六〕刺史韋之晉：獨孤及《上元二年豫章冠蓋盛集記》：「蘇公刺史韋公之晉至自吳。」《舊唐書·代宗紀》：「（大曆四年二月）辛酉，以湖南都團練觀察使、衡州刺史韋之晉爲潭州刺史。」其官婺州刺史當在官蘇州、湖南之前。

〔七〕租庸轉運使元載：《舊唐書·代宗紀》：「（寶應元年五月）丙申，以户部侍郎元載同中書門下平章事，充度支轉運使。」《元載傳》：「兩京平，入爲度支郎中。載智性敏悟，善奏對，肅宗嘉之，委以國計，俾充江淮，都領漕輓之任，尋加御史中丞。數月徵入，遷户部侍郎、度支使，並諸道轉運使。既至朝廷，會肅宗寢疾。」

〔八〕本道觀察使薛兼訓：《舊唐書·代宗紀》：「（大曆五年）秋七月丁卯，以浙東觀察使、越州刺史、御史大夫薛兼訓爲檢校工部尚書、太原尹，北都留守，充河東節度使。」

〔九〕崔融：《舊唐書·崔融傳》：「崔融，齊州全節人……（聖曆）四年，遷鳳閣舍人。久視元年，坐忤張昌宗意，左授婺州長史。頃之，昌宗怒解，又請召爲春官郎中，知制誥事。長安二年，再遷鳳閣舍人。」

〔十〕王炎：《舊唐書·王播傳附弟炎》：「炎，貞元十五年登進士第，累官至太常博士，早世。」

〔十一〕王起：《舊唐書·王起傳》：「起字舉之。貞元十四年擢進士第，釋褐集賢校理，登制策極言直諫科，授藍田尉。宰相李吉甫鎮淮南，以監察充掌書記。入朝爲殿中，遷起居郎、司勳員外郎、直史館。元和十四年，以比部郎中知制誥。」

〔十二〕范陽盧仲通：《册府元龜》卷四五五《將帥部·貪黷》：「田縉爲夏州節度，性貪虐，多隱没軍賜。羌渾種落苦其漁擾，遂引西蕃爲寇。御史中丞崔植奏攝詣臺按劾……贓狀明白，坐貶房州司馬，並本判官邢翥、盧仲通皆坐貶。」據《舊唐書·憲宗紀》，田縉被貶在元和十四年九月。此盧仲通或即其人。

唐故坊州鄜城縣尉陳府君夫人白氏墓誌銘 并序

夫人太原白氏，其出昌黎韓氏，其適潁川陳氏，享年七十。唐和州都督諱士通之曾孫①，尚衣奉御諱志善之玄孫②，都官郎中諱溫之孫，延安令諱鍠之第某女③，韓城令諱欽之外孫〔一〕，故鄜城尉諱潤之夫人〔二〕，故潁川縣君之母〔三〕，故大理少卿、襄州别駕白諱季庚之姑④，前京兆府户曹參軍、翰林學士白居易，前秘書省校書郎行簡之外祖母也。惟夫人在家以和順奉父母，延安府君視之如子⑤。既笄，以柔正從人，鄜城府君敬之如賓。

洎延安終，夫人哀毀過禮，爲孝女。洎鄜城殁，夫人撫訓幼女，爲節婦。及居易、行簡生，夫人鞠養成人，爲慈祖母。迨乎潔蒸嘗，敬賓客，睦娣姒，工刀尺，善琴書，皆出於餘力焉。貞元十六年夏四月一日，疾殁于徐州古豐縣官舍〔四〕。其年冬十一月，權窆于符離縣之南偏。至元和八年春二月二十五日，改卜宅兆于華州下邽縣義津鄉北原，即潁川縣君新塋之西次，從存殁之志。居易等號慕慈德，敬譔銘誌，泣血秉筆，言不成文。銘曰：

恭惟夫人，女孝而純。婦節而溫，母慈而勤。嗚呼！謹揚三德，銘于墓門。恭惟夫人，實生我親，實撫我身。欲養不待，仰號蒼旻。嗚呼！豈寸魚之心，能報東海之恩！

（2866）

【校】

①和州　據本書卷九《故鞏縣令白府君事狀》(2903)，白士通爲利州都督。「玄孫」　據《故鞏縣令白府君事狀》，當作「曾孫」。

②玄孫　據《故鞏縣令白府君事狀》，當作「曾孫」。

③第某女　陽明文庫本、金子彦二郎本作「第五女」。「第」那波本作「弟」。岑仲勉謂三字當作「女弟」，不確。

④季庚　「庚」紹興本等誤「庾」，據盧校等改。「姑」　蓬左本、金子彦二郎本校作「外姑」。

⑤延安　馬本其上有「故」字。

【注】

陳《譜》、朱《箋》：作於元和八年（八一三），下邽。

〔一〕夫人太原白氏：居易外祖母陳白氏。此誌文字頗有訛奪，學者或因此質疑于白居易父母之婚姻關係。羅振玉《白氏長慶集書後》（《貞松老人遺稿》甲集）謂此誌與《新唐書·宰相世系表》及白集《故鞏縣令白府君事狀》等誌文均不合，此誌稱陳白氏爲延安令鍠之女，而季庚爲鍠子，則陳白氏與季庚爲男女兄弟，不得云夫人爲「季庚之姑」，亦不得爲居易兄弟之外祖母；但據《襄州別駕府君事狀》（本書卷九2904）「夫人潁川陳氏，考坊州鄜城令，妣太原白氏」，季庚妻（居易母）確爲陳白氏之女，「則季庚所娶乃妹女，樂天稱陳夫人爲季庚之姑，乃諱言而非其實矣。」陳寅恪《元白詩箋證稿》附論《白樂天之先祖及後嗣》贊同其說，謂此誌「襄州別駕諱季庚之姑」中「姑」字必不可通，「初視之似是妹字之訛寫，但細思之，則樂天屬文之際，若直書其事，似太難爲情」，並進而申論：「夫親舅甥相爲婚配，如西漢惠帝之后爲其同母姊魯元公主女，及吳孫休朱夫人爲休姊女之事，於古代或即今日，恐亦不乏相同之例，但在唐代崇尚禮教之士大夫家族，此種婚配則非所容許，自不待言也。」岑仲勉《隋唐史》第四十五節注釋駁其說，校改此誌「溫之孫」

爲「溫之女」，「鍠之第某女」爲「鍠之女弟」，謂：「如是，則陳白氏確爲季庚之姑，季庚與潁川縣君不過中表結婚，絶非舅甥聯婚。」又此誌云陳白氏「其出昌黎韓氏……韓城令諱欽之外孫」，而據《鞏縣令白府君事狀》（本書卷九 2903），白鍠娶「河東薛氏，夫人之父諱俶，河南縣尉」，岑氏因謂：「此爲陳白氏非鍠女而爲溫女，亦即季庚非舅甥聯婚之鐵證。」朱《箋》謂岑氏所考不爲無見。平岡武夫《白居易の家庭環境に關する問題》（《東方學報》三十三册）謂此誌「季庚之姑」句，當據蓬左文庫本作「季庚之外姑」。《爾雅・釋親》：「妻之母爲外姑。」此句不過直述季庚爲陳白氏之婿。又誌稱夫人爲「延安令諱鍠之第某女」，據《鞏縣令白府君事狀》，白鍠非任延安令，娶河東薛氏，與此誌稱夫人出昌黎韓氏亦不合。故平岡氏謂此句必有誤，「鍠」字當是金傍某字之誤，陳白氏之父當是曾任延安令之另一白某。據《鞏縣令白府君事狀》，白溫六子，鍠爲幼子。白敏中祖父白鏻亦爲六子之一，字亦從金傍。故陳白氏之父與白鍠爲兄弟行，季庚所娶乃堂甥女。王夢鷗贊同其説。羅聯添《白樂天年譜》亦採其説。

〔二〕鄜城尉諱潤：陳潤，白居易外祖父。見本書卷九《襄州别駕府君事狀》（2904）。

〔三〕潁川縣君：居易母封潁川縣君。見《襄州别駕府君事狀》。

〔四〕疾殁于徐州古豐縣官舍：按，居易父季庚建中年間官徐州，舉家居符離。外祖母陳白氏亦依其女而居。然居易母約於貞元十四年移居洛陽，陳白氏殁時居易母等均未隨侍其旁，其故未詳。豐縣爲徐州屬縣，見《舊唐書・地理志一》。白居易有《朱陳村》詩（《白氏文集》卷十 0444），作於豐縣。白家在豐縣或置有田宅。

唐太原白氏之殤墓誌銘① 并序

白氏下殤幼美，小字金剛奴〔一〕。其先太原人，高祖諱志善，尚衣奉御。曾祖諱溫，都官郎中。王父諱鍠，河南府鞏縣令。先府君諱季庚②，大理少卿，山東別駕③〔二〕。先太夫人潁川陳氏，封潁川縣君。幼美即第四子也〔三〕。既生而惠，既孩而敏。七歲能誦詩賦，八歲能讀書鼓琴，九歲不幸遇疾，夭徐州符離縣私第。貞元八年九月，權窆于縣南原。元和八年春二月二十五日④，改葬于華州下邽縣義津鄉北岡，祔於先府君宅兆之東三十步。其兄居易、行簡藐然已孤，扶哀臨穴，斷手足之痛，其心如初。且號其銘誌于墓曰：

嗚呼剛奴痛矣哉！念爾九歲逝不迴。埋魂閟骨長夜臺，二十年後復一開。昔葬符離今下邽，魂兮魂兮隨骨來。（2867）

【校】

①題　紹興本、那波本無「誌」字，據馬本補。

②季庚　「庚」紹興本、那波本誤「庾」。

③山東　朱《箋》：「此二字當爲『襄州』之誤。」

④八年　馬本作「九年」。朱《箋》：「居易外祖母白氏亦改葬於元和八年二月二十五日，則幼美必於同時遷葬。」

【注】

陳《譜》、朱《箋》：作於元和八年（八一三），下邽。

〔一〕白幼美：居易幼弟。據誌文，卒於貞元八年（七九二），年九歲，當生於興元元年（七八四）。

〔二〕高祖諱志善至先府君諱季庚：並見本書卷九《故鞏縣令白府君事狀》（2903）、《襄州別駕府君事狀》（2904）。

〔三〕幼美即第四子也：按，居易長兄幼文，弟行簡，幼美排行第四。然幼文非居易母所生。

白居易文集校注卷第六①

記序　凡十二首

江州司馬廳記〔一〕

自武德已來②，庶官以便宜制事，大攝小，重侵輕。郡守之職，總於諸侯帥〔二〕；郡佐之職，移於部從事〔三〕。故自五大都督府至於上、中、下郡，司馬之事盡去，唯員與俸在。凡内外文武官左遷右移者，第居之③。凡執伎事上與給事於省寺軍府者④，遥署之。凡仕久資高耄昏軟弱不任事而時不忍棄者⑤，實莅之。莅之者，進不課其能，退不殿其不能，才不才一也。若有人畜器貯用，急於兼濟者居之，雖一日不樂。若有人養志忘名，安於獨善者處之，雖終身無悶。官不官，繫乎時也。適不適，在乎人也。江州，左匡廬，右江、湖，土高氣清，富有佳境。刺史，守土臣，不可遠觀遊。羣吏，執事官，不敢自暇佚。

惟司馬，綽綽可以從容於山水詩酒間⑥。由是郡南樓〔四〕，山北樓，水溢亭、百花亭〔五〕，風篁、石巖、瀑布、廬宮、源潭洞、東西二林寺⑦〔六〕，泉石松雪，司馬盡有之矣。苟有志於吏隱者，捨此官何求焉？案《唐典》⑧，上州司馬，秩五品〔七〕。歲廩數百石，月俸六七萬。官足以庇身⑨，食足以給家。州民康，非司馬功；郡政壞，非司馬罪。無言責，無事憂。噫！爲國謀，則尸素之尤蠹者；爲身謀，則祿仕之優穩者。予佐是郡，行四年矣。其心休休如一日二日，何哉？識時知命而已，又安知後之司馬不有與吾同志者乎？因書所得，以告來者。時元和十三年七月八日記⑩。（2868）

【校】

①卷第六　即《白氏文集》紹興本、馬本卷四十三，那波本卷二十六。

②武德　朱《箋》：「疑當作至德，蓋以下所述之情事均發生於安史亂後也。」「已來」　馬本、《文苑英華》作「以來」，《文苑英華》校：「集本、《文粹》作已。」

③第　《文苑英華》作「遞」，校：「二本作弟。」

④執伎　「伎」《文苑英華》、《唐文粹》作「役」，《文苑英華》校：「集作伎。」

⑤輭弱　「輭」《文苑英華》作「懦」，校：「二本作輭。」

⑥可以 《文苑英華》、《唐文粹》無「以」字，《文苑英華》校：「集有以字。」

⑦源潭洞 郭本作「源洞潭」。

⑧唐典 《文苑英華》作「唐六典」，「六」校：「一本無此字。」

⑨庇身 「庇」《文苑英華》作「亢」，校：「《文粹》作庇。」那波本作「穴」。

⑩記 《唐文粹》作「題記」。《文苑英華》校：「《文粹》有題字。」

【注】

陳《譜》、朱《箋》：作於元和十三年（八一八），江州。

〔一〕江州司馬：元和十年，盜殺宰相武元衡，白居易首上疏，請亟捕賊，執政惡其言事，奏貶江州刺史。中書舍人王涯上疏，言居易所犯狀迹不宜治郡，追貶江州司馬。見新舊《唐書·白居易傳》。廳記：《封氏聞見記》卷五：「朝廷百司諸廳皆有壁記，敍官秩創置及遷授始末。原其作意，蓋欲著前政履歷而發將來健羨焉。故其爲記之體，貴其説事詳雅，不爲苟飾。而近時作記，多措浮辭，褒美人材，抑揚閥閲，殊失記事之本意。韋氏《兩京記》云：『郎官盛寫壁記，以記當廳前後遷除出入，寖以成俗。』然則壁記之由，當是國朝以來始自臺省，遂流郡邑耳。」朱《箋》：「白氏此文，蓋江州司馬廳壁記也。」

〔二〕諸侯帥：平岡武夫《杜佑致仕制札記》謂當作「諸侯師」。《左傳》昭公十二年：「寡君中此，爲諸侯師。」

〔三〕郡佐之職：唐州縣上佐品位頗崇而無具體職務。劉禹錫《送王司馬之陝州》：「案牘來時唯署字。」唐宣宗《諭州縣上佐丞簿詔》：「州有上佐，縣有丞簿，俗謂閑官，不領公事，殊乖制作之本意。自今後，州縣公事，上佐丞簿得失須共參詳。如有敗闕……並須連坐。」嚴耕望《唐史研究叢稿·唐代府州僚佐考》總結其任用，有備貶謫、寄俸禄、位閑員諸現象。《舊唐書·王忠嗣傳》載石堡城之役忠嗣不奉帝旨，言曰：「忠嗣豈以數萬人之命易一官哉！假如明主見責，豈失一金吾羽林將軍，歸朝宿衛乎？其次豈失黔中上佐乎？此所甘心也。」嚴氏云：「蓋當時慣例，大臣重貶不至於死者，常爲黔中或嶺南上佐，故忠嗣有此語也。前此事例，如中宗神龍二年六月，貶五王，敬暉爲崖州司馬，桓彦范爲龍州司馬，袁恕己爲竇州司馬，崔玄暐爲白州司馬，張柬之爲新州司馬。並員外置。開元二年三月，貶韋安石爲沔州别駕，韋嗣立爲岳州别駕，李嶠爲滁州别駕，並員外置。前後事例不可枚舉。有正員，有員外。蓋大臣得罪，朝廷尚未議處死，故奪其權位而尚優其俸給也。至於中級官員之外貶此職者亦多。如永貞元年冬，再貶韓泰爲虔州司馬，陳諫爲台州司馬，柳宗元爲永州司馬，劉禹錫爲朗州司馬，韓曄爲饒州司馬，凌準爲連州司馬，程异爲柳州司馬，皆坐交王叔文，先貶刺史，旋再貶之。此集體貶任之著例也。」即此文所謂「内外文武官左遷右移者第居之」者。唐中葉以後，中央諸司與地方諸使職事人員，例非正式品官，且不一定有常祿，故常奏授上佐，以便寄名支俸。此爲備俸祿，即此文所謂「執伎事上與給事於省寺軍府者遥署之」者。《舊唐書·韋處厚傳》：「初貞元中，宰相齊抗奏減冗員，罷諸州別駕。其在京百司當入別駕者，多處之朝列。元和以來，兩河用兵，偏裨立功者往往擢在周行，率以儲宷王官雜補之，皆盛服趨朝，朱紫填擁。久次當進及受代閑居者，常數十人，趨中書及宰相私第，摩肩候謁，繁於辭語。及處厚秉政，復奏置六雄、十望、十緊、三十四州別駕以處之。而清流不雜，朝政清肅。」此爲元和中復置州郡上佐以處閑官之事，即此文所謂「仕久資高耄昏軟弱不任事而時不忍棄者實蒞之」者。

〔四〕郡南樓：朱《箋》：「即庾樓……郡南樓蓋指郡中之南樓。」白居易《初到江州》（《白氏文集》卷十五 0899）：「潯陽欲到思無窮，庾亮樓南湓口東。」

〔五〕湓亭：在湓水邊。白居易《八月十五日夜湓亭望月》（《白氏文集》卷十七 1062）：「今年八月十五夜，湓浦沙頭水館前。」百花亭：白居易有《百花亭》詩（《白氏文集》卷十六 0940）。《輿地紀勝》卷三十江州：「百花亭在都統司，梁刺史邵陵王綸建。」

〔六〕東西二林寺：東林寺、西林寺。《廬山記》卷二：「由廣澤下山，至太平興國寺七里，寺前之水曰清溪，溪上有清溪亭。寺晉武帝太元九年置，舊名東林」；「乾明寺在凝寂塔之西百餘步，舊名西林，興國中賜今額。晉惠永禪師之道場也。」

〔七〕上州司馬秩五品：《唐六典》卷三十：「上州……司馬一人，從五品下」；「尹、少尹、別駕、長史、司馬掌貳府州之事，以紀綱衆務，通判列曹，歲終則更入奏計。」

草堂記①〔一〕

匡廬奇秀甲天下山。山北峯曰香鑪〔二〕，峯北寺曰遺愛寺②〔三〕。介峯寺間，其境勝絶，又甲廬山。元和十一年秋③，太原人白樂天見而愛之，若遠行客過故鄉，戀戀不能去。因面峯腋寺，作爲草堂。明年春，草堂成④。三間兩柱⑤，二室四牖。廣袤豐殺，一稱心力。洞北户，來陰風，防徂暑也。敞南甍，納陽日，虞祁寒也。木斲而已，不加丹；牆圬而已，不加白。墄階用石⑥，冪窗用紙，竹簾紵幃⑦，率稱是焉。堂中設木榻四⑧，素屏二，漆琴一張⑨，儒道佛書各三兩卷⑩。樂天既來爲主，仰觀山，俯聽泉，傍睨竹樹雲石⑪，自辰及酉，應接不暇。俄而物誘氣隨，外適内和，一宿體寧，再宿心恬，三宿後頽然嗒然，不知其然而然。自問其故，答曰⑫：是居也，前有平地，輪廣十丈⑬；中有平臺，半平地；臺南有方池，倍平臺。環池多山竹野卉，池中生白蓮白魚⑭。又南抵石澗，夾澗有古松老杉，大僅十人圍⑮〔四〕，高不知幾百尺⑯。脩柯戛雲，低枝拂潭，如幢竪⑰，如蓋張⑱，如龍蛇走。松下多灌叢，蘿蔦葉蔓，駢織承翳，日月光不到地，盛夏風氣，如八九月時。下鋪白石，爲出入道。堂北五步，據層崖積石，嵌空垤堄，雜木異草，蓋覆其上。綠陰濛濛，朱實離離，不識其名，四時一色。又有飛泉，植茗就以烹燀，好事者見，可以永日⑲。堂東有瀑布，水懸三尺，瀉階隅，落石渠，昏曉如練色，夜中如環珮琴筑聲。堂西倚北崖右趾⑳，以剖竹架空，引崖上泉，脈分綫懸，自簷注砌，纍纍如貫珠，霏微如雨露，滴瀝飄灑，隨風遠去。其四傍耳目杖屨可及者，春有錦繡谷花〔五〕，夏有石門澗雲〔六〕，秋有虎谿月〔七〕，冬有鑪峯雪，陰晴顯晦，昏旦含吐，千變萬狀，不可殫紀㉑。覼縷而言，故云甲廬山者。噫！凡人豐一屋，華一簀㉒，而起居其間，尚不免有驕穩之態㉓。今我爲是物主，物至致知㉔，各以類至㉕，又安得不外適內和，體寧心恬哉㉖？昔永、遠、宗、雷輩十八人〔八〕，同入此山，老死不反㉗。去我千載，我知其心以是哉！矧予自思，從幼迨老，若白屋，若朱門，凡所止㉘，雖一日二日，輒覆簣土爲臺，聚拳石爲山，環斗水爲池，其喜山水病癖如此。一旦蹇剝，來佐江郡㉙，郡守以優容而撫我㉚，廬山以靈勝待我，是天與我時，地與我所，卒獲所好，又何以求焉㉛？尚以冗員所羈，餘累未盡，或往或來，未遑寧處。待予異時㉜，弟妹婚嫁畢，司馬歲秩滿，出處行止，得以自遂，則必左手引妻子㉝，右手抱琴書，終老於斯，以成就我平生之志。清泉白石，實聞此言。時三月二十七日，始居新堂。四月九日，與河南元集虛、范陽張允中、南陽張深之、東西二林長老湊、朗、滿、晦、

堅等㉞〔九〕，凡二十有二人㉟，具齋施茶果以落之㊱，因爲《草堂記》。（2869）

【校】

①題　《文苑英華》、《唐文粹》作「廬山草堂記」。

②遺愛寺　「寺」《文苑英華》校：「一無此字。」

③十一年　「一」《文苑英華》校：「《續廬山記》無此字。」朱《箋》：「元和十年三月，白氏猶未至江州，《續廬山記》非。」

④草堂成　《文苑英華》作「成草堂」，校：「集本、《文粹》作草堂成。」

⑤兩柱　《文苑英華》作「兩注」，校：「集本、《文粹》作柱。」

⑥墄　紹興本作「瑊」，據馬本、《文苑英華》改。那波本作「礖」。

⑦竹簾　《文苑英華》作「竹簷」，校：「集本、《文粹》作簾。」

⑧木榻　郭本作「丈榻」。

⑨漆琴　《文苑英華》其上有「素」字，校：「諸本無此字。」

⑩三兩　《唐文粹》作「兩三」。《文苑英華》作「各數」，校：「數字《文粹》作三兩。」

⑪竹樹　「竹」《文苑英華》校：「《記》作草。」

⑫曰　《文苑英華》校：「《記》無此字。」

⑬十丈　「十」《文苑英華》校：「《記》作一。」

⑭白魚　「白」《文苑英華》作「𩵋」，校：「集作白。」

⑮十人　郭本、《文苑英華》作「十尺」，《文苑英華》校：「集作人。」

⑯百尺　《文苑英華》作「許」，校：「許字集作百尺。」

⑰幢豎　《文苑英華》作「豎幢」。

⑱蓋張　《文苑英華》作「張蓋」。此句校：「集作如幢豎如蓋張。」

⑲永日　《文苑英華》其上有「銷」字，校：「諸本無此字。」

⑳右趾　「右」《文苑英華》作「石」，校：「諸本作右。」

㉑殫紀　《文苑英華》作「殫記」，校：「集作紀。」

㉒簣　《文苑英華》、馬本作「簣」。

㉓驕穩　《文苑英華》作「驕矜」，校：「諸本作穩。」

㉔致知　「致」《文苑英華》校：「集作知。」疑誤。

㉕各以　「以」《文苑英華》校：「集作有。」

㉖心恬　《文苑英華》作「心怡」，校：「諸本作恬。」

㉗不反　《文苑英華》作「不返」。
㉘所止　《文苑英華》作「所至」，校：「集作並《記》作止。」
㉙江郡　「江」《文苑英華》校：「集本並《記》無此字。」
㉚而撫我　《文苑英華》、《唐文粹》無「而」字。
㉛何以　《文苑英華》無「以」字。
㉜異時　《唐文粹》作「異日」。
㉝則必　「必」《文苑英華》校：「《記》無此字。」
㉞二林　馬本其下有「寺」字。「湊」《文苑英華》其下有「公」字，校：「諸本無此字。」
㉟二十　《唐文粹》無「二」字，《文苑英華》校：「《文粹》無此字。」
㊱落之　那波本、《文苑英華》、《唐文粹》作「樂之」，《文苑英華》校：「《記》作落。」

【注】

陳《譜》、朱《箋》：作於元和十二年（八一七），江州。

㈠草堂：陳舜俞《廬山記》卷二：「白公草堂在（東林）寺之東北隅……後與遺愛寺並廢。久之，好事者慕公風跡，以東林寺北藍橋之外作堂焉。五代衰亂，復爲兵火野燒之所毁。至道中，郡守孫考功追構之，然皆非元和故基也。」《廬山志》卷十三：「紫雲庵側有鄭弘憲草堂、白樂天草堂。」引桑喬云：「朱晦公《東林詩》自注曰：『白公草堂在寺東，久廢，近復創數椽，制殊狹隘，然非舊處矣。』予嘉靖中行求草堂遺跡，山僧所指，乃在紫雲庵南層崖上，去爐峯不能三數丈，疑亦非正處云。」

〔二〕山北峯曰香鑪：《太平寰宇記》卷一一一江州：「香鑪峰在（廬）山西北，其峰尖圓，煙雲聚散如博山香鑪之狀。」《廬山記》卷二：「次香鑪峰。此峰山南山北皆有，真形圓聳，常出雲氣，故名以象形。李白詩云：『日照香爐生紫煙，遥看瀑布掛長川。』即謂在山南者也。孟浩然詩云：『掛席數千里，好山都未逢。艤舟尋陽郭，始見香爐峰。』即此峰也。東林寺正在其下。」

〔三〕遺愛寺：見卷三《祭廬山文》（2849）注。

〔四〕夾澗有古松老杉二句：陸游《入蜀記》卷四：「遂至上方五杉閣、舍利塔、白公草堂。上方者，自寺後支徑穿松陰，躡石磴而上，亦不甚高。五杉閣前舊有老杉五本，傳以爲晉時物，白傅所謂大十尺圍者。今又數百年，其老可知矣。近歲主僧了然輒伐去，殊可惜也。」

〔五〕錦繡谷：陳舜俞《廬山記》卷二：「（錦繡）谷中奇花異卉，不可殫述。三四月間，紅紫匝地，如被錦繡，故以爲名。」《廬山志》卷二：「（佛手）崖西崖下爲錦繡谷，谷中有黄谷洞、鐘鼓山。」

〔六〕石門澗：《太平寰宇記》卷一一一江州：「石門澗在（廬）山西，懸崖對聳，形如闕，當雙石之間，懸流數丈，有一石可坐二十許人。」《廬山志》卷十三：「天池山麓有小山曰雲峯，其南峽中有文殊寺、報國寺……文殊、報國之側有石門澗。」

〔七〕虎谿：陳舜俞《廬山記》卷二：「流泉匝（東林）寺下，入虎溪，昔遠師送客過此，虎輒號鳴，故名焉。」范成大《吴船録》卷下：「虎溪涓涓一溝，不能五尺闊。遠師送客，乃獨不肯過此，過則林虎又爲號鳴焉。」陸游《入蜀記》卷四：「（東林）寺門外虎溪，本小澗，比年甃以磚，但若一溝，無復古趣。」

〔八〕永遠宗雷輩十八人：本卷《代書》（2877）：「廬山自陶、謝洎十八賢已還，儒風緜緜，相續不絶。」《廬山記》卷二：「遠公與慧永、慧持、曇順、曇恒、竺道生、慧叡、道敬、道昺、曇詵，白衣張野、宗炳、劉遺民、張詮、周續之、雷次宗，梵僧佛馱耶舍十八人者，同修淨土之法，因號白蓮社十八賢，有傳附篇末。」湯用彤《漢魏兩晉南北朝佛教史》第十一章：「但今日世俗相傳，謂遠公與十八高賢立白蓮社，入社者百二十三人，外有不入社者三人。此類傳説，各書所載互有不同，且亦不知始於何時，然要在中唐以後。」

〔九〕河南元集虚：行十八。白居易有《題元十八溪亭》（《白氏文集》卷七0299）。岑仲勉《唐人行第録》：「元十八集虚，不詳原籍，總由北方南遷。柳宗元《送元十八山人南遊序》稱曰河南先生，白居易《遊大林寺序》曰河南元集虚，皆指其郡望也。初卜居廬山，約元和九年南遊赴桂，有所干謁……白氏以十年改江州司馬，其相識集虚應在彼南遊返旆之後。」范陽張允中、南陽張深之：又見本卷《遊大林寺序》（2876）。東西二林長老湊：神湊。見本書卷四《唐江州興果寺律大德湊公塔碣銘》（2860）。朗、滿、晦、堅：白居易有《因沐感髮寄朗上人二首》（《白氏文集》卷十 0512）、《春憶二林寺舊遊因寄朗滿晦三上人》（《白氏文集》卷十九 1211）。滿即智滿。本卷《東林寺經藏西廊記》（2874）有「寺長老演公、滿公、琳公」，《遊大林寺序》（2876）有「東林寺沙門法演、智滿、士堅、利辯」。又有《天竺寺送堅上人歸廬山》（《白氏文集》卷二三 1553）。

許昌縣令新廳壁記〔一〕

民非政不乂，政非官不舉，官非署不立，是三者相爲用。故古君子有雖一日必葺其牆屋者，以是哉！許昌縣居梁、鄭、陳、蔡間①，要路由於斯。當建中、貞元之際，大軍聚於斯，兵殘其民，火焚其邑，大田生荆棘②，官舍爲煨燼。乘其弊而爲政，作事者其難乎？去年春，叔父自徐州士曹掾選署厥邑令〔二〕。於是約己以清白，納人以簡直，立事以强毅。以清白，故官吏不敢侵于民；以簡直，故獄訟不得留于庭③；以强毅，故軍鎮不能干于縣。由是居二年，民用康，政用暇。乃曰：儲蓄，邦之本，命先營囷倉。又曰：公署，吏所寧，命次圖廳事。取材於土物，取工於子來，取時於農隙。然後豐約量其力，廣狹稱其位，儉不至陋，壯不至驕，庇身無燥濕之憂，視事有朝夕之利。官由是而立，政由是而舉，民由是而乂。建一物而三事成，其孰不韙之哉④？嗚呼！吾家世以清簡垂爲貽燕之訓⑤，叔父奉而行之，不敢失墜。小子舉而書之，亦無愧辭。若其官邑之省置⑥，風物之有亡，田賦之上下，蓋存乎圖諜，此略而不書。今但記斯廳之時制，與叔父作爲之所由也。先是，邑居不修，屋壁無紀。前賢姓字，湮泯無聞。而今而後，請居厥位者編其年月名氏，自叔父始。時貞元十九年冬十月一日記。（2870）

【校】

①陳蔡　《文苑英華》其下有「之」字。
②大　《文苑英華》作「夫」，校：「集作大。」
③獄訟　《文苑英華》作「訟獄」。
④孰不　《文苑英華》作「孰能不」。
⑤清簡　《文苑英華》作「清白」，校：「集作簡。」
⑥省置　《文苑英華》作「省署」，校：「集作置。」

【注】

陳《譜》、朱《箋》：作於貞元十九年（八〇三），許昌。

〔一〕許昌縣：《舊唐書·地理志一》河南道許州屬縣許昌。

〔二〕叔父：白居易叔父季軫。本書卷九《故鞏縣令白府君事狀》（2903）：「公有子五人，長子諱季庚，襄州别駕，事具後狀。次諱季般，徐州沛縣令。次諱季軫，許州許昌縣令。次諱季寧，河南府參軍。次諱季平，鄉貢進士。」

養竹記

竹似賢，何哉？竹本固，固以樹德，君子見其本，則思善建不拔者。竹性直，直以立身，君子見其性，則思中立不倚者。竹心空，空以體道，君子見其心，則思應用虚受者。竹節貞，貞以立志，君子見其節，則思砥礪名行，夷險一致者。夫如是，故君子人多樹之爲庭實焉。貞元十九年春，居易以拔萃選及第，授校書郎，始於長安求假居處，得常樂里故關相國私第之東亭而處之①〔一〕。明日，履及于亭之東南隅②，見叢竹於斯③，枝葉殄瘁，無聲無色。詢于關氏之老，則曰：此相國手植者。自相國捐館，他人假居，繇是筐篚者斬焉，篲箒者刈焉。刑餘之材，長無尋焉，數無百焉。又有凡草木雜生其中，萶茸薈鬱④〔二〕，有無竹之心焉。居易惜其嘗經長者之手，而見賤俗人之目，翦棄若是，本性猶存。乃芟翳薈，除糞壤，疏其間，封其下，不終日而畢。於是日出有清陰，風來有清聲，依依然，欣欣然，若有情於感遇也。嗟乎！竹，植物也，於人何有哉？以其有似於賢，而人愛惜之⑤，封植之，況其真賢者乎？然則竹之於草木，猶賢之於衆庶。嗚呼！竹不能自異，惟人異之。賢不能自異，惟用賢者異之。故作《養竹記》，書於亭之壁，以貽其後之居斯者，亦欲以聞於今之用賢者云。（2871）

【校】

①關相國　《文苑英華》作「關相公」，校：「《文粹》、集本作國。」

②履　《唐文粹》作「屨」，《文苑英華》校：「《文粹》作屨。」

③於斯　郭本無此二字。

④菶茸薈鬱　《文苑英華》、《唐文粹》作「苯蓴薈蔚」，《文苑英華》校：「集作菶茸薈鬱。」

⑤人愛　《文苑英華》作「人猶愛」。

【注】

陳《譜》、朱《箋》：作於貞元十九年（八〇三），長安。

〔一〕常樂里：《唐兩京城坊考》卷三朱雀門街東第五街常樂坊：「刑部尚書白居易宅。」故關相國：朱《箋》：「關播。」《舊唐書·關播傳》：「關播字務元，衛州汲人也。天寶末舉進士……建中三年十月，拜銀青光禄大夫、中書侍郎、同中書門下平章事……貞元十三年正月卒，時年七十九。」

〔二〕菶茸薈鬱：草木茂盛。潘岳《射雉賦》：「稊菽蘽糅，薆薈菶茸。」又，薈鬱同薈蔚。木華《海賦》：「瀝滴滲淫，薈蔚雲霧。」

記畫

張氏子得天之和，心之術，積爲行，發爲藝。藝尤者其畫歟？畫無常工，以似爲工。學無常師，以真爲師。故其措一意，狀一物，往往運思，中與神會。髣髴焉若歐和役靈於其間者①。時予在長安中，居甚閑，聞甚熟，乃請觀於張。張爲予盡出之，厥有山水、松石、雲霓、鳥獸暨四夷、六畜、妓樂、華蟲咸在焉。凡十餘軸，無動植，無小大，皆曲盡其能。莫不向背無遺勢，洪纖無遁形②。迫而視之，有似乎水中了然分其影者。然後知學在骨髓者，自心術得；工侔造化者，由天和來。張但得於心，傳於手，亦不自知其然而然也。至若筆精之英華，指趣之律度，予非畫之流也，不可得而知之。今所得者，但覺其形真而圓，神和而全，炳然儼然，如出於圖之前而已耳。張始年二十餘，致功甚近，予意其生知之。藝與年而長，則畫必爲希代寶，人必爲後學師。恐將來者失其傳③，故以年月名氏紀於圖軸之末云。時貞元十九年，清河張敦簡畫〔一〕。六月十日，太原白居易記。

（2872）

【校】

①歐　馬本誤「毆」。

②遁形　紹興本作「遁刑」，據他本改。

③將來　紹興本、郭本脱「來」字，據他本補。

【注】

陳《譜》、朱《箋》：作於貞元十九年（八〇三），長安。

〔一〕張敦簡：《歷代名畫記》卷三《敍古今公私印記》：「張敦簡印。齊臣。常出之印。」蓋即其人。

記異①

華州下邽縣東南三十餘里曰延年里②，里西南有故蘭若，而無僧居。元和八年秋七月，予從祖兄曰皡自華州來訪予③〔一〕，途出於蘭若前。及門，見婦女十許人，服黄緑衣④，少長雜坐，會語於佛屋⑤，聲聞于門⑥。兄熱行方渴，將就憩，且求飲，望其從者蕭士清未至。因下馬，自縶轡於門柱⑦。舉首，忽不見。意其退藏於窗闥之間，從之，不見。又意其退藏於屋壁之後，從之，又不見。周視其四旁，則堵牆環然無隙缺⑧。覆視其族談之所⑨，則塵壤羃然無足迹⑩。繇是知其非人，悖然大異之。不敢留，上馬疾驅，來告予。予亦異之，因訊其所聞。兄曰云云甚多，不能殫記，大抵多云王胤老如此⑪，觀其辭意，若相與數其過者⑫。厥所去予舍八九里，因同訪焉⑬。果有王胤者年老，即其里人也。方徙居於蘭若東百餘步⑭，葺牆屋，築場藝樹僅畢，明日而入。即入，不浹辰而胤死，不越月而妻死⑮，不逾時而胤之二子與二婦一孫死。餘一子曰明進，大恐懼，不知所爲。意新居不祥，乃撤屋拔樹夜徙去⑯，遂獲全焉⑰。嘻！推而徵之，則衆君子謀於社以亡曹〔二〕，婦人來焚麋竺之室⑱〔三〕，信不虛矣。明年秋，予與兄出遊，因復至是。視胤之居，則井湮竈夷，闃然唯環牆在，里人無敢居者。異乎哉！若然者，命數耶？偶然耶？將所徙之居非吉土耶？抑王氏有隱慝，鬼得謀而誅之耶？茫乎不識其由，且志於佛寺之壁，以俟辨惑者。九月七日，樂天云⑲。（2873）

【校】

①題　《太平廣記》卷三四四作「王裔老」，正文「胤老」亦作「裔老」。

②延年里　馬本作「延平里」。

③皡　郭本作「皝」。

④服黄緑衣　《太平廣記》作「衣黄綾衣」。

⑤佛屋　《文苑英華》、《太平廣記》其下有「下」字。

⑥于門　《文苑英華》作「于外」。

⑦自縶韁　《太平廣記》作「繫韁」。

⑧隙缺　郭本作「崩缺」。

⑨族談　郭本作「簇談」，馬本作「聚談」。

⑩羃　紹興本、那波本、郭本作「四幕」二字，據《文苑英華》、《太平廣記》改。馬本作「罨」。

⑪如此　馬本作「於此」。

⑫其過　馬本作「相過」，誤。

⑬訪焉　《文苑英華》作「訪之」，校：「集作焉。」

⑭徙居於　《文苑英華》無「於」字，校：「集有於字。」「東百餘步」　《太平廣記》作「東北」。

⑮越月　紹興本等作「越明」，據《文苑英華》、《太平廣記》改。

⑯拔樹　「拔」《文苑英華》作「燃」，校：「集作拔。」

⑰遂獲全焉　《太平廣記》作「遂免」。無以下文字。

⑱麋竺　紹興本等作「糜竺」，朱《箋》改正。從改。

⑲樂天云　《文苑英華》其上有「太原白」三字。

【注】

陳《譜》、朱《箋》：作於元和八年（八一三），下邽。

〔一〕從祖兄皞：朱《箋》：「疑即白高九。」本書卷三《祭烏江十五兄文》（2846）：「自居易與兄及高九、行簡，雖從祖之昆弟，甚同氣之天倫。」

〔二〕衆君子謀於社以亡曹：《左傳》哀公七年：「初，曹人或夢衆君子立于社宮，而謀亡曹，曹叔振鐸請待公孫彊，許之。旦而求之，曹無之。戒其子曰：『我死，爾聞公孫彊爲政，必去之。』及曹伯陽即位，好田弋。曹鄙人公孫彊好弋，獲白鴈，獻之，且言田弋之説。説之，因訪政事，大説之。有寵，使爲司城以聽政。夢者之子乃行。彊言霸説於曹伯，曹伯從之，乃背晉而奸宋。宋人伐之，晉人不救，築五邑於其郊。」

〔三〕婦人來焚麋竺之室：《三國志・蜀書・麋竺傳》注引《搜神記》：「竺嘗從洛歸，未達家數十里，路傍見一婦人，從竺求寄載。行可數里，婦謝去，謂竺曰：『我，天使也。當往燒東海麋竺家。感君見載，故以相語。』竺因私請之，婦曰：『不可得不燒。如此，君可馳去，我當緩行，日中火當發。』竺乃還家，遽出財物，日中而火大發。」

東林寺經藏西廊記①

元和初，江西觀察使韋君丹於廬山東林寺神運殿左、甘露壇右〔一〕，建修多羅藏一所〔二〕。土木丹漆之外，飾以多寶。相好嚴麗，鄰諸鬼功②。雖兩都四方，或未前見③。一切經典，盡在于内④，蓋釋宫之天祿、石渠也。初，藏既成，南東北廊亦具⑤，獨西未作，而韋君薨。迨今十餘年，風日所飄燥，雪雨所霑濕⑥，西南一隅，壞有日矣。僧坊衆惜之⑦，予亦惜之。非不是圖，財力不足。暨十三年，予作《景雲律師塔碑》成〔三〕，景雲弟子饋絹百匹，予以法施淨財，義不己有，即日移用作藏西廊。因請寺長老演公、滿公、琳公等經之〔四〕，寺綱維令杲、靈、達等成之⑧。蓋欲護前功，償始願，非住於布施相、功德心也⑨。其集經名數與創藏由緣，詳于李肇碑文〔五〕，此但書新作西廊而已。十四年月日，忠州刺史白居易記⑩。（2874）

【校】

①題　紹興本脱「記」字，據他本補。

②鄰諸　「諸」《文苑英華》作「之」，校：「集作諸。」

③前見　郭本作「之見」。

④于　《文苑英華》作「乎」，校：「集作於。」

⑤南東北　郭本作「其東北」。

⑥雪雨　《文苑英華》作「雨雪」。

⑦僧坊衆　《文苑英華》無「坊」字。

⑧杲　郭本、《文苑英華》作「果」，《文苑英華》校：「集作杲。」

⑨住於　《文苑英華》無此二字。「住」馬本作「任」。

⑩白居易記　紹興本、那波本脱四字，據他本補。

【注】

朱《箋》：作於元和十四年（八一九），江州。「白氏自江州赴忠州刺史任在元和十四年三月，此文當爲離江州前作。」

〔一〕韋丹：韓愈《唐故江西觀察使韋公墓誌銘》：「公諱丹，字文明，姓韋氏……公既孤，以甥孫從太師魯公真卿學，太師愛之……劉闢反，圍梓州，詔以公爲東川節度使、御史大夫……一歲，拜洪州刺史、江南西道觀察使……居三年，於江西八州無遺便……春秋五十八，薨於元和五年八月六日。」杜牧《唐故江西觀察使武陽韋公遺愛碑》：「元和二年二月，拜洪州觀察使。」東林寺神運殿：陸游《入蜀記》卷四：「九日，至慧遠法師祠堂及神運殿焚香……神運殿本龍潭，深不可測。一夕，鬼神塞之，且運良材以作此殿。皆不知實否也。然神運殿三字，唐相裴休書，則此説亦久矣。官廳重堂邃廡厨備設，壁間有張文潛題詩。」甘露壇：見卷四《唐故撫州景雲寺律大德上弘和尚石塔碑銘》（2859）注〔十二〕。

〔二〕修多羅藏：意譯經藏，爲三藏之一。《開元釋教録》分大乘藏經爲般若、寶積、大集、華嚴、涅槃五部，又諸重譯經、大乘經單譯二部，共七部。

〔三〕景雲律師塔碑：見卷四《唐故撫州景雲寺律大德上弘和尚石塔碑銘》(2859)。

〔四〕寺長老演公滿公：東林寺僧法演、智滿，又見本卷《遊大林寺序》(2876)。

〔五〕李肇碑文：李肇《東林寺經藏碑銘》：「廬山山岳之神秀，東西林爲海内名刹……然而三藏經論，闕而無補。元和四年，雲門僧靈澈流竄而歸，棲泊此山。將去，言於廉問武陽韋公，公應之如響。往年公夫人蘭陵蕭氏終，有釵梳佩服之資，而於荆州買良田數頃，收其租入，以奉檀施。至是取之，增以清白之俸，而經營焉……得浮槎大德義彤爲之主。受持灑掃者七人，以備名山之闕，而資學者之求，公之素志爾。初，彤公受具於廬山浮槎寺，嘗討大藏，惡其部帙繁亂，將理之不可，遂發私誓，四十餘夏，果得志焉。於是搜遠近之逸函墮卷，目在辭亡者得之，互文合部者兼之，斷品獨行者類之，本同名異者存之，以僞亂真者標之。又病前賢編次不以注疏入藏，非尊師之意，并開元庚午之後、洎德宗神武孝文皇帝之季年相繼新譯，大凡七目四千九百餘卷，立爲別藏。著雜録七卷，以條貫之。命開元崇福舊録，總一萬卷。舉藏以志函，隨函以命軸，微塵句偈，如在常中。然後金口之説流於娑婆者，盡在於茲山也。五年，韋公薨。七年，博陵崔公以仁和政成，憫默舊績，由是東林以遺功得請篆刻之盛；其成公志，故家府從事李肇爲之文曰。」

三遊洞序〔一〕

平淮西之明年冬，予自江州司馬授忠州刺史，微之自通州司馬授虢州長史。又明年春，各祗命之郡，與知退偕行〔二〕。三月十日，參會於夷陵〔三〕。翌日，微之反棹送予至下牢城〔四〕。又翌日，將别未忍，引舟上下者久之。酒酣，聞石間泉聲，因捨棹進，策步入缺岸。初見石，如疊如削，其怪者如引臂，如垂幢①。次見泉，如瀉如灑，其奇者如懸練②，如不絶綫。遂相與維舟巖下，率僕夫芟蕪刈翳，梯危縋滑，休而復上者凡四焉③。仰睇俯察，絶無人迹，但水石相薄，磷磷鑿鑿，跳珠濺玉，驚動耳目。自未訖戌，愛不能去。俄而峽山昏黑，雲破月出，光氣含吐，互相明滅。晶熒玲瓏，象生其中。雖有敏口，不能名狀。既而通夕不寐，迨旦將去，憐奇惜别，且歎且言。知退曰：「斯境勝絶，天地間其有幾乎？如之何俯通津，緜歲代，寂寥委置，罕有到者④？」予曰：「借此喻彼，可爲長太息，豈獨是哉？豈獨是哉？」微之曰：「誠哉是言。矧吾人難相逢，斯境不易得，今兩偶於是，得無述乎？請各賦古調詩二十韻，書于石壁。」仍命予序而紀之。又以吾三人始遊，故目爲三遊洞。洞在峽州上二十里北峯下兩崖相廞間。欲將來好事者知，故備書其事。（2875）

【校】

①如垂幢　《文苑英華》作「如垂踵」，校：「三字集作如垂如幢。」

②其奇者　「其」《文苑英華》作「甚」，校：「集作奇。」

③凡四焉　《文苑英華》作「凡四五焉」。

④到者　《文苑英華》其下有「乎」字，校：「集無乎字。」

陳《譜》、朱《箋》：作於元和十四年（八一九），夷陵。

【注】

〔一〕三遊洞：白居易有《十年三月三日别微之於澧上十四年三月十一日夜遇微之於峽中停舟夷陵三宿而别言不盡者以詩終之因賦七言十七韻以贈且欲寄所遇之地與相見之時爲他年會話張本也》（《白氏文集》卷十七 1100）：「黄牛渡北移征棹，白狗崖東卷别筵。神女臺雲閑繚繞，使君灘水急潺湲。風凄暝色愁楊柳，月弔宵聲哭杜鵑。萬丈赤幢潭底日，一條白練峽中天。君還秦地辭炎徼，我向忠州入瘴煙。未死會應相見在，又知何地復何年？」黄庭堅《山谷題跋》卷九《跋自書樂天三遊洞序》：「元和初，盜殺武丞相於通衢，樂天以贊善大夫是日上疏，論天下根本，所言忤丞相案劍之意，謫江州司馬數年。平淮西之明年，乃遷忠州刺史。觀其言行，藹然君子也。

余往來三遊洞下，未嘗不想見其人。門人唐履因請書樂天序刻之夷陵，向賓聞之，欣然買石具其費，遂與之。」陸游《入蜀記》卷六：「八日五鼓盡，解船過下牢關……繫船與諸子及證師登三遊洞。躡石磴二里，其險處不可著脚。洞大如三間屋，有一穴通人過，然陰黑險峻尤可畏。繚山腹，傴僂自巖下至洞前，差可行。然下臨溪潭，石壁十餘丈，水聲恐人。又一穴，後有壁可居，鐘乳歲久垂地若柱，正當穴門。」

〔二〕知退：居易弟白行簡，字知退。

〔三〕夷陵：《舊唐書・地理志二》山南東道：「硤州下，隋夷陵郡……（貞觀）九年，自下牢鎮移治陸抗故壘。天寶元年，改爲夷陵郡。乾元元年，復爲硤州。」

〔四〕下牢城：《元和郡縣圖志》逸文卷一山南道峽州：「下牢鎮，在縣西二十八里，隋於此置峽州。（《通釋》十二）貞觀九年移于步闡壘，其舊城因置鎮。（《紀勝》峽州）」

遊大林寺序〔一〕

余與河南元集虛、范陽張允中、南陽張深之、廣平宋郁、安定梁必復、范陽張特①〔二〕，東林寺沙門法演、智滿、士堅、利辯、道深、道建、神照、雲臯、息慈、寂然②〔三〕，凡十七人，自遺愛草堂歷東西二林，抵化城〔四〕，憩峯頂〔五〕，登香鑪峯，宿大林寺。大林窮遠，人迹罕到。環寺多清流、蒼石、短松、瘦竹，寺中唯板屋木器，其僧皆海東人。山高地深，時節絶晚。于時孟夏月③，如正二月天。梨桃始華④，澗草猶短。人物風候與平地聚落不同，初到恍然若别造一世界者。因口號絶句云⑤：「人間四月芳菲盡，山寺桃花始盛開。長恨春歸無覓處⑥，不知轉入此中來。」既而周覽屋壁，見蕭郎中存、魏郎中弘簡、李補闕渤三人姓名、文句⑦〔六〕，因與集虚輩歎且曰：此地實匡廬間第一境。由驛路至山門，曾無半日程，自蕭、魏、李遊，迨今垂二十年，寂寥無繼來者。嗟乎！名利之誘人也如此。時元和十二年四月九日。樂天序⑧。（2876）

【校】

①張特　馬本作「張時」。《文苑英華》校：「集作時。」

②道深　紹興本等無此二字，據《文苑英華》、《唐文粹》補。「息慈」《文苑英華》作「恩慈」。

③孟夏月　《文苑英華》、《唐文粹》無「月」字。

④梨桃　《文苑英華》作「山桃」，校：「《文粹》作梨。」

⑤因　《文苑英華》、《唐文粹》作「因成」。

⑥覓處　《文苑英華》作「處覓」，校：「集作覓處。」

⑦文句　馬本作「詩句」。

⑧樂天　《文苑英華》作「太原白樂天」，《唐文粹》作「白樂天」。

【注】

陳《譜》、朱《箋》：作於元和十二年（八一七），江州。

〔一〕大林寺：《清一統志》九江府：「上大林寺在廬山大林峯南，晉建，元末燬，明宣德中重建。寺前有寶樹二，曲幹垂枝，圓旋如蓋。又中大林寺在廬山錦澗橋北。下大林寺在橋西。」白居易所游乃上大林寺。

〔二〕河南元集虚：見本卷《草堂記》（2869）注。范陽張允中、南陽張深之：又見《草堂記》。范陽張特：《唐郎官石柱題名考》卷十六金部員外郎有張特，朱《箋》疑即此人。

〔三〕東林寺沙門法演智滿：即本卷《東林寺經藏西廊記》（2874）之演公、滿公，又本卷《草堂記》（2869）有長老滿。士堅：即《草堂記》之長老堅。利辯、道建：又見卷四《唐江州興果寺律大德湊公塔碣銘》（2860）。道深、雲皋：又見卷四《唐故撫州景雲寺律大德上弘和尚石塔碑銘》（2859）及劉軻《廬山東林寺故臨壇大德塔銘》。神照：朱《箋》疑即白居易《贈神照上人》《白氏文集》卷二七 1995)之神照。按,神照上人即本書卷三四《唐東都奉國寺禪德大師照公塔銘》(3645)之照公,與本篇之神照是否爲一人無確證。寂然:朱《箋》疑即本書卷三一《沃州山禪院記》(3605)之白寂然,無確證。

〔四〕化城:上化城寺。陳舜俞《廬山記》卷二:「凡遊人在二林望上化城,樓閣隱隱在雲靄中,有若圖畫。自東林徑去,猶半日之久。既至化城,其僧必訊客曰:『翌日上山,輿否?』蓋過上化城,山路彌險,中間往往不可行肩輿矣。」《廬山志》卷十三:「講經臺北有上化城寺,寺有朗公巖……上化城之西北有中化城寺……中化城之西北有下化城寺。」

〔五〕峯頂:峯頂院。陳舜俞《廬山記》卷二:「過香爐峯,至峯頂院,院旁磐石極平廣。下視空闊,無復障蔽。」黄宗羲《匡廬遊録》:「後人以香爐側者爲講經臺,不知此古之峯頂院也。王廷珪云:『至峯頂庵,視香爐峯反在其下。』以今講經臺視香爐峯,正如廷珪所云。此一證也。白香山《遊大林寺序》云:『自遺愛草堂歷東西二林,抵化城,憩峯頂,登香爐峯,宿大林寺。』由二林而上歷三化城,正值今之所謂講經臺者,故言憩峯頂。若講經臺果在是,香山亦不容舍而弗言矣。又一證也。」

〔六〕蕭郎中存:《新唐書·文藝傳·蕭穎士》:「子存,字伯誠,亮直有父風……建中初,由殿中侍御史四遷比部郎中。張滂主財務,辟存留務京師。裴延齡與滂不叶,存疾其姦,去官,風痺卒。韓愈少爲存所知,自袁州還,過存廬山故居,而諸子前死,唯一女在,爲經贍其家。」趙璘《因話録》

卷三："（蕭穎士）一子存，字伯誠，爲金部員外郎，諒直有功曹風。時裴延齡爲户部尚書，恃恩姦佞，與張滂不叶。金部惡延齡之爲人，棄官歸廬山，以山水自娱，識者甚高之。終於檢校倉部郎中。"《太平寰宇記》卷一一一江州："蕭郎中舊宅在西林寺側。"魏郎中弘簡：柳宗元《唐故尚書户部郎中魏府君墓誌》："郎中府君諱弘簡，字曰裕之……歷桂管、江西、福建、宣歙四府爲判官副使……拜度支員外郎，轉户部郎中……年四十七，貞元二十年九月三十日，不疾而歿。"李補闕渤：《舊唐書·李渤傳》："李渤字濬之……不從科舉，隱於嵩山，以讀書業文爲事。元和初，户部侍郎鹽鐵轉運使李巽、諫議大夫韋況更薦之，以山人徵爲左拾遺。渤託疾不赴，遂家東都……九年，以著作郎徵之……渤於是赴官。歲餘，遷右補闕。"《新唐書·李渤傳》："父鈞，殿中侍御史，以不能養母廢于世。渤恥之，不肯仕，刻志於學，與仲兄涉偕隱廬山……久之，更徙少室。"《太平寰宇記》卷一一一江州："白鹿洞在廬山東南，本李渤書堂，今爲官學。"

代書

廬山自陶、謝洎十八賢已還〔一〕，儒風緜緜，相續不絶。貞元初，有符載、楊衡輩隱焉①，亦出爲文人②〔二〕。今其讀書屬文③，結草廬於巖谷間者，猶一二十人。即其中秀出者，有彭城人劉軻〔三〕。軻開卷慕孟軻爲人，秉筆慕揚雄、司馬遷爲文，故著《翼孟》三卷、《豢龍子》十卷、雜文百餘篇，而聖人之旨，作者之風，雖未臻極，往往而得。予佐潯陽三年，軻每著文，輒來示予。予知軻志不息，異日必能跨符、楊而攀陶、謝。軻一旦盡賫所著書及所爲文訪予，告行，欲舉進士。予方淪落江海，不足以發軻事業，又羸病無心力，不能偏致書於臺省故人。因援紙引筆，寫胸中事授軻。且曰：子到長安，持此札爲予謁集賢庾三十二補闕、翰林杜十四拾遺、金部元八員外、監察牛二侍御、秘省蕭正字、藍田楊主簿兄弟④〔四〕。彼七八君子，皆予文友。以予愚直，常信其言。苟于今不我欺，則子之道庶幾光明矣。又欲使平生故人知我形體已悴，志氣已憊，獨好善喜才之心未死。去矣去矣⑤，持此代書。三月十三日⑥，樂天白。（2877）

【校】

①符載　岑仲勉《跋〈唐摭言〉》引《關中金石存逸考》二《苻載妻李氏誌》，謂「符」應作「苻」。朱《箋》從改。

②文人　《文苑英華》作「聞人」，校：「集作文。」

③今其　《文苑英華》作「今之」，校：「集作其。」郭本無「今」字。

④謁　《文苑英華》作「謝」，校：「集作謁。」

⑤去矣　馬本、郭本二字不重。

⑥十三日　馬本作「三日」。

【注】

朱《箋》：作於元和十二年（八一七），江州。

〔一〕陶謝：陶淵明、謝靈運。《宋書·周續之傳》：「入廬山事沙門釋慧遠，時彭城劉遺民遁跡廬山，陶淵明亦不應徵命，謂之尋陽三隱。」《高僧傳》卷六《慧遠傳》：「陳郡謝靈運負才傲俗，少所推崇，及一相見，肅然心服。」湯用彤《漢魏兩晉南北朝佛教史》第十三章考謝靈運或于晉安帝義熙七年到尋陽，并入廬山見慧遠。十八賢：見本卷《草堂記》(2869)注。

〔二〕符載、楊衡：楊衡字中師。符載《荆州與楊衡説舊因送游南越序》：「載弱年與北海王簡言、隴西李元象洎中師高明會合於蜀……方乘扁舟，沿三峽，造潯陽廬山，復營蓬居，遂我遁棲……居五六年，載出廬岳，歸蜀問起居。」《唐摭言》卷二：「合肥李郎中羣始與楊衡、符載同隱廬山，號山中四友。」岑仲勉《跋〈唐摭言〉》考同隱廬山者爲楊衡、苻載、李元象、王簡言，《摭言》誤以李郎中羣當之。載等建中初隱廬山，此文云「貞元初」，不過約言之耳。嚴耕望《唐史研究叢稿·唐人習業山林寺院之風尚》考唐中葉以後，習業廬山之風甚盛，宰相如楊收、李逢吉、朱朴，名士如符載、劉軻、竇羣、李渤、李端、溫庭筠、杜牧、杜荀鶴皆出其中，「大抵皆數人同處，或結茅，或居寺院，且有直從寺僧肄業者。」徵引材料頗豐。

〔三〕劉軻：劉軻《上座主書》：「軻本沛上耕人，代業儒，爲農人家。天寶末，流離於邊，徙貫南鄙……貞元中，軻僅能執經從師。元和初，方結廬於廬山之陽。」《唐摭言》卷十一：「劉軻慕孟軻爲文，故以名焉。少爲僧，止於豫章高安縣南果園。復求黄老之術，隱於廬山。既而進士登第，文章與韓、柳齊名。」《唐詩紀事》卷四六：「軻字希仁，元和末登進士第。軻爲僧時葬遺骸，夢一書生來謝，持三雞子勸食之。嚼一而吞二，後精儒術。」軻登進士第在元和十三年，見《登科記考》卷十八。《廬山志》卷五：「慶雲峯東北有山，是爲七尖山，其下有劉軻書堂。」

〔四〕集賢庾三十二補闕：庾敬休，字順之。新舊《唐書》有傳。白居易有《潯陽歲晚寄元八郎中庾三十三員外》(《白氏文集》卷十七 1004)等詩，其排行或作「三十三」。翰林杜十四拾遺：杜元穎。新舊《唐書》有傳。丁居晦《重修承旨學士壁記》：「元和十二年二(「二」據岑仲勉《翰林學士壁記注補》補)月十三日自太常博士充。二十日改右補闕。」朱《箋》：「元穎蓋以拾遺改太博召入，隨復改官補闕，居易是時尚未得其詳，故仍稱曰拾遺，亦此文作於元和十二年之又一證也。」金部元八員外：元宗簡。見本書卷三一《故京兆元少尹文集序》(3596)。其官金部員外郎，見《唐郎官石柱題名考》。監察牛二侍御：牛僧孺。見本書卷二二《論制科人狀》(3355)注。秘省蕭正字：朱《箋》疑爲蕭睦，元和元年與居易同登科。按，《册府元龜》卷六四五元和元年才識兼茂明於體用科録蕭睦，《唐會要》卷七六録陳岵，無蕭睦。蕭睦又見元和三年達於吏治可使從政科。《舊唐書逸文》卷八疑《册府元龜》「涉上文蕭俛及下條蕭睦而誤」。藍田楊主簿兄弟：楊汝士時官藍田主簿，其弟楊虞卿官鄠縣令。見本書卷七《與楊虞卿書》(2880)注。

送侯權秀才序

貞元十五年秋，予始舉進士，與侯生俱爲宣城守所貢〔一〕。明年春，予中春官第。既入仕，凡歷四朝，才朽命剝，蹇躓不暇。去年冬，蒙不次恩，遷尚書郎，掌誥西掖。然青衫未解，白髮已多矣。時子尚爲京師旅人，見除書，走來賀予。因從容問其宦名①，則曰：無得矣。問其生業，則曰：無加矣。問其僕乘囊緡②，則曰：日削月朘矣。問别來幾何時？則曰：二十有三年矣。嗟乎侯生！當宣城别時，才文志氣，我爾不相下。今予猶小得遇，子卒無成。由子而言，予不爲不遇耳③。嗟乎侯生！命實爲之，謂之何哉？言未竟，又有行色。且曰：欲謁東諸侯，恐不我知者多④，請一言以寵别。予方直閣，慨然竊書命筆以序之爾。（2878）

【校】

①宦名　馬本、郭本作「官名」。

②囊輜　馬本、郭本作「囊資」。

③不遇耳　「耳」《文苑英華》作「爾」，馬本作「矣」。

④我知　《文苑英華》作「知我」，校：「集作我知。」

【注】

朱《箋》：作於長慶元年（八二一），長安。

〔一〕貞元十五年秋三句：見卷一《宣州試射中正鵠賦》（2808）注〔一〕。宣城守：宣歙觀察使崔衍。《舊唐書·德宗紀》：「（貞元十二年八月）癸酉，以虢州刺史崔衍爲宣歙池觀察使。」《憲宗紀》：「（永貞元年八月甲寅）以前宣歙觀察使崔衍爲工部尚書。」《崔衍傳》：「居宣州十年，頗勤儉，府庫盈溢。」白居易有《敍德書情四十韻上宣歙崔中丞》（《白氏文集》卷十三 0608）詩。

冷泉亭記〔一〕

東南山水，餘杭郡爲最；就郡言，靈隱寺爲尤〔二〕；由寺觀，冷泉亭爲甲。亭在山下水中央，寺西南隅。高不倍尋，廣不累丈，而撮奇得要，地搜勝概，物無遁形。春之日，吾愛其草薰薰，木欣欣，可以導和納粹，暢人血氣。夏之夜，吾愛其泉渟渟，風泠泠，可以蠲煩析酲，起人心情。山樹爲蓋，巖石爲屏，雲從棟生，水與階平。坐而玩之者①，可濯足於牀下；卧而狎之者②，可垂釣於枕上。矧又潺湲潔澈，粹冷柔滑，若俗士，若道人，眼耳之塵③，心舌之垢，不待盥滌④，見輒除去⑤。潛利陰益，可勝言哉？斯所以最餘杭而甲靈隱也。杭自郡城抵四封，叢山複湖，易爲形勝。先是領郡者有相里君造作虚白亭⑥〔三〕，有韓僕射皐作候仙亭〔四〕，有裴庶子棠棣作觀風亭⑦〔五〕，有盧給事元輔作見山亭〔六〕，及右司郎中河南元藇最後作此亭〔七〕。於是五亭相望，如指之列，可謂佳境殫矣，能事畢矣。後來者雖有敏心巧目，無所加焉。故吾繼之，述而不作。長慶三年八月十三日記。

（2879）

【校】

①玩之者　《文苑英華》校：「石本無之字。」

②狎之者　《文苑英華》校：「石本無之字。」

③眼耳　郭本作「眼目」

④盥滌　《文苑英華》校：「石本作漱滌。」

⑤見輒　《文苑英華》校：「石本作而即。」

⑥相里君造作　紹興本等無「作」字，據《文苑英華》補。《文苑英華》校：「集無此字，非。」

⑦棠棣　「棠」《文苑英華》校：「石本作常。」

【注】

陳《譜》、朱《箋》：作於長慶三年（八二三），杭州。

〔一〕冷泉亭：《咸淳臨安志》卷二三：「冷泉亭在飛來峯下，唐刺史河南元萸建，刺史白居易記，刻石亭上。政和中，僧惠雲又於前作小亭，郡守毛友命去之。」

〔二〕靈隱寺：《咸淳臨安志》卷八十：「景德靈隱寺在武林山東，晉咸和元年梵僧慧理建。舊名靈隱，景德四年改景德靈隱禪寺。」

〔三〕相里君造作虛白亭：盧文弨《鍾山札記》卷三引獨孤及《祭相里造文》，考相里君名造，白集刊本此篇後人疑「造」「作」文複，徑刪去「作」字，舊杭郡志失其名，且置之韓皋、盧元輔之後，云元和間任，皆失之不考。又見勞格《讀書雜識》卷六《杭州刺史考》、《唐郎官石柱題名考》卷十一。《唐代墓誌彙編續集》貞元〇六〇呂溫《唐故通議大夫使持節都督潭州諸軍事……東平呂府君墓誌銘》（《全唐文補遺》第四輯）：「先府君諱渭……兵部尚書薛義訓平山越□浙東，又辟公爲節度巡官……俄以薛氏政亂，解印濟江，杭州刺史相里造業文求友，清榻邀路，以團練判官爲公淹留之名。」

〔四〕韓僕射皋作候仙亭：《舊唐書·韓皋傳》：「及貞元十四年春，春夏大旱，粟麥枯槁，畿内百姓，累經皋陳訴……皋無幾移杭州刺史，復拜尚書右丞。」《順宗紀》：「（貞元二十一年四月）戊辰，以杭州刺史韓皋爲尚書右丞。」《咸淳臨安志》卷二三：「候仙亭，守韓僕射皋建，久廢。」查慎行《白香山詩評》：「候仙亭在靈隱寺前。」

〔五〕裴庶子棠棣作觀風亭：《咸淳臨安志》卷四五：「裴常棣，河東聞喜人。兵部郎中，作觀風亭。」勞格《杭州刺史考》考裴常棣除杭州刺史約在元和元年至三年。

〔六〕盧給事元輔作見山亭：《舊唐書·盧元輔傳》：「歷杭、常、絳三州刺史，以課最高，徵爲吏部郎中。」《咸淳臨安志》卷四五：「盧元輔，自河南縣令除杭州刺史，白集有制詞。嘗於武林山作見山亭。」勞格《杭州刺史考》考盧元輔除杭州刺史在元和八年。

〔七〕右司郎中河南元蕃：《元和姓纂》卷四元：「荆州刺史元欽之孫蕃，河南洛陽縣人。」元稹有《元蕃杭州刺史等制》。《唐郎官石柱題名考》主客員外郎中有元蕃。勞格《杭州刺史考》考元蕃除杭州刺史在元和十五年。

白居易文集校注卷第七[①]

書　凡三首

與楊虞卿書[②]〔一〕

師臯足下：自僕再來京師，足下守官鄠縣，吏職拘絆，相見甚稀，凡半年餘[③]，與足下開口而笑者不過三四。及僕左降詔下，明日而東，足下從城西來，抵昭國坊〔二〕，已不及矣。走馬至滻水〔三〕，才及一執手，憫然而訣，言不及他。邇來雖手札一二往來[④]，亦不過問道途、報健否而已。鬱結之志[⑤]，曠然未舒，思欲一陳左右者久矣。去年六月，盜殺右丞相於通衢中，迸血髓，磔髮肉，所不忍道。合朝震慄，不知所云〔四〕。僕以爲書籍以來，未有此事，國辱臣死，此其時耶？苟有所見，雖畎畝皂隸之臣不當默默，況在班列而能勝其痛憤耶？故武相之氣平明絶，僕之書奏日午入。兩日之内，滿城知之。其不與者或誣以僞言⑥，或構以非語。且浩浩者不酌時事大小與僕言當否，皆曰丞郎、給舍、諫官、御史尚未論請，而贊善大夫何反憂國之甚也〔五〕？僕聞此語，退而思之：贊善大夫誠賤冗耳！朝廷有非常事，即日獨進封章，謂之忠，謂之憤，亦無媿矣⑦。謂之妄，謂之狂，又敢逃乎？且以此獲辜，顧何如耳⑧？況又不以此爲罪名乎！此足下與崔、李、元、庾輩十餘人爲我悒悒鬱鬱長太息者也⑨〔六〕。然僕始得罪於人也，竊自知矣⑩。當其在近職時，自惟賤陋，非次寵擢，夙夜腆愧⑪，思有以稱之。性又愚昧，不識時之忌諱。凡直奏密啓外，有合方便聞於上者，稍以歌詩導之⑫，意者欲其易入而深誡也⑬。不我同者得以爲計，媒蘖之辭一發，又安可君臣之道間自明其心乎⑭？加以握兵於外者，以僕潔慎不受賂而憎⑮；秉權於內者，以僕介獨不附己而忌〔七〕。其餘附麗之者⑯，惡僕獨異，又信狺狺吠聲，唯恐中傷之不獲。以此得罪，可不悲乎？然而寮友益相重，交游益相信，信於近而不信於遠，亦何恨哉？近者少，遠者多。多者勝，少者不勝，又其宜矣。師皐：僕之是言不發於他人，獨發於師皐，師皐知我者，豈有愧於其間哉？苟有愧於師皐，固是言不發矣。且與師皐始於宣城相識，迨于今十七八年，可謂故矣。又僕之妻，即足下從父妹，可謂親矣。親如是，故如是⑰，人之情又何加焉？然僕與足下相知則不在此⑱。何者？夫士大夫家⑲，閨門之內，朋友不能知也；閨門之外，姻族不能知也。必待友且姻者，然後周知之。足下視僕莅官事、擇交友、接賓客何如哉？又視僕撫骨肉、待妻子、馭僮僕又何如哉？小者近者尚不敢不盡其心，況大者遠者也⑳？所謂斯言無愧而後發矣。亦猶僕之知師臯也。師臯孝敬友愛之外，可略而言。足下未應舉時，嘗充賢良直言之賦㉑。其所對問，志磊磊而詞謇謇。雖不得第，僕始愛之。及與獨孤補闕書，讓不論事〔八〕。與盧侍郎書，請不就職〔九〕。與高相書，諷成致仕之志〔十〕。志益大而言益遠，而僕愛重之心繇是加焉。近者足下與李弘慶友善，弘慶客長安中，貧甚而病亟。足下爲逆致其母㉒，安慰其心，自損衣食㉓，以續其醫藥甘旨之費㉔，有年歲矣〔十一〕。又足下與崔行儉游，行儉非罪下獄。足下意其不幸，及於流竄勑下之日，躬俟於御史府門，而行李之具，養活之物，崔生顧其旁一無闕者〔十二〕。其餘奉寡姊，親護其夫喪；撫孤甥，誓畢其婚嫁。取貴人子爲婦，而禮法行於家；由甲乙科入官，而吏聲聞於邑。凡此數者皆可以激揚積俗㉕，表正士林。斯僕所以嚮慕勤勤㉖，豈敢以骨肉之姻、形骸之舊爲意哉？然足下之美如此，而僕側聞蚩蚩之徒不悦足下者，已不少矣。但恐道日長而毁日至，位益顯而謗益多。此伯寮所以愬仲由㉗〔十三〕，季孫所以毁夫子者也〔十四〕。昔衛玠有言：「人之不逮，可以情恕。非意相加㉘，可以理遣。」〔十五〕故至終身無喜愠色。僕雖不敏，常佩此言。師臯：人生未死間㉙，千變萬化。若不情恕於外，理遣於中，欲何爲哉？僕之是行也，知之久矣。自度命數，亦其宜然。凡人情，通達則謂由人，窮塞而後信命。僕則不然。十年前，以固陋之姿㉚，瑣劣之藝㉛，與敏手利足者齊驅，豈合有所獲哉？然而求名而得名，求祿而得祿。人皆以爲能，僕獨以爲命。命通則事偶，事偶則幸來。幸之來，尚歸之於命；不幸之來也，捨命復何歸哉？所以上不怨天，下不尤人者，寔如此也㉜。又常照鏡，或觀寫真，自相形骨，非貴富者必矣㉝。以此自決，益不復疑。故寵辱之來，不至驚怪，亦足下素所知也。今且安時順命，用遣歲月㉞，或免罷之後，得以自由。浩然江湖，從此長往。死則葬魚鱉之腹，生則同鳥獸之羣，必不能與掊聲攫利者榷量其分寸矣㉟。足下輩無復見僕之光塵於人寰間也。多謝故人，勉樹令德。粗寫鄙志，兼以爲别。居易頓首。（2880）

【校】

①卷第七　即《白氏文集》紹興本、馬本卷四十四，那波本卷二十七。

②題　《文苑英華》作「與師臯書」，注：「楊虞卿。」

③半年　《文苑英華》作「半載」，校：「集作年。」

④一二　兩字馬本作「三」，誤。

⑤鬱結　「鬱」《文苑英華》作「攀」，校：「集作鬱。」
⑥誣以　《文苑英華》作「誣爲」，校：「集作以。」
⑦無媿矣　「矣」《文苑英華》作「也」，校：「集作矣。」
⑧何如　《文苑英華》作「何以」，校：「集作如。」
⑨悒悒鬱鬱　《文苑英華》作「悒鬱」，校：「集作悒悒鬱鬱。」
⑩自知　《文苑英華》作「知之」，校：「集作自知。」
⑪腆愧　「腆」《文苑英華》作「赧」，校：「集作腆。」
⑫導之　《文苑英華》作「道之」，校：「集作導。」
⑬深誡　《文苑英華》作「深戒」。
⑭道間　《文苑英華》無「道」字。
⑮受賂　「受」《文苑英華》作「愛」，校：「集作受。」
⑯附離　馬本作「附麗」。
⑰親如是故如是　《文苑英華》作「如是故如是親」，校文同紹興本等。
⑱則不在此　《文苑英華》作「即不止此」，校：「集作則不在此。」
⑲大夫　《文苑英華》作「夫之」，校：「集作大夫。」

⑳遠者也　「也」《文苑英華》、馬本作「乎」，郭本作「耶」。
㉑嘗充　《文苑英華》其上有「當」字。
㉒逆致　《文苑英華》、天海本、郭本作「迎致」。
㉓損衣食　「損」下《文苑英華》有「其」字，校：「集無其字。」
㉔以續　《文苑英華》作「以致」，校：「集作以續。」
㉕此數者　紹興本等作「此者」，據《文苑英華》改。
㉖嚮慕　紹興本等作「響慕」，據《文苑英華》改。
㉗伯寮　《文苑英華》作「公伯寮」。
㉘相加　那波本作「之加」。
㉙未死間　「間」馬本誤「見」。
㉚之姿　《文苑英華》作「之資」。
㉛瑣劣　馬本作「瑣屑」。
㉜寔如　二字《文苑英華》作「以」，校：「集作實如。」
㉝貴富　《文苑英華》、馬本作「富貴」。
㉞歲月　《文苑英華》作「日月」，校：「集作歲。」

㉟權量　郭本、《文苑英華》明刊本作「權量」。

陳《譜》、朱《箋》：作於元和十一年（八一六），江州。

【注】

〔一〕楊虞卿：字師臯。汝士弟。新舊《唐書》有傳。此後爲牛僧孺、李宗閔之黨。大和九年貶虔州司户，卒於貶所。《唐代墓誌彙編》元和一〇五錢徽《唐故朝議大夫……楊府君墓誌銘》（《全唐文補遺》第一輯）：「公諱寧，字庶玄……王考汝州臨汝令贈華州刺史諱燕客……有子四人：汝士、虞卿、漢公，咸著名實；幼曰殷士，已附造秀。」據此誌可知《舊唐書·楊虞卿傳》稱「虞卿從兄汝士」誤。岑仲勉《唐史餘瀋》卷三：「居易之妻，於潁士、虞卿均爲從父妹，依《新書》七一下《宰相表》推之，則潁士、居易妻與虞卿一支，同爲燕客之孫而各不同出者。但《表》於燕客祇列子審、寧兩人，應有遺漏。」

〔二〕昭國坊：時白居易居昭國坊，有《昭國閑居》詩（《白氏文集》卷六0265）。昭國坊在長安朱雀門街東第三街。《唐兩京城坊考》卷三昭國坊：「《白氏長慶集》有《昭國坊閑居》詩，時爲左贊善大夫……按居易始居常樂，次居新昌，又次居宣平，又次居昭國，又次居新昌。」

〔三〕滻水：《太平寰宇記》卷二五雍州萬年縣：「滻水，荆溪、狗枷二水之下流也。《封禪書》：秦都咸陽，霸、滻、長水，皆非大川，以近咸陽，盡得祠之。」《長安志》卷十一萬年縣：「滻水在縣東北，流四十里入渭。」

〔四〕盜殺右丞相於通衢中：《舊唐書·武元衡傳》：「時王承宗遣使奏事，請赦吴元濟。請事于宰相，辭禮悖慢，元衡叱之。承宗因飛章詆元衡，咎怨頗結。元衡宅在靜安里，十年六月三日，將朝，出里東門，有暗中叱使滅燭者，導騎訶之，賊射之，中肩。又有匿樹陰突出者，以棓擊元衡左股。其徒馭已爲賊所格奔逸，賊乃持元衡馬，東南行十餘步害之，批其顱骨懷去。及衆呼偕至，持火照之，見元衡已踣於血中，即元衡宅東北隅牆之外。時夜漏未盡，陌上多朝騎及行人，鋪卒連呼十餘里，皆云賊殺宰相，聲達朝堂，百官恟恟，未知死者誰也。須臾，元衡馬走至，遇人始辨之。」按，右丞相常用以稱中書侍郎。武元衡元和二年十月以門下侍郎、平章事充劍南西川節度使，元和八年二月復入中書知政事，見《舊唐書·憲宗紀》。故居易稱之爲右丞相。

〔五〕贊善大夫何反憂國之甚：《舊唐書·白居易傳》：「（元和）十年七月，盜殺宰相武元衡，居易首上疏論其冤，急請捕賊以雪國恥。宰相以宫官非諫職，不當先諫官言事。會有素惡居易者，掎摭居易，言浮華無行，其母因看花墮井而死，而居易作《賞花》及《新井》詩，甚傷名教，不宜置彼周行。執政方惡其言事，奏貶爲江表刺史。詔出，中書舍人王涯上疏論之，言居易所犯迹狀，不宜治郡。追詔授江州司馬。」

〔六〕崔李元庾輩：朱《箋》：「崔羣、李建、元宗簡、庾敬休。」岡村繁《白氏文集》五謂崔指崔韶。崔羣見本書卷八《答户部崔侍郎書》（2884）。李建見卷四《有唐善人碑》（2855）。元宗簡見本書卷三一《故京兆元少尹文集序》（3596）。庾敬休見卷六《代書》（2877）注。白居易有《感逝寄遠》（《白氏文集》卷九 0442），題注：「寄通州元侍御、果州崔員外、澧州李舍人、鳳州李郎中。」又《東南行一百韻寄通州元九侍御澧州李十一舍人果州崔二十二使君開州韋大員外庾三十二補闕杜十四拾遺李二十助教員外竇七校書》（《白氏文集》卷十六 0902），「果州崔員外」、「崔二十二使君」即指崔韶。按，此以「輩」稱，不能一一列舉，所謂「崔、元」等，均可能兼指崔羣、崔韶、元宗簡、元稹等人。

〔七〕凡直奏密啓十句：《舊唐書·白居易傳》：「……又淄青節度使李師道進絹，爲魏徵子孫贖宅，居易諫曰：『徵是陛下先朝宰相，太宗嘗賜殿材，成其正室，尤與諸家第宅不同。子孫典貼，其錢不多，自可官中爲之收贖，而令師道掠美，事實非宜。』憲宗深然之。上又欲加河東王鍔平章事，居易諫曰：『宰相是陛下輔臣，非賢良不可當此位。鍔誅剝民財，以市恩澤，不可使四方之人謂陛下得王鍔進奉，而與之宰相，深無益於聖朝。』乃止。王承宗拒命，上令神策中尉吐突承璀爲招討使，諫官上章者十七八，居易面論，辭情切至。既而又請罷河北用兵，凡數千百言，皆人之所難言者，上多聽納。唯諫承璀事切，上頗不悦，謂李絳曰：『白居易小子，是朕拔擢致名位，而無禮於朕，朕實難奈。』絳對曰：『居易所以不避死亡之誅，事無巨細必言者，蓋酬陛下特力拔擢耳，非輕言也。陛下欲開諫諍之路，不宜阻居易言。』上曰：『卿言是也。』由是多見聽納。」參見本書卷八《與元九書》(2883)、卷二一《論王鍔欲除官事宜狀》(3365)、卷二二《論承璀職名狀》(3371)等。

〔八〕獨孤補闕：朱《箋》：「獨孤郁。」韓愈《唐故秘書少監贈絳州刺史獨孤府君墓誌銘》：「(元和)四年，遷右補闕……五年，遷起居郎，爲翰林學士。」《唐國史補》卷中：「獨孤郁，權相子壻，歷掌内職綸詔，有美名。憲宗嘗歎曰：『我女壻不如德輿女壻。』」

〔九〕盧侍郎：疑爲盧坦。《舊唐書・盧坦傳》：「及武元衡爲宰相，以坦爲中丞……出爲宣歙池觀察使。三年，入爲刑部侍郎、鹽鐵轉運使，改户部侍郎、判度支。」

〔十〕高相：朱《箋》：「高郢。」《舊唐書・憲宗紀》：「(元和五年九月)以兵部尚書高郢爲右僕射致仕。」白居易有《高僕射》詩(《白氏文集》卷一　0030)。

〔十一〕李弘慶：朱《箋》謂即《新唐書・宰相世系表》趙郡李氏東祖房徵子、金州刺史弘慶。《唐代墓誌彙編》咸通〇二七溫憲《唐故集賢直院官榮王府長史程公墓誌銘》：「公諱修己，字景立，……而於六法特異稟天錫，自顧陸以來，叟絶獨出，唯公一人而已。……趙郡李弘慶有盛名，嘗有鬥雞，擊其對傷首。異日，公圖其勝者，而其對因壞籠怒出，擊傷其畫。李撫掌大駭。」

〔十二〕崔行儉：本書卷十四《唉異可滁州長史許志雍可永州司户崔行儉可隋州司户並准赦量移制》(3017)，朱《箋》謂即其人。《新唐書・宰相世系表二下》博陵安平崔氏第二房：陳留尉庶子，「行儉字聖用，池州刺史。」柳宗元《岳州聖安寺無姓和尚碑銘・碑陰記》：「信州刺史李某爲之傳，長沙謝楚爲行狀，博陵崔行儉爲《性守》一篇。」又《唐故邕管經略招討等使……李公墓誌銘》：「有兩婿，博陵崔行儉，勁峭有立志。」《唐代墓誌彙編續集》咸通〇〇八鄭薰《唐故銀青光祿大夫……弘農楊公墓誌銘》（《全唐文補遺》第六輯）：「公諱漢公，……虔州府君與崔行檢善，行檢没，公深虔州之□，養其子，立其家，至於成人。」虔州府君謂虞卿。《雲溪友議》卷下「蜀僧喻」：「南泉（普願）既没，崔行檢員外爲之銘曰：『百骸俱散，一物常靈。』釋學徒服其簡妙也。」行儉或同行檢。

〔十三〕伯寮所以愬仲由：《論語・憲問》：「公伯寮愬子路於季孫。子服景伯以告，曰：『夫子固有惑志於公伯寮，吾力猶能肆諸市朝。』子曰：『道之將行也與，命也；道之將廢也與，命也。公伯寮其如命何！』」疏：「伯寮、子路皆臣於季孫，伯寮誣子路以罪而譖於季孫也。子服景伯以告者，以其事告孔子也。曰夫子固有惑志者，夫子謂季孫。言季孫堅固已有疑惑之志，謂信讒恚子路也。於公伯寮吾力猶能肆諸市朝者，有罪既刑，陳其屍曰肆。景伯言吾勢力猶能辨子路之無罪於季孫，使之誅寮而肆之。……孔子不許其告，故言道之廢行皆由天命，雖公伯寮之譖，其能違天而興廢子路乎！」

〔十四〕季孫所以毁夫子：《論語・微子》：「齊人歸女樂，季桓子受之，三日不朝，孔子行。」《史記・魯仲連鄒陽列傳》：「昔者魯聽季孫之説而逐孔子，宋信子罕之計而囚墨翟。」索隱：「《論語》『齊人歸女樂，季桓子受之，三日不朝，孔子行』也。」

〔十五〕衛玠有言：《晉書·衛玠傳》：「玠嘗以人有不及，可以情恕；非意相干，可以理遣，故終身不見喜愠之容。」

與陳給事書①〔一〕

正月日，鄉貢進士白居易謹遣家僮奉書獻於給事閤下②：伏以給事門屏間請謁者如林，獻書者如雲，多則多矣。然聽其辭，一辭也；觀其意，一意也。何者？率不過有望於吹噓翦拂耳。居易則不然。今所以不請謁而奉書者，但欲貢所誠、質所疑而已，非如衆士有求於吹噓翦拂也。給事得不獨爲之少留意乎？大凡自號爲進士者，無賢不肖皆欲求一第，成一名，非居易之獨慕耳。既慕之，所以竊不自察③，嘗勤苦學文，迨今十年，始獲一貢。每見進士之中④，有一舉而中第者，則欲勉狂簡而進焉。又見有十舉而不第者，則欲引駑鈍而退焉。進退之宜，固昭昭矣，而愚者自惑於趣舍⑤，何哉？夫蘊奇挺之才，亦不自保其必勝。而一上得第者，非他也，是主司之明也。抱瑣細之才，亦不自知其妄動，而十上下第者，亦非他也，是主司之明也。豈非知人易而自知難耶？伏以給事天下文宗，當代精鑒，故不揣淺陋⑥，敢布腹心。居易鄙人也，上無朝廷附離之援，次無鄉曲吹煦之譽⑦。然則孰爲而來哉？蓋所仗者文章耳，所望者主司至公耳。今禮部高侍郎爲主司，則至公矣〔二〕。而居易之文章可進也，可退也，竊不自知之⑧，欲以進退之疑取決於給事，給事其能捨之乎？居易聞神蓍靈龜者無常心⑨，苟叩之者不以誠則已；若以誠叩之，必以信告之，無貴賤、無大小，而無不之應也⑩。今給事鑒如水鏡，言爲蓍龜⑪，邦家大事，咸取決於給事，豈獨遺其微小乎？謹獻雜文二十首，詩一百首，伏願俯察悃誠，不遺賤小⑫，退公之暇，賜精鑒之一加焉。可與進也，乞諸一言，小子則磨鉛策蹇，騁力於進取矣。不可進也，亦乞諸一言，小子則息機斂迹⑬，甘心於退藏矣。進退之心交爭於胸中者有日矣。幸一言以蔽之⑭，旬日之間，敢佇報命。塵穢聽覽，若奪氣褫魄之爲者，不宣。居易謹再拜。（2881）

【校】

①題　《文苑英華》作「上陳給事書」。

②家僮　「僮」《文苑英華》作「童」，校：「集作童。」

③竊不自察　「竊」紹興本等作「切」，據《文苑英華》改。「察」天海本、《文苑英華》作「揆」。

④之中　《文苑英華》無「之」字，校：「集有之字。」

⑤愚者　紹興本等作「遇者」，據《文苑英華》改。「趣」《文苑英華》作「取」，校：「集作趣。」

⑥淺陋　「淺」《文苑英華》作「賤」，校：「集作淺。」

⑦吹煦　《文苑英華》作「吹嘘」，校：「集作煦。」

⑧竊　紹興本等作「切」，據天海本、《文苑英華》改。

⑨聞　《文苑英華》作「聞諸」。

⑩而無不之　紹興本等無「無」字，據天海本補。四字郭本作「莫不知」。

⑪言爲　《文苑英華》作「言如」。

⑫賤小　《文苑英華》作「小道」，校：「集作賤小。」

⑬息機　郭本作「息蹤」。

⑭蔽之　「蔽」《文苑英華》作「決」，校：「集作蔽。」

【注】

朱《箋》：作於貞元十六年（八〇〇），長安。

〔一〕陳給事：朱《箋》：「陳京。」傳見《新唐書·文藝傳》。柳宗元《唐故秘書少監陳公行狀》：「五代祖某陳宜都王。……諱京，既冠，字曰慶復。舉進士，爲太子正字、咸陽尉、太常博士、左補闕，尚書膳部考功員外郎、司封郎中、給事中、秘書少監。自考功以來，凡四命爲集賢學士。」卒於貞元二十一年。按，白居易《襄州别駕府君事狀》（本書卷九2904）：「夫人潁川陳氏，陳朝宜都之後。」白母或與陳京同族，故居易初到長安投書於其人。

〔二〕禮部高侍郎：高郢。見卷一《汎渭賦》（2806）注。

爲人上宰相書一首①〔一〕

二月十九日，某官某乙謹拜手奉書獻於相公執事②。書曰③：古人云：以水投石，至難也〔二〕。某以爲未甚難也。以卑干尊，以賤合貴，斯爲難矣。何者？夫尊貴人之心，堅也，强也，不轉也，甚於石焉。卑賤人之心，柔也，弱也，自下也，甚於水焉。則其合之難也，豈不甚於水投石哉？然則自古及今，往往有合者，又何哉？此蓋以心遇心，以道濟道故也。苟心相見，道相通，則水反爲石，石反爲水。則其合之易也，又甚乎以石投水焉。何者？石之投水也④，猶觸之有聲，受之有波。心道之相得也，則貴者不知其貴也，賤者不知其賤也。當其冥同訢合之際，但脗然而已矣。其合之易也，豈不甚於石投水哉？噫！厥道廢墜，不行於代久矣。故貴者自貴耳，賤者自賤耳。雖同心同道⑤，不求相合也。今某之心與相公之心，愚智不侔也。今某之道與相公之道，小大不倫也。矧又尊卑貴賤之勢相懸，如石焉，如水焉，而欲强至難爲至易，無乃不可乎？然則知其不可而爲之者，抑有由也⑥。伏以相公方今佐裁成之道⑦，當具瞻之初，竊希變天下水石之心⑧，自相公始也。通天下貴賤之道，自某始也。不然者，夫豈不自知其狂進妄動哉？伏望少留聽而畢辭焉。幸甚幸甚！某伏觀先皇帝之知遇相公也⑨，雖古君臣道合者無以加也。然竟不與大位，不授大權，不盡行相公之道者，何哉？識者以爲先皇父子孝慈之間，亦未有也。蓋先皇所以輟己知人之明⑩，用賢之功，致理之德，以留賜今上也，亦猶太宗黜李勣而使高宗寵用之也〔三〕。故今上在諒陰而特用也，相公自郎官而特拜也。推此二者，有以見識者之言信矣。斯則先皇知遇之恩，貽燕之念，今上速用之旨，倚賴之誠，相公寵擢之榮，託寄之重，自國朝以來，三者兼之甚鮮矣⑪。故某竊惟相公自拜命以來八九日⑫，得毋食不暇飽⑬，寢不暇安⑭，行則僂然，居則惕然，思所以答先皇之知，副今上之用，允天下之望哉⑮？某竊以爲必然矣。況今主上肇撫蒼生，初嗣洪業⑯，雖物不改舊，而令宜布新⑰。是以百辟傾心，僂僂然以待主上之政也。萬姓注目，專專然以望主上之令也。四夷側耳，顒顒然以聽主上之風也。豈直若此而已哉？蓋待其政者，勤墮邪正繫其中焉。望其令者，憂喜親疏生其中焉。聽其風者，畏侮動静出其中焉。

而將來理亂之根，安危之源，盡在於三者之中矣。如此，則相公得不匡輔其政，緝熙其令，宣和其風乎？然則匡輔緝熙宣和之道，某雖不敏，嘗聞於師焉。曰：天子之耳，待宰相之耳而後聰也。天子之目，待宰相之目而後明也。天之心識，待宰相之心識而後聖神也。宰相之耳，待天下之耳而後聰也。宰相之目，待天下之目而後明也。宰相之心識，待天下之心識而後能啓發聖神也。然則下取天下耳目心識，上以爲天子聰明神聖者，此宰相之本職也，而爲匡輔緝熙宣和之道也。若宰相唯以兩耳聽之，兩目視之，一心思之，則朝廷之得失豈盡知見乎？必不盡也⑱。而況於天下之得失乎？宰相之耳目得聰明乎？必未也。而況於上以爲天子聰明聖神乎⑲？然則天下聰明心識，取之豈無其道耶？必有也。在乎知與不知，行與不行耳。噫！自開元已來，斯道寖衰，鮮能行者。自貞元以來，斯道寖微，鮮能知者。豈唯不知乎？不行乎？又將背古道而馳者也。何者⑳？古者宰相以危言危行、扶危持顛爲心㉑，今則敏行遜言、全身遠害而已矣㉒。古者宰相以接士爲務，今則不接賓客而已矣。古者宰相以開閤爲名，今則鎖其第門而已矣〔四〕。致使天下之聰明盡委棄於草木中焉㉓，天下之心識盡沈没於泥土間焉㉔。則天下聰明心識萬分之中，宰相何嘗取得其一分哉？是故寵益崇而謗益厚，歲彌久而愧彌深。至乃上負主恩，下斂人怨，行止寢食，自有慚色者，夫豈非不得天下聰明心識之所致耶㉕？然則爲宰相者，得不思易其轍乎？是以聰明損於上，則正道銷於下；畏忌慎默之道長，公議忠讜之路塞；朝無敢言之士，庭無執咎之臣。自國及家，寖以成弊。故父訓其子曰㉖：無介直以立仇敵。兄教其弟曰：無方正以賈悔尤。先達者用以養身㉗，後進者資而取仕。日引月長，熾然成風〔五〕。識者腹非而不言，愚者心競而是效。至使天下有目者如瞽也，有耳者如聾也，有口者如含鋒刃也。如此則上之得失，下之利病，雖欲匡救，何由知之㉘？嗟乎！自古以來，斯道之弊，恐未甚於今日也。然則爲宰相者，得不思變其風乎？是以慎忌積於中，則政事廢於表㉙；因循苟且之心作，强毅久大之性虧。反謂率職而舉者，不達於時宜；當官而行者，不通於事變。故殿最之書雖申而不實㉚，黜陟之法雖備而不行。欲望惡者懲，善者勸，或恐難矣㉛。古之善爲宰相者，豈盡得賢而用之乎？豈盡知不肖而去之乎？蓋在於秉鈞軸之樞㉜，握刀尺之要，剗邪爲正，削觚爲圓。能使善之必遷，不謂善之盡有㉝。能使惡之必改，不謂惡之盡無。成此功者無他，懲勸之所致耳〔六〕。然則爲宰相者，得不思提其綱使羣目自皆張乎㉞？是以懲勸息於此，則賢能乏於彼。故岳鎮闕而不知所取，臺省空而不知所求。今則尚書六司之官，暨于百執事者，大凡要劇者多虛其位，閑散者咸備其官。或曰：所以難其人，重其禄也〔七〕。嗟乎！徒知難其人而闕之，不知邦政日歸於下吏也。徒知重其禄而愛之，不知稍食日費於冗員也。損益利害，豈不明哉？古之善爲宰相者，虚其懷，直其氣，苟有舉一賢者㉟，必從而索之；苟有薦一善者，必隨而用之。然後明察否臧，精考真僞㊱。得人者行進賢之賞，謬舉者坐不當之辜。自然審輪轅以相求，謹關梁以相保。故才無乏用㊲，國無廢官。豈可疑所舉之未精，而反失其善？重所任之不苟㊳，而反廢其官？與其廢官，寧其虚授；與其失善，寧其謬升。但在乎明覈是非，必行賞罰，則謬升虚授，當自辨焉。然則爲宰相者，得不思振其領，使衆毛皆舉乎㊴？是以庶政闕於内，則庶事斁於外㊵。至使天下之户口日耗，天下之士馬日滋〔八〕。游手於道途市井者不知歸，託足於軍籍釋流者不知反。計數之吏日進，聚斂之法日興。田疇不闢，而麥禾之賦日增㊶；桑麻不加，而布帛之價日賤〔九〕。吏部則士人多而官員少，姦濫日生〔十〕；諸使則課利少而羨餘多，侵削日甚〔十一〕。舉一知十，可勝言哉？況今方域未甚安，邊陲未甚靜，水旱之災不戒，兵戎之動無期。然則爲宰相者，得不圖將來之安，補既往之敗乎？若相公用天下之目，觀而救之，夫豈無最遠之見乎？用天下之心，圖而濟之，夫豈無最長之策乎？策之最長者，見之最遠者，在相公鑒而取之，誠而行之而已。取之也，行之也，今其時乎？爲時之用大矣哉！古者聖賢有其才，無其位，不能行其道也。有其才，有其位，無其時，亦不能行其道也。必待有其才㊷，有其位，有其時，然後能行其道焉。某竊見相公曩時制策對中，論風化澆淳之源，明天人交感之道，陳兵災救療之術，可謂有其才矣〔十二〕。又伏見今月十一日制詞云：「其代予言，允屬良弼。必能形四方之風㊸，成天下之務。」可謂有其時矣。今相公有其才，有其位，有其時，則行道由己而由道乎哉？某又聞，一往而不可追者時也，故聖賢甚惜焉。方今拭天下之目，以觀主上之作爲也；側天下之耳㊹，以聽相公之舉措也。如此，則相公出一言，不終日而必聞於朝野；主上發一令，不浹辰而必達於華夷。蓋主上輯百辟㊺，和萬姓，服四夷之時，在於此時矣。相公充人望，代天工，報國之恩，正在於今日矣㊻。或者曰：君臣之道至大也，可以漸合，不可以速合也。天下之化至大也，可以漸行，不可以速行也。賢人之事業至大也，行之可以枉尺而直尋也㊼。某以爲殆不然矣。夫時之變，事之宜，其間不容息也。先之則太過㊽，後之則不及。故時未至，聖賢不進而求；時既來，聖賢不退而讓。蓋得之則不啻乎事半而功倍也，失之則不啻乎事倍而功半也㊾。嗟乎！或者徒知漸合其道，而不知啓沃之時失於漸中矣。徒知漸行其化，而不知爕理之時失於漸中矣。徒知枉尺而直尋，而不知易失於時，則難生於漸中，雖枉尋不能直尺矣。近者宰相道不行，化不成，事業不光明，率由乎有志於漸矣。請以前事明之。某嘗聞太宗顧謂羣臣曰：「善人爲邦百年，然後能勝殘去殺。當今大亂之後，將求致理，寧可造次而望乎？」魏文貞曰㊿：「不然。大亂後易理，猶飢人易食也。若聖哲施化，人應如響，期月而可51，信不爲難。三年成功，猶謂其晚。」太宗深納其言。時封德彝輩共非之曰：「不可。三代以後，人漸澆訛。皆欲理而不能，豈能理而不欲？魏徵書生，不識時務。信其虛説，必亂國家。」於是太宗卒從文貞之言，力行不倦。三數年間，天下大安，戎狄内附。太宗曰：「惜哉！不得使封德彝見之。」〔十三〕斯則得其時，行其道，不取於漸之明效也。況今日之天下，豈弊於武德之天下乎？相公之事業，豈後於文貞之事業乎？在於疾行而已矣。所以主上踐祚未及十日，而寵命加於相公者，惜國家之時也。相公受命未及十日52，而某獻於執事者53，惜相公之時也。夫欲行大道，樹大功，貴其速也。蓋明年不如今年，明日不如今日矣。故孔子曰：「日月逝矣，歲不我與。」〔十四〕此言時之難得而易失也。伏惟相公惜其時之易也而不失焉54，慮其漸之難也而不取焉。抑又聞：濟時者道也，行道者權也，扶權者寵也。故得其位不可一日無其權55，得其權不可一日無其寵。然則取權有術也，求寵有方也。蓋竭其力以舉職，而權必自歸；忘其身以徇公，而寵必自至。權歸寵至，然後能行其道焉。伏惟相公詳之而不忽也。抑又聞：不棄死馬之骨者，然後良驥可得也〔十五〕。不棄狂夫之言者，然後嘉謨可聞也56〔十六〕。苟某管見之中有可取者，俯而取之。苟蒭言之中有可採者，俛而採之。則知之者必曰：如某之見猶且不棄57，況愈於某之徒歟？則天下精通達識之士，得不比肩而至乎？聞之者必曰：如某之言猶且不棄，況愈於某之徒歟？則天下謇諤敢言之士，得不繼踵而來乎？伏惟相公試垂意焉，則天下之士幸甚。某遊長安僅十年矣[58]，足不踐相公之門，目不識相公之面，名不聞相公之耳。相公視某何爲者哉？豈非介者耶？狷者耶？今一旦卒然以數千言塵黷執事者，又何爲哉？實不自揆，欲以區區之聞見裨相公聰明萬分之一分也[59]，又欲以濟天下顛顇之人死命萬分之一分也[60]。相公以爲如何[61]？（2882）

【校】

①題　《文苑英華》、馬本無「一首」二字。

②某乙　《文苑英華》無「乙」字。

③書曰　《文苑英華》無此二字。

④投水也　《文苑英華》作「投水者水也」。

⑤雖　紹興本等作「維」，據那波本、《文苑英華》改。

⑥有由也　紹興本等脱「也」字，據《文苑英華》補。

⑦之道　天海本、《文苑英華》作「之首」。

⑧變　《文苑英華》作「處」，校：「集作變。」

⑨伏觀　《文苑英華》作「伏覿」。

⑩輟己　馬本作「輒己」，《全唐文》作「輒以」，誤。

⑪甚　《文苑英華》作「其亦」，校：「二字集作甚。」

⑫八九日　《文苑英華》明刊本其下有「間」字。

⑬得毋　紹興本等無「毋」字，據天海本補。平岡校：「毋或無字之訛。得無猶云豈能不。句末有哉字以應之。」

⑭寢不　《文苑英華》其上有「得」字。

⑮允　天海本作「充」。馬本作「先」，誤。

⑯洪業　《文苑英華》作「鴻業」。

⑰令宜　《文苑英華》作「命宜」。

⑱不盡　「不」《文苑英華》作「未」，校：「集作不。」

⑲聖神　《文苑英華》作「神聖」。

⑳何者　《文苑英華》作「何哉」，校：「集作者。」

㉑古者　《文苑英華》作「古之」，校：「集作者。」

㉒今則　《文苑英華》作「今即」，校：「集作則。」此句下那波本、《文苑英華》有「古者宰相取天下耳目心識爲用今則

專任其兩耳兩目一心而已矣」二十七字。盧校：「今按下有『接士』、『開閤』兩段，義足包括，不必再贅此段，疑此爲後人妄增入。」

㉓致使　《文苑英華》作「假使」，校：「集作致。」

㉔沈没　《文苑英華》作「沉溺」，校：「集作没。」

㉕夫　《文苑英華》作「矣」，屬上。

㉖父訓　郭本作「父謂」。

㉗養身　《文苑英華》作「養聲」，校：「集作身。」

㉘知之　《文苑英華》作「及之」。

㉙則　《文苑英華》作「而」，校：「集作則。」

㉚申　紹興本、天海本作「由」，馬本作「具」，據那波本、《文苑英華》改。

㉛或恐難矣　《文苑英華》作「誠難矣」，校：「三字集作或恐難矣。」

㉜在於　《文苑英華》作「在乎」，校：「集作於。」

㉝不謂　郭本作「不爲」。下文「不謂惡」同。

㉞目自皆　紹興本誤「自自皆」，馬本作「目皆自」，《文苑英華》作「目皆」，從那波本改。

㉟賢者　馬本作「言者」，誤。

㊱精考　《文苑英華》作「慎考」，校：「集作精。」

㊲才無　郭本作「賢無」。

㊳所任　《全唐文》作「所仕」。「之」　紹興本、馬本作「而」，據那波本改。

㊴衆毛　《文苑英華》作「衆髦」。

㊵庶事　《文苑英華》作「庶績」，校：「集作事。」「斁」　郭本作「散」。

㊶麥禾　「禾」《文苑英華》校：「集作粟。」

㊷必待有其才　《文苑英華》作「有其才必待」，校文同紹興本等。

㊸形　《文苑英華》作「刑」，校：「集作形。」

㊹側　天海本作「摘」。

㊺輯百辟　天海本作「正百辟」。

㊻報國之恩正　天海本、《文苑英華》作「報國恩之日」。

㊼可以　《文苑英華》作「以」。

㊽先之則　紹興本等無「則」字，據天海本、《文苑英華》補。

㊾失之……功半也　《文苑英華》無此十二字。

㊿魏文貞　《文苑英華》作「魏徵」，校：「集作魏文貞。」

(51)而可　《文苑英華》作「而至」，校：「集作可。」

(52)受命　「受」《文苑英華》作「拜」，校：「集作受。」

(53)某　《文苑英華》作「某有」。

(54)易也　《文苑英華》作「易失」，校：「集作也。」

(55)一日　《文苑英華》其下有「而」字。下文「一日」同。

(56)嘉謨　《文苑英華》作「嘉謀」，校：「集作謨。」

(57)必曰　紹興本、那波本、郭本作「必日至」，據天海本、馬本改。「知之……之見」《文苑英華》作「知者必曰如某者」，校：「七字集作知之者必曰至如某之見。」

(58)僅　《文苑英華》作「已」，校：「集作僅。」

(59)一分　《文苑英華》作「一」。下文同。

(60)死命　《文苑英華》無此二字。

(61)如何　《文苑英華》作「如何如何」，《全唐文》作「何如何如」。

【注】

朱《箋》：作於永貞元年（八〇五），長安。

〔一〕宰相：朱《箋》：「韋執誼。」《新唐書·宰相表》永貞元年：「二月辛亥（十一日），吏部侍郎韋執誼爲尚書右丞、同中書門下平章事。」書云：「某竊惟相公自拜命以來八九日」，書作於永貞元年二月十九日，故知此宰相爲韋執誼。

〔二〕以水投石至難也：李康《運命論》：「張良受黄石之符，誦三略之説，以游于群雄。其言也，如以水投石，莫之受也。及其遭漢祖，其言也，如以石投水，莫之逆也。」

〔三〕太宗黜李勣而使高宗寵用之：《舊唐書·李勣傳》：「二十三年，太宗寢疾，謂高宗曰：『汝于李勣無恩，我今將責出之。我死後，汝當授以僕射，即荷汝恩，必致其死力。』乃出爲疊州都督。高宗即位，其月，召拜洛州刺史，尋加開府儀同三司，令同中書門下參掌機密。」

〔四〕古者宰相以開閤爲名：《漢書·公孫弘傳》：「弘自見爲舉首，起徒步，數年至宰相封侯，於是起客館，開東閤以延賢人，與參謀議。」

〔五〕是以聰明損於上十六句：此段議論又見於本書卷二六《策林》三十五《使百職修皇綱振》（3454）。

〔六〕古之善爲宰相者十三句：本書卷二六《策林》三十四《牧宰考課》（3453）：「且聖人之爲理，豈盡得賢而用之乎？豈盡知不肖而去之乎？將在夫秉其樞，操其要，剗邪爲正，削觚爲圓。能使善之必遷，不謂善之盡有。能使惡之必改，不爲惡之盡無。成此功者無他，懲勸之所致也。則考課之法，其可輕乎？」與此書議論互見。

〔七〕今則尚書六司之官六句：唐自安史之亂後，尚書省地位職權墜落，六部失職。于邵《爲趙侍郎陳情表》：「屬師旅之後，庶政從權；會府舊章，多所曠廢。惟禮部、兵部、度支，職務尚存，頗同往昔；餘曹空閒，案牘全稀。一飯而歸，竟日無事。」此大曆間事。陸長源《上宰相書》：「尚書六司，天下之理本。兵部無戎帳，户部無版圖，虞、水不管山川，金、倉不司錢穀，光禄不供酒，衛尉不供幕，秘書不校勘，著作不修撰，官曹虚設，禄俸枉請。」此貞元中事。嚴耕望《唐史研究叢稿·論唐代尚書省之職權與地位》：「及安史之亂，戎機逼促，不得從容，政事推行，率從權便。故中書以功狀除官，隨宜遣調，而吏、兵之職廢矣。軍需孔急，國計艱難，權置使額，以集時務，而户部之職廢矣。至於刑、工之職亦不克舉。諸部之中，所職未廢者惟禮部貢舉，然事實上亦一使職耳……（貞元中）兵、户兩部亦失其職。蓋方鎮跋扈於外，宦官擅兵於内，兵部遂失其權。同時財政諸使位權日重，形成所謂三司制度，户部之權亦奪。六部失職，故多閒暇。」此舊制周轉不靈之勢所必然。雖代宗、德宗朝屢敕規復舊章，重建尚書省之地位，卒無成效。此書以難擇其人、政歸下吏爲説，尚隔一間。

〔八〕户口日耗士馬日滋：《唐會要》卷八四《雜録》：「元和二年十二月，史官李吉甫等撰《元和國計簿》十卷，總計天下方鎮，凡四十八道，管州府二百九十三，縣一千四百五十三，見定户二百四十四萬二百五十四。每歲縣賦入倚辦，止於浙西、浙東、宣歙、淮南、江西、鄂岳、福建、湖南等道，合四十州，一百四十四萬户。比量天寶供税之户，四分有一。天下兵戎仰給縣官八十三萬餘人，比量士馬，三分加一，率以兩户資一兵。其他水旱所損，徵科妄斂，又在常役之外。」《舊唐書・文宗紀》：「（開成二年春正月）庚寅，户部侍郎、判度支王彦威進所撰《供軍圖》，略序曰：至德、乾元之後，迄於貞元、元和之際，天下有觀察者十，節度二十有九，防禦者四，經略者三。掎角之師，犬牙相制，大都通邑，無不有兵，約計中外兵額至八十八萬。長慶户口凡三百三十五萬，而兵額又約九十九萬，通計三户資奉一兵。」

〔九〕布帛之價日賤：權德輿《論旱災表》：「大曆中絹一疋價近四千，今止八百九百。設使税入之數如其舊，出於人者已五倍其多。又四方守臣，鋭於上獻，爲國斂怨，爲身市恩。或廣軍實之求，而兵有虚籍；或倍地徵之數，而取多方。」此表貞元中上。參本書卷二六《策林》十九《息遊惰》（3438）注。

〔十〕士人多而官員少：《新唐書・李吉甫傳》：「（元和六年）吉甫疾吏員廣，繇漢至隋，未有多於今者，乃奏曰：方今置吏不精，流品龐雜，存無事之官，食至重之税，故生人日困，冗食日滋。又國家自天寶以來，宿兵常八十餘萬，其去爲商販、度爲佛老、雜入科役者，率十五以上。天下常以勞苦之人三，奉坐待衣食之人七。而内外官仰奉稟者，無慮萬員。有職局重出，名異事離者甚重，故財日寡而受禄多，官有限而調無數。九流安得不雜？萬務安得不煩？……願詔有司博議，州縣有可併併之，歲時入仕有可停停之，則吏寡易求，官少易治。」又見《唐會要》卷六九。參本書卷二六《策林》三十三《革吏部之弊》（3452）。

〔十一〕諸使則課利少而羨餘多：《順宗實録》卷二：「(二月)乙丑，停鹽鐵使進獻。舊鹽鐵錢物，悉入正庫，一助經費。其後主此務者，稍以時市珍玩時新物充進獻，以求恩澤。其後益甚，歲進錢物，謂之羨餘，而經入益少。至貞元末，遂月有獻焉，謂之月進。至是乃罷。」以上諸事皆貞元以來政之弊端，識者多有論議，永貞、元和之際亦多有變革之舉。

〔十二〕相公曩時制策：《舊唐書·韋執誼傳》：「執誼幼聰俊有才，進士擢第，應制科高等。」韋執誼貞元元年登賢良方正能言極諫科，見《登科記考》卷十二。

〔十三〕太宗卒從文貞之言：事見《貞觀政要》卷一《政體》、《新唐書·魏徵傳》等。

〔十四〕孔子曰：《論語·陽貨》：「陽貨欲見孔子，孔子不見，歸孔子豚。孔子時其亡也，而往拜之。遇諸塗。謂孔子曰：『來！予與爾言。』曰：『懷其寶而迷其邦，可謂仁乎？』曰：『不可。』『好從事而亟失時，可謂知乎？』曰：『不可。』『日月逝矣，歲不我與。』孔子曰：『諾，我將仕矣。』」疏：「日月逝矣、歲不我與者，此陽貨勸孔子求仕之辭。」盧校：「白公讀書鹵莽如此。」

〔十五〕不棄死馬之骨：《戰國策·燕策一》：「古之君人，有以千金求千里馬者，三年不能得。涓人言於君曰：『請求之。』君遣之。三月得千里馬，馬已死，買其首五百金，反以報君。君大怒曰：『所求者生馬，安事死馬而捐五百金？』涓人對曰：『死馬且買之五百金，況生馬乎？天下必以王爲能市馬，馬今且至矣。』於是不能期年，千里之馬至者三。」

〔十六〕狂夫之言：《説苑·談叢》：「狂夫之言，聖人擇焉。」

白居易文集校注卷第八①

書序　凡十五首②

與元九書㈠

月日③，居易白。微之足下：自足下謫江陵至于今，凡枉贈答詩僅百篇④。每詩來，或辱序，或辱書，冠于卷首。皆所以陳古今歌詩之義，且自敍爲文因緣⑤，與年月之遠近也。僕既愛足下詩⑥，又諭足下此意，常欲承答來旨，粗論歌詩大端，並自述爲文之意，總爲一書致足下前。累歲已來，牽故少暇。間有容隙⑦，或欲爲之。又自思所陳亦無出足下之見，臨紙復罷者數四⑧，卒不能成就其志⑨，以至于今。今俟罪潯陽，除盥櫛食寢外，無餘事。因覽足下去通州日所留新舊文二十六軸，開卷得意，忽如會面⑩。心所畜者⑪，便欲快言。往往自疑，不知相去萬里也。既而憤悱之氣思有所洩，遂追就前志，勉爲此書。足下幸試爲僕留意一省⑫。夫文尚矣。三才各有文。天之文三光首之，地之文五材首之，人之文六經首之〔二〕。就六經言，《詩》又首之。何者？聖人感人心而天下和平〔三〕。感人心者莫先乎情，莫始乎言，莫切乎聲，莫深乎義。《詩》者，根情，苗言，華聲，實義。上自賢聖，下至愚騃，微及豚魚，幽及鬼神，羣分而氣同⑬，形異而情一。未有聲入而不應，情交而不感者。聖人知其然，因其言，經之以六義〔四〕；緣其聲，緯之以五音〔五〕。音有韻，義有類。韻協則言順，言順則聲易入；類舉則情見，情見則感易交。於是乎孕大含深，貫微洞密。上下通而一氣泰⑭，憂樂合而百志熙⑮。五帝、三皇所以直道而行、垂拱而理者⑯，揭此以爲大柄，決此以爲大寶也⑰〔六〕。故聞「元首明，股肱良」之歌，則知虞道昌矣〔七〕。聞「五子洛汭」之歌，則知夏政荒矣〔八〕。言者無罪，聞者作戒⑱〔九〕。言者聞者，莫不兩盡其心焉。洎周衰秦興，採詩官廢〔十〕。上不以詩補察時政，下不以歌洩導人情。乃至於諂成之風動⑲，救失之道缺。于時六義始刓矣。《國風》變爲《騷》辭，五言始於蘇、李〔十一〕。蘇、李、騷人⑳，皆不遇者，各繫其志，發而爲文。故「河梁」之句，止於傷別〔十二〕；「澤畔」之吟，歸于怨思〔十三〕。彷徨抑鬱，不暇及他耳。然去《詩》未遠，梗概尚存。故興離別，則引雙鳧一鴈爲喻〔十四〕；諷君子小人，則引香草惡鳥爲比〔十五〕。雖義類不具，猶得風人之什二三焉。于時六義始缺矣。晉、宋已還，得者蓋寡。以康樂之奧博，多溺於山水〔十六〕。以淵明之高古㉑，偏放於田園〔十七〕。江、鮑之流，又狹於此〔十八〕。如梁鴻《五噫》之例者，百無一二焉㉒〔十九〕。于時六義寖微矣。陵夷至于梁、陳間㉓，率不過嘲風雪、弄花草而已㉔。噫！風雪花草之物，《三百篇》中豈捨之乎？顧所用何如耳。設如「北風其涼」，假風以刺威虐也〔二十〕。「雨雪霏霏」，因雪以愍征役也㉕〔二一〕。「棠棣之華」，感華以諷兄弟也〔二二〕。「采采芣苢」，美草以樂有子也〔二三〕。皆興發於此，而義歸於彼。反是者可乎哉？然則「餘霞散成綺，澄江淨如練」、「離花先委露，別葉乍辭風」之什，麗則麗矣，吾不知其所諷焉〔二四〕。故僕所謂嘲風雪、弄花草而已。于時六義盡去矣。唐興二百年，其間詩人不可勝數。所可舉者，陳子昂有《感遇詩》二十首㉖〔二五〕，鮑防有《感興詩》十五首㉗〔二六〕。又詩之豪者，世稱李、杜㉘。李之作才矣奇矣㉙，人不逮矣。索其風雅比興，十無一焉㉚。杜詩最多，可傳者千餘首㉛。至於貫穿今古㉜，覼縷格律，盡工盡善，又過於李。然撮其《新安》、《石壕》、《潼關吏》㉝、《蘆子關》、《花門》之章㉞，「朱門酒肉臭，路有凍死骨」之句，亦不過三四十㉟〔二七〕。杜尚如此，況不逮杜者乎？僕常痛詩道崩壞，忽忽憤發，或食輟哺，夜輟寢㊱，不量才力，欲扶起之。嗟乎！事有大謬者，又不可一二而言，然亦不能不粗陳於左右。僕始生六七月時，乳母抱弄於書屏下，有指「無」字、「之」字示僕者㊲，僕雖口未能言㊳，心已默識㊴。後有問此二字者，雖百十其試，而指之不差。則僕宿習之緣，已在文字中矣。及五六歲便學爲詩，九歲諳識聲韻[40]。十五六始知有進士，苦節讀書。二十已來，晝課賦，夜課書，間又課詩，不遑寢息矣[41]。以至于口舌成瘡，手肘成胝，既壯而膚革不豐盈，未老而齒髮早衰白。瞥瞥然如飛蠅垂珠在眸子中也[42]，動以萬數。蓋以苦學力文所致，又自悲矣。家貧多故，二十七方從鄉賦[43]〔二八〕。既第之後，雖專於科試，亦不廢詩。及授校書郎時[44]，已盈三四百首。或出示交友如足下輩，見皆謂之工，其實未窺作者之域耳。自登朝來，年齒漸長，閲事漸多。每與人言，多詢時務[45]。每讀書史，多求理道。始知文章合爲時而著，歌詩合爲事而作。是時皇帝初即位，宰府有正人，屢降璽書，訪人急病。僕當此日，擢在翰林。身是諫官，手請諫紙[46]〔二九〕。啓奏之外[47]，有可以救濟人病，裨補時闕，而難於指言者，輒詠歌之，欲稍稍遞進聞於上[48]。上以廣宸聰[49]，副憂勤；次以酬恩獎，塞言責；下以復吾平生之志。豈圖志未就而悔已生，言未聞而謗已成矣。又請爲左右終言之[50]。凡聞僕《賀雨》詩，而衆口籍籍，已謂非宜矣〔三十〕。聞僕《哭孔戡》詩，衆面脈脈，盡不悦矣〔三一〕。聞《秦中吟》，則權豪貴近者相目而變色矣〔三二〕。聞《樂遊園》寄足下詩[51]，則執政柄者扼腕矣〔三三〕。聞《宿紫閣村》詩，則握軍要者切齒矣〔三四〕。大率如此，不可偏舉。不相與者，號爲沽名[52]，號爲詆訐，號爲訕謗。苟相與者，則如牛僧孺之戒焉〔三五〕。乃至骨肉妻孥皆以我爲非也。其不我非者，舉世不過三兩人⑤③。有鄧魴者，見僕詩而喜，無何而魴死〔三六〕。有唐衢者，見僕詩而泣，未幾而衢死〔三七〕。其餘則足下，足下又十年來困躓若此⑤④。嗚呼！豈六義四始之風，天將破壞不可支持耶〔三八〕？抑又不知天之意，不欲使下人之病苦聞於上耶？不然，何有志於詩者不利若此之甚也？然僕又自思，關東一男子耳。除讀書屬文外⑤⑤，其他懵然無知。乃至書畫棊博可以接羣居之歡者，一無通曉，即其愚拙可知矣。初應進士時，中朝無緦麻之親，達官無半面之舊。策蹇步於利足之途，張空拳於戰文之場⑤⑥〔三九〕。十年之間，三登科第。名入衆耳⑤⑦，迹升清貫⑤⑧。出交賢俊，入侍冕旒。始得名於文章，終得罪於文章，亦其宜也。日者又聞親友間説，禮、吏部舉選人，多以僕私試賦判傳爲準的〔四十〕。其餘詩句，亦往往在人口中。僕恧然自愧，不之信也。及再來長安，又聞有軍使高霞寓者欲娉倡妓，妓大誇曰：「我誦得白學士《長恨歌》⑤⑨，豈同他妓哉？」由是增價〔四一〕。又足下書云：到通州日，見江館柱間有題僕詩者，復何人哉？又昨過漢南日，適遇主人集衆樂娛他賓⑥⓪。諸妓見僕來，指而相顧曰：「此是《秦中吟》、《長恨歌》主耳。」〔四二〕自長安抵江西，三四千里，凡鄉校、佛寺、逆旅、行舟之中，往往有題僕詩者。士庶僧徒、孀婦處女之口，每每有詠僕詩者⑥①〔四三〕。此誠雕蟲之戲⑥②，不足爲多。然今時俗所重，正在此耳。雖前賢如淵、雲者，前輩如李、杜者，亦未能忘情於其間哉〔四四〕。古人云：「名者公器，不可多取。」〔四五〕僕是何者？竊時之名已多。既竊時名，又欲竊時之富貴，使己爲造物者，肯兼與之乎？今之迍窮(63)，理固然也。況詩人多蹇，如陳子昂、杜甫，各授一拾遺(64)，而迍剝至死(65)。李白、孟浩然輩不及一命(66)，窮悴終身。近日孟郊六十，終試協律〔四六〕。張籍五十，未離一太祝〔四七〕。彼何人哉？彼何人哉？況僕之才又不逮彼。今雖謫佐遠郡(67)，而官品至第五，月俸四五萬，寒有衣，飢有食，給身之外，施及家人，亦可謂不負白氏之子矣(68)。微之微之！勿念我哉。僕數月來，檢討囊袠中(69)，得新舊詩。各以類分，分爲卷目(70)。自拾遺來，凡所遇所感(71)，關於美刺興比者；又自武德訖元和，因事立題，題爲《新樂府》者，共一百五十首，謂之諷諭詩〔四八〕。又或退公獨處，或移病閑居，知足保和、吟玩情性者一百首，謂之閑適詩。又有事物牽於外(72)，情理動於內(73)，隨感遇而形於歎詠者一百首(74)，謂之感傷詩。又有五言七言長句、絶句(75)，自一百韻至兩韻者四百餘首(76)，謂之雜律詩〔四九〕。凡爲十五卷(77)，約八百首。異時相見，當盡致於執事。微之！古人云：「窮則獨善其身，達則兼濟天下。」〔五十〕僕雖不肖，常師此語。大丈夫所守者道，所待者時。時之來也，爲雲龍，爲風鵬，勃然突然，陳力以出。時之不來也，爲霧豹，爲冥鴻，寂兮寥兮，奉身而退。進退出處，何往而不自得哉？故僕志在兼濟，行在獨善。奉而始終之則爲道，言而發明之則爲詩。謂之諷諭詩，兼濟之志也。謂之閑適詩，獨善之義也。故覽僕詩者[78]，知僕之道焉。其餘雜律詩，或誘於一時一物，發於一笑一吟，率然成章，非平生所尚者。但以親朋合散之際，取其釋恨佐懽。今銓次之間，未能删去。他時有爲我編集斯文者，略之可也。微之！夫貴耳賤目，榮古陋今，人之大情也。僕不能遠徵古舊，如近歲韋蘇州歌行，才麗之外[79]，頗近興諷〔五一〕。其五言詩又高雅閑澹，自成一家之體。今之秉筆者誰能及之？然當蘇州在時，人亦未甚愛重，必待身後然人貴之[80]。今僕之詩，人所愛者，悉不過雜律詩與《長恨歌》已下耳。時之所重，僕之所輕。至於諷諭者，意激而言質。閑適者，思澹而詞迂。以質合迂，宜人之不愛也。今所愛者，並世而生，獨足下耳。然千百年後，安知復無如足下者出而知愛我詩哉？故自八九年來，與足下小通則以詩相戒，小窮則以詩相勉，索居則以詩相慰，同處則以詩相娱。知吾罪吾[81]，率以詩也。如今年春遊城南時[82]，與足下馬上相戲，因各誦新豔小律，不雜他篇。自皇子陂歸昭國里，迭吟遞唱，不絶聲者二十里餘〔五二〕，樊、李在傍，無所措口〔五三〕。知我者以爲詩仙，不知我者以爲詩魔。何則？勞心靈，役聲氣，連朝接夕，不自知其苦，非魔而何？偶同人，當美景，或花時宴罷，或月夜酒酣，一詠一吟，不知老之將至。雖驂鸞鶴、遊蓬瀛者之適，無以加於此焉，又非仙而何？微之微之！此吾所以與足下外形骸、脱蹤跡、傲軒鼎、輕人寰者，又以此也。當此之時，足下興有餘力，且欲與僕悉索還往中詩[83]，取其尤長者，如張十八古樂府〔五四〕，李二十新歌行〔五五〕，盧、楊二秘書律詩〔五六〕，竇七、元八絶句〔五七〕，博搜精掇，編而次之，號爲《元白往還詩集》[84]。衆君子得擬議於此者，莫不踊躍欣喜，以爲盛事。嗟乎！言未終而足下左轉，不數月而僕又繼行[85]。心期索然，何日成就？又可爲之歎息矣[86]。又僕嘗語足下[87]：凡人爲文，私於自是，不忍於割截，或失於繁多。其間妍蚩，益又自惑。必待交友有公鑒無姑息者[88]，討論而削奪之，然後繁簡當否，得其中矣。況僕與足下爲文尤患其多，己尚病之，況他人乎？今且各纂詩筆[89]，粗爲卷第〔五八〕。待與足下相見日，各出所有，終前志焉。又不知相遇是何年？相見在何地？溘然而至[90]，則如之何？微之微之！知我心哉。潯陽臘月，江風苦寒。歲暮鮮歡[91]，夜長無睡[92]。引筆鋪紙，悄然燈前。有念則書，言無次第[93]。勿以繁雜爲倦，且以代一夕之話也[94]。微之微之[95]！知我心哉。樂天再拜。（2883）

【校】

①卷第八　即《白氏文集》紹興本、馬本卷四十五，那波本、金澤本卷二十八。金澤本署「太原白居易」。

②十五首　金澤本、馬本作「五首」。「十五首」者併十篇序存目而言。

③月日　《文苑英華》作「某月日」。

④凡枉　馬本作「凡所」。「僅」《文苑英華》作「近」，校：「集作僅。」

⑤自敍　《文苑英華》作「自序」。

⑥既愛　紹興本等作「既受」，據金澤本、《文苑英華》改。

⑦間有　「有」《文苑英華》校：「一作若。」

⑧復罷　「復」下《文苑英華》校：「一本有自字。」

⑨卒　馬本作「率」。

⑩會面　《文苑英華》作「面會」，校：「一作會面。」

⑪所畜　金澤本、《文苑英華》作「所蓄」。

⑫爲僕留意　《文苑英華》作「留意爲僕」，校文同紹興本等。

⑬羣分　《文苑英華》作「羣飛」，校：「集作分。」

⑭一氣　《舊唐書·白居易傳》作「二氣」，盧校引《文粹》同。

⑮百志　金澤本作「百思」。

⑯五帝三皇　金澤本、《文苑英華》作「二帝三王」，「二」《文苑英華》校：「集作五。」

⑰大寶　紹興本等作「大寶」，金澤本校作「大寶」。據《文苑英華》、《舊唐書·白居易傳》改。

⑱作戒　《全唐文》作「足戒」。

⑲乃至　金澤本作「用至」。
⑳蘇李騷人　《舊唐書·白居易傳》作「詩騷」。
㉑淵明　金澤本、《文苑英華》作「泉明」，避唐諱。
㉒一二焉　金澤本、《文苑英華》無「焉」字，《文苑英華》校：「集有焉字。」
㉓陵夷　紹興本、那波本、郭本其下衍「矣」字，據他本删。
㉔弄花草　「弄」《文苑英華》校：「一作詠。」
㉕因雪　紹興本、馬本、郭本脱二字，據那波本、金澤本等補。
㉖二十首　《文苑英華》作「三十首」。
㉗鮑防　紹興本等作「鮑魴」，據金澤本、《文苑英華》改。
㉘世稱　《文苑英華》無「世」字，校：「集有世字。」
㉙李之作　紹興本、馬本、郭本無「李」字，據那波本補。金澤本作「李杜之作」。「才矣」　馬本作「才已」，屬下。
㉚十無　金澤本其上有「則」字。
㉛可傳　金澤本無「可」字。「首」　紹興本誤「人」，據那波本、金澤本等改。馬本作「篇」。
㉜今古　金澤本作「古今」。
㉝新安　紹興本、那波本誤「新開安」，馬本作「新安吏」。「石壕」　馬本作「石壕吏」。此據金澤本、《文苑英華》。

㉞蘆子關花門　馬本作「塞蘆子留花門」。

㉟三四十　那波本、《文苑英華》作「十三四」，馬本作「三四十首」。

㊱食輟哺夜輟寢　金澤本「夜」作「卧」。六字《舊唐書·白居易傳》作「廢食輟寢」。

㊲無字之字　《舊唐書·白居易傳》作「之字無字」。

㊳僕雖　金澤本無「雖」字。

㊴心已　金澤本作「心既」。

㊵諳識　金澤本、《文苑英華》作「暗識」。

㊶寢息　《文苑英華》作「寢食」，校：「集作息。」

㊷瞥瞥　金澤本、《文苑英華》作「昚昚」。「也」　金澤本作「者」。

㊸鄉賦　《文苑英華》、郭本作「鄉試」。

㊹及授　「授」《文苑英華》作「爲」，校：「集作授。」

㊺多詢　「詢」《文苑英華》作「諭」，校：「集作詢。」

㊻手請　《舊唐書·白居易傳》、《全唐文》作「月請」，盧校從之。平岡校：「此承身是諫官而言，身手對文。」

㊼之外　《舊唐書·白居易傳》作「之間」。

㊽遞進　金澤本無「遞」字。

㊾上以　金澤本無「上」字。「宸聰」　金澤本、《舊唐書·白居易傳》作「宸聽」。

㊿終言　金澤本作「條言」。

51樂遊園　金澤本、《文苑英華》其上有「登」字。

52沽名　《舊唐書·白居易傳》作「沽譽」。

53舉世　紹興本、馬本、郭本無「世」字，據那波本、金澤本等補。

54足下　馬本無二字。「來」《文苑英華》校：「一無此字。」

55屬文　《文苑英華》其下有「之」字。

56空拳　《全唐文》、朱《箋》改「空弮」。

57名入　金澤本、《舊唐書·白居易傳》作「名落」。

58迹升　「迹」《文苑英華》作「足」，校：「集作迹。」

59誦得　金澤本無「得」字。

60樂娱　《文苑英華》作「娱樂」。

61每每有　《文苑英華》其下有「人」字。

62雕蟲　金澤本、《文苑英華》作「雕篆」，《文苑英華》校：「集作蟲。」

63迍窮　「迍」金澤本作「屯」。下文「迍剝」同。

64各授一　金澤本作「各一授」。
65迍剝　郭本作「蹇剝」。
66李白　《舊唐書·白居易傳》二字無。
67謫佐　馬本作「謫在」。
68白氏之子　金澤本無「之」字。
69囊衾　馬本作「囊篋」。
70卷目　紹興本等作「卷首」，據金澤本、《文苑英華》改。
71所遇　紹興本等作「所適」，據金澤本、《舊唐書·白居易傳》改。
72事物　《文苑英華》明刊本作「事務」。
73情理　《文苑英華》明刊本作「情性」。
74隨　金澤本作「隨於」。
75絶句　《文苑英華》明刊本作「短句」。
76自一百韻至兩韻　《文苑英華》作「自二韻至百韻」，校文同紹興本等。金澤本無「一」字。
77凡爲　「爲」《文苑英華》作「一」，校：「集作爲。」
78者　紹興本等無，據金澤本、《文苑英華》補。

(79)才麗　馬本作「清麗」。
(80)身後然人　馬本「然」下有「後」字。郭本作「身歿然後人」。《舊唐書·白居易傳》作「身後人始」。
(81)罪吾　紹興本等作「最要」，據金澤本、《文苑英華》改。《文苑英華》校：「集作最要。」
(82)城南　紹興本誤「成南」，據他本改。
(83)欲與　紹興本等無「欲」字，據金澤本、《舊唐書·白居易傳》補。
(84)號爲　紹興本等無「爲」字，據金澤本補。《文苑英華》作「號曰」。
(85)不數月而　《文苑英華》無「而」字。
(86)歎息　金澤本作「太息」。
(87)僕嘗　《文苑英華》作「僕常」。
(88)交友　金澤本、《舊唐書·白居易傳》作「文友」。
(89)詩筆　《全唐文》作「詩律」，誤。
(90)至　《文苑英華》作「倒」，校：「集作至。」
(91)歲暮　《文苑英華》作「終歲」，校：「集作歲暮。」
(92)無睡　《舊唐書·白居易傳》作「少睡」。
(93)次第　《舊唐書·白居易傳》作「銓次」。

(94)之話　《舊唐書・白居易傳》作「之話言」。
(95)微之　馬本二字不重。

【注】

陳《譜》、朱《箋》：作於元和十年（八一五），江州。

〔一〕元九：元稹，字微之。《舊唐書・元稹傳》：「宿敷水驛，内官劉士元後至，爭廳，士元怒，排其户，稹襪而走廳後。士元追之，後以箠擊稹傷面。執政以稹少年後輩，務作威福，貶爲江陵府士曹參軍。」元和五年三月，元稹自監察御史貶爲江陵府士曹參軍。元和九年，移唐州从事。元和十年正月，召还长安。三月，出为通州司馬。

〔二〕三才各有文：《易・繫辭下》：「《易》之爲書也，廣大悉備。有天道焉，有人道焉，有地道焉。兼三才而兩之，故六。六者非它也，三才之道也。道有變動，故曰爻。爻有等，故曰物。物相雜，故曰文。」王弼注：「剛柔交錯，玄黄錯雜。」《文心雕龍・原道》：「文之爲德也大矣，與天地並生者何哉？夫玄黄色雜，方圓體分，日月疊璧，以垂麗天之象；山川煥綺，以鋪理地之形：此蓋道之文也。仰觀吐曜，俯察含章，高卑定位，故兩儀既生矣。惟人參之，性靈所鍾，是謂三才。爲五行之秀，實天地之心。」五材：《左傳》襄公二十七年：「天生五材，民並用之。」杜預注：

「金、木、水、火、土也。」

〔三〕聖人感人心而天下和平：《易・咸・彖》：「天地感而萬物化生，聖人感人心而天下和平。觀其所感，而天地萬物之情可見矣。」

〔四〕經之以六義：《毛詩序》：「故詩有六義焉。一曰風，二曰賦，三曰比，四曰興，五曰雅，六曰頌。」

〔五〕緯之以五音：《孟子・離婁上》：「師曠之聰，不以六律，不能正五音。」注：「五音，宫、商、角、徵、羽也。」《文心雕龍・情采》：「故立文之道，其理有三：一曰形文，五色是也；二曰聲文，五音是也；三曰情文，五性是也。」

〔六〕揭此以爲大柄二句：《禮記・禮運》：「禮者，君之大柄也。」又：「故禮義也者，人之大端也，所以講信修睦而固人之肌膚之會，筋骸之束也。所以養生送死事鬼神之大端也，所以達天道、順人情之大竇也。」注：「竇，孔穴也。」

〔七〕元首明股肱良之歌：《書・益稷》：「（臯陶）乃賡載歌曰：元首明哉，股肱良哉，庶事康哉。」

〔八〕五子洛汭之歌：《書・五子之歌》：「太康失邦，昆弟五人須于洛汭，作《五子之歌》。太康尸位，以逸豫滅厥德，黎民咸貳，乃盤遊無度，畋于有洛之表，十旬弗反。有窮后羿因民弗忍，距于河。厥弟五人御其母以從，徯于洛之汭。五子咸怨，述大禹之戒以作歌。」

〔九〕言者無罪聞者作戒：《毛詩序》：「上以風化下，下以風刺上，主文而譎諫。言之者無罪，聞之者足以戒。故曰風。」

〔十〕採詩官廢：《漢書·藝文志》：「故古有採詩之官，王者所以觀風俗，知得失，自考正也。」

〔十一〕國風變爲騷辭：《文心雕龍·辨騷》：「自風雅寢聲，莫或抽緒，奇文鬱起，其《離騷》哉！固已軒翥詩人之後，奮飛辭家之前。」五言始於蘇李：《文選》有李陵、蘇武詩。裴子野《雕蟲論》：「其五言爲家，則蘇李自出。」

〔十二〕河梁之句：《文選》李陵《與蘇武詩》：「攜手上河梁，遊子暮何之。徘徊蹊路側，悢悢不得辭。」蕭統《文選序》：「自炎漢中葉，厥塗漸異。退傅有在鄒之作，降將著河梁之篇。」

〔十三〕澤畔之吟：《楚辭·漁父》：「屈原既放，游於江潭，行吟澤畔，顏色憔悴，形容枯槁。」

〔十四〕雙鳧一鴈：《藝文類聚》卷二九引《漢蘇武別李陵詩》：「雙鳧俱北飛，一鳧獨南翔。子當留斯館，我當歸故鄉。」庾信《哀江南賦》：「李陵之雙鳧永去，蘇武之一雁空飛。」

〔十五〕香草惡鳥：王逸《楚辭章句·離騷》：「《離騷》之文，依詩取興，引類譬喻。故善鳥香草，以配忠貞；惡禽臭物，以比讒佞。」

〔十六〕康樂之奥博：康樂，謝靈運。《文心雕龍·明詩》：「宋初文詠，體有因革。莊老告退，而山水方滋。儷采百字之偶，爭價一句之奇。」

〔十七〕淵明之高古：淵明，陶淵明。鍾嶸《詩品》：「宋徵士陶潛，其源出於應璩，又協左思風力。文體省淨，殆無長語。篤意真古，辭典婉愜。每觀其文，想其人德。世歎其質直，至如『歡言酌春酒』、『日暮天無雲』，風華清靡，豈直爲田家語耶？古今隱逸詩人之宗也。」李白《早夏於將軍叔宅與諸昆季送傅八之江南序》：「陶公愧田園之能，謝客慚山水之美。」

〔十八〕江鮑：江淹、鮑照。楊炯《王勃集序》：「洎乎潘陸奮發，孫許相因，繼之以顔謝，申之以江鮑。」

〔十九〕梁鴻五噫：《後漢書·逸民傳·梁鴻》：「因東出關，過京師，作五噫之歌曰：『陟彼北芒兮，噫！顧覽帝京兮，噫！宮室崔嵬兮，噫！人之劬勞兮，噫！遼遼未央兮，噫！』肅宗聞而非之，求鴻不得，乃易姓運期，名燿，字侯光，與妻子居齊魯之間。」

〔二十〕北風其涼：《詩·邶風·北風》：「北風其涼，雨雪其雱。惠而好我，攜手同行。」序：「《北風》，刺虐也。衛國並爲威虐，百姓不親，莫不相攜持而去焉。」

〔二一〕雨雪霏霏：《詩·小雅·采薇》：「昔我往矣，楊柳依依。今我來思，雨雪霏霏。」序：「《采薇》，遣戍役也。」

〔二二〕棠棣之華：《詩·小雅·鹿鳴》：「常棣之華，鄂不韡韡。凡今之人，莫如兄弟。」序：「《常棣》，燕兄弟也。閔管、蔡失道，故作《常棣》焉。」

〔二三〕采采芣苢：《詩·周南·芣苢》：「采采芣苢，薄言采之。」傳：「芣苢，馬舄。馬舄，車前也，宜懷任焉。」

〔二四〕餘霞散成綺二句：謝朓《晚登三山還望京邑》句。離花先委露二句：鮑照《玩月城西門》句。

〔二五〕陳子昂有感遇詩：陈子昂《感遇诗》今传三十八首。

〔二六〕鮑防有感興詩：鮑防，字子慎，新舊《唐書》有傳。穆員《鮑防碑》：「公賦《感遇》十七章，以古之正法，刺譏時病，麗而有則，屬詩者宗而誦之。」

〔二七〕新安石壕潼關吏：即《新安吏》、《石壕吏》、《潼關吏》三詩。蘆子關：即《塞蘆子》詩。花門：即《留花門》詩。朱門酒肉臭二句：杜甫《自京赴奉先縣詠懷五百字》句。

〔二八〕二十七方從鄉賦：按，白居易貞元十五年（七九九）秋應鄉試于宣州，時年二十八歲。

〔二九〕手請諫紙：白居易《論制科人狀》（本書卷二一 3355）：「臣今職爲學士，官是拾遺，日草詔書，月請諫紙。」又《醉後走筆酬劉五主簿長句之贈兼簡張大賈二十四先輩昆季》（《白氏文集》卷十二 0581）：「月請諫紙二百張，歲愧俸錢三十萬。」

〔三十〕賀雨詩：見《白氏文集》卷一（0001）。

〔三一〕哭孔戡詩：見《白氏文集》卷一（0003）。

〔三二〕秦中吟：《秦中吟》十首，見《白氏文集》卷二（0075—0084）。

〔三三〕樂遊園寄足下詩：《登樂遊園望》，見《白氏文集》卷一（0026）。

〔三四〕宿紫閣村詩：《宿紫閣山北村》，見《白氏文集》卷一（0021）。

〔三五〕牛僧孺之戒：牛僧孺字思黯，新舊《唐書》有傳。第進士，元和三年以賢良方正對策，與李宗閔、皇甫湜俱第一，言辭訐激，主考坐考非其宜調去，僧孺調伊闕尉。見本書卷二一《論制科人狀》(3355)。白居易《和答詩十首序》(《白氏文集》卷二 0100)：「發緘開卷，且喜且怪，僕思牛僧孺戒，不能示他人，唯與杓直、拒非及樊宗師輩三四人時一吟讀。」

〔三六〕鄧魴：白居易有《鄧魴張徹落第》(《白氏文集》卷一 0044)、《讀鄧魴詩》(同上卷十 0445)，生平不詳。

〔三七〕唐衢：《唐國史補》卷中：「唐衢，周鄭客也。有文學，老而無成，唯善哭，每一發聲，音調哀切，聞者泣下。常遊太原，遇享軍，酒酣乃哭，滿坐不樂，主人爲之罷宴。」白居易有《寄唐生》(《白氏文集》卷一 0033)。

〔三八〕六義四始之風：《毛詩序》：「是謂四始，詩之至也。」箋：「始者，王道興衰所由。」疏：「四始者，鄭答張逸云：風也，小雅也，大雅也，頌也。人君行之則爲興，廢之則爲衰。又箋云：始者，王道興衰之所由。然則此四者是人君興廢之始，故謂之四始也。」

〔三九〕張空拳於戰文之場：《漢書·司馬遷傳》載司馬遷《報任安書》：「更張空弮，冒白刃。」《文選》作「空拳」。楊伯嵒《臆乘》：「史遷言李陵轉鬥千里，矢盡道窮，士張空弮。《漢書》文穎注曰：弮，弓弩弮也。師古曰：弮，去權反，字與絭同。又音眷。李善注《文選》援李登《聲類》云：『拳或作捲，言兵已盡但張空拳以擊耳。桓寬《鹽鐵論》曰：陳勝奮空捲而破百萬之軍。』師古曰：『讀爲拳者謬矣。拳則屈指，不當言張，陵時矢盡，故張弩之空弓，非手拳也。』今流俗謂奮空拳，蓋以拳手之拳，則失之矣。」朱《箋》據杭世駿《訂譌類編》卷三引《臆乘》，改「空拳」。然白集原文當同《文選》。

〔四十〕多以僕私試賦判傳爲準的：元稹《白氏長慶集序》：「禮部侍郎高郢始用經藝爲進退，樂天一舉擢上第。明年，拔萃甲科。由是《性習相近遠》、《求玄珠》、《斬白蛇》等賦及百道判，新進士競相傳於京師矣。」趙璘《因話錄》卷三：「李相國程、王僕射起、白少傅居易兄弟、張舍人仲素爲場中詞賦之最，言程式者，宗此五人。」

〔四一〕軍使高霞寓：新舊《唐書》有傳。元和初從高崇文將兵擊劉闢，以功拜彭州刺史，尋繼崇文爲長武城使，封感義郡王。元和五年，以左威衛將軍隨吐突承璀擊王承宗，累遷至檢校工部尚書。

〔四二〕漢南：指山南東道治所襄陽。居易元和十年貶江州，途經襄陽。

〔四三〕每每有詠僕詩者：元稹《白氏長慶集序》：「是後各佐江、通，復相酬寄。巴蜀江楚間洎長安中少年，遞相仿効，競作新詞，自謂元和詩。而樂天《秦中吟》、《賀雨》諷諭等篇，時人罕能知者。然而二十年間，禁省、觀寺、郵候牆壁之上無不書，王公妾婦、牛童馬走之口無不道。至於繕寫模勒，衒賣於市井，或持之以交酒茗者，處處皆是。其甚者至於盜竊名姓，苟求自售，雜亂間厠，無可奈何。予嘗於平水市中，見村校諸童競習歌詠，召而問之，皆對曰：『先生教我樂天、微之詩。』固亦不知予之爲微之也。又雞林賈人求市頗切，自云本國宰相每以百金换一篇，其甚僞者宰相輒能辨别之。自篇章以來未有如是流傳之廣者。」《酉陽雜俎》前集卷八：「荆州街子葛清，勇不膚撓，自脛以下遍刺白居易舍人詩。成式常與荆客陳至呼觀之，令其自解，背上亦能暗記。反手指其札處，至『不是此花偏愛菊』，則有一人持杯臨菊叢。又『黄夾纈林寒有葉』，則指一樹，樹上掛纈，纈窠鎖勝絶細。凡刻三十餘首，體無完膚，陳至呼爲白舍人行詩圖也。」胡震亨《唐詩談叢》卷一引《豐年録》：「開成中物價至賤，村路賣魚肉者，俗人買以胡綃半尺，士大夫買以樂天詩。」

〔四四〕淵雲：王褒字子淵，揚雄字子雲。班固《西都賦》：「秦漢之所極觀，淵雲之所頌歎。」《文選》注：「《漢書》曰：王子淵爲《甘泉頌》。又曰：揚子雲奏《甘泉賦》。」潘岳《西征賦》：「長卿淵雲之文，子長政駿之史。」李杜：李白、杜甫。

〔四五〕古人云：《莊子·天運》：「名，公器也，不可多取。」

〔四六〕孟郊：韓愈《貞曜先生墓誌銘》：「年幾五十，始以尊夫人命來集京師，從進士試。既得，即去。間四年，又命來選，爲溧陽尉，迎侍溧上。去尉二年，而故相鄭公尹河南，奏爲水陸運從事，試協律郎。」孟郊貞元十二年登進士第，宋樊汝霖注韓愈《孟生》詩引唐《登科記》，云孟郊及第時「年五十四」。宋吴子良《荆溪林下偶談》及岑仲勉《唐史餘瀋》卷二《孟郊得第年》辨其説誤，孟郊登第當是年四十六。孟郊約於元和元年從鄭餘慶辟，爲水陸運從事，試協律郎，年五十六。參華忱之《孟郊年譜》。

〔四七〕張籍：白居易《重到城七絶句》之《張十八》（《白氏文集》卷十五 0814）：「獨有詠詩張太祝，十年不改舊官銜。」張籍始官太常寺太祝約在元和元年，至元和十年尚未改官。參傅璇琮主編《唐才子傳校箋》卷五。

〔四八〕謂之諷諭詩：今《白氏文集》卷一至四爲諷諭詩，含古調詩五言一百二十二首及新樂府五十首。或以此文「題爲新樂府者」當「一百五十首」之數，不確。

〔四九〕謂之雜律詩：今《白氏文集》卷題作「律詩」。初稱「雜律」者，以其有五七言長句絶句、自一百韻至兩韻各體。

〔五十〕古人云：《孟子·盡心下》：「窮則獨善其身，達則兼善天下。」任昉《爲范始興作求立太宰碑表》：「道非兼濟，事止樂善，亦無得而稱焉。」後「兼善」、「兼濟」混用。蕭衍《請徵謝朏何胤表》：「夫窮則獨善，達以兼濟。」

〔五一〕韋蘇州：韋應物。參本書卷三一《吴郡詩石記》(3600)注。《唐國史補》卷下：「韋應物立性高潔，鮮食寡欲，所居焚香掃地而坐。其爲詩馳驟建安以還，各得其風韻。」司空圖《與李生論詩書》：「王右丞、韋蘇州澄澹精緻，格在其中，豈妨於遒舉哉？」

〔五二〕皇子陂：《長安志》卷十一萬年縣：「永安坡在縣南二十五里，周七里。《十道志》曰：秦葬皇子，起冢陂北原上，因名皇子陂。」白居易《代書詩一百韻寄微之》(《白氏文集》卷十三 0603)：「高上慈恩塔，幽尋皇子陂。」昭國里：時居易居昭國坊。見卷七《與楊虞卿書》(2880)注。

〔五三〕樊李：朱《箋》初以白居易《和答詩十首序》「唯與杓直、拒非及樊宗師輩三四人時一吟讀」，而疑爲樊宗師及李建(杓直)；又以元稹《灃西別樂天博載樊宗憲李景信兩秀才姪谷三月三十日相餞送》詩，而疑爲樊宗憲及李景信；後以白居易《遊城南留元九李二十晚歸》(《白氏文集》卷十五 0809)，而考定爲樊宗師及李紳。

〔五四〕張十八：張籍。白居易有《读张籍古樂府》(《白氏文集》卷一 0002)。

〔五五〕李二十：李紳。白居易《編集拙詩成一十五卷因題卷末戲贈元九李二十》(《白氏文集》卷十六 1000)：「每被老元偷格律，苦教短李伏歌行。」自注：「李二十嘗自負歌行，近見予樂府五十首，默然心伏。」

〔五六〕盧楊二秘書：朱《箋》：「盧拱及楊巨源。」元稹《酬盧秘書詩序》：「予自唐歸京之歲，秘書郎盧拱作《喜遇白贊善學士詩二十韻》兼以見貽，白時酬和先出，予草蹙未暇皇，頻有致師之挑。」白居易有《酬盧秘書二十韻》(《白氏文集》卷十五 0804)、《題盧秘書夏日新栽竹二十韻》(同上 0805)詩。《唐代墓誌彙編》乾寧〇〇一《盧峻墓誌銘》：「北齊黄門侍郎思道，即君之八世祖。唐顯慶中丞相承慶，景雲中廣陽公齊卿，黄門侍郎藏用，大和中詩人、義陽太守拱，咸在族屬。」白居易有《贈楊秘書巨源》(《白氏文集》卷十五 0841)。事迹見《唐才子傳》卷五等。

〔五七〕竇七：朱《箋》：「竇鞏。」新舊《唐書》有傳。白居易《東南行一百韻》(《白氏文集》卷十六 0902)：「論笑杓胡硉，談憐鞏囁嚅。」自注：「竇七鞏善談謔而口微吃，衆或呼爲吃鞏。」元八：元宗簡。見本書卷三一《故京兆元少尹文集序》(3596)。

〔五八〕詩筆：詩及文章。杜甫《進雕賦表》：「臣幸賴先臣緒業，自七歲所綴詩筆，向四十載矣，約千有餘篇。」王縉《進王維集表》：「臣近搜求，尚慮零落，詩筆共成十卷。」

答户部崔侍郎書〔一〕

侍郎院長閤下：户部牒封中奉八月十七日書①，具承康寧，喜與抃會〔二〕。并別覩手翰②，訪敍綢繆③。何眷好勤勤若此之不替也！幸甚幸甚！首垂問以鄙況④，不足云。蓋默默兀兀，委順任化而已。次垂問以體氣，除舊目疾外，雖不甚健，亦幸無急病矣。次垂問以月俸，月俸雖不多，然量入以爲用，亦不至凍餒矣。又垂問以舍弟，渠從事東川，近得書且知無恙矣⑤〔三〕。終垂問以心地，此最要者，輒梗槩言之。頃與閤下在禁中日，每視草之暇，匡牀接枕，言不及他〔四〕，常以南宗心要互相誘導⑥〔五〕。別來閑獨，隨分增修。比於曩時，亦似有得。得中無得⑦，無可寄言。來書云：粗示可乎？斯不可也⑧。又知兵部李尚書同在南宮〔六〕，錢、蕭二舍人移官閑秩〔七〕。退朝之暇，數獲晤言。每話舊遊，輒蒙見念。此蓋君子久要之心，不爲榮顇合散增減耳。而不佞者，又何幸焉。然自到潯陽，忽已周歲。外物盡遺，中心甚虛。雖賦命之間則有厚薄，而忘懷之後亦無窮通⑨。

用此道推⑩，頽然自足。又或杜門隱几，塊然自居⑪。木形灰心，動逾旬月。當此之際，又不知居在何地，身是何人。雖鵩鳥集於前，枯柳生於肘⑫，不能動其心也⑬〔八〕，而況進退榮辱之累邪？又思頃者接確論時，走嘗有言薦於執事云⑭：心與迹多相戾⑮，道與名不兩立。苟有志於道者，若不幸於外，是幸於內。猥蒙歎賞，猶憶之乎？今之身心，或近是矣。退思此語⑯，撫省初心⑰，求仁得仁，又何不足之有也？前月中，長兄從宿州來，又孤幼弟姪六七人皆自遠至〔九〕。日有糲食，歲有麤衣。饑寒獲同，骨肉相保。此亦默默委順之外，益自安也。況廬山在前，九江在左，出門是滄浪水，舉頭見香鑪峯。東西二林，時時一往。至如瀑水怪石、桂風杉月⑱，平生所愛者，盡在其中。此又兀兀任化之外，益自適也。今日之心，誠不待此而後安適，況兼之者乎？此鄙人所以安又安、適又適，而不知命之窮、老之至也。院長公望日重，啓沃非遥。仰惟勉樹勳名，勿以鄙劣爲念。（2884）

【校】

①牒封中　紹興本等無「封」字，據金澤本、天海本補。

②別覩　馬本作「別觀」，誤。

③訪敍　「訪」《文苑英華》作「論」，校：「集作訪。」

④鄙況　金澤本、天海本二字重。《文苑英華》校：「一疊鄙況二字。」

⑤且　《文苑英華》作「亦」，校：「集作且。」

⑥常以　《文苑英華》作「嘗以」。

⑦得中　郭本作「靜中」。

⑧不可也　郭本作「不可矣」。

⑨之後　《文苑英華》作「之理」，校：「集作後。」

⑩此道推　「推」郭本作「則」，屬下。

⑪塊然　「塊」金澤本作「菭」，《文苑英華》校：「一作兀。」

⑫枯柳　金澤本、天海本作「柳枝」。

⑬其心　「其」《文苑英華》校：「集作於。」

⑭走嘗　《文苑英華》作「走常」。

⑮多相　郭本作「若相」。

⑯退思　金澤本、天海本作「追思」。

⑰撫省　郭本作「熟省」。

⑱至如　《文苑英華》作「至於」。

【注】

陳《譜》、朱《箋》：作於元和十一年（八一六），江州。岑仲勉《翰林學士壁記注補》謂此書作於元和十二年八月，以蕭俛元和十二年三月因張仲方之貶左授太僕少卿，當此書所謂「移官閑秩」。朱《箋》謂其未考白氏他作。

〔一〕户部崔侍郎：崔羣。據《舊唐書·崔羣傳》，元和十二年七月自户部侍郎拜中書侍郎、同中書門下平章事。朱《箋》：「時崔羣猶爲户部侍郎。」

〔二〕侍郎院長：朱《箋》：「唐時稱翰林學士承旨爲院長，崔羣於元和六年二月四日加翰林學士承旨，元和九年六月二十六日出院。故羣此時雖已爲户部侍郎，白氏猶喜稱其内職也。」引《新唐書·沈傳師傳》：「召入翰林爲學士，改中書舍人。翰林缺承旨，次當傳師。穆宗欲面命，辭曰：『學士院長參天子密議，次爲宰相，臣自知必不能，願治人一方，爲陛下長養之。』因稱疾出。」

〔三〕舍弟：居易弟行簡。據白居易《别行簡》詩（《白氏文集》卷十 0459），白行簡於元和九年五六月間應劍南東川節度使盧坦之聘赴梓州。

〔四〕視草：《舊唐書·職官志二》翰林院：「宸翰所揮，亦資其檢討，謂之視草。故嘗簡當代士人，以備顧問。」

〔五〕南宗心要：指慧能南宗禪。白居易元和二年與崔羣同時入充翰林學士，其間接觸南宗禪。元和六年退居渭上作《春眠》（《白氏文集》卷六0230）詩云：「至適無夢想，大和難名言。全勝彭澤醉，欲敵曹溪禪。」

〔六〕兵部李尚書：朱《箋》：「李絳。」《舊唐書·憲宗紀》：「（元和十一年二月）甲寅，以華州刺史李絳爲兵部尚書。」南宫：尚書省。蘇頲《奉和魏僕射秋日還鄉有懷之作》：「南宫夙拜罷，東道晝遊初。」

〔七〕錢蕭二舍人：朱《箋》：「錢徽及蕭俛。」《舊唐書·憲宗紀》：「（元和十一年正月）庚辰，翰林學士錢徽、蕭俛各守本官，以上疏請罷兵故也。」朱《箋》謂「移官閑秩」指此。

〔八〕鵩鳥集於前：《史記·屈原賈生列傳》：「賈生爲長沙王太傅，三年，有鴞飛入賈生舍，止於坐隅。楚人命鴞曰服。賈生既以適居長沙，長沙卑濕，自以爲壽不得長，傷悼之，乃爲賦以自廣。」枯柳生於肘：《莊子·至樂》：「支離叔與滑介叔觀于冥伯之丘，昆侖之虚，黄帝之所休。俄而柳生其肘，其意蹶蹶然惡之。」釋文：「瘤作柳，聲轉借字。」

〔九〕長兄：居易兄幼文。參卷三《祭浮梁大兄文》（2847）。宿州：即符離。《舊唐書·地理志一》河南道：「宿州上，徐州之符離縣也。元和四年正月敕，以徐州之符離置宿州。」白家建中、貞元間居符離，幼文官止浮梁主簿，蓋卸任後仍居符離。

與濟法師書〔一〕

月日，弟子太原白居易白。濟上人侍者①〔二〕：昨者頂謁時，不以愚蒙，言及佛法，或未了者，許重討論。今經典間未諭者其義有二。欲面問答，恐彼此卒卒，語言不盡，故粗形於文字，願詳覽之。敬佇報章，以開未悟，所望所望。佛以無上大慧②，觀一切衆生，知其根性大小不等，而以方便智説方便法。故爲闡提説十善法，爲小乘説四諦法，爲中乘説十二因緣法，爲大乘説六波羅蜜法。皆對病根，救以良藥③〔三〕。此蓋方便教中不易之典也。何者④？若爲小乘人説大乘法，心則狂亂⑤，狐疑不信⑥，所謂無以大海内於牛迹也。若爲大乘人説小乘法，是以穢食置於寶器，所謂彼自無創勿傷之也⑦〔四〕。故《維摩經》總其義云：「爲大醫王，應病與藥。」〔五〕又《首楞嚴三昧經》云：「不先思量，而説何法？隨其所應，而爲説法。」〔六〕正是此義耳。猶恐説法者不隨人之根性也，故又《法華經》戒云：「若但讚佛乘，衆生没在苦⑧。不能信是法，破法不信故。」〔七〕如此，非獨慮説者不能救病，亦懼聞者不信，没入罪苦也。則佛之付囑，豈不丁寧也⑨？何則《法王經》

云：「若定根基，爲小乘人説小乘法⑩，爲闡提人説闡提法，是斷佛性，是滅佛身，是説法人當歷百千萬劫，墮諸地獄。縱佛出世⑪，猶未得出。若生人中，缺脣無舌。獲如是報。何以故？衆生之性，即是法性。從本已來，無有增減。云何於中⑫，分别病藥？」〔八〕又云：「於諸法中若説高下，即名邪説。其口當破，其舌當裂。何以故？一切衆生，心垢同一垢，心淨同一淨⑬。衆生若病，應同一病。衆生須藥，應同一藥。若説多法，即名顛倒。何以故？爲妄分别，拆善惡法，破一切法。故隨基説法⑭，斷佛道故。」〔九〕此又了然不壞之義也。又《金剛經》云：「是法平等，無有高下。是名阿耨多羅三藐三菩提。」〔十〕又《金剛三昧經》云：「皆以一味道，終不以小乘。無有諸雜味，猶如一雨潤。」〔十一〕據此後三經，則與前三經義甚相戾也。其故何哉？若云依維摩詰謂富樓那云：「先當入定，觀此人心，然後説法。」又云：「不觀人根，不應説法。」〔十二〕夫以富樓那之通慧，又親奉如來，爲大弟子，尚未能觀知人心⑮。況後五百歲末法中弟子⑯，豈盡能觀知人心而後説法乎？設使觀知人心，若彼發小乘心，而爲説大乘法，可乎？若未能觀彼心而率己意説⑰，又可乎？既未能觀而默然不説⑱，又可乎？若云依義不依語⑲，則上六經之義互相違反，其將孰依乎？若云依了義經不依不了義經⑳，則三世諸佛，一切善法，皆從此六經出，孰名爲不了義經乎〔十三〕？況諸經中與《維摩》、《法華》、《首楞嚴》之説同者非一也，與《法王》、《金剛》、《金剛三昧》之説同者亦非一也㉑，不可遍舉。故於二義中各舉三經。此六經皆上人常所講讀者，今故引以爲問㉒。必有甚深之旨焉。今且有人忽問法於上人，上人或能觀知其心，或未能觀知其心？將應病與藥而爲説耶？將同一病一藥而爲説耶？若應病與藥，是有高下，是有雜味，即反《法王》等三經之義。豈徒反其義，又獲如上所説之罪報矣。若同一病一藥爲説，必當説大乘。大乘即佛乘也㉓。若讃佛乘，且不隨應㉔，且不救病，即反《維摩》等三經之義。豈徒反其義，又使衆生没在罪苦矣。六者皆如來説。如來是真語，實語，不誑語，不異語者。今隨此則反彼，順彼則逆此。設有問者，上人其將何法以對焉？此其未諭者一也。又五陰者㉕，色、受、想、行、識是也。十二因緣者，無明緣行㉖，行緣識，識緣名色，名色緣六入㉗，六入緣觸，觸緣受，受緣愛，愛緣取㉘，取緣有，有緣生，生緣老死病苦憂悲苦惱是也㉙。夫五陰、十二因緣，蓋一法也，蓋一義也。略言之則爲五，詳言之則爲十二。雖名數多少或殊，其於倫次轉遷㉚，合同條貫。今五陰中則色、受、想、行、識相次，而十二緣中則行、識、色、入、觸、受相緣㉛。一則色在行前，一則色次行後，正序之既不類，逆倫之又不同。若謂佛次第而言，則不應有此雜亂。若謂佛偶然而説，則不當名爲因緣。前後不倫，其義安在？此其未諭者二也。上人耆年大德，後學宗師，就出家中又以説法而作佛事，必能研精二義㉜，

合而通之。仍望指陳，著於翰墨。蓋欲藏於篋笥，永永不忘也。其餘疑義亦續咨問㉝〔十四〕。居易稽首。（2885）

【校】

①侍者　紹興本等作「侍左」，據《文苑英華》、《唐文粹》、《林間録》改。《文苑英華》校：「集作左。」馬本作「侍右」。

②大慧　「慧」《文苑英華》作「惠」，校：「集本、《文粹》作慧。」

③救以　「救」《文苑英華》、《唐文粹》作「投」，《文苑英華》校：「集作救。」

④何者　紹興本等作「何以」，據金澤本、《文苑英華》、《唐文粹》改。《文苑英華》校：「集作以。」

⑤心則　金澤本作「則心」。

⑥狐疑　金澤本無「狐」字。

⑦無創　「創」《文苑英華》校：「一作瘡。」

⑧没在苦　紹興本等作「没在罪苦」，據金澤本删「罪」字。平岡校：「《方便品》無罪字，五字爲句。」

⑨丁寧也　「也」金澤本、《文苑英華》作「耶」，《唐文粹》作「邪」。

⑩小乘法　《文苑英華》、《唐文粹》其下有「爲大乘人説大乘法」八字。

⑪縱佛　紹興本、馬本作「從佛」，據他本改。

⑫云何　《文苑英華》作「如何」，校：「集本、《文粹》作云。」

⑬心淨　郭本作「心靜」。本句「一淨」同。

⑭隨基　《文苑英華》、《唐文粹》作「隨機」，《文苑英華》校：「集作基。」

⑮知人　《文苑英華》其下有「之」字，校：「集本、《文粹》無之字。」

⑯況後　馬本誤「況復」。「五百歲」《文苑英華》作「五百年」，校：「集本、《文粹》作歲。」

⑰已意説　其下《文苑英華》校：「一本有法字。」

⑱觀而　紹興本等作「觀與」，據金澤本改。

⑲不依　紹興本等作「又依」，據金澤本、《文苑英華》、《唐文粹》改。《文苑英華》校：「集作又。」

⑳不依不了義經　六字紹興本等無，據金澤本、天海本補。

㉑金剛　《文苑英華》、《唐文粹》二字不重。

㉒今故　金澤本作「今欲」。

㉓即佛乘　金澤本作「是佛乘」。

㉔隨應　紹興本等其下有「心」字，據金澤本、天海本、《文苑英華》、《唐文粹》删。《文苑英華》校：「集有心字。」

㉕五陰　《文苑英華》、《唐文粹》作「五藴」，《文苑英華》校：「集作陰。」下文同。

㉖無明緣　紹興本、馬本脱「緣」字，據他本補。

㉗識緣名色名色緣六入　《唐文粹》、《文苑英華》明刊本作「識緣名名緣色色緣六入」。

㉘愛緣取　此下《文苑英華》校：「二十二字《文粹》作：識緣名名緣色色緣六入六入緣觸受觸受緣愛愛緣取。」

㉙病苦　《文苑英華》無「苦」字，校：「集本、《文粹》有苦字。」

㉚其於　《文苑英華》作「而」，校：「而，集本、《文粹》作其於。」「倫次」《文苑英華》作「輪次」。

㉛十二　其下《文苑英華》校：「一本有因字。」

㉜二義　金澤本作「六義」。

㉝咨問　《文苑英華》作「咨聞」，校：「集本、《文粹》作問。」

朱《箋》：作於長慶三年（八二三）以前。

【注】

〔一〕濟法師：未詳。朱《箋》謂「疑亦禪宗弟子」，別無據。

〔二〕侍者：趙璘《因話錄》卷五：「執事，則指斥其左右之人，尊卑皆可通稱。侍者，士庶皆可用之。近日官至使府、御史及畿令，悉呼閣下。至於初命賓佐猶呼記室，今則一例閣下，亦謂上下無別矣。其執事才施於舉人，侍者祇行於釋子而已。」是中唐時致書僧人例稱侍者。

〔三〕以方便智說方便法七句：《法華經·序品》：「佛世尊演說正法，初善、中善、後善，其意深遠，其語巧妙，純一無雜，具足清白梵足之相。爲求聲聞者説應四諦法，度生老病死，究竟涅槃。爲求辟支佛者説應十二因緣法。爲諸菩薩説應六波羅蜜，令得阿耨多羅三藐三菩提，成一切種智。」又《方便品》：「舍利弗，我今亦復如是，知諸衆生有種種欲，深心所著，隨其本性，以種種因緣譬喻言辭方便力，而爲説法……動濁亂時，衆生垢重，慳貪嫉妒，成就諸不善根故，諸佛以方便力，於一佛乘，分别説三。」按，此文表述又直接搬用敦煌所見《法王經》（《大正藏》册八五）：「世尊：我從昔聞，如來爲大乘人説六波羅蜜法，爲中乘人説十二因緣法，爲小乘人説四諦法，爲闡提人説十善法。皆對病根，爲説良藥。云何今日説一乘法，以救四人？」

〔四〕若爲小乘人説大乘法七句：《維摩經·弟子品》：「時維摩詰來謂我言：唯富樓那，先當入定，觀此人心，然後説法。無以穢食置於寶器。當知是比丘心之所念。無以琉璃同彼水精。汝不能知衆生根源，無得發起以小乘法。彼自無瘡，勿傷之也。欲行大道，莫示小徑，無以大海内於牛跡。」

〔五〕故維摩經總其義云：《維摩經·佛國品》：「往度惡道諸墮塹者，其生五道爲大醫王，以慧以善救衆生病，應病與藥，令得服行。」

〔六〕首楞嚴三昧經云：《佛説首楞嚴三昧經》卷上：「不先思量，當説何法？隨所至衆所説皆妙，悉能令喜心得堅固，隨其所應而爲説法。」

〔七〕法華經戒云：《法華經·方便品》：「我即自思惟，若但讚佛乘。衆生没在苦，不能信是法。破法不信故，墜於三惡道。」

〔八〕法王經：《大周刊定衆經目録》入僞經録，《開元釋教録》亦入僞邪亂正部。今有敦煌新出本，《大正藏》入古逸部（册八五）。敦煌文書中有四本，均爲殘卷。岡部和雄《禪僧の注抄と疑僞經典》（《講座敦煌》八《敦煌佛典と禪》）認爲其製作年代當高宗至武后時期。其經説受到《華嚴經》和《大乘起信論》思想的明顯影響，對「一心」説的强調則表現出北宗禪的立場。與本文所引相應段落如下：「若定根機，爲小乘人説小乘法，爲闡提人説闡提法，若如是説，即名不説佛道法，是斷佛性，是滅佛身。是説法人當歷百千萬劫，墮諸地獄，縱佛出世，由不得出。縱令得出，若生人中，即生邊地下賤無有三寶處，缺脣無舌，獲如是報。何以故？菩薩衆生之性，則是法性。法性常淨，具一切諸實相好。」

〔九〕又云：敦煌本《法王經》與此段相應文字如下：「當時一切衆生，皆同一病，一心一佛性一性平等等諸法故。於中若説高下，即名邪説。其口當破，其舌當裂。何以故？一切衆生心垢同一垢，心淨同一淨。何以故？一切衆生一心淨則同一十善法淨，一切衆生一心垢則同一十惡垢。衆生若病同一病，衆生須藥應須一藥。若説多法，即名顛倒。何以故？爲妄分别善惡法，破一切法故，隨基説法，斷佛道故。」

〔十〕金剛經云：見《金剛經》「淨心行善分」第二十三。

〔十一〕金剛三昧經云：《金剛三昧經·序品》：「廣度衆生故，説於一諦義。皆以一味道，終不以小乘……無有諸雜味，猶如一雨潤。」據《出三藏記集》，《金剛三昧經》爲道安所攜涼土異經五十九部之一，梁以後失傳。《開元釋教錄》入藏，北涼失譯者。水野弘元《菩提達摩の二入四行説と金剛三昧經》（《駒澤大學研究紀要》第十三號，一九五五年）認爲此經非譯經，而是唐初中國學僧集合當時流行的佛教學説而造的僞經。此經不僅如經中所説「攝大乘經」，而且網羅自南北朝至隋代滋潤佛教界的各種思想，對譯語有綿密的檢討，因此當是玄奘譯《唯識三十頌》、《般若心經》之後的産物。其製作的下限當是元曉（六八六年去世）撰述《金剛三昧經論》的年代。柳田聖山《中國禪宗史》認爲此經是出於「將達磨的壁觀與東山法門的守心説相結合，以之作爲佛説並賦予其權威性的目的」而製作的。

〔十二〕又云：見《維摩經·弟子品》。

〔十三〕若云依義不依語八句：《維摩經·法供養品》：「依於義不依語，依於智不依識，依了義經不依不了義經，依於法不依人。」

〔十四〕其餘疑義亦續咨問：宋惠洪《林間錄》卷下引此書，並作「補濟上人答樂天書」，文如下：「香山居士白樂天醉心内典，與之遊者多高人勝士。觀其《與濟上人書》，鉤深索隱，精確高妙，未嘗不置卷長歎，想見其爲人，恨不見濟公所答耳。因作補濟上人答樂天書一首，並樂天問詞錄於此……予補其答曰：辱賜書，蒙以教乘爲問。顧惟魯鈍之資，何足以當天縱之辯？然敢不竭疲陋，以塞外議，爲法之勤耶？如居士所論六經二義，與夫行色不倫之説爲不通者，在不痛思自所問端方便智三字而已。了此三言，則雖百千妙義，無盡法門，可不究而解，矧所謂《維摩》、《法王》前後六經相戾之義乎！方便智者，如將將兵，權謀所施，非有定式。其發如雷霆，如機括，故能消禍于未然，折衝於千里，在一時耳，豈據典故哉！夫軍勢之虚實，將氣之勇怯，陣形之可否，成敗之先見，或有定論。例吾教，三乘以觀根授法，不可參亂是也。以勇怯之氣，爲虚實之勢，以施其事，則誤矣。例吾法，謂不可以以大乘之法授小乘之人，而小乘之人終不堪授大乘之法，如《維摩》、《法華》等三經所以丁寧告諭者是也。《法王》等三經又明告直指，纖悉蕩除之，亦所當爾。何以知之？如將兵者，意在濟亂以安國，則如來之意，豈非欲開迷以顯智乎？執三乘之語言，違佛之方便智者，失之甚矣！彼持品第衆生根器之説，不能了者，反墮斷見，即外道非佛道也。《華嚴經》曰：『凡愚之人，迷佛方便，執有三乘。』《法華經》曰：『尋念過去佛，亦應説三乘。』來書所疑，可以釋矣。《涅槃經》曰：『欲得早日成佛者與早欲，遲成者與遲成。』《起信論》曰：『世尊爲勇猛衆生説成佛在一念，爲懈怠衆生説得果須滿僧祇』者，真方便智之旨。神而明之，則能變通與奪，施之以成就衆生也。一代時教，以三宗攝之，所謂法相、破相、性宗也。前之六經二義，乃法相、破相二宗所攝。此二宗自不許相難，以建立蕩除宗異故也。又疑爲法師者不能定觀人之根過，慮誤授人以法，且有罪苦。夫知法比丘，雖凡夫具足煩惱之軀，然其志好明達，慧辯猛利，非果位小乘可比。如迦陵鳥在轂，則聲壓衆鳥。如堅好木茁地，則已秀群木。又況維摩所訶富樓那自言其過，有以也哉。如是而論，恐尚紓疑。請借近事以明之。

王公大人之閲天下士，非必龍章玉山，其必先以言語。言語者，德行之候。故曰：有德者必有言。又曰：觀其所由，察其所安，人焉廋哉？雖古之聖人，莫能外此。則知法者，觀人之根大小，又豈有他術乎？如居士所疑色、受、想、行、識與夫十二有支因緣之法名次不倫，互有錯謬者，未辨名目之理故也。夫色等五蘊，乃三苦已成之軀；十二有支，乃三世生因之法。如《華嚴十地品》云：『於第一義不了，故名無明。所作業果是行，行依止初心是識，共生四取蘊爲名色等』者，其敍本末沿襲，理固然也。《般若經》則曰：『色即是空，空即是色。色不異空，空不異色。受、想、行、識，亦復如是』者，破有法不真故也。且色體尚爾，況四蘊但名而已哉？《般若》諸經破有之教，故言五蘊，則色居行之前。《華嚴十地品》諸經敍沿襲之因，故色在行之後。非略言則五、詳言則十二也。法之所本，要本於理，而當於義，不必守名句以自滯。多病久廢講，前之所陳者，皆教乘之深旨，非敢臆斷意論。至於言謂之不及，而可以模鑄。魔、佛瞭辨異同者，又未可遽言也。」

與微之書

四月十日夜①，樂天白：微之微之②！不見足下面已三年矣，不得足下書欲二年矣③。人生幾何？離闊如此。況以膠漆之心，置於胡越之身，進不得相合，退不能相忘④。牽攣乖隔⑤，各欲白首。微之微之，如何如何？ 天實爲之，謂之奈何？ 僕初到潯陽時，有熊孺登來〔一〕，得足下前年病甚時一札。上報疾狀⑥，次敘病心⑦，終論平生交分。且云：「危惙之際，不暇及他，唯收數帙文章，封題其上曰：他日送達白二十二郎。便請以代書⑧。」〔二〕悲哉！ 微之於我也，其若是乎！ 又覩所寄聞僕左降詩云⑨：「殘燈無焰影幢幢，此夕聞君謫九江。垂死病中驚起坐，闇風吹雨入寒窗⑩。」〔三〕此句他人尚不可聞，況僕心哉？ 至今每吟，猶惻惻耳。且置是事，略敘近懷。僕自到九江，已涉三載。形骸且健，方寸甚安。下至家人⑪，幸皆無恙。長兄去夏自徐州至，又有諸院孤小弟妹六七人提挈同來⑫〔四〕。頃所牽念者，今悉置在目前⑬，得同寒煖饑飽。此一泰也。江州風候稍涼，地少瘴癘。乃至蛇虺蚊蚋，雖有甚稀。湓魚頗肥，江酒極美⑭。其餘食物，多類北地。僕門內之口雖不少，司馬之俸雖不多，量入儉用，亦可自給。身衣口食，且免求人。此二泰也。僕去年秋始遊廬山，到東西二林間香鑪峯下，見雲水泉石⑮，勝絕第一。愛不能捨，因置草堂〔五〕。前有喬松十數株⑯，脩竹千餘竿。青蘿爲牆援⑰，白石爲橋道。流水周於舍下，飛泉落於簷間。紅榴白蓮，羅生池砌。大抵若是，不能殫記。每一獨往，動彌旬日⑱。平生所好者，盡在其中。不唯忘歸，可以終老。此三泰也。計足下久不得僕書，必加憂望。今故錄三泰，以先奉報。其餘事況，條寫如後云云。微之微之！ 作此書夜，正在草堂中山窗下，信手把筆，隨意亂書。封題之時，不覺欲曙。舉頭但見山僧一兩人，或坐或睡。又聞山猿谷鳥⑲，哀鳴啾啾。平生故人，去我萬里。瞥然塵念，此際暫生。餘習所牽，便成三韻云：「憶昔封書與君夜，金鑾殿後欲明天。今夜封書在何處，廬山菴裏曉燈前。籠鳥檻猿俱未死，人間相見是何年？」〔六〕微之微之！此夕我心⑳，君知之乎？樂天頓首㉑。（2886）

【校】

①十日　《文苑英華》作「十一日」，校：「集無一字。」

②微之　《文苑英華》二字不重。

③欲二年　「欲」《文苑英華》作「已」，校：「集作欲。」

④退不能　馬本作「退不得」。

⑤牽攣　《文苑英華》、郭本作「牽率」，《文苑英華》校：「集作攣。」

⑥疾狀　《文苑英華》作「病狀」，校：「集作疾。」

⑦次敍　《文苑英華》、馬本作「次序」。

⑧請以代書　金澤本、天海本作「靜以待盡」。《文苑英華》作「請以待盡」，校：「集作代書。」

⑨又覩　《文苑英華》作「又觀」，校：「集作覩。」

⑩吹雨　紹興本等作「吹面」，據金澤本、《文苑英華》、馬本改。

⑪下至　《文苑英華》作「下及」，校：「集作至。」

⑫諸院　金澤本作「諸阸」。平岡校：「今定爲阮字。諸阮謂諸姪也。」「孤小」《文苑英華》作「孤幼」，校：「集作小。」

⑬置在　《文苑英華》作「致在」。

⑭極美　《文苑英華》作「甚美」，校：「集作極。」

⑮雲水　金澤本作「雲木」。

⑯前有　金澤本、天海本、《文苑英華》作「堂前有」。

⑰牆援　金澤本、馬本作「牆垣」。

⑱旬日　金澤本、天海本作「旬月」。《文苑英華》校：「一作月。」

⑲山猿　「山」《文苑英華》校：「一作巖。」

⑳我心　《文苑英華》作「此心」。

㉑樂天　《文苑英華》作「居易」。

【注】

朱《箋》：作於元和十二年（八一七），江州。按，文云不見微之「已三年矣」，「自到九江已涉三載」，朱《箋》謂：自元和十年至元和十二年，「適爲第三年」。

〔一〕熊孺登：白居易有《洪州逢熊孺登》（《白氏文集》卷十七 1085）。元稹有《贈熊士（孺）登》、《別嶺南熊判官》詩。劉禹錫有《送湘陽熊判官孺登罷歸鍾陵因寄呈江西裴中丞二十三兄》詩。《唐才子傳》卷六：「孺登，鍾陵人。有詩名。元和中，爲西川從事。與白舍人、劉賓客善，多贈答。亦祇役湘中數年。」《直齋書録解題》著録《熊孺登集》一卷。

〔二〕白二十二郎：居易行二十二。本書卷三二《祭弟文》（3615）：「二十二哥居易以清酌庶羞之奠，致祭于郎中二十三郎知退之靈。」劉禹錫有《翰林白二十二學士見寄詩一百篇因以答貺》。

〔三〕聞僕左降詩：元稹集題作《聞樂天授江州司馬》。

〔四〕長兄去夏自徐州至：本卷《答户部崔侍郎書》（2884）：「前月中，長兄從宿州來，又孤幼弟姪六七人皆自遠至。」可與此參看。

〔五〕因置草堂：見卷六《草堂記》（2869）。

〔六〕便成三韻：即《白氏文集》卷十六《山中與元九書因題書後》（0978）。

荔枝圖序①

荔枝生巴峽間，樹形團團如帷蓋〔一〕。葉如桂，冬青。華如橘，春榮。實如丹，夏熟。

朵如蒲萄②，核如枇杷，殼如紅繒，膜如紫綃，瓤肉瑩白如冰雪，漿液甘酸如醴酪③。大略如彼，其實過之。若離本枝，一日而色變，二日而香變，三日而味變，四五日外色香味盡去矣④。元和十五年夏，南賓守樂天命工吏圖而書之⑤，蓋爲不識者與識而不及一二三日者云。（2887）

【校】

①題　「荔枝」金澤本、《文苑英華》、《唐文粹》作「荔支」，正文同。

②朵如　馬本作「紫如」，誤。「萄」《文苑英華》作「桃」，校：「集作萄。」

③漿液甘酸如醴酪　《文苑英華》作「酸如醴酪」，校文同紹興本等。

④四五日　《文苑英華》作「四日五日」，「四日」校：「集無日字。」

⑤吏　馬本誤「史」。「圖」《文苑英華》其下有「之」字，校：「集無之字。」「書」金澤本作「畫」。《文苑英華》作「盡書」，校：「集無盡字。」

【注】

陳《譜》、朱《箋》：作於元和十五年（八二〇），忠州。

〔一〕荔枝生巴峽間：白居易有《題郡中荔枝詩十八韻兼寄萬州楊八使君》（《白氏文集》卷十八1123），可參看。忠州鄰州涪州以產荔枝著稱，忠州亦產荔枝。《華陽國志》卷一巴志：「江州縣，郡治……有荔枝園。至熟，二千石常設厨膳，命士大夫共會樹下食之。」《大唐傳載》：「白賓客居易云：忠州有荔枝一株，槐一株。自忠之南更無槐，自忠之北更無荔枝。」《方輿勝覽》卷六一涪州：「土產荔支。《寰宇記》：地產荔支，尤勝諸郡。《圖經》：相傳城西十五里有妃子園，其地多荔支。」又咸淳府：「土產馴鹿、荔支、丹橘。」

和答元九詩序①〔一〕（2888）

【校】

①十序篇目紹興本、那波本、金澤本有，馬本不載。

【注】

〔一〕和答元九詩序　見《白氏文集》卷二《和答詩十首》（0100）。

新樂府詩序〔一〕(2889)

【注】

〔一〕新樂府詩序：見《白氏文集》卷三《新樂府》(0123)。

效陶公體詩序①〔一〕(2890)

【校】

①陶公：金澤本作「陶潛」。

【注】

〔一〕效陶公體詩序：見《白氏文集》卷五《效陶潛體詩十六首》(0210)。

琵琶引序〔一〕（2891）

【注】

〔一〕琵琶引序：見《白氏文集》卷十二《琵琶引》（0599）。

和夢遊春詩序〔一〕（2892）

【注】

〔一〕和夢遊春詩序：見《白氏文集》卷十四《和夢遊春詩一百韻》（0800）。

燕子樓詩序〔一〕（2893）

【注】

〔一〕燕子樓詩序：見《白氏文集》卷十五《燕子樓三首》（0855）。

放言詩序〔一〕(2894)

【注】

〔一〕放言詩序：見《白氏文集》卷十五《放言五首》(0887)。

題詩屏序〔一〕(2895)

【注】

〔一〕題詩屏序：見《白氏文集》卷十七《題詩屏風絶句》(1040)。

木蓮花詩序〔一〕(2896)

【注】

〔一〕木蓮花詩序：此當指《白氏文集》卷十八《木蓮樹生巴峽山谷間巴民亦呼爲黄心樹大者高五丈

涉冬不凋身如青楊有白文葉如桂厚大無脊花如蓮香色豔膩皆同獨房蘂有異四月初始開自開迨謝僅二十日忠州西北十里有鳴玉谿生者穠茂尤異元和十四年夏命道士毋丘元志寫惜其遐僻因題三絶句云》(1109)，刊本作詩題。

策林序〔一〕(2897)

已上十序各列在本詩篇首①，此卷内元不載②。

【校】

①十序　金澤本無「十」字。「列在」　金澤本無「在」字。

②此卷内元不載　金澤本作「不載此卷」。

【注】

〔一〕策林序：　見本書卷二五《策林》(3420)。

白居易文集校注卷第九①

書頌議論狀　凡七首

補逸書②

湯征諸侯，葛伯不祀，湯始征之，作《湯征》③〔一〕。葛伯荒怠，敗禮廢祀。湯專征諸侯，肇徂征之。湯若曰：「格爾三事之人〔二〕，逮于有衆④，啓乃心，正乃容，明聽予言〔三〕。咨先格王有彝訓曰⑤〔四〕：『祿無常荷，荷于仁；福無常享，享于敬。惠乃道，保厥邦；覆乃德，殄厥世。』〔五〕惟葛伯反易天道，怠棄邦本，虐于民，慢于神。惟社稷宗廟，罔克尊奉。暨山川鬼神，亦靡禋祀。告曰：『罔犧牲以供俎羞。』予畀厥牛羊⑥，乃既于盜食。曰：『罔黍稷以奉粢盛。』予佑厥稼穡⑦，乃困于仇餉。今爾衆曰：『葛罪其如⑧？』予聞曰：爲邦者，祗奉明神，撫綏蒸民。二者克備，尚克保厥家邦。吁！廢于祀，神震怒。肆于虐，民離心。頊繩契以降⑨，曁于百代，神怒民叛而不顛隮者⑩，匪我悠聞。小子履，以涼德欽奉天威，肇征有葛〔六〕。咨爾有衆，克濟厥功。其有徹師徒，戒車乘，敬君事者⑪，有明賞。其有罔率職，罔戮力，不龔命者⑫〔七〕，有常刑。明賞不僭，常刑無赦。嗚呼！朕告汝衆，君子監于茲〔八〕。欽哉懋哉！罰及乃躬，不可悔。」(2898)

【校】

①卷第九　即《白氏文集》紹興本、馬本卷四十六，那波本卷二十九。

②題　「逸」馬本作「遺」，誤。

③湯征　《文苑英華》二字重。

④有衆　「有」《文苑英華》作「百」，校：「集作有。」

⑤咨　《唐文粹》作「咨爾」。

⑥予畀　《文苑英華》作「予介」，校：「集作畀。」

⑦予佑　盧校謂「佑」當作「佐」。

⑧其如　《唐文粹》此下有「予」字。《文苑英華》作「其予聞」，校：「《文粹》作其如予。」

⑨頊　《文苑英華》作「自」，校：「集作頊。」

⑩神怒　紹興本、馬本、郭本「怒」下有「亟」字，校：「一無亟字。」據《文苑英華》、《唐文粹》删「亟」字。又，《文苑英華》無「怒」字，校：「集有怒字。」

⑪敬君　《唐文粹》作「敬吾」。《文苑英華》校：「《文粹》作吾。」

⑫不龔　馬本作「不恭」。

【注】

朱《箋》：約作於元和十年（八一五）以前，「此文蓋有感於當時藩鎮之叛而作，其時較著者如劉闢、王承宗、吳元濟等均叛於元和十年以前，故姑繫於十年之前。」

〔一〕湯征：《書・商書序》：「湯征諸侯，葛伯不祀，湯始征之。作《湯征》。」傳：「述始征之義也，亡。」又僞古文《書・仲虺之誥》：「乃葛伯仇餉，初征自葛。東征西夷怨，南征北狄怨，曰：『奚獨後予？』」傳：「葛伯遊行，見農民之餉於田者，殺其人，奪其餉，故謂之仇餉。仇，怨也。湯爲是以不祀之罪伐之，從此後遂征無道。」乃據《孟子・滕文公下》：「湯居亳，與葛爲鄰。葛伯放而不祀，湯使人問之，曰：『何爲不祀？』曰：『無以供犧牲也。』湯使遺之牛羊。葛伯食之，又不以祀。湯又使人問之曰：『何爲不祀？』曰：『無以供粢盛也。』湯使亳衆往爲之耕，老弱饋食。葛伯率其民，要其有酒食黍稻者奪之，不授者殺之。有童子以黍肉餉，殺而奪之。《書》曰：『葛伯仇餉。』此之謂也。爲其殺是童子而征之，四海之内皆曰：『非富天下也，爲匹夫匹婦復讎也。』湯始征，自葛載，十一征而無敵於天下。」趙岐注：「葛，夏諸侯，嬴姓之國。」《書・胤征》疏引皇甫謐云：「葛即今梁國寧陵之葛鄉也。」

〔二〕格爾三事之人：《書・湯誓》：「王曰：『格爾衆庶，悉聽朕言。』」《釋詁》：「格，至也。」《書・立政》：「立政：任人、準夫、牧，作三事。」疏：「任人謂六卿。準夫者平法之人，謂理獄官也。牧者九州之牧。」平岡武夫《經書の傳統》第三章《經書補亡》謂此句與《書・甘誓》「王曰：嗟，六事之人」亦有關聯。

〔三〕啓乃心正乃容：《書・説命上》：「啓乃心，沃朕心。」《禮記・曲禮上》：「正爾容，聽必恭。」

〔四〕咨先格王：《書・高宗肜日》：「祖己曰：『惟先格王，正厥事。』乃訓于王。」傳：「言至道之王遭變異，正其事而異自消。」疏：「格訓至也。至道之王謂用心至極，行合於道。」

〔五〕祿無常荷：《左傳》隱公三年：「《商頌》曰：『殷受命咸宜，百祿是荷。』」覆乃德殄厥世：《書・胤征》：「惟時羲和顛覆厥德。」《書・益稷》：「朋淫於家，用殄厥世。」傳：「用是絶其世，不得嗣。」

〔六〕小子履：《論語・堯曰》：「曰：『予小子履，敢用玄牡，敢昭告於皇皇后帝，有罪不敢赦。』」集解：「孔曰：履，殷湯名。此伐桀告天之文。」涼德：《左傳》莊公三十二年：「虢多涼德，其何土之能得。」杜預注：「涼，薄也。」

〔七〕不龔：同不恭。《書・大禹謨》：「蠢兹有苗，昏迷不恭。」《説文解字》段注：「與此人部供音義同。今供行而龔廢矣。《尚書・甘誓》、《牧誓》『龔行天之罰』，謂奉行也。漢魏晉唐引此無不作龔，與供給義相近。衛包作恭，非也。」

〔八〕君子監于茲：《書・無逸》：「周公曰：『嗚呼！嗣王其監于茲。』」傳：「視此亂罰之禍以爲戒。」

箴言 并序

貞元十有五年，天子命中書舍人渤海公領禮部貢舉事〔一〕。越明年春，居易以進士舉一上登第。洎翌日至于旬時，伏念固陋，懼不克副公之選，充王之賓。乃自陳戒于德，作《箴言》。

曰：我聞古君子人，疾没世名不稱，恥邦有道貧且賤〔二〕。今我生休明代二十有六年，乃策名，名既聞于君；乃干祿，祿將及于親。升聞逮養，繄公之德。公之德，之死矢報之。報之義靡他①，惟勵乃志，遠乃猷，俾德日修②，道日就，是報于公。匪報于公，是光于躬。匪光于躬，是華于邦。吁！其念哉！其勗哉！庶俾行中規，文中倫〔三〕。學惟時習罔怠棄，位惟馴致罔躁求〔四〕。惟一德五常③，陶甄于内〔五〕。惟四科六藝④，斧藻于外〔六〕。若御輿，既勒銜策，乃克駿奔〔七〕。若治金，既砥淬礪，乃克利用〔八〕。無曰擢甲科，名既立而自廣自滿。尚念山九仞⑤，虧于一簣〔九〕。無曰登一第，位其達而自欺自卑⑥。尚念行千里，始於足下〔十〕。嗚呼！我無監于止水，當監于斯文〔十一〕。庶克欽厥止⑦，慎厥終。自顧于箴言，無作身之羞，公之羞。（2899）

【校】

①報之　馬本其下衍「之」字。

②日修　《文苑英華》作「日新」。

③惟一德　《文苑英華》無「惟」字，校：「集有惟字。」

④惟四科　《文苑英華》無「惟」字，校：「集有惟字。」

⑤山九仞　《文苑英華》作「爲山九仞」。

⑥自卑　《文苑英華》作「自得」，校：「集作俾。」

⑦克欽　《文苑英華》作「勉斯」，校：「集作克欽。」

朱《箋》：作於貞元十六年（八〇〇），長安。

【注】

〔一〕中書舍人渤海公：高郢。見卷一《泛渭賦》（2806）注。

〔二〕疾没世名不稱：《論語·衛靈公》：「子曰：『君子疾没世而名不稱焉。』」恥邦有道貧且賤：《論語·泰伯》：「邦有道貧且賤焉，恥也；邦無道富且貴焉，恥也。」

〔三〕行中規文中倫：《論語·微子》：「謂柳下惠、少連，降志辱身矣，言中倫，行中慮，其斯而已矣。」集解：「孔曰：但能言應倫理，行應思慮，如此而已。」

〔四〕學惟時習：《論語·學而》：「學而時習之，不亦説乎？」位惟馴致：《易·坤·象》：「履霜堅冰，陰始凝也，馴致其道，至堅冰也。」疏：「馴猶狎順也。若鳥獸馴狎然。」

〔五〕一德五常：《書·咸有一德》：「惟尹躬暨湯，咸有一德，克享天心。」傳：「言君臣皆有純一之德。」《書·泰誓下》：「今商王受，狎侮五常。」傳：「輕狎五常之教。」疏：「五常即五典，謂父義、母慈、兄友、弟恭、子孝，五者人之常行，法天明道爲之。」

〔六〕四科六藝：桓譚《新論·啓寤》：「孔子以四科教士。」四科謂德行、言語、政事、文學，見《論語·先進》。《周禮·地官·大司徒》：「三鄉三物教萬民而賓興之……三曰六藝：禮、樂、射、御、書、數。」

〔七〕若御輿三句：《孔子家語·執轡》：「夫德法者，御民之具，猶御馬之有銜勒也。君者，人也；吏者，轡也；刑者，策也。夫人君之政，執其轡策而已。」

〔八〕若治金三句：《淮南子·説林訓》：「鏌邪斷割，砥礪之力。」

〔九〕尚念山九仞：《書·旅獒》：「爲山九仞，功虧一簣。」

〔十〕尚念行千里：《老子》六十四章：「千里之行，始於足下。」

〔十一〕無監于止水當監于斯文：《莊子·德充符》：「人莫鑒于流水而鑒于止水，唯止能止衆止。」

中和節頌〔一〕　并序　此已下文並是未及第前作。

乾清而四時行，坤寧而萬物生。聖人則之，無爲而無不爲。神唐御宇之九葉，皇帝握符之十載。夷夏咸寧，君臣交欣。有詔始以二月上巳日爲中和節，自上下下①，雷解風動〔二〕。翌日而頒乎四嶽，浹辰而達乎八荒。於戲！中和之時義遠矣哉〔三〕。惟唐之興，我神堯子兆人而基皇德②〔四〕，太宗家六合而開帝功。玄宗執象而薰仁壽之風，代宗垂拱而阜富庶之俗。烏奕乎，赫赫皇德，八聖重光，以至于我皇〔五〕。我皇運玄樞，陶淳精，治定而化成③。嗣皇極於穆清，納黔首於升平④。于時數惟上元，歲惟仲春。皇帝穆然居青陽太廟⑤，命有司考時令。以爲安萌牙，養幼少，緩刑獄，布慶賜〔六〕。蓋百王常行之道，未足以啓迪天地之化，發揮祖宗之德。乃命初吉，肇爲中和〔七〕。中者揆三陽之中，和者酌二氣之和⑥〔八〕。其爲稱也大矣！非至聖疇能建之⑦？於是謀始要終，循義討源。于以九八節⑧，七六氣，排重陽而拉上巳。煦元氣于厚壤⑨，則幽蟄蘇而勾萌達〔九〕；噫和風于窮荒，則桀驁化而獷俗淳。垂萬祀以攄無窮，被四表以示大同。于時兩儀三辰，貞明絪緼；千品萬彙，熙熙忻忻。繇是文武百辟僉拜手稽首而颺言曰⑩：大哉睿德，合于玄造。又曰：昔在唐堯，敬授人時，垂于典謨〔十〕。降及周文，在鎬飲酒，列于《雅》《頌》〔十一〕。斯蓋欽若四序，凱樂一方而已。未若肇建令節，混同天下。澤鋪動植，慶浹華夷。若斯之盛歟！蓋聖人之作事，必導達交泰，幽贊亭育⑪。與元化合其運，與真宰同其功。丕休哉！其至矣夫⑫！賤臣居易忝濡文明之化，就賓貢之列，輒敢美盛德，頌成功，獻《中和頌》一章，附于唐雅之末。頌曰：

權輿胚渾，玄黃既分⑬〔十二〕。煦嫗絪緼，肇生蒸民〔十三〕。天命聖神，是爲大人〔十四〕。大人淳淳，爲天下君。巍巍我唐，穆穆我皇。纂承九葉，照臨八方。四維載張，兩曜重光。齷齪唐虞，趑趄羲皇⑭〔十五〕。乘時有作，焕乎文章〔十六〕。乃建貞元，以正乾坤。乃紀吉辰，以殷仲春。吉辰伊何？號爲中和。和維大和，中維大中。以暢中氣，以播和風。萌牙昆蟲，昭蘇有融。如斡玄化，如運神功。嗚呼⑮！德洽道豐，萬邦來同。微臣作頌，垂裕無窮。（2900）

【校】

①下下　馬本作「而下」。

②兆人　馬本作「兆民」。

③治定　「治」《文苑英華》校：「唐諱。」

④升平　《文苑英華》作「清平」，校：「集作升平。」

⑤青陽　馬本訛「清陽」。

⑥二氣　紹興本等作「仁氣」，據《文苑英華》改。

⑦至聖　《文苑英華》作「至德」，校：「集作聖。」

⑧九八節　那波本、《文苑英華》此下有「而」字。

⑨厚壤　「厚」《文苑英華》作「原」，校：「集作厚。」

⑩拜手　《文苑英華》作「拜首」，校：「京本作拜手。」

⑪亭育　馬本作「亭毒」。盧校：「俱通。」

⑫其至矣夫　《文苑英華》無「夫」字，校：「此下京本有夫字。」

⑬玄黄　《文苑英華》作「玄化」，校：「集作黄。」

⑭逯起　《文苑英華》校：「一作超越。」

⑮嗚呼　那波本、馬本作「於戲」。《文苑英華》無二字，校：「集有於戲二字。」

【注】

朱《箋》：作於貞元十五年（七九九），「白氏《與元九書》云：『二十七方從鄉賦』，則知貞元五年無至長安應進士試之可能。陳《譜》、汪《譜》俱繫於貞元五年，非。」按，陳《譜》雖繫於貞元五年下，然據序云「臣忝就賓貢之列」，謂：「未必作於是年。」羅聯添《白樂天年譜》仍繫於貞元五年，謂序所云「當是虚擬口氣，不是實語」。

〔一〕中和節：《唐會要》卷二九《節日》：「（貞元）五年正月十一日敕：四序嘉辰，歷代增置，漢崇上巳，晉紀重陽，或説禳除，雖因舊俗，與衆宴樂，誠洽當時。朕以春方發生，候維仲月，句萌畢達，天地同和，俾其昭蘇，宜助暢茂。自今以後，以二月一日爲中和節，内外官司，並休假一日。先敕百僚，以三令節集會，今宜吉制嘉節以徵之，更晦日於往月之終，揆明辰於來月之始。請令文武百僚，以是日進農書，司農獻穜稑之種，王公戚里上春服，士庶以尺刀相遺，村社作中和酒，祭句芒神，聚會宴樂，名爲饗句芒，祈年穀。仍望各下州府，所在頒行。」

〔二〕自上下下雷解風動：《易・益・象》：「自上下下，其道大光。」《易・解・象》：「雷雨作，解，君子以赦過宥罪。」

〔三〕中和之時義：《禮記・中庸》：「喜怒哀樂之未發，謂之中；發而皆中節，謂之和。中也者，天下之大本也；和也者，天下之達道也。致中和，天地位焉，萬物育焉。」

〔四〕神堯：唐高祖尊號神堯大聖大光孝皇帝。

〔五〕舄奕乎：班固《典引》：「舄奕乎千載。」《文選》李善注：「舄奕，光曜流行貌。」

〔六〕皇帝穆然六句：《禮記·月令》：「仲春之月……天子居青陽大廟，乘鸞路，駕倉龍，載青旂，衣青衣，服倉玉，食麥與羊。其器疏以達。是月也，安萌芽，養幼少，存諸孤。擇元日，命民讓。命有司省囹圄，去桎梏，毋肆掠，止獄訟。」注：「青陽大廟，東堂當大室。」

〔七〕初吉：《詩·小雅·小明》：「二月初吉，載離寒暑。」傳：「初吉，朔日也。」

〔八〕揆三陽之中：謂仲春之月。《書·洪範》疏：「冬至以及於夏至，當爲陽來。正月爲春，木位也，三陽已生，故三爲木數。」劉孝綽《三日侍華光殿曲水宴詩》：「薰祓三陽暮，濯禊元巳初。」

〔九〕幽蟄蘇而勾萌達：《禮記·月令》：「季春之月……是月也，生氣方盛，陽氣發洩，句者畢出，萌者盡達。」注：「句，屈生者。芒而直曰萌。」《淮南子·時則訓》：「仲春之月……命有司，省囹圄，去桎梏，毋笞掠，止獄訟，養幼小，存孤獨，以通句萌。擇元日，令民社。是月也，日夜分，雷始發聲，蟄蟲咸動蘇。」

〔十〕昔在唐堯三句：《書·堯典》：「乃命羲和，欽若昊天，曆象日月星辰，敬授人時。」傳：「敬記天時以授人也。」

〔十一〕降及周文三句：《詩·小雅·魚藻》：「王在在鎬，豈樂飲酒。」箋：「豈亦樂也。天下平安，萬物得其性，武王何所處乎？處於鎬京，樂八音之樂，與群臣飲酒而已。」

〔十二〕權輿胚渾：《爾雅·釋詁》：「權輿，始也。」劉允濟《天賦》：「臣聞混成發粹，大道含元，興於物祖，首自胚渾。」玄黄既分：《易·坤·文言》：「夫玄黄者，天地之雜也，天玄而地黄。」

〔十三〕煦嫗絪緼：《禮記·樂記》：「天地訢合，陰陽相得，煦嫗覆育萬物。」《易·繫辭下》：「天地絪緼，萬物化醇。」

〔十四〕天命聖神是爲大人：《淮南子·泰族訓》：「故大人者，與天地合德，日月合明，鬼神合靈，與四時合信。」

〔十五〕逷起羲皇：張衡《東京賦》：「狹三王之逷起，軼五帝之長驅。」《文選》引薛綜注：「逷起，局小貌。」

〔十六〕乘時有作：《管子·山至數》：「王者乘時，聖人乘易。」焕乎文章：《論語·泰伯》：「子曰：『大哉堯之爲君也！巍巍乎！唯天爲大，唯堯則之。蕩蕩乎，民無能名焉。巍巍乎其有成功也，焕乎其有文章。』」

晉謚恭世子議〔一〕

晉侯以驪姬之惑，殺太子申生。或謂申生得殺身成仁之道，是以晉人謚爲恭世子，載在方册，古今以爲然。居易獨以爲不然也。大凡恭之義有三：以孝保身，子之恭；以正承命，臣之恭；以道守嗣，君之恭。若棄嗣以非禮①，不可謂道；受命於非義，不可謂正；殺身以非罪，不可謂孝。三者率非恭也，申生有焉，而謚曰恭，不知其可。若垂末代以爲訓戒，居易懼後之臣子有失大義、守小節者，將奔走之。將欲商推，敢徵義類。在昔虞舜，父頑母嚚。舜既克諧，瞽亦允若〔二〕。申生父之昏，姬之惡，誠宜率子道以幾諫，感君心以至誠。雖申生之孝不侔於舜，而獻公之頑亦不逮於瞽。盍以蒸蒸之乂，俾不格於姦乎？故咎之始形，則齋栗祇載②，爲虞舜可也〔三〕。若不能及，禍之將兆，則讓位去國，爲吴太伯可也〔四〕。若又不能，及難之既作，則全身遠害，爲公子重耳可也〔五〕。三失無一得，於是乎致身於不義不祇，陷父於不德不慈，負罪被名，以至於死。臣子之道，不其惑歟？夫以堯之聖，《書》美曰「允恭」〔六〕。舜之孝，《書》美曰「溫恭」〔七〕。今以申生之失道，亦謂曰恭，庸可稱乎？周之衰也，楚子以霸王之器，奄有荆蠻，光啓土宇。赫赫楚國，由之而興。謚之爲恭，猶曰薄德〔八〕。今申生徇其死不顧其義，輕其身不圖其君，俾死之後弑三君，奚齊、卓子、懷公〔九〕。殺十有五臣，荀息、里克、丕鄭、祁舉、共華、賈華、叔堅、錐歂、纍虎、特宫、山祁、慶鄭、狐突、瑕生、郤芮③〔十〕。實啓禍先，大亂晉國。則楚之得也如彼④，申生之失也若此，異德同謚，無乃不可乎？左氏修魯史，受經於仲尼。蓋仲尼之志，丘明從而明之，無善惡，無小大⑤，莫不微婉而發揮焉〔十一〕。至於申生之死也，之謚也，略而無譏，何其謬哉！何以覈諸？且仲尼修《春秋》，明則有凡例，幽則有微旨〔十二〕。其有君不君，臣不臣，父不父，子不子，率書名以貶之〔十三〕。故書曰：「晉侯殺其太子申生。」不言晉人，而書晉侯且名太子者，蓋明晉侯不道，且罪申生陷君父於不義也〔十四〕。以微旨考之，則仲尼明貶可知矣；以凡例推之，則左氏之闕文可知矣⑥。嗚呼！先王之制謚，豈容易哉？蓋善惡始終，必褒貶於一字。所以彰明往者，勸沮來者。故君子於其謚，無所苟而已矣。繇是而言，則恭世子之謚不亦誣乎？不亦誣乎？（2901）

【校】

①棄嗣以　「以」《唐文粹》作「於」。《文苑英華》校：「《文粹》作於。」

②祗載　《唐文粹》此下有「而」字。《文苑英華》校：「《文粹》有而字。」

③雖顒　馬本作「錐歈」。「特宮」　馬本作「特官」。「山祁」　馬本作「山祀」。「狐突」　馬本作「孤突」。誤。
④楚之得　《文苑英華》、《唐文粹》作「楚恭之得」。
⑤小大　那波本、馬本作「大小」。
⑥知矣　《文苑英華》作「知也」，校：「《文粹》、集本作矣。」

【注】

朱《箋》：作於貞元十六年（八〇〇）以前。

〔一〕晉謚恭世子：太子申生事，見《左傳》僖公四年。又僖公十年：「晉侯改葬共大子。」《禮記·檀弓上》：「晉獻公將殺其世子申生，公子重耳謂之曰：『子盍言子之志於公乎？』世子曰：『不可。君安驪姬，是我傷公之心也。』曰：『然則盍行乎？』世子曰：『不可。君謂我欲弑君也。天下豈有無父之國哉！吾何行如之？』使人辭於狐突曰：『申生有罪，不念伯氏之言也，以至於死。申生不敢愛其死。雖然，吾君老矣，子少，國家多難。伯氏不出而圖吾君，伯氏苟出而圖吾君，申生受賜而死。』再拜稽首，乃卒。是以爲恭世子也。」注：「言行如此，可以爲恭，於孝則未之有。」孔穎達疏：「《春秋左傳》云：『晉侯殺其世子申生。』父不義也，孝子不陷親於不義，而申生不能自理，遂陷父有殺子之惡。雖心存孝，而於理終非，故不曰孝，但謚爲恭，以其順於父事而已。《謚法》曰：『敬順事上曰恭。』」按，白氏此論實本於啖助、趙匡之《春秋》學。陸淳《春秋微旨》卷中僖公五年引啖助《春秋集傳》：「啖氏云：『稱晉侯，言申生之無罪也。』淳聞於師曰：申生進不能自明，退不能違難，雖其愛父之心，而乃陷之於不義。俾讒人得志，國以亂離。古人云：『小仁，大仁之賊也。』其斯謂與？」

〔二〕在昔虞舜四句：《書·堯典》：「師錫帝曰：『有鰥在下，曰虞舜。』帝曰：『俞？予聞，如何？』岳曰：『瞽子。父頑，母嚚，象傲。克諧以孝，烝烝乂，不格姦。』」傳：「烝，進也。言能以至孝和諧頑嚚昏傲，使進進以善自治，不至於姦惡。」

〔三〕齋栗祇載爲虞舜可也：《書·大禹謨》：「帝初于歷山，往于田，日號泣于旻天，于父母，負罪引慝，祇載見瞽叟，夔夔齋慄，瞽亦允若。」傳：「載，事也」；「言舜負罪引惡，敬以事見於父，悚懼齋莊，父亦信順之。言能以至誠感頑父。」

〔四〕讓位去國爲吳太伯可也：《左傳》閔公元年：「晉侯作二軍，公將上軍，大子申生將下軍……士蔿曰：『大子不得立矣。分之都城而位以卿，先爲之極，又焉得立。不如逃之，無使罪至。爲吳大伯，不亦可乎？猶有令名，與其及也。』」杜預注：「大伯，周大王之適子，知其父欲立季歷，故讓位而適吳。」

〔五〕全身遠害爲公子重耳可也：《左傳》僖公五年：「及難，公使寺人披伐蒲，重耳曰：『君父之命不校。』乃徇曰：『校者，吾讎也。』踰垣而走，披斬其袪。遂出奔翟。」

〔六〕書美曰允恭：《書・堯典》：「曰若稽古帝堯，曰放勛，欽明文思安安，允恭克讓。」

〔七〕書美曰溫恭：《書・舜典》：「曰若稽古帝舜，曰重華，協于帝。濬哲文明，溫恭允塞。」

〔八〕楚子以霸王之器七句：《左傳》襄公十三年：「楚子疾，告大夫曰：『不穀不德，少主社稷，生十年而喪先君，未及習師保之教訓，而應受多福。是以不德，而亡師于鄢，以辱社稷，爲大夫憂，其弘多矣。若以大夫之靈，獲保首領以殁於地，唯是春秋窀穸之事，所以從先君於禰廟者，請爲靈或厲。大夫擇焉！』莫對，及五命乃許。秋，楚共王卒。子囊謀謚。大夫曰：『君有命矣。』子囊曰：『君命以共，若之何毁之？赫赫楚國，而君臨之，撫有蠻夷，奄征南海，以屬諸夏，而知其過，可不謂共乎？請謚之共。』大夫從之。」

〔九〕死之後弑三君：驪姬生奚齊，其娣生卓子。晉獻公使荀息傅奚齊，獻公卒，里克殺奚齊。荀息立卓子，里克又殺卓子。見《左傳》僖公九年。晉惠公大子圉，即位爲懷公。公子重耳入晉，殺懷公。見《左傳》僖公二十四年。

〔十〕殺十有五臣：里克殺奚齊、卓子，荀息死之。見《左傳》僖公九年。惠公即位，殺里克。郤芮殺丕鄭、祁舉及共華、賈華、叔堅、騅歂、纍虎、特宮、山祁，皆里、丕之黨。見《左傳》僖公十年。懷公即位殺狐突，見《左傳》僖公二十三年。瑕甥、郤芮將焚公宮而弑文公，爲秦伯誘而殺之。見《左傳》僖公二十四年。韓之戰慶鄭不救惠公，惠公歸，殺慶鄭而後入。見《左傳》僖公十五年。

〔十一〕左氏修魯史七句：杜預《春秋左傳序》：「左丘明受經於仲尼，以爲經者不刊之書，故傳或先經以始事，或後經以終義，或依經以辯理，或錯經以合民，隨義而發……其文緩，其旨遠，將令學者原始要終，尋其枝葉，究其所窮。」

〔十二〕仲尼修春秋三句：杜預《春秋左傳序》：「其發凡以言例，皆經國之常制，周公之垂法，史書之舊章，仲尼從而修之，以成一經之通體。其微顯闡幽，裁成義類者，諸稱書、不書、先書、故書、不言、不稱、書曰之類，皆所以起新舊，發大義，謂之變例。」

〔十三〕牽書名以貶之：《左傳》昭公三十一年：「冬，邾黑肱以濫來奔，賤而書名，重地故也。君子曰：『名之不可不慎也如是。夫有所名，而不如其已。以地叛，雖賤，必書地，以名其人。終爲不義，弗可滅已。是故君子動則思禮，行則思義，不爲利回，不爲義疚。或求名而不得，或欲蓋而名章，懲不義也。』」

〔十四〕書晉侯且名太子：陸淳《春秋集傳纂例》卷七《外殺大夫公子》條：「啖子曰：凡他國殺大夫、公子目君者，惡其君也。」注：「晉侯殺其世子申生、宋殺其世子痤、天王殺弟佞夫，直是君自殺之，非國也。」

漢將李陵論①〔一〕

論曰：忠、孝、智、勇四者，爲臣爲子之大寶也。故古之君子，奉以周旋。苟一失之，是非人臣人子矣。漢李陵策名上將②，出討匈奴，竊謂不死於王事非忠，生降於戎虜非勇，棄前功非智，召後禍非孝。四者無一可，而遂亡其宗。哀哉！予覽《史記》、《漢書》，皆無明譏，竊甚惑之。司馬遷雖以陵獲罪，而無譏可乎？班孟堅亦從而無譏③，又可乎？按《禮》云：「謀人之軍師，敗則死之。」〔二〕故敗而死者，是其所也。《春秋》所以美狼瞫者，爲能獲其死所④〔三〕。而陵獲所不死，得無譏焉？觀其始以步卒深入虜庭，而能以寡擊衆，以勞破逸，再接再捷，功孰大焉？及乎兵盡力殫，摧鋒敗績，不能死戰，卒就生降。噫！墜君命，挫國威，不可以言忠。屈身於夷狄，束手爲俘虜⑤，不可以言勇。喪戰勳於前，墜家聲於後⑥，不可以言智。罪逭於躬，禍移於母⑦，不可以言孝。而引范蠡、曹沫爲比，又何謬歟〔四〕？且會稽之恥，蠡非其罪〔五〕；魯國之羞，沫必能報〔六〕。所以二子不死也。而陵苟免其微軀，受制於强虜，雖有區區之意，亦奚爲哉？夫吳、齊者，越、魯之亂國。匈奴者，漢之外臣。俾大漢之將爲單于之擒，是長寇讎、辱國家甚矣。況二子雖不死，無陵生降之名。二子苟生降，無陵及親之禍。酌其本末，事不相侔。而陵竊慕之，是大失臣子之義也。觀陵答子卿之書，意者但患漢之不知己而不自内省其始終焉⑧。何者？與其欲刺心自明，刎頸見志，曷若効節致命，取信於君⑨？與其痛母悼妻，尤君怨國，曷若忘身守死而紓禍於親焉⑩？或曰：武帝不能明察⑪，苟聽流言⑫，遽加厚誅，豈非負德？答曰：設使陵不苟其生，能繼以死，則必賞延於世⑬，刑不加親，戰功足以冠當時，壯節足以垂後代。忠、孝、智、勇四者立，而死且不朽矣。何流言之能及哉？嗚呼！予聞之古人云：人各有一死，死或重於泰山，生或輕於鴻毛〔七〕。若死重於義，則視之如泰山也。若義重於死，則視之如鴻毛也。故非其義，君子不輕其生⑭；得其所，君子不愛其死⑮。惜哉陵之不死也，失君子之道焉⑯。故隴西士大夫以李氏爲愧⑰，不其然乎？不其然乎〔八〕？（2902）

【校】

①題　《唐文粹》作「李陵論」。

②漢李陵　《唐文粹》「漢」下有「將」字。《文苑英華》校：「一有將字。」

③無識　《文苑英華》、《唐文粹》作「無明識」。

④爲能　「爲」《文苑英華》作「謂」，校：「一作爲。」

⑤俘虜　「俘」《文苑英華》作「降」，校：「一作俘。」

⑥墜　《文苑英華》作「隤」，校：「集作墜。」

⑦禍移　《文苑英華》作「禍貽」，校：「一作移。」

⑧始終　《文苑英華》作「終始」，校：「一作始終。」

⑨於君　《文苑英華》其下有「乎」字，校：「一無乎字。」

⑩忘身　《文苑英華》作「忘軀」，校：「一作身。」

⑪武帝　《文苑英華》作「漢武帝」，校：「一無漢字。」

⑫苟　《文苑英華》校：「一作下。」《全唐文》作「下」。

⑬則必　「則」《文苑英華》作「其」，校：「一作則。」

⑭君子　《文苑英華》其上有「則」字，校：「一無則字。」

⑮君子　《文苑英華》其上有「則」字，校：「一無則字。」

⑯之道焉　郭本無「焉」字。

⑰士大夫　《文苑英華》作「大夫」，校：「京本作士大夫。」

【注】

朱《箋》：作於貞元十六年（八〇〇）以前。

〔一〕李陵：《史記·李將軍列傳》末附李陵事，據梁玉繩《史記志疑》考證，爲後人所續。記事與《漢書·李廣蘇建傳》亦有不合。司馬遷《報任安書》：「夫僕與李陵，俱居門下，素非能相善也。趣舍異路，未嘗銜杯酒，接殷勤之餘歡。然僕觀其爲人，自守奇士，事親孝，與士信，臨財廉，取與義，分別有讓，恭儉下人，常思奮不顧身，以徇國家之急。其素所蓄積也，僕以爲有國士之風。夫人臣出萬死不顧一生之計，赴公家之難，斯以奇矣。今舉事一不當，而全軀保妻子之臣，隨而媒孽其短，僕誠私心痛之。且李陵提步卒不滿五千，深踐戎馬之地，足歷王庭，垂餌虎口，横挑强胡，仰億萬之師，與單于連戰十有餘日，所殺過半當。虜救死扶傷不給，旃裘之君長咸震怖，乃悉徵其左右賢王，舉引弓之人，一國共攻而圍之。轉鬥千里，矢盡道窮，救兵不至，士卒死傷如積，然陵一呼勞軍，士無不起，躬自流涕沬血飲泣，更張空拳，冒白刃，北向爭死敵者。陵未没時，使有來報，漢公卿王侯皆奉觴上壽。後數日，陵敗書聞，主上爲之食不甘味，聽朝不怡，大臣憂懼，不知所出。僕竊不自料其卑賤，見主上慘愴怛悼，誠欲效其款款之愚，以爲李陵素與士大夫絶甘分少，能得人死力，雖古之名將不能過也。身雖陷敗，彼觀其意，且欲得其當而報於漢。事亦無可奈何，其所摧敗，功亦足以報於天下矣。僕懷欲陳之而未有路，適會召問，即以此指推言陵之功，欲以廣主上之意，塞睚眦之辭。」《漢書·李廣蘇建傳》引司馬遷之言，《司馬遷傳》又全録《報任安書》，此即所謂皆無明識。白居易之前論及李陵者，少有譏詞。王叡《炙轂子·誠節論》：「既不能仗節死義，又不能變通成功，此謂之偷生無恥之夫。昔李陵降匈奴，又要成功，致老母伏誅，妻子棄市，斯始規變通而終爲負義。」此論在白居易之後。敦煌所見《李陵變文》，乃民間敷演其事迹者，亦無譏詞。

〔二〕禮云：《禮記·檀弓上》：「君子曰：謀人之軍師，敗則死之；謀人之邦邑，危則亡之。」

〔三〕春秋所以美狼瞫：《左傳》文公二年：「戰於殽也，晉梁弘御戎，萊駒爲右，戰之明日，晉襄公縛秦囚，使萊駒以戈斬之。囚呼，萊駒失戈，狼瞫取戈以斬囚，禽之以從公乘，遂以爲右。箕之役，先軫黜之，而立續簡伯。狼瞫怒，其友曰：『盍死之？』瞫曰：『吾未獲死所。』其友曰：『吾與女爲難。』瞫曰：『《周志》有之：勇則害上，不登於明堂。死而不義，非勇也。共用之謂勇。吾以勇求右，無勇而黜，亦其所也。謂上不我知，黜而宜，乃知我矣。予姑待之。』及彭衙，既陳，以其屬馳秦師，死焉。晉師從之，大敗秦師。君子謂狼瞫於是乎君子。」

〔四〕引范蠡曹沫爲比：《文選》李陵《答蘇武書》：「然陵不死，有所爲也。故欲如前書之言，報恩於國主耳。誠以虚死不如立節，滅名不如報德也。昔范蠡不殉會稽之恥，曹沫不死三敗之辱，卒復勾踐之讎，報魯國之羞。區區之心，竊慕此耳。」

〔五〕會稽之恥蠡非其罪：《史記·越王句踐世家》：「句踐聞吴王夫差日夜勒兵，且以報越，越欲先吴未發往伐之。范蠡諫曰：『不可……』越王曰：『吾已決之矣。』遂興師。吴王聞之，悉發精兵擊越，敗之夫椒。越王乃以餘兵五千人保棲於會稽。吴王追而圍之。越王謂范蠡曰：『以不聽子故至於此，爲之奈何？』蠡對曰：『持滿者與天，定傾者與人，節事者以地。卑辭厚禮以遺之，不許，而身與之市。』句踐曰：『諾。』乃令大夫種行成於吴。」

〔六〕魯國之羞沫必能報：《史記·刺客列傳》：「曹沫者，魯人也。以勇力事魯莊公。莊公好力。曹沫爲魯將，與齊戰，三敗北。魯莊公懼，乃獻遂邑之地以和。猶復以爲將。齊桓公許與魯會于柯而盟。桓公與莊公既盟於壇上，曹沫執匕首劫齊桓公……於是桓公乃遂割魯侵地，曹沫三戰所亡地盡復予魯。」

〔七〕古人云：司馬遷《報任安書》：「人固有一死，或重於泰山，或輕於鴻毛，用之所趨異也。」

〔八〕故隴西士大夫以李氏爲愧：《史記・李將軍列傳》末載李陵事：「單于既得陵，素聞其家聲，及戰又壯，乃以其女妻陵而貴之。漢聞，族陵母妻子。自是之後，李氏名敗，而隴西之士居門下者皆用爲恥焉。」

太原白氏家狀二道　元和六年，兵部郎中、知制誥李建

按此二狀修撰銘誌。

故鞏縣令白府君事狀①

白氏芈姓，楚公族也。楚熊居太子建奔鄭②，建之子勝居于吳楚間，號白公，因氏焉。楚殺白公，其子奔秦，代爲名將，乙丙已降是也〔一〕。裔孫曰起③，有大功於秦，封武

安君。後非其罪，賜死杜郵。秦人憐之，立祠廟于咸陽，至今存焉〔二〕。及始皇思武安之功，封其子仲于太原，子孫因家焉，故今爲太原人〔三〕。自武安以下，凡二十七代，至府君高祖諱建，北齊五兵尚書，贈司空〔四〕。曾祖諱士通，皇朝利州都督。祖諱志善，朝散大夫、尚衣奉御。父諱溫，朝請大夫、檢校都官郎中。公諱鍠，字確鍾④，都官郎中第六子〔五〕。幼好學，善屬文，尤工五言詩，有集十卷。年十七，明經及第。解褐授鹿邑縣尉⑤，洛陽縣主簿，酸棗縣令。理酸棗有善政，本道節度使令狐彰知而重之⑥，秩滿奏授殿中侍御史内供奉，賜緋魚袋、充滑臺節度參謀⑦〔六〕。軍府之要，多咨度焉。居歲餘，公嘗規彰之失，彰不聽，公因留一書移彰，不辭而去。明年，選授河南府鞏縣令⑧，在任三考。自鹿邑至鞏縣，皆以清直靜理聞於一時⑨。公爲人沈厚和易，寡言多可。至於涉是非、關邪正者⑩，辨而守之，則確乎其不可拔也。大曆八年五月三日，遇疾殁于長安，春秋六十八⑪。以其年權厝於下邽縣下邑里⑫。夫人河東薛氏。夫人之父諱儆⑬，河南縣尉。大曆十二年六月十九日，殁於新鄭縣私第，享年七十。以其年權窆厝於新鄭縣臨洧里。公有子五人。長子諱季庚⑭，襄州別駕，事具後狀。次諱季般⑮，徐州沛縣令。次諱季軫，許州許昌縣令〔七〕。次諱季寧，河南府參軍。次諱季平，鄉貢進士。元和六年十月八日，孫居易等始發護靈櫬，遷葬於下邽縣北義津鄉北原而合祔焉〔八〕。謹狀。（2903）

【校】

①題　「事狀」《文苑英華》作「行狀」，校：「集作事。」

②熊居　那波本、郭本作「熊君」，誤。

③曰起　馬本作「白起」。

④確鍾　「確」字紹興本、那波本空。《文苑英華》作「士鍾」。郭本作「景鍾」。

⑤鹿邑縣尉　此下《文苑英華》有「歷晉陵縣尉汜水縣尉」九字，校：「集無此八字。」校語少計一字。

⑥令狐彰　紹興本等作「令狐章」。下文同。朱《箋》據新舊《唐書》及盧校改正。從改。

⑦賜緋　《文苑英華》此下衍「金」字。「滑臺」　此下《文苑英華》校：「集作亳，非。」

⑧選授　《文苑英華》作「遷授」。

⑨清直　《文苑英華》作「清貞」。

⑩關邪正　「關」紹興本誤「開」，據他本改。

⑪六十八　《文苑英華》作「六十有八」。

⑫權厝　「厝」《文苑英華》作「殯」，校：「集作厝。」「下邽」　紹興本等脱「下」字，據《文苑英華》補。《文苑英華》校：「集無下字，非。」

⑬夫人　《文苑英華》作「薛氏」，校：「集作夫人。」「俶」郭本作「淑」。

⑭季庚　紹興本、那波本作「季庾」。《文苑英華》校：「庚，《世系表》同。集作庾，不同。」

⑮季般　那波本、郭本、《文苑英華》作「季殷」。

陳《譜》、朱《箋》：作於元和六年（八一一），長安。

【注】

〔一〕白氏芈姓至乙丙已降：陳《譜》：「《新史·宰相世系表》及公所述《鞏縣府君事狀》，其不同者，《表》稱虞公族百里奚媵秦穆姬，生孟明視，視生二子曰西乞術、白乙丙，其後以爲氏。而《事狀》稱楚太子建之子勝號白公，其子奔秦，代爲秦將，白乙以降是也。如《表》言，出姬姓；如《狀》言，則出芈姓。按《左氏傳》，晉敗秦於殽，獲百里孟明視、西乞術、白乙丙。孟明視百里，謂爲奚之子可也。術、丙與孟明號爲三帥，烏知其爲孟明之子邪？且萬無父子三人並將之理，此其爲説固已疎矣。若《事狀》則又合白勝、白乙爲一族。白乙爲秦穆將，去白勝幾二百年，而云白乙以降，則反以爲白勝之後裔，又何其考之不詳也。」顧炎武《日知錄》卷二三《氏族相傳之訛》：「白乙丙見於僖之三十三年，白公之死，則哀之十六年，後白乙丙一百四十八年。曾謂樂天而不考古，一至此哉。」按，唐人言族姓率溯至周秦以上，其間附會牽合，難以悉究。白氏言其先出於楚公族者，如《唐代墓誌彙編》開元四一九《唐故中大夫太子内直監白府君墓誌銘》（《全唐文補遺》第二輯）：「公諱羨言，唐之聞人也。昔天命祝融，制有于楚，洎王熊居太子生勝，避地于吳，錫號白公，爰命氏矣。勝孫起適秦爲良將，爵武安君。始皇踐祚，思武安大業，封太原侯，今爲太原人也。後十五葉生建，仕齊爲中書令，贈司空公。」《唐代墓誌彙編》開元四九四《大唐故汴州封丘縣令白府君墓誌銘》（《全唐文補遺》第五輯）：「公諱知新，太原晉陽人也。自楚王開國，代濟其美。白公受縣，不隕其名。」此兩誌均在居易所作《事狀》前。又《全唐文補遺》第三輯高璩《唐故開府儀同三司守太傅致仕……贈太尉白公墓誌銘》（《唐代墓誌彙編續集》咸通〇〇五）：「白氏受姓於楚，本公子勝理白邑，有大功德，民懷之，推爲白公。其後徙居秦，實生武安君，太史公有傳。遂爲望族。元魏初，因陽邑侯包爲太原太守，子孫因家焉，逮今爲太原人也。公諱敏中，字用晦。」敏中爲居易從祖弟，誌亦衹稱出楚公族後，而未牽涉白乙。《新唐書·宰相世系表》以白姓爲白乙之後而未及白勝，所據爲另一說。《元和姓纂》輯本無白氏，陳《譜》有稱引：「《元和姓纂》載《風俗通》，以白乙爲嬴姓，蓋亦以其爲秦人之意爾。《姓纂》復泛舉秦白起、楚白勝、周白圭、漢白生等數人，而皆不能言其自出。」《世系表》之説當與《姓纂》近同。又洛陽發現署白居易《楚王白勝遷神碑》（見本書補遺），敍白勝事較此爲詳。其真僞有待進一步考證。

〔二〕裔孫曰起：除太原白氏外，唐代其他白姓亦多自承爲白起之後，如《唐代墓誌彙編》開元四一五《大唐故可左監門衛將軍上柱國白府君墓誌銘》（《全唐文補遺》第二輯）：「君諱知禮，字崇敬，岐邑郿人也。其先武安君之苗胤。」《全唐文補遺》第八輯李潛《故延州安寨軍防禦使檢校左僕射南陽白公府君墓誌》：「公諱敬立，字。秦將軍武安君起之後。武安君將秦軍，破楚於鄢郢，退軍築守於南陽，因而號其水爲白水，始稱貫于南陽。武安君載有坑趙之功，爲相君張禄所忌，賜死于杜郵。其後子孫淪替，或逐扶蘇，有長城之役者，多流裔于塞垣。」

〔三〕故今爲太原人：前引白敏中墓誌稱陽邑侯包爲太原太守，子孫因家焉，而未及武安君之子仲。《新唐書·宰相世系表》：「裔孫武安君起，賜死杜郵。始皇思其功，封其子仲於太原，故子孫世爲太原人。二十三世孫後魏太原太守邕，邕五世孫建。」按，包、邕當爲一人。《世系表》似兼取居易《事狀》及白敏中墓誌。

〔四〕至府君高祖諱建：白建《北齊書》有傳。《新唐書·宰相世系表》白氏：「白建字彦舉，後周弘農郡守，邵陵縣男。」陳寅恪《白樂天之先祖及後嗣》（《元白詩箋證稿》附載）：「此白建既字彦舉，與北齊主兵大臣之姓氏名字俱無差異，是即樂天所自承之祖先也。但其官則爲北周弘農郡守，與北齊贈司空之事絶不能相容。其間必有竄改附會，自無可疑。豈樂天之先世賜田，本屬於一後周姓白名某字某之弘農郡守，而其人實是樂天真正之祖宗。故其所賜莊田能在北周境内，後來子孫遠攀異國之貴顯，遂致前代祖宗横遭李樹代桃之阨耶？」賜莊宅事見次篇《襄州别駕府君事狀》。按，後周弘農郡守之白建字彦舉，則唯見於《世系表》，非出於居易之文。同州韓城莊宅，亦見於白敬宗、白公濟墓誌。詳下注。自白起至白建之世系代數，諸白氏墓誌所載不一，無從深究。

〔五〕曾祖諱士通至公諱鍠：自建至鍠之世系，《新唐書·宰相世系表》作：建生君恕、君懋、士通；

士通生志善；志善生溫；溫生鍠、潾。據本書卷三三《唐故溧水縣令太原白府君墓誌銘》（3624），潾當作鏻。前引白羨言墓誌：「後十五葉生建，仕齊爲中書令，贈司空公。生曾祖士遜，齊爲散騎侍郎。生大父君恕，參神堯皇帝霸府倉曹，轉開府大將軍加太常卿。生皇考大威，持節滄綿梓三州刺史。」白知新墓誌：「高祖建，北齊司空。曾祖遜，北齊散騎常侍。祖君慜，皇嘉州刺史。父弘儼，皇潭州錄事參軍。」士遜、遜，當爲一人，與士通兄弟行。其子君恕、君慜。《宰相世系表》誤以君恕、君慜爲建子，遺漏士遜。此皆白建後人可考者。《全唐文補遺》第一輯白知讓《唐故白府君墓誌銘》（《唐代墓誌彙編續集》乾符○三○）：「府君諱敬宗，字子肅。其先太原晉陽人也。顓頊帝之後，帝之裔孫曰起。起爲秦將，封武安君。有功于秦，與立祠。將軍二十代孫府君七代祖建，齊中書令，贈司空，有功於齊。詔賜莊宅二所，在同州韓城縣臨汾鄉紫貝里，府君所居者是也。高祖溫，不仕。曾若鏞，唐朝散大夫、秘書郎。祖季論，坊州宜君縣令。父公濟，不仕。叔伯等盡皆進士出身，累登科第，名顯於四夷，位達於一品。」《全唐文補遺》第五輯《大唐故白府君墓誌銘》：「府君諱公濟，字子捷，本太原人也。秦將武安君起之苗裔。遠代意慕中華，徙居同州韓城縣臨汾鄉紫貝里居焉……曾祖諱璘，皇任揚州錄事參軍。祖諱論，皇任坊州縣令……有嗣子六人，孟曰宗怙，仲曰宗晟，季曰元珮……次曰敬宗，又曰仲孺。」此公濟、敬宗父子二人墓誌，敍其先之名或爲若鏞或爲璘，或爲季論或爲論，竟自出入。公濟墓誌稱曾祖璘、祖論而無父，顯然錯敍一代。如從敬宗墓誌，則白溫另一子名鏞（原誌鏞上若字疑訛），與鍠、鏻等皆從金傍，或有可能。然公濟墓誌所云「遠代意慕中華，徙居同州韓城縣」，或亦透露此一支之真實來源。

〔六〕本道節度使令狐彰：《舊唐書·代宗紀》：「（大曆八年二月）壬寅，永平軍節度使、檢校右僕射、滑州刺史、霍國公令狐彰卒。」彰爲史思明僞署爲博州刺史及滑州刺史，表奏肅宗歸順，授滑亳魏博等六州節度，鎮滑州。見《舊唐書·令狐彰傳》。

〔七〕次諱季軫：見卷六《許昌縣令新廳壁記》（2870）。

〔八〕遷葬於下邽縣北義津鄉北原：白敏中墓誌：「以其年十月三十日歸葬於下邽縣義津鄉洪義原，與前崔夫人合祔，從□先塋，禮也。」則白鍠、白鏻後人均葬於下邽義津鄉。

襄州別駕府君事狀

公諱季庚①，字某②，鞏縣府君之長子。天寶末，明經出身。解褐授蕭山縣尉，歷左武衛兵曹參軍，宋州司户參軍。建中元年，授彭城縣令。時徐州爲東平所管。屬本道節度使反。反之狀，先以勝兵屯埇口，絶汴河運路，然後謀東闚江淮。朝廷憂虞，計未有出。公與本州刺史李洧潛謀，以徐州及埇口城歸國，反拒東平。東平遣驍將信都崇敬、石隱金等③，率勁卒二萬攻徐州。徐州無兵，公收合吏民得千餘人，與李洧堅守城池，親當矢石，晝夜攻拒。凡四十二日，而諸道救兵方至。既而賊徒潰，運路通，首挫逆謀，不敢東顧。繇是徐州一郡七邑及埇口等三城到于今訖不隸東平者，實李洧與公之力也〔一〕。德宗嘉之，命公自朝散郎超授朝散大夫，自彭城令擢拜本州別駕，賜緋魚袋，仍充徐泗觀察判官。故其制云：「今州將忠謀④，翻然効順⑤。叶其誠美，共贊良圖⑥。我懸爵賞，俟茲而授。宜加佐郡之命，仍寵殊階之序。」貞元初⑦，朝廷念公前功，加檢校大理少卿，依前徐州別駕、當道團練判官，仍知州事。故其制云：「嘗宰彭城，挈而歸國。舊勳若此，新寵蔑如。或不延厚於忠臣⑧，將何勸於義士⑨？宜崇亞列⑩，再貳徐方。」秩滿，又除檢校大理少卿、兼衢州別駕。秩滿，本道觀察使皇甫政以公政績聞薦，又除檢校大理少卿、兼襄州別駕〔二〕。貞元十年五月二十八日⑪，終於襄陽官舍，享年六十六。其年權窆於襄陽縣東津鄉南原⑫。至元和六年十月八日，嗣子居易等遷護於下邽縣義津鄉北原⑬，從鞏縣府君宅兆而合祔焉。夫人潁川陳氏，陳朝宜都之後〔三〕。祖諱璋，利州刺史。考諱潤，坊州鄜城縣令〔四〕。妣太原白氏〔五〕。夫人無兄姊弟妹⑭，八歲丁鄜城府君之憂，居喪致哀，主祭盡敬，其情禮有過成人者。中外姻族，咸稱異之。十五歲事舅姑，服勤婦道，夙夜九年。迨于奉蒸嘗，睦娣姒，待賓客，撫家人，又三十三年⑮，禮無違者。故中外凡爲冢婦者⑯，皆景慕而儀刑焉。及别駕府君即世⑰，諸子尚幼，未就師學。夫人親執《詩》《書》⑱，晝夜教導⑲，恂恂善誘⑳，未嘗以一呵一杖加之。十餘年間㉑，諸子皆以文學仕進，官至清近，實夫人慈訓所致也。夫人爲女孝如是，爲婦順如是，爲母慈如是，舉三者而百行可知矣㉒。建中初，以府君彭城之功，封潁川縣君。元和六年四月三日，殁于長安宣平里第，享年五十七。其年十月八日，從先府君祔于皇姑焉。有子四人。長曰幼文，前饒州浮梁縣主簿。次曰居易，前京兆府户曹參軍、翰林學士。次曰行簡，前秘書省校書郎。幼子金剛奴，無禄早世。初，高祖贈司空有功於北齊，詔賜莊宅各一區，在同州韓城縣㉓，至今存焉。故自司空而下，都官郎中而上，皆葬於韓城縣。今以卜歸不便，遂改卜鞏縣府君及襄州别駕府君兩塋於下邽縣義津鄉北原㉔。其兩塋同兆域而異封樹，蓋從時宜，且叶吉也。謹狀。（2904）

【校】

①季庚　紹興本、那波本作「季庚」。

②字某　「某」紹興本、那波本空兩字。《文苑英華》明抄本空兩字，明刊本作「子申」。郭本一字空，一字作「夫」。馬本作「某」。

③東平　馬本二字不重，誤。「遺」《文苑英華》作「令」，校：「集作遺。」
④州將　《文苑英華》其上有「徐州」二字，校：「集無二字。」
⑤効順　《文苑英華》作「仗順」，校：「集作効。」
⑥良圖　「良」《文苑英華》作「國」，校：「集作良。」
⑦貞元　郭本作「興元」，誤。
⑧或不　「或」《文苑英華》作「如」，校：「集作或字。」
⑨勸於　郭本作「獎勸於」。
⑩宜崇　馬本、《文苑英華》作「宜從」。
⑪十年　《文苑英華》作「五年」，校：「集作十，是。」「五月」《文苑英華》作「十月」，校：「集作五。」
⑫其年　《文苑英華》作「某年」。
⑬遷護　《文苑英華》無「護」字。
⑭夫人　《文苑英華》作「陳氏」，校：「集作夫人。」
⑮三十　「三」《文苑英華》校：「集作二，是。」郭本作「二十」。
⑯冢婦　《文苑英華》、郭本作「家婦」，《文苑英華》校：「集作冢。」
⑯及　紹興本等作「又」，據《文苑英華》改。

⑱恂恂　郭本作「循循」。

⑲夫人　《文苑英華》作「陳氏」，校：「集作夫人。」

⑳晝夜　《文苑英華》作「夙夜」，校：「集作晝。」

㉑十餘年　《文苑英華》作「十年之」，校：「集作餘年。」

㉒而百行　「而」紹興本、那波本作「與」，《文苑英華》無此字。此從馬本。

㉓韓城　各本作「同城」，誤。從朱《箋》改。

㉔鞏縣　馬本作「蘄縣」，誤。

【注】

〔一〕實李洧與公之力：本道節度使謂平盧淄青節度使李正己。建中二年三月朝廷築汴州城，正己與魏博節度使田悦等盤結自固，移兵於境。八月正己卒，子納繼之。《資治通鑑》建中二年：「徐州刺史李洧，正己之從父兄也。李納寇宋州，彭城令太原白季庚説洧舉州歸國。洧從之，遣攝巡官崔程奉表詣闕，且使口奏，並白宰相，以徐州不能獨抗納，乞領徐海沂三州觀察使，況海沂二州今皆爲納有。洧與刺史王涉、馬萬通素有約，苟得朝廷詔書，必能成功。程自外來，以爲宰相一也，先白張鎰，鎰以告盧杞。杞怒其不先白己，不從其請。（十月）戊申，加洧御史大夫，充招諭使……(十一月)辛酉,宣武節度使劉洽、神策都知兵馬使曲環、滑州刺史襄平李澄、朔方大將唐朝臣,大破淄青、魏博之兵於徐州。先是,李納遣其將王溫會魏博將信都崇慶共攻徐州,李洧遣牙官溫人王智興詣闕告急。智興善走,不五日而至。上爲之發朔方兵五千人,以朝臣將之,與洽、環、澄共救之。時朔方軍資裝不至,旗服弊惡。宣武人嗤之曰:『乞子能破賊乎!』朝臣以其言激怒士卒,且曰:『都統有令,先破賊營者,營中物悉與之。』士皆憤怒爭奮。崇慶、溫攻彭城,二旬不能下,請益兵於納。納遣其將石隱金將萬人助之,與劉洽等相拒於七里溝。日向暮,洽引軍稍却。朔方馬軍使楊朝晟言於唐朝臣曰:『公以步兵負山而陳,以待兩軍。我以騎兵伏于山曲,賊見懸軍勢孤,必搏之。我以伏兵絶其腰,必敗之。』朝臣從之……崇慶等兵大潰,洽等乘之,斬首八千級,溺死過半。朔方軍盡得其輜重,旗服鮮華,乃謂宣武人曰:『乞子之功,孰與宋多?』宣武人皆慚。官軍乘勝逐北,至徐州城下,魏博、淄青軍解圍走,江淮漕運始通。」另參見本書卷三一《薦李晏韋楚狀》(3607)。

〔三〕本道觀察使皇甫政:《舊唐書·德宗紀》:「(貞元三年正月戊申)宣州刺史皇甫政爲越州刺史、浙東觀察使。」《册府元龜》卷六六七《内臣部·立功》:「皇甫政,德宗時内臣也。貞元中,福建叛卒逐其觀察使吴詵,既而福州兵四百餘人潰亡入海,延至溫、台、明州,寇掠鄉閭,頗爲人患,帝憂其滋長,令政設策備之。政乃令從事韋萬巡撫三州,擇海浦形便,起城栅,修艦教弩,選士豪者爲統將,以招討之。萬有方略,數月之間,擒獲頗衆,餘悉降之。自是瀕海皆寧。」

〔三〕陳朝宜都之後：陈宣帝六子叔明封宜都王。見《陳書·高宗子二十九王》。

〔四〕考諱潤坊州鄜城縣令：卷五《唐故坊州鄜城縣尉陳府君夫人白氏墓誌銘》(2866)：「故鄜城尉諱潤之夫人。」此作縣令，小異。《唐詩紀事》卷三九：「潤，大曆間人，終坊州鄜城縣令，樂天之外祖也。」《登科記》卷十大曆五年：「明經科：陳潤。《永樂大典》引《蘇州府志》：陳潤是年舉明經，又中奇才異能科。」據此文，夫人八歲丁鄜城府君之憂，則陳潤當卒於寶應元年(七六二)，大曆間已不在人世。《唐詩紀事》、《登科記》所載之陳潤當爲另一人。

〔五〕妣太原白氏：見卷五《唐故坊州鄜城縣尉陳府君夫人白氏墓誌銘》(2866)。

白居易文集校注卷第十①

試策問制誥　凡十六首

才識兼茂明於體用科策一道②　元和元年四月，登科第四等③。

問：皇帝若曰：朕觀古之王者，受命君人，兢兢業業，承天順地，靡不思賢能以濟其理，求讜直以聞其過。故禹拜昌言而嘉猷罔伏〔一〕，漢徵極諫而文學稍進〔二〕。匡時濟俗，罔不率繇。厥後相循，有名無實。而又設以科條，增求茂異。捨斥己之至言④，進無用之虚文⑤。指切著明，罕稱於代。兹朕所以歎息鬱悼，思索其真。是用發懇惻之誠，咨體用之要。庶乎言之可行，行之不倦。上獲其益，下輸其情。君臣之間，確然相與⑥。子大夫得不勉思朕言而茂明之⑦！我國家光宅四海，年將二百。十聖弘化，萬邦懷仁⑧。三王之禮靡不講，六代之樂罔不舉。浸澤于下⑨，昇中于天⑩。周、漢以還，莫斯爲盛。自禍階漏壞，兵宿中原。生人困竭，耗其太半。農戰非古，衣食罕儲。念兹疲甿，遠乖富庶⑪。督耕植之業⑫，而人無戀本之心；峻榷酤之科，而下有重斂之困〔三〕。舉何方而可以復其盛？用何道而可以濟其艱？既往之失，何者宜懲？將來之虞，何者當戒？昔主父懲患於晁錯而用推恩⑬〔四〕，夷吾致霸於齊桓而行寓令〔五〕。精求古人之意⑭，啓迪來哲之懷⑮。眷兹洽聞，固所詳究。又執契之道，垂衣不言。委之於下則人用其私，專之於上則下無其効。漢元優游於儒學⑯，盛業竟衰〔六〕；光武責課於公卿，峻政非美〔七〕。二途取捨，未獲所從。余心浩然，益所疑惑⑰。子大夫孰究其旨⑱，屬之於篇⑲。興自朕躬，無悼後害。

對：臣聞漢文帝時，賈誼上疏云：「可爲痛哭者一，可爲流涕者二，可爲長太息者三。」〔八〕是時漢興四十載⑳，萬方大理，四海大和，而賈誼非不見之。所以過言者，以爲詞不切，志不激，則不能迴君聽，感君心，而發憤於至理也。是以雖盛時也，賈誼過言而無愧；雖過言也，文帝容之而不非。故臣不失忠，君不失聖，書之史策，以爲美談。然臣觀自兹已來㉑，天下之理，未曾有髣髴於漢文帝時者。激切之言，又未有髣髴於賈誼疏者。豈非君之明聖不侔於文帝乎㉒？臣之忠讜不逮於賈誼乎㉓？不然，何衰亂之時愈多㉔，而切直之言愈少也㉕？今陛下思禹之昌言而拜之，念漢之極諫而徵之，廢虚文之無用者㉖，獎至言之斥己者，詢臣以可行之策，諭臣以不倦之意㉗，懇惻鬱悼，發於至誠。此真聖王思至理、求過言之明旨也。斯則陛下之道已弘於前代㉘。臣之才識劣於古人㉙，輒欲過言，以裨陛下明德萬分之一也。裨之者非敢謂言之必可行也，體用之必可明也。且欲使後代知陛下踐祚之後，有朴直敢言之臣出焉，無俾文帝、賈誼專美於漢代。然後退而俯伏以待罪戾焉，臣誠所甘心也。謹以過言昧死上對。伏蒙陛下賜臣之策有思興禮樂之道，念救疲甿之方，辯懲往戒來之宜㉚，審推恩寓令之要。至矣哉！陛下之念及此，實萬葉之福也，豈唯一代之人受其賜而已哉？臣聞疲病之作㉛，有因緣焉㉜；救療之方，有次第焉。臣請爲陛下究因緣、陳次第而言之。臣聞太宗以神武之姿，撥天下之亂。玄宗以聖文之德，致天下之肥。當二宗之時，利無不興，弊無不革；遠無不服，近無不和㉝。貞觀之功既成而大樂作焉，雖六代之盡美無不舉也。開元之理既定而盛禮興焉，雖三王之明備無不講也㉞。禮行故上下輯睦㉟，樂達故内外和平。所以兵偃而萬邦懷仁，刑清而兆人自化㊱。動植之類，咸煦嫗而自遂焉㊲。雖成、康、文、景之理，無以出於此矣〔九〕。洎天寶以降，政教寖微。寇既荐興㊳，兵亦繼起。兵以遏寇，寇生於兵。兵寇相仍，迨五十載。財征由是而重㊴，人力由是而罷。下無安心，雖日督農桑之課而生業不固㊵；上無定費，雖日峻管榷之法而歲計不充。日削月朘，以至於耗竭其半矣。

此臣所謂疲病之因緣者也，豈不然乎？由是觀之，蓋人疲由乎税重，税重由乎軍興，軍興由乎寇生，寇生由乎政缺。然則未修政教而望寇戎之銷，未銷寇戎而望兵革之息，雖太宗不能也。未息兵革而求征徭之省㊶，未省征徭而求黎庶之安㊷，雖玄宗不能也。何則？事有以必然㊸，雖常人足以致；勢有所不可，雖聖哲不能爲。伏惟陛下，將欲安黎庶㊹，先念省征徭；將欲省征徭，先念息兵革；將欲息兵革，先念銷寇戎；將欲銷寇戎，先念修政教。何者？若政教修則下無詐僞暴悖之心，而寇戎所由銷矣。寇戎銷則無興發攻守之役㊺，而兵革所由息矣。兵革息則國無餽餫飛輓之費㊻，而征徭所由省矣㊼。征徭省則人無流亡轉徙之憂，而黎庶所由安矣。臣竊觀今天下之寇雖已盡銷，伏願陛下不以易銷而自怠。今天下之兵雖未盡散，伏願陛下不以難散而自疑。無自怠之心，則政教日肅；無自疑之意，則誠信日明。故政教肅則暴亂革心，誠信明則獷驁歸命㊽。革心則天下將萌之寇不遏而自銷，歸命則天下已聚之兵不散而自息。然後重斂可日減㊾，疲甿可日安㊿，富庶可日滋，困竭可日補。日安則和悦之氣積，日富則廉讓之風形。因其廉讓而示之以禮，則禮易行矣。乘其和悦而鼓之以樂，則樂易達矣。舉斯方而可以復其盛，用斯道而可以濟其難(51)。懲既往之失，莫先於誠不明而政不修；戒將來之虞，莫先於寇不銷而兵不息。此臣所謂救療之次第者也，豈不然乎？若齊行寓令之法以霸諸侯[52]，漢用推恩之謀以懲七國[53]。施之今日，臣恐非宜。何者？且今萬方一統，四海一家，無鄰國可傾，非夷吾用權之秋也[54]。雖欲寓令，令將何所寓耶[55]？今除國建郡，置守罷侯，無爵土可疏，非主父矯弊之日也[56]。雖欲推恩，恩將何所推耶？但陛下嗣貞觀之功[57]，弘開元之理，必將光二宗而福萬葉矣[58]。何區區齊、漢之法而足爲陛下所慕哉？精究之端[59]，實在於此矣。又蒙陛下賜臣之問，有執契垂衣之道，委下專上之宜，敦儒學而業衰，責課實而政失者。此皆政化之所急，今古之所疑[60]。陛下幸念之，臣有以見天下之理興矣[61]。夫執契之道垂衣不言者，蓋言已成之化，非謀始之課也[62]。委之於下者，言王者之理，庀其司、分其務而已，非謂政無小大悉委之於下也[63]。專之於上者，言王者之道，秉其樞、執其要而已，非謂事無巨細悉專之於上也。漢元優游於儒學，而盛業竟衰者，非儒學之過也，學之不得其道也。光武責課於公卿，而峻政非美者，非考課之累也，責之不得其要也。臣請重爲陛下别白而明之。夫垂衣不言者，豈不謂無爲之道乎[64]？臣聞無爲而理者，其舜也歟？舜之理道，臣粗知之矣。始則懋於修己，勞於求賢，明察其刑，明慎其賞，外序百揆，内勤萬樞[65]，昃食宵衣，念其不息之道。夫如是，豈非大有爲者[66]？終則安於恭己[67]，逸於得賢，明刑至于無刑[68]，明賞至于無賞[69]，百職不戒而舉，萬事不勞而成，端拱凝旒，立於無過之地。夫如是，豈非真有爲者乎？故臣以爲無爲者非無所爲也，必先有爲而後至於無爲也[70]。《老子》曰：「無爲而無不爲。」蓋是謂矣。夫委下而用私，專上而無効者，此由非所宜委而委之也，非所宜專而專之也。臣請以君臣之道明之。臣聞上下異位[71]，君臣殊道。蓋大者簡者，君道也；小者繁者，臣道也。臣道者，百職小而衆，萬事細而繁，誠非人君一聽所能徧察，一明所能周覽也[72]。故人君之道，但擇其人而任之，舉其要而執之而已矣。昔九臣各掌其事，而唐堯乘其功以帝天下〔十〕；十亂各効其能[73]，而周武總其理以王天下[74]〔十一〕；三傑各宣其力，而漢高兼其用以取天下[75]〔十二〕。三君者不能爲一焉[76]，但執要任人而已。亦猶心之於四肢九竅百骸也，不能爲一焉，然而寢食起居、言語視聽皆以心爲主也。故臣以爲，君得君之道，雖專之於上，而下自有以展其効矣；臣得臣之道，雖委於下，而人亦無以用其私矣。由此而言[77]，光武督責而政未甚美者，非他，昧君臣之道於小大繁簡之際也。漢元優游而業以寢衰者[78]，非他，昧無爲之道於始終勞逸之間也。二途得失[79]，較然可知。陛下但舉中而行[80]，則無所惑矣[81]。臣伏以聖策首言曰[82]：「思賢能以濟其理，求讜直以聞其過。」又曰[83]：「上獲其益，下輸其情。」其末章則又曰：「興自朕躬，無悼後害。」此誠陛下思酌下言，欲聞上失[84]，勤勤懇懇，慮臣輩有所隱情者也。臣敢不再竭狂直以副天心之萬一焉！臣聞古先聖王之理也，制欲於未萌，除害於未兆〔十三〕。故靜無敗事，動有成功。自非聖王，則異於是[85]。莫不欲逞於始[86]，悔追於終；政失於前，功補於後。利害之效，可略而言。且如軍暴而後戢之，兵亂而後遏之，善則善矣，不若防其微，杜其漸，使不至於暴亂也。官邪而後責之，吏姦而後誅之，懲則懲矣，不若審其才，得其人，使不至於姦邪也。人餒而後食之，人凍而後衣之[87]，惠則惠矣，不若輕其徭，薄其稅，使不至於凍餒也。舉一知十，不其然乎？今陛下初嗣祖宗，新臨蒸庶。承多虞之運，當鼎盛之年。此誠制欲於未萌，除害於未兆之時也。伏惟陛下敬惜其時，重慎於事。既往者且追救於弊後，將來者宜早防於事先。夫然，則保邦恒在於未危，恭己常居於無過[88]。三五之道，夫豈遠哉？臣生也得爲唐人[89]，當陛下臨御之時，覩陛下升平之始[90]。斯則臣朝聞而夕死足矣，而況充才識之責，承體用之問者乎？今所以極千慮，昧萬死，當盛時，獻過言者，此誠微臣喜朝聞、甘夕死之志也。不然，何輕肆狂瞽，不避斧鑕，若此之容易焉？伏惟少垂意而覽之，則臣生死幸甚，生死幸甚！謹對。（2905）

【校】

①卷第十　即《白氏文集》紹興本、馬本卷四十七，那波本卷三十。

②題　《文苑英華》作「才識兼茂明於體用策」。

③題下注　《文苑英華》作「元和元年四月二十八日」。「登科第四等」馬本作「登第」。
④至言　《文苑英華》作「至論」，校：「《登科記》作言。」
⑤進　《文苑英華》校：「《詔令》作角，一本作推。」
⑥確然　《文苑英華》作「驩然」。
⑦茂明　「茂」《文苑英華》校：「集作發，非。」
⑧萬邦　《文苑英華》作「萬方」，校：「集作邦。」
⑨浸澤　「浸」《文苑英華》作「漏」，校：「《登科記》作浸。」
⑩昇中　郭本作「聲聞」。
⑪遠乖　《文苑英華》作「未遂」，校：「集作遠乖。」
⑫耕植　「植」《文苑英華》作「殖」，校：「《文類》作桑，《文粹》作食。」
⑬用推恩　「用」《文苑英華》校：「《登科記》作請。」
⑭精求　馬本作「清求」，誤。
⑮來哲　「哲」《文苑英華》校：「《文粹》作者。」
⑯儒學　《文苑英華》作「儒術」，校：「集作學。」
⑯疑惑　此下《文苑英華》校：「《登科記》有今字。」

⑱孰究　那波本、馬本作「熟究」。
⑲屬之於篇　《文苑英華》校：「《登科記》作著之於篇。」
⑳四十載　《文苑英華》作「四十歲」。
㉑自兹　《文苑英華》校：「《文粹》作魏晉。」
㉒文帝乎　《文苑英華》無「乎」字。
㉓不逮　《文苑英華》作「不追」，校：「集作逮。」
㉔衰亂　《文苑英華》作「喪亂」，校：「集作衰。」
㉕切直　《文苑英華》作「公直」，校：「集作切。」
㉖廢　《文苑英華》作「病」，校：「集作廢。」
㉗諭　《文苑英華》作「示」，校：「集作諭。」
㉘前代　此下《文苑英華》校：「《文粹》有微字。」
㉙才識　《文苑英華》作「才誠」，校：「集作識。」「劣」　《文苑英華》校：「《文粹》作劾。」
㉚辯　那波本、馬本作「辨」，字通。《文苑英華》作「别」，校：「集作辨。」
㉛疲病　「疲」《文苑英華》校：「《文粹》作疾。」
㉜因緣焉　「焉」《文苑英華》作「矣」，校：「集作焉。」下文「次第焉」同。

㉝不和　郭本作「不知」。
㉞三王　郭本作「三代」。
㉟禮行　馬本作「理行」，誤。
㊱兆人　馬本作「兆民」。
㊲喣嫗　馬本作「喣熙」。
㊳寇既　那波本作「寇戎」。
㊴財征　《文苑英華》作「賦征」。
㊵日督　紹興本、馬本作「曰督」，據那波本、盧校改。
㊶未息　馬本作「未銷」。
㊷而求　《文苑英華》作「而望」，校：「集作求。」
㊸有以　《文苑英華》、郭本作「有所」。
㊹黎庶　《文苑英華》作「黎元」，校：「集作庶。」
㊺則無　《文苑英華》作「則境無」。
㊻餽餫　馬本作「餽餉」。
㊼兵革息……省矣　十九字《文苑英華》無。

㊽獷鷙　馬本作「獷鷙」。

㊾可日　《文苑英華》作「可以」，校：「集作自。」

㊿可日　《文苑英華》作「可以」，校：「集作日。」

51其難　馬本作「其艱」。

52若　《文苑英華》校：「《文粹》作至於。」

53七國　紹興本等作「亡國」，據《文苑英華》改。

54之秋　《文苑英華》作「之時」，校：「集作秋。」

55令將　紹興本、那波本「令」字不重。此據《文苑英華》、馬本。

56之日　郭本作「之旨」。

57嗣　《文苑英華》作「期」，校：「集作嗣。」

58必將　《文苑英華》作「必能」，校：「集作將。」

59之端　《文苑英華》作「之端倪」。

60今古　馬本作「古今」。「所疑」《文苑英華》校：「《文粹》作所共。」馬本作「所宜」。

61理興　郭本作「運興」。

62之課　《文苑英華》作「之謂」。

63小大　《全唐文》作「大小」。

64道乎　紹興本、那波本、郭本其下有「也」字。據他本删。

65萬樞　《文苑英華》作「萬機」。

66有爲者　《文苑英華》、郭本其下有「乎」字。

67恭己　郭本作「修己」。

68明刑至于　《文苑英華》校：「《文粹》作刑明至于。」

69明賞至于　《文苑英華》校：「《文粹》作賞明至于。」

70必先……無爲也　十一字《文苑英華》作「必先爲而後致無爲也」，校文同紹興本等。

71異位　「位」《文苑英華》校：「《文粹》作宜。」

72周覽　《文苑英華》作「周鑒」，校：「集作覽。」

73其能　郭本作「其職」。

74王天下　郭本作「正天下」。

75漢高　馬本脱「高」字。「兼其用」　郭本作「資其用」。

76三君子　馬本作「此三君」。

77由此　郭本作「由是」。

⑱漢元　《文苑英華》作「元帝」。
⑲得失　《文苑英華》作「俱失」。
⑳而行　馬本作「而行之」。
㉑惑矣　《文苑英華》作「惑也」，校：「集作也。」
㉒首言　《文苑英華》作「首章」。
㉓思賢……又曰　十六字《文苑英華》無。
㉔欲聞　那波本、《文苑英華》作「樂聞」。
㉕異於　「異」《文苑英華》校：「《文粹》作昧。」
㉖於始　「於」《文苑英華》作「其」，校：「集作於。」
㉗人凍　《文苑英華》無「人」字。
㉘無過　《文苑英華》作「無逸」，校：「集作過。」
㉙臣生也　《文苑英華》作「臣生也幸」。
㉚覩陛下　馬本作「覲陛下」。

【注】

陳《譜》、朱《箋》：作於元和元年（八〇六），長安。陳《譜》元和元年丙戌：「四月，應才識兼茂明於體用科，入第四等。是時順宗未葬，以制舉人皆先朝所召，命宰相監試。元稹入第三等。」本書卷二五《策林序》（3420）：「元和初，予罷校書郎，與微之將應制舉，退居於上都華陽觀，閉户累月，揣摩當代之事，構成策目七十五門。及微之首登科，予次焉。凡所應對者，百不用其一二。」又居易《代書詩一百韻寄微之》（《白氏文集》卷十三 0604）注：「自冬至夏，頻改試期，竟與微之堅待制試也。」時順宗崩，故制試延至四月。此策即應制舉時所上。元稹、韋處厚（惇）、獨孤郁、羅讓等所上策並見《文苑英華》卷四八九。

〔一〕禹拜昌言：《書·大禹謨》：「三旬，苗民逆命。益贊于禹曰：『惟德動天，無遠弗屆……』禹拜昌言曰：『俞！』班師振旅。帝乃誕敷文德，舞干羽於兩階，七旬有苗格。」傳：「昌，當也。以益言爲當，故拜受而然之，遂還師。」嘉猷罔伏：《書·大禹謨》：「帝曰：『俞！允若兹，嘉言罔攸伏，野無遺賢，萬邦咸寧。』」傳：「攸，所也。善言無所伏，言必用。」

〔二〕漢徵極諫而文學稍進：《史記·孝文本紀》：「（二年）十一月望，日又食。上曰：『……及舉賢良方正能直言極諫者，以匡朕之不逮。』」《平準書》：「當是之時，招尊方正賢良文學之士，或至公卿大夫。」

〔三〕峻榷酤之科二句：榷酤，榷酒；此兼指榷鹽鐵。《唐會要》卷八七《轉運鹽鐵總敍》：「元和二年三月，以李巽代之。先是，李錡判使，天下榷酤漕運，由其操割，專事貢獻，牢其寵渥。中朝秉事者悉以利交，鹽鐵之利，積於私室，而國用日耗。巽既爲鹽鐵使，大正其事。」卷八八《榷酤》：「貞元二年十二月，度支奏：請於京城及畿縣行榷酒之法，每斗榷酒錢百五十文，其酒户與免雜差役。從之。」

〔四〕昔主父懲患於晁錯而用推恩：《史記・平津侯主父列傳》：「偃説上曰：『古者諸侯不過百里，彊弱之形易制。今諸侯或連城數十，地方千里，緩則驕奢易爲淫亂，急則阻其彊而合從以逆京師。今以法割削之，則逆節萌起，前日晁錯是也。今諸侯子弟或十數，而適嗣代立，餘雖骨肉，無尺寸地封，則仁孝之道不宣。願陛下令諸侯得推恩分子弟，以地侯之。彼人人喜得所願，上以德施，實分其國，不削而稍弱矣。』於是上從其計。」

〔五〕夷吾致霸於齊桓而行寓令：《管子・小匡》：「管仲對曰：『……公欲速得意於天下諸侯，則事有所隱而政有所寓。』公曰：『爲之奈何？』管子對曰：『作内政而寓軍令焉。爲高子之里，爲國子之里，爲公里。三分齊國，以爲三軍。擇其賢民，使爲里君。鄉有行伍卒長，則其制令。且以田獵，因以賞罰，則百姓通於軍事矣。』」

〔六〕漢元優游於儒學盛業竟衰：《漢書・元帝紀》贊：「少而好儒，及即位，徵用儒生，委之以政，貢、薛、韋、匡迭爲宰相。而上牽制文義，優游不斷，孝宣之業衰焉。」

〔七〕光武責課於公卿峻政非美：《後漢書・循吏列傳》：「然建武、永平之間，吏事刻深，亟以謡言單辭，轉易守長。故朱浮數上諫書，箴切峻政，鍾離意等亦規諷殷勤，以長者爲言，而不能得也。所以中興之美，蓋未盡焉。」

〔八〕賈誼上疏云：《漢書・賈誼傳》：「是時，匈奴强，侵邊。天下初定，制度疏闊。諸侯王僭擬，地過古制，淮南、濟北王皆爲逆誅。誼數上疏陳政事，多所欲匡建，其大略曰：臣竊惟事勢，可爲痛哭者一，可爲流涕者二，可爲長太息者六，若其他背理而傷道者，難遍以疏舉。」

〔九〕成康文景之理：《史記・周本紀》：「故成、康之際，天下安寧，刑錯四十餘年不用。」《漢書・景帝紀》贊：「漢興，掃除煩苛，與民休息。至於孝文，加之以恭儉，孝景遵業，五六十載之間，至於移風易俗，黎民醇厚。周云成、康，漢言文、景，美矣。」

〔十〕九臣各掌其事二句：《説苑・君道》：「堯知九職之事，使九子者各受其事，皆勝其任，以成九功，堯遂成厥功，以王天下。」又《權謀》：「是故堯之九臣誠而興於朝，其四臣詐而誅於野。」

〔十一〕十亂各効其能二句：《書・泰誓中》：「予有亂臣十人，同心同德。」《釋詁》：「亂，治也。」

〔十二〕三傑各宣其力：《三國志・吳書・步騭傳》：「近漢高祖攬三傑以興帝業，西楚失雄俊以喪成功。」三傑指張良、蕭何、韓信。

〔十三〕制欲於未萌：《大戴禮記・禮察》：「然如禮云禮云，貴絶惡於未萌，而起信於微眇，使民日從善遠罪而不自知也。」

禮部試策五道　貞元十六年二月高侍郎試及第〔一〕。

第一道①

問：《周禮》：「庶人不畜者祭無牲，不耕者祭無盛，不蠶者不帛，不績者不縗。」皆所以恥不勉，抑游惰，欲人務衣食之源也〔二〕。然爲政之道，當因人所利而利之，故修其教不易其俗，齊其政不易其宜。由是農商工賈，咸遂生業②。若驅彼齊人，强以周索〔三〕，牲盛布帛，必由己出，無乃物力有限，地宜不然，而匱神廢禮，誰曰非闕？且使日中爲市，懋遷有無者，更何事焉〔四〕？

對：利用厚生，教之本也〔五〕。從宜隨俗，政之要也〔六〕。《周禮》云：「不畜無牲，不田無盛，不蠶不帛，不績不縗。」蓋勸厚生之道也。《論語》云：「因人所利而利之。」〔七〕蓋明從宜之義也。夫田畜蠶績四者，土之所宜者多③，人之所務者衆。故《周禮》舉而爲條目，且使居之者無游惰④，無墮業焉。其餘非四者雖不具舉，則隨土物生業而勸導之可知矣⑤。非謂使物易業，土易宜也。夫先王酌教本，提政要，莫先乎任土辨物，簡能易從，然後立爲大中，垂之不朽也。若謂其驅天下之人，責其所無，强其所不能⑥，則何異夫求靡萍於中逵⑦〔八〕，植橘柚於江北⑧〔九〕？反地利，違物性孰甚焉？豈直易俗失宜，匱神廢禮而已？且聖人辨九土之宜，别四人之業，使各利其利焉，各適其適焉。猶懼生生之物不均也，故日中爲市，交易而退，所以通貨食，遷有無，而後各得其所矣。由是言之，則《大易》致人之制，《周官》勸人之典，《論語》利人之道⑨，三科具舉，有條而不紊矣。謹對。（2906）

【校】

①題　「第一道」《文苑英華》作「衣食之源」，注：「禮部試策第一道，貞元十六年。」

②咸遂　郭本作「咸事」，盧校作「咸樂」。

③土之　郭本作「事之」。

④遊情　那波本、馬本作「遊惰」。

⑤則隨　《文苑英華》作「則隨其」。

⑥所不能　郭本作「所有」。

⑦靡萍　紹興本等無「靡」字，據《文苑英華》補。《文苑英華》校：「集無靡字。」「中逵」　《文苑英華》作「中陵」，

校：「集作逵。」

⑧橘柚　紹興本等無「柚」字，據《文苑英華》補。《文苑英華》校：「集無柚字。」

⑨利人之道　紹興本、郭本無「道」字，據他本補。馬本作「利人之利」，誤。

【注】

陳《譜》、朱《箋》：作於貞元十六年（八〇〇），長安。唐代進士科試帖經、雜文、策文三場，每場定去留。此五道策即第三場試策所上。

〔一〕高侍郎：高郢。見卷一《泛渭賦》(2806)注。

〔二〕庶人不畜者祭無牲七句：《周禮・地官・閭師》：「凡庶民不畜者，祭無牲；不耕者，祭無盛；不樹者，無椁；不蠶者，不帛；不績者，不衰。」注：「盛，黍稷也。椁，周棺也。不帛，不得衣帛也。不衰，喪不得衣衰也。皆所以恥不勉。」

〔三〕强以周索：《左傳》定公四年：「皆啓以商政，疆以周索。」杜預注：「居殷故地，因其風俗，開用其政。疆理土地以周法。索，法也。」

〔四〕且使日中爲市三句：《易・繫辭下》：「日中爲市，致天下之民，聚天下之貨，交易而退，各得其所，蓋取諸《噬嗑》。」《書・益稷》：「懋遷有無，化居。」傳：「勉勸天下，徙有之無，魚鹽徙山，林木從川澤，交易其所居積。」

〔五〕利用厚生二句：《書·大禹謨》：「正德、利用、厚生，惟和。」傳：「正德以率下，利用以阜財，厚生以養民，三者和，所謂善政。」

〔六〕從宜隨俗二句：《禮記·曲禮上》：「禮從宜，使從俗。」

〔七〕論語云：《論語·堯曰》：「子曰：『因民之所利而利之，斯不亦惠而不費乎？』」

〔八〕求靡萍於中逵：左思《魏都賦》：「孰愈尋靡萍於中逵，造沐猴於棘刺。」《文選》劉逵注引《楚辭·天問》：「靡萍九逵，枲華安居。」李善注：「王逸《楚辭》注曰：『寧有萍草，蔓衍於九逵之道。』靡，蔓也。」

〔九〕植橘柚於江北：《周禮·冬官考工記》：「橘踰淮而北爲枳。」《説苑·奉使》：「江南有橘，齊王使人取之而樹之於江北，生不爲橘，乃爲枳。」

第二道①

問：《書》曰：「眚災肆赦。」〔一〕又曰：「宥過無大。」〔二〕而《禮》云：「執禁以齊衆，不赦過。」〔三〕若然，豈爲政以德，不足恥格；峻文必罰，斯爲禮乎〔四〕？《詩》稱：「既明且哲，以保其身。」〔五〕《易》稱：「利用安身，以崇德也。」〔六〕而《語》云②：「無求生以害仁，有殺身以成仁。」〔七〕若然，則明哲者不成仁歟？殺身非崇德歟？

對：聖王以刑禮爲大憂③，理亂繫焉；君子以仁德爲大寶④，死生一焉。故邦有用禮而大理者⑤，有用刑而小康者。古人有崇德而遠害者，有蹈仁而守死者。其指歸之義，可得而知焉。在乎聖王乘時，君子行道也。何者？當其王道融，人心質，善者衆而不善者鮮，一人不善，衆人惡之，故赦之可也。所以表好生惡殺，且臻乎仁壽之域矣。而肆赦宥過之典，由茲作焉。及夫大道隱，至德衰，善者鮮而不善者衆，一人不善，衆人効之，故赦之不可也⑥。所以明懲惡勸善，且革澆醨之俗矣⑦。而執禁不赦之文⑧，由茲興焉。此聖王所以隨時以立制⑨，順變而致理，非謂德政之不若刑罰也。然則君子之爲君子者，爲能先其道，後其身。守其常，則以道善乎身；罹其變，則不以身害乎道。故明哲保身亦道也，巢、許得之〔八〕；求仁殺身亦道也，夷、齊得之〔九〕。雖殊時異致⑩，同歸於一揆矣。何以覈諸？觀乎古聖賢之用心也，苟守道而死，死且不朽⑪，是非死也；苟失道而生，生而不仁，是非生也。向使夷、齊生於唐、虞之代，安知不明哲保身歟？巢、許生於殷、周之際，安知不求仁殺身歟？蓋否與泰各繫於時也，生與死同歸於道也。由斯而觀，則非謂崇德者不爲成仁，殺身者不爲明哲矣。嗚呼！聖王立教，同出而異名。君子行道，百慮而一致。亦猶水火之相戾，同根於冥數，共濟於人用也。亦猶寒暑之相反，同本於元氣，共濟於歲功也。則用刑措刑之道，保身殺身之義，昭昭然可知歟⑫？謹對。

（2907）

【校】

①題　「第二道」《文苑英華》作「眚災肆赦」，注：「禮部試策第二道。」

②語云　《文苑英華》作「論語云」。

③大憂　《文苑英華》作「大寶」，校：「集作憂。」

④大寶　《文苑英華》作「大寶」，校：「集作寶。」

⑤大理　「大」《文苑英華》作「不」，校：「集作大。」

⑥赦之　「赦」《文苑英華》作「殺」，校：「集作赦。」

⑦且革　《文苑英華》作「且革其」。

⑧之文　《文苑英華》作「之制」，校：「集作文。」

⑨所以　《文苑英華》無二字，校：「集有所以二字。」

⑩異致　馬本作「異政」。

⑪死且　《文苑英華》作「死而」，校：「集作且。」

⑫知歟　馬本作「知矣」。

【注】

〔一〕眚災肆赦：《書・舜典》：「眚災肆赦，怙終賊刑。」傳：「眚，過。災，害。肆，緩。賊，殺也。過而有害，當緩赦之。」

〔二〕宥過無大：《書・大禹謨》：「宥過無大，刑故無小。罪疑惟輕，功疑惟重。」傳：「過誤所犯，雖大必宥。不忌故犯，雖小必刑。」

〔三〕執禁以齊衆不赦過：《禮記・王制》：「凡執禁以齊衆，不赦過。」

〔四〕豈爲政以德二句：《論語・爲政》：「子曰：『道之以政，齊之以刑，民免而無恥。道之以德，齊之以禮，有恥且格。』」集解包曰：「格，正也。」

〔五〕詩稱：《詩・大雅・烝民》：「既明且哲，以保其身。」

〔六〕易稱：《易・繫辭下》：「精義入神，以致用也；利用安身，以崇德也。過此以往，未之或知也。窮神知化，德之盛也。」

〔七〕語云：《論語・衛靈公》：「孔子曰：『志士仁人，無求生以害仁，有殺身以成仁。』」

〔八〕巢許得之：《高士傳》卷上：「巢父者，堯時隱人也。山居，不營世利。年老以樹爲巢而寢其上，故時人號曰巢父。堯之讓許由也，由以告巢父。巢父曰：『汝何不隱汝形，藏汝光？若非吾友也。』擊其膺而下之。」又：「堯讓天下於許由……由於是遁逃於中岳潁水之陽，箕山之下，終身無經天下色。堯又召爲九州長，由不欲聞之，洗耳於潁水濱。」

〔九〕夷齊得之：《史記·伯夷列傳》：「武王已平殷亂，天下宗周，而伯夷、叔齊恥之，義不食周粟，隱於首陽山，采薇而食之。及餓且死，作歌……遂餓死首陽山。」

第三道

問：聖哲垂訓，言微旨遠。至於禮樂之同天地〔一〕，易簡之在《乾》《坤》〔二〕，考以何文①？徵於何象？絶學無憂，原伯魯豈其將落〔三〕？仁者不富，公子荆曷云苟美〔四〕？朝陽之桐，聿來鳳羽〔五〕；泮水之椹，克變鴞音〔六〕。勝乃俟乎木雞〔七〕，巧必資於瓦注〔八〕。咸所未悟，庶聞其説。

對：古先哲王之立彝訓也，雖言微旨遠，而學者苟能研精鉤深，優柔而求之，則壼奥指趣，將焉廋哉？然則禮樂之同天地者，其文可得而考也，豈不以樂作於郊而天神和焉，禮定於社而地祇同焉？上下之大同大和，由禮樂之馴致也。易簡之在《乾》《坤》者，其象可得而徵也，豈不以《乾》以柔克而運四時，不言而善應〔九〕？《坤》以陰騭而生萬物，不爭而善勝〔十〕？柔克不言之謂易，陰騭不爭之謂簡。簡易之道，不其然乎？老氏絕學無憂，儆其溺於時俗之習也。原伯魯不學將落②，戒其廢聖哲之道也。孟子不富之說，慮蘊利而生孽也。公子荆苟美之言，嘉安人而豐財也。鳳鳴朝陽，非梧桐而不棲，擇木而集也。鶚止泮林，食桑椹而好音，感物而變也。事有躁而失、靜而得者，故木雞勝焉。有貴而失、賤而得者，故瓦注巧焉。雖去聖逾遠，而大義斯存。是故遠旨微言可明徵矣。謹對。（2908）

【校】

①考以　郭本作「考於」。

②原伯魯　紹興本、那波本作「原伯置」，據《文苑英華》、馬本改。

【注】

〔一〕禮樂之同天地：《禮記·樂記》：「大樂與天地同和，大禮與天地同節。和故百物不失，節故祀天祭地，明則有禮樂，幽則有鬼神。」

〔二〕易簡之在乾坤：《易・繫辭上》：「乾以易知，坤以簡能。易則易知，簡則易從。易知則有親，易從則有功。有親則可久，有功則可大。可久則賢人之德，可大則賢人之業。易簡而天下之理得矣。天下之理得，而成位乎其中矣。」王弼注：「天地之道，不爲而善始，不勞而善成，故曰易簡。」

〔三〕絶學無憂：《老子》二十章：「絶學無憂。」原伯魯豈其將落：《左傳》昭公十八年：「秋葬曹平公。往者見周原伯魯焉，與之語，不説學。歸以語閔子馬。閔子馬曰：『周其亂乎？夫必多有是説，而後及其大人。大人患失而惑，又曰：可以無學，無學不害。不害而不學，則苟而可。於是乎下陵上替，能無亂乎？夫學，殖也。不學將落，原氏其亡乎？』」杜預注：「原伯魯，周大夫。」

〔四〕仁者不富：《孟子・滕文公上》：「陽虎曰：『爲富不仁矣，爲仁不富矣。』」公子荆曷云苟美：《論語・子路》：「子謂衛公子荆『善居室。始有，曰：「苟合矣。」少有，曰：「苟完矣。」富有，曰：「苟美矣。」』」疏：「此章孔子稱謂衛公子荆有君子之德也。『善居室』者，言居家理也。『始有曰苟合矣』者，家始富有，不言己才能所致，但曰苟且聚合也。『少有曰苟完矣』者，又少有增多，但曰苟且完全矣。『富有曰苟美矣』者，富有大備，但曰苟且有此富美耳，終無泰侈之心也。」

〔五〕朝陽之桐二句：《詩・大雅・卷阿》：「鳳凰鳴矣，于彼高岡。梧桐生矣，于彼朝陽。」

〔六〕泮水之椹二句：《詩·魯頌·泮水》：「翩彼飛鴞，集于泮林。食我桑黮，懷我好音。」傳：「鴞，惡聲之鳥也。黮，桑食也。」箋：「懷，歸也。言鴞恒惡鳴，今來止於泮水之木上，食其桑黮。爲此之故，故改其鳴，歸就我以善音。喻人感於恩則化也。」

〔七〕勝乃俟乎木雞：《莊子·達生》：「紀渻子爲王養鬥雞。十日而問：『雞已乎？』曰：『未也，方虚憍而恃氣。』十日又問，曰：『未也，猶應嚮景。』十日又問，曰：『未也，猶疾視而盛氣。』十日又問，曰：『幾矣。雞雖有鳴者，已無變矣。望之似木雞矣，其德異全矣，異雞無敢應者，反走矣。』」

〔八〕巧必資於瓦注：《莊子·達生》：「仲尼曰：『善游者數能，忘水也。若乃夫没人之未嘗見舟而便操之也，彼視淵若陵，視舟之覆猶其車却也。覆却萬方陳乎前而不得入其舍，惡往而不暇？以瓦注者巧，以鉤注者憚，以黄金注者殙。其巧一也，而有所矜，則重外也。凡外重者内拙。』」疏：「注，射也。用瓦器賤物而戲賭，射者既心無矜惜，故巧而中也。」

〔九〕乾以柔克二句：《書·洪範》：「三德：一曰正直，二曰剛克，三曰柔克。平康，正直；强弗友，剛克；燮友，柔克。沈潛，剛克；高明，柔克。」傳：「高明謂天。言天爲剛德，亦有柔克，不干四時。喻臣當執剛以正君，君亦當執柔以納臣。」《易·乾·文言》：「乾始能以美利利天下，不言所利，大矣哉！」

〔十〕坤以陰騭而生萬物二句：《書·洪範》：「惟天陰騭下民，相協厥居，我不知其彝倫攸敍。」傳：

「騭，定也。天不言而默定下民，是助合其居，使有常生之資。」《老子》七十三章：「天之道，不爭而善勝，不言而善應，不召而自來，坦然而善謀。」

第四道

問：天地有常道，日月有常度，水火草木有常性，皆不易之理也。至乃鄒衍吹律而寒谷暖〔一〕，魯陽揮戈而暮景迴〔二〕，呂梁有出入之游〔三〕，周原變堇荼之味〔四〕。不測此何故也？將以傳信乎？抑亦傳疑乎？

對：原大元氣運而至精分，三才立而萬物作。惟天地日月暨水火草木，度數情性，各有其常。其隨事應物而遷變者，斯人之所感也。何哉？惟天地萬物父母，惟人萬物之靈。蓋天地無常心，以人心爲心。苟能以最靈之心感善應之天地，至誠之誠感無私之日月①〔五〕，則必如影隨形、響隨聲矣，而況於水火草木乎？故有吹律於寒谷，和氣生焉；揮戈於曜靈，暮晷迴焉。神合於水游，呂梁而出入不溺；化被於草木，周原而堇荼變味。蓋品彙之生，則守其常性也；精誠之至，則感而常通也。靜守常性，動隨常通，是道可於物而非常於一道也②。夫如是，則兩儀之道，七曜之度，萬物之性，可察矣，可信矣。夫

何疑焉？謹對。（2909）

【校】

①至誠　馬本作「至誠」，誤。

②可於　郭本作「可散於」。「一道也」　郭本作「一也。」

【注】

〔一〕鄒衍吹律而寒谷暖：劉向《別錄》：「《方士傳》言：鄒衍在燕，燕有谷，地美而寒，不生五穀，鄒子居之，吹律而溫氣至，而黍生，今名黍谷。」

〔二〕魯陽揮戈而暮景迴：《淮南子·覽冥訓》：「魯陽公與韓構難，戰酣，日暮，援戈而撝之，日爲之反三舍。」

〔三〕呂梁有出入之游：《莊子·達生》：「孔子觀於呂梁，縣水三十仞，流沫四十里，黿鼉魚鱉之所不能游也。見一丈夫游之，以爲有苦而欲死也，使弟子並流而拯之。數百步而出，被髮行歌而游於塘下。孔子從而問焉，曰：『吾以子爲鬼，察子則人也。請問蹈水有道乎？』曰：『亡。吾無道。吾始乎故，長乎性，成乎命。與齊俱入，與汩偕出，從水之道而不爲私焉。此吾所以蹈之也。』」

〔四〕周原變堇荼之味：《詩・大雅・綿》：「周原膴膴，堇荼如飴。」箋：「周之原地，在岐山之南，膴膴肥美。其所生菜，雖有性苦者，皆甘如飴也。」

〔五〕至誠之誠：《書・大禹謨》：「至誠感神。」傳：「誠，和。」

第五道①

問：紡績之弊出於女工，桑麻不甚加，而布帛日已賤②，蠶織者勞焉。公議者知之。欲乎價平，其術安在？又倉廩之實，生於農畝。人有餘則輕之，不足則重之。故歲一不登，則種食多竭③。往年時雨愆候，宸慈軫懷，遣使振廩，分官賤糶④〔一〕。故得餒殍載活⑤，麥禾載登。思我王度，金玉至矣⑥。竊聞壽昌常平⑦，今古稱便〔二〕。國朝典制，亦有斯倉。開元之二十四年，又於京城大置⑧，賤則加價收糴，貴則終年出糶⑨〔三〕。所以時無艱食，亦無傷農。今者若官司上聞⑩，追葺舊制，以時斂散，以均貴賤，其於美利不亦多乎⑪？

對：人者邦之本也。衣食者，人之所由生也。古者聖人在上，而下不凍餒者，非家衣而户食之，蓋能爲之開衣食之源，均財用之節也。方今倉廩虚而農夫困，布帛賤而女工勞。以愚所闕，粗知其本。何者？夫天地之數無常⑫，故歲一豐必一儉也〔四〕。衣食之生有限，故物有盈則有縮也⑬。古人知其必然也，故敦儉嗇以足衣，務儲蓄以足食。是以禹有九年之水⑭，湯有七年之旱，野無青草，人無菜色者⑮，無他歟⑯，蓋勤儉儲積之所致耳〔五〕。故曰：前事之不忘，後事之元龜也〔六〕。當今將欲開美利利天下，以厚生生蒸人，返貞觀之升平，復開元之富壽，莫匪乎實倉廩⑰，均豐凶，則耿壽昌之常平得其要矣。今若升聞，率修舊制，上自京邑，下及郡縣，謹豆區以出納，督官吏以監臨。歲豐則貴糴以利農，歲歉則賤糶以卹下。若水旱作沴，則資爲九年之蓄〔七〕；若兵革或動，則餽爲三軍之糧。可以均天時之豐儉，權生物之盈縮，修而行之⑱，實百代不易之道也。虞災救弊，利物寧邦，莫斯甚焉。然則布帛之賤者，由錐刀之壅也⑲。苟粟麥足用，泉貨通流，則布帛之價輕重平矣〔八〕。抑居易聞短綆不可以汲深，曲士不可以語道〔九〕。小子狂簡，不知所以裁之。莫究微言，空慚下問⑳。謹對。（2910）

【校】

①題　「第五道」《文苑英華》作「倉廩之實」，注：「禮部試策第五道。」

②布帛　馬本作「布泉」。

③種食　《文苑英華》作「種植」，校：「集作食。」

④分官　郭本作「分官錢」。

⑤故得　郭本無「得」字。

⑥金玉　郭本作「今已」。「至矣」《文苑英華》作「至輕」，校：「集作矣。」

⑦壽昌　《文苑英華》作「耿壽昌」。

⑧大置　《文苑英華》作「大署」，郭本作「大直」。

⑨終年　《文苑英華》作「約平」。

⑩今者　《文苑英華》無「者」字。

⑪美利　《文苑英華》作「羨利」，校：「集作美。」郭本作「美政」。

⑫天地之　《文苑英華》作「天之」。

⑬則有　「則」《文苑英華》作「即」，校：「一作則。」

⑭禹有　《文苑英華》作「堯有」。

⑮色者　郭本無「者」字。

⑯無他歟　郭本作「豈有他焉」，馬本作「無他焉」。

⑯莫匪　馬本作「莫善」，郭本作「若匪」。

⑱修而　《文苑英華》作「循而」。

⑲錐刀　《文苑英華》作「錢刀」。

⑳下問　「下」《文苑英華》作「大」，校：「集作下。」

【注】

〔一〕往年時雨愆候四句：《舊唐書·德宗紀》：「（貞元十四年）冬十月癸酉，以歲凶穀貴，出太倉粟三十萬石，開場糶以惠民……（十一月）癸酉，出東都含嘉倉粟七萬石，開場糶以惠河南饑民……（十五年二月）癸卯，罷三月群臣宴賞，歲饑也。出太倉粟十八萬石，糶於京畿諸縣。」並參見《册府元龜》卷一〇六《帝王部·惠民第二》貞元十四年六月庚寅詔。

〔二〕壽昌常平今古稱便：《漢書·食貨志》：「時大司農中丞耿壽昌以善爲算能商功利，得幸於上，五鳳中奏言：『故事，歲漕關東穀四百萬斛以給京師，用卒六萬人。宜糴三輔、弘農、河東、上黨、太原郡穀，足供京師，可以省關東漕卒過半。』……漕事果便，壽昌遂白令邊郡皆築倉，以穀賤時增其賈而糴，以利農，穀貴時減賈而糶，名曰常平倉。民便之。上乃下詔，賜壽昌爵關内侯。」並參見《通典》卷十二《食貨十二》各代平糴之法。

〔三〕國朝典制亦有斯倉：《唐會要》卷八八《倉及常平倉》：「（貞觀）十三年十二月十四日，詔於洛、相、幽、徐、齊、并、秦、蒲等州置常平倉……（開元）七年六月敕：關内、隴右、河南、河北五道，及荆、揚、襄、夔、綿、益、彭、蜀、漢、劍、茂等州，並置常平倉。其本上州三千貫，中州二千貫，下州一千貫……（建中）三年九月，户部侍郎趙贊上言曰：『伏以舊制，置倉儲粟，名曰常平。軍興已來，此事浸廢，因循未齊，垂三十年……臣今商量，請於兩都並江陵、東都、揚、汴、蘇、洪等州府，各置常平輕重本錢，上至百萬貫，下至數十萬貫，隨其所宜，量定多少。唯置斛斗、疋段、絲麻等，候物貴則減價出賣，物賤時加價收糴，權其輕重，以利疲民。』從之。贊於是條奏諸道津要都會之所，皆置吏，閱商人財貨，計錢每貫税二十文。天下所出竹木茶漆，皆十一税之，以充常平本。時國用稍廣，常賦不足，所税亦隨所得而盡，終不能爲常平本。」開元二十四年之大置：《册府元龜》卷五〇二《邦計部·平糴》：「（開元）二十五年九月戊子敕曰：適變從宜，有國常典。恤人濟物，爲政所先。今歲秋苗，遠近豐熟。穀既賤則甚傷農事，資均糴以利百姓。宜令户部郎中鄭昉、殿中侍御史鄭章，於都畿據時價外，每斗加三兩錢，和糴粟三四百萬石，所在貯掌。江淮漕運，固甚煩勞。務在安人，宜令休息。其江淮間今年所運租停。其關輔委度支郎中兼侍御史王翼，准此和糴三四百萬石，應須船運等，即與所司審計料奏聞。」或指此。

〔四〕歲一豐必一儉：《論衡·治期》：「五穀生地，一豐一耗；穀糴在市，一貴一賤。」

〔五〕是以禹有九年之水六句：《莊子·秋水》：「禹之時十年九潦，而水弗爲加益；湯之時八年七旱，而崖不爲加損。」賈誼《新書》卷三《憂民》：「王者之法，民三年耕而餘一年之食，九年而餘三年之食，三十歲而民有十年之蓄。故禹水九年，湯旱七年，甚也野無青草，而民無飢色，道無乞人。」

〔六〕前事之不忘二句：賈誼《過秦論》：「鄙諺曰：前事之不忘，後事之師也。」

〔七〕資爲九年之蓄：《禮記·王制》：「國無九年之蓄曰不足，無六年之蓄曰急，無三年之蓄曰非其國也。三年耕，必有一年之食；九年耕，必有三年之食。以三十年之通，雖凶旱水溢，民無菜色，然後天子食，日舉以樂。」

〔八〕然則布帛之賤者五句：《管子·國蓄》：「凡五穀者，萬物之主也。穀貴則萬物必賤，穀賤則萬物必貴……夫物多則賤，寡則貴，散則輕，聚則重。人君知其然，故視國之羨不足而御其財物。穀賤則以幣予食，布帛賤則以幣予衣。視物輕重而御之以准，故貴賤可調而君得其利。」

〔九〕短綆不可以汲深：《荀子·榮辱》：「短綆不可以汲深井之泉，知不幾者不可與及聖人之言。」曲士不可以語道：《莊子·秋水》：「井蛙不可以語于海者，拘于虛也。夏蟲不可以語于冰者，篤于時也。曲士不可以語于道者，束于教也。」

進士策問五道　元和二年爲府試官①。

第一道

問：《禮記》曰：「事君有犯無隱。」〔一〕又曰：「爲人臣者不顯諫。」〔二〕然則不顯諫者②，有隱也。無乃失事君之道乎？無隱者，顯諫也。無乃失爲臣之節乎？《語》曰：「不知命，無以爲君子。」〔三〕《易》曰：「樂天知命故不憂。」〔四〕又《語》曰：「君子憂道不憂貧。」〔五〕斯又憂道者，非知命乎？樂天不憂者，非君子乎？夫聖人立言，皆有倫理。雖前後上下，若貫珠然。今離之則可以旁行，合之則不能同貫③。豈精義有二耶？抑學者未達其微旨耶？（2911）

【校】

①題下注　紹興本等「二年」作「三年」，據《文苑英華》改。郭本「府試」作「監試」。《文苑英華》句末有「作」字。

②然則　二字《文苑英華》作「夫」，校：「夫字集作然則。」

③同貫　「同」《文苑英華》作「一」，校：「集作同。」

【注】

陳《譜》、朱《箋》：作於元和二年（八〇七），長安。李商隱《白公墓碑銘》：「（元和）元年，對憲宗詔策語切，不得爲諫官，補盩厔尉。明年，試進士，取故蕭遂州澣爲第一。事畢，爲集賢校理。」知充進士考官在元和二年。

〔一〕事君有犯無隱：《禮記・檀弓上》：「事君有犯而無隱，左右就養有方，服勤至死，方喪三年。」注：「既諫，人有問其國政者，可以語其得失，若齊晏子爲晉叔向言之。」

〔二〕爲人臣者不顯諫：《禮記・曲禮下》：「爲人臣之禮，不顯諫。三諫而不聽，則逃之。」注：「爲奪美也。顯，明也。謂明言其君惡，不幾微。逃，去也。君臣有義則合，無義則離。」

〔三〕語曰：《論語・堯曰》：「孔子曰：『不知命，無以爲君子也；不知禮，無以立也；不知言，無以知人也。』」

〔四〕易曰：《易・繫辭上》：「旁行而不流，樂天知命故不憂。」

〔五〕君子憂道不憂貧：《論語・衛靈公》：「子曰：『君子謀道不謀食。耕也，餒在其中矣；學也，祿在其中矣。君子憂道不憂貧。』」

第二道

問：大時不齊①，大信不約，大白若辱，大直若屈〔一〕。此四者，先聖之格言，後學之彝訓。有國者酌之以行化也，立身者踐之以修己也。然則雷一發而蟄蟲蘇，勾萌達；霜一降而天地肅，草木衰。其爲時也大矣，斯豈不齊者乎？日月代明而晝夜分，刻漏者準之，無杪忽之失焉；春秋代謝而寒暑節，律呂者候之，無黍累之差焉。其爲信也大矣，斯豈不約者乎？堯讓天下而許由遁，周有天下而伯夷餓。其爲白也大矣，斯豈辱身者乎②？桀不道，龍逄諫而死。紂不道，比干諫而死〔二〕。其爲直也大矣，斯豈屈己者乎③？由是而觀，有國者、立身者惑之久矣。衆君子試爲辨之④。（2912）

【校】

①大時 《文苑英華》其上有「夫」字，校：「集無夫字。」

②一發 《文苑英華》作「一聲」。

③豈辱身 紹興本等作「亦不辱」，據《文苑英華》改。

④屈己　紹興本等其上有「不」字，據《文苑英華》改。《文苑英華辨證》：「評上下文，斯語極爲允當。而印行集本却於『辱身』、『屈己』之上，各添一『不』字，但欲與『不齊』、『不約』相應，而忘其淺陋。」

⑤辨之　《文苑英華》作「辨也」，校：「集作辨之。」

【注】

(一)大時不齊四句：《禮記·學記》：「君子曰：大德不官，大道不器，大信不約，大時不齊。察此四者，可以有志於學矣。」疏：「『大信不約』者，大信，謂聖人之信也。約，期要也。大信，不言而信……不言而信，是大信也。大信本不爲細言約誓，故云不約也，不約而爲諸約之本也。『大時不齊』者，大時，謂天時也。齊，謂一時同也。天生殺不共在一時，猶春夏華卉自生，薺麥自死，秋冬草木自死，而薺麥自生，故云不齊也。不齊爲諸齊之本也。」《老子》四十一章：「大白若辱。」四十五章：「大直若屈。」

(二)桀不道四句：《呂氏春秋·孝行覽》：「外物不可必。故龍逄誅，比干戮，箕子狂，惡來死，桀紂亡。」王符《潛夫論》卷九：「豢龍逄以忠諫，桀殺之。」《論語·微子》：「微子去之，箕子爲之奴，比干諫而死。孔子曰：『殷有三仁焉。』」

第三道

問：大凡人之感於事，則必動於情，發於歎，興於詠，而後形於歌詩焉。故聞《蓼蕭》之詠，則知德澤被物也〔一〕；聞《北風》之刺，則知威虐及人也〔二〕；聞「廣袖」「高髻」之謡，則知風俗之奢蕩也①〔三〕。古之君人者，採之以補察其政，經緯其人焉。夫然，則人情通而王澤流矣。今有司欲請於上，遣觀風之使，復採詩之官，俾無遠邇②，無美刺，日採於下，歲聞于上，以副我一人憂萬人之旨。識者以爲何如？（2913）

【校】

①奢蕩　「奢」《文苑英華》作「侈」，校：「集作奢。」

②遠邇　《文苑英華》作「遠近」，校：「一作邇。」

【注】

〔一〕故聞蓼蕭之詠二句：《詩·小雅·蓼蕭》序：「《蓼蕭》，澤及四海也。」

〔二〕聞北風之刺二句：《詩·邶風·北風》序：「《北風》，刺虐也。衛國並爲威虐，百姓不親，莫不相攜持而去焉。」

〔三〕聞廣袖高髻之謡二句：《後漢書·馬援傳》：「長安語曰：城中好高髻，四方高一尺。城中好廣眉，四方且半額。城中好大袖，四方全匹帛。」《藝文類聚》卷四三、《太平御覽》卷八一八引作「廣袖」。

第四道

問：百官職田，蓋古之稍食也〔一〕。國朝之制，懸在有司。兵興已還，吏鮮克舉。今稽其地籍，則田亦具存①；計以户租，則數多散失。至使内外官中，有品秩等、局署同而厚薄相懸，不啻乎十倍。斯者積弊之甚也②，得不思革之乎？請陳所宜，以救其失。

（2914）

【校】

①具存　郭本作「見存」。

②斯者　《文苑英華》作「者斯」，「者」字屬上。

【注】

〔一〕百官職田蓋古之稍食也：《周禮·天官·宮正》：「均其稍食。」注：「稍食，祿廩。」《唐會要》卷九二《內外官職田》：「武德元年十二月制：內外官各給職分田，京官一品十二頃……九品二頃……大曆二年正月詔：京兆府及畿縣官職田，宜令准外州府縣官例，三分取一分。至十月，減京官職田，一分充軍糧，二分給本官。十四年八月敕：內外文武官職田及公廨田，准式，州縣每年六月三十日勘造白簿申省，與諸司文解勘會，至十月三十徵收，給付本官。近來不守常規，多不申報，給付之際，先付清望要官，其閒慢卑官，即被延引不付。自今以後，准式各令送付本官。又准式，職田黃籍，每三年一造。自天寶九載以後，更不造籍。宜各委州縣，每年差專知官巡覆，仍簿依限申交所司，不得隱漏及妄破蒿荒。如有違犯，專知官及本典准法科罰。」參本書卷二七《策林》四十二《議百官職田》(3461)。

第五道

問：穀帛者生於下也，泉貨者操於上也①。必由均節，以致厚生。今田疇不加闢，而菽粟之價日賤；桑麻不加植，而布帛之估日輕〔一〕。懋力者輕用而愈貧，射利者賤收而愈富。至使農人益困②，游手益繁矣③。然豈穀帛斂散之節失其宜乎？將泉貨輕重之權不得其要乎？今天子方策天下賢良政術之士，親訪利病，以活元元。吾子若待問於王庭，其將何辭以對？（2915）

【校】

①泉貨　《文苑英華》作「泉布」，校：「一作貨。」

②農人　《文苑英華》作「蠶農」。

③繁矣　《文苑英華》作「繁夫」，「夫」字屬下。

【注】

〔一〕今田疇不加闢四句：權德輿《論旱災表》：「大曆中絹一疋價近四千，今止八百九百，設使税入之數如其舊，出於人者已五倍其多。」李翺《進士策問二道》：「初定兩税時，錢直卑而粟帛貴，粟一斗價盈百，帛一匹價盈二千。税户之歲供千百者，不過粟五十石、帛二十有餘匹而充矣。故國用皆足，而百姓未以爲病。其法弗更，及兹三十年，百姓土田爲有力者所併，三分逾一其初矣，其輸錢數如故。錢直日高，粟帛日卑，粟一斗價不出二十，帛一匹價不出八百。税户之歲供千百者，粟至二百石、帛至八十匹然後可。爲錢數不加，而其税以一爲四，百姓日蹙而散以爲商以遊，十三四矣。」奉勅試制書詔批答詩等五首

奉勅試制書詔批答詩等五首

元和二年十一月四日，自集賢院召赴銀臺，候進旨。五日，召入翰林，奉勅試制詔等五首。翰林院使梁守謙奉宣[一]：宜授翰林學士。數月，除左拾遺。

奉勅試邊鎮節度使加僕射制[二]

將仕郎守京兆府盩厔尉集賢殿校理臣白居易進①

門下[三]：鎮寧三邊，左右百揆。兼兹重任，必授全材。某鎮節度使某乙②，天與忠貞，日彰名節。德溫以肅，氣直而和。明略足以佐時，英姿足以遏寇。累經事任，歷著勳庸。中權之令風行，外鎮之威山立。戎夷慴服，漢兵無西擊之勞；疆場底寧，胡馬絶南牧之患。禁暴而三軍輯睦，除害而百姓阜安。千里長城，一方内地。實嘉乃績，爰簡朕心。

夫竭力輸誠，爲臣之大節；念功懋賞，有國之恒規。顧兹忠勤，宜進爵秩。爾有統戎之略，已授旌旄；爾有宣贊之猷，特加端揆。往踐厥職，其惟有終。可尚書左僕射，餘如故。主者施行。（2916）

【校】

①馬本此行在「奉勅試邊鎮節度使加僕射制」題前。

②某乙　郭本無「乙」字。

朱《箋》：作於元和二年（八〇七），長安。

【注】

〔一〕梁守謙：《舊唐書·文宗紀》：「（大和元年）三月庚戌朔，右軍中尉梁守謙請致仕，以樞密使王守澄代之。」《于頔傳》：「元和中，内官梁守謙掌樞密，頗招權利。」《王守澄傳》：「時守澄與中尉馬進潭、梁守謙、劉承偕、韋元素等定册立穆宗皇帝。」《唐代墓誌彙編》大和〇一二雷景中《大唐故開府邠國梁公墓誌銘》（《全唐文補遺》第四輯）：「公諱守謙，字虚己……貞元末，解褐授徵事郎、内府局令，充學士院使……元和初，進階宣義郎，遷掖庭局令……依前院使……四年，加朝議大夫，拜内常侍。錫金紫之命，授正議大夫，總樞密之任……討淮蔡之師，監統之選，不易其人。藉公良籌，膺此殊任。進階加雲麾將軍，充行營招討都□……十五年，遷驃騎大將軍兼右武衛上將軍。時皇帝昇遐，宗社未定。公首册儲貳，肅清宫闈。又加寵命，長慶元年，封安定郡開國公……（寶曆）二年冬，彗起蕭牆，禍生宫掖，潛龍未震，神器不安。公引兵誅夷，旋定社稷，功高前列，位冠内庭，加實封三百户。」梁守謙元和初恰充翰林（學士）院使，宣敕於居易。

〔二〕邊鎮節度使加僕射制：李肇《唐國史補》卷下：「國初至天寶，常重尚書……兵興之後，官爵寖輕，八座用之酬勳不暇，故今議者以丞郎爲貴。」此邊鎮節度使加僕射，亦屬酬勳，其時以僕射爲方鎮迴翔之例甚多。參嚴耕望《唐史研究叢稿·論唐代尚書省之職權與地位》。《唐六典》卷九中書省：「凡王言之制有七……二曰制書，行大賞罰，授大官爵，釐年舊政，赦宥降慮則用之」；「自魏晉已後因循，有册書、詔、敕，總名曰詔。皇朝因隋不改。天后天授元年，以避諱，改詔爲制。」

〔三〕門下：《唐六典》卷八門下省給事中：「凡制敕宣行，大事則稱揚德澤，褒美功業，覆奏而請施行，小事則署而頒之。」中書起草制敕，付門下審議頒署，故開首例題「門下」二字。

與金陵立功將士等敕書〔一〕

敕浙西立功將士等：朕自臨寰宇，已再逾年。以忠恕牧萬人，以恩信馭百辟。動必思於卹隱，靜無忘於泣辜。庶乎馴致小康，寖興大道也。李錡因緣屬籍，踐歷官常〔二〕。苞藏禍心，素懷梟鏡之性①；彰露凶德，忽發豺狼之聲。朕念以宗枝，務於容貸。諭以迷復，卒無悛心。而乃保界重江，竊弄凶器。抵捍朝命，驅脅師人。背德欺天，亂常干紀。蜂蠆之毒，流于郡縣；犬彘之行，肆于閨門。惡稔禍盈，親離衆叛。人神共棄，天地不容。卿等忠憤闇彰，義勇潛發。變疾風雨，謀先鬼神。中推赤心，前蹈白刃。率其膂力，死命于軍前②；擒其兇魁，生致于闕下。廓千里之沴氣，濟一方之生人。誠感君親，義激臣子。臨危見不奪之節，因事立非常之功。予嘉乃誠，一念三歎。至於圖勞懋賞，詢事策勳，各有等差，續當處分。故先宣慰，宜並悉之③。冬寒，卿等各得平安好，遣書指不多及。（2917）

【校】

①梟鏡　馬本、郭本作「梟獍」，字通。

②死命　郭本無「命」字。

③悉之　郭本作「悉知」。

【注】

(一)金陵：指浙西觀察使治所潤州。唐上元縣(江寧)屬潤州，上元即楚金陵邑，故潤州亦得稱金陵。馮集梧《樊川詩集注》卷一《杜秋娘詩》注：「《至大金陵志》：唐潤州亦曰金陵。張氏《行役記》言甘露寺在金陵山上。趙璘《因話録》言李勉初至金陵，于李錡坐上屢贊招隱寺標致。二事皆在潤州，則唐人謂京口亦曰金陵。杜牧有《金陵女秋娘詩》，白居易有《賜金陵將士勑書》，皆京口事也。」《舊唐書・楊於陵傳》：「時韓滉節制金陵。」《李紳傳》：「東歸金陵，觀察使李錡愛其才，辟爲從事。」《楊收傳》：「時(楊)發爲潤州從事，因家金陵。」《杜審權傳》：「頃罷機務，鎮於金陵。」懿宗《授杜審權鎮海軍節度使制》：「金陵大藩，正張新幄……可檢校吏部尚書同中書門下平章事使持節潤州諸軍事兼潤州刺史充鎮海軍節度使浙江西道觀察處置等使。」李紳《龍宮寺碑》：「余罷金陵從事，河東薛公招遊鏡中。」權德輿《鼓吹賦》：「余往歲剖符金陵。」均指潤州。勑書：《唐六典》卷九中書省：「凡王言之制有七……六曰論事勑書，慰諭公卿、誡約臣下則用之。」

(二)李錡因緣屬籍踐歷官常：《新唐書・李錡傳》：「李錡，淄川王效同五世孫。以父國貞蔭調鳳翔府參軍。貞元初，遷至宗正少卿……遷潤州刺史、浙西觀察、諸道鹽鐵轉運使。多積奇寶，歲時奉獻，德宗昵之。錡因恃恩驁横……憲宗即位，不假借方鎮，故諸道倔强者稍稍入朝。錡不自安，亦三請覲……稱疾遷延不即行。(王)澹及中使數趣之，錡不悦，乘澹視事有所變更者，諷親兵圖澹……室五劍，授管内鎮將，令殺五州刺史。屬别將庾伯良兵三千築石頭城，謀據江左。」《憲宗紀》：元和二年十月，「鎮海軍節度使李錡反」，「淮南節度使王鍔爲諸道行營兵馬招討使以討之。」十一月甲申，「李錡伏誅。」

與崇文詔

爲頻請朝覲并寒月跋涉意。時崇文爲西川節度使①〔一〕。

勑：崇文：卿忠廉立身，簡直成性。董戎長武，邊候乂安②〔二〕；授律西川，兇徒蕩滅。是以寵崇外閫，秩進上公。而能省事安人，多方撫俗。諭朕念功之旨，勉其師徒；宣朕卹隱之心，慰彼黎庶。威立無暴，功成不居。累陳表章，懇請朝覲。雖殿邦之寄重，誠欲藉才；而望闕之戀深，固難奪志。且嘉且歎，彌感于懷。屬時候嚴凝，山川脩阻。永言跋涉，當甚勤勞。佇卿來思，副朕誠望。想宜知悉。冬寒，卿比平安好，遣書指不多及。（2918）

【校】

①題下注　馬本脱「爲頻請朝覲并寒月跋涉意」十一字。

②乂安　郭本作「久安」。

【注】

〔一〕崇文：高崇文。其先勃海人，貞元中隨韓全義鎮長武城，爲長武城使。元和元年，充左神策行營節度使，討西川劉闢。西蜀平，檻闢送京師伏法，制授崇文檢校司空、兼成都尹、充劍南西川節度。二年冬，制加同中書門下平章事、邠州刺史、邠寧慶三州節度觀察等使。見《舊唐書·憲宗紀》、《高崇文傳》。

〔二〕董戎長武邊候乂安：《舊唐書·高崇文傳》：「貞元中，隨韓全義鎮長武城，治軍有聲。五年夏，吐蕃三萬寇寧州，崇文率甲士三千救之，戰于佛堂原，大破之，死者過半。韓全義入覲，崇文掌行營節度留務，遷兼御史中丞。十四年，爲長武城使，積粟練兵，軍聲大振。」

批河中進嘉禾圖表〔一〕

上天降休，下土効祉。將表豐年之兆，故生同穎之祥。顧慚寡德，受此嘉瑞。披圖省表，閲視久之。卿發誠自中，歸美于上。亦宜勉勤匡贊，馴致邕熙①〔二〕。庶洽升平之

風，以叶和同之慶。所賀知。（2919）

【校】

①邕熙　馬本作「雍熙」，字通。

【注】

〔一〕河中：河東道河中府，肅宗元年建卯月，又爲中都。元和三年，復爲河中府。見《舊唐書·地理志二》。《舊唐書·憲宗紀》：「（元和二年春正月）乙巳，以門下侍郎、同平章事、南陽郡開國公杜黃裳檢校司空、同平章事，兼河中尹、河中晉絳等州節度使。」《唐會要》卷二九《祥瑞下》：「元和二年八月，中書門下奏：諸道草木祥瑞，及珍禽異獸等，准永貞元年八月敕，自今以後，宜並停進者。伏以貢獻祥瑞，皆緣腊饗告廟，及元會奏聞，若例停奏進，即恐闕于盛禮。准《儀制令》，其大瑞即隨表奏聞，中瑞下瑞，申報有司，元日聞奏。自今以後，望准令式。從之。」

〔二〕馴致邕熙：張衡《東京賦》：「上下共其雍熙。」《文選》李善注：「《尚書》曰：『黎民於變時雍。』又曰：『庶績咸熙。』」

太社觀獻捷詩①〔一〕

以功字爲韻，四韻成②。

淮海妖氛滅，乾坤嘉氣通〔二〕。班師郊社内，操袂凱歌中〔三〕。廟算無遺策，天兵不戰功。小臣同鳥獸，率舞向皇風〔四〕。（2920）

【校】

①題　《文苑英華》無「詩」字。

②題下注　《文苑英華》作「入翰林試以功字爲韻」。

【注】

〔一〕太社：《白虎通義》卷二：「《禮記三正記》曰：王者二社，爲天下立社曰太社，自爲立社曰王社。諸侯爲百姓立社曰國社，自爲立社曰侯社。太社爲天下報功，王社爲京師報功，太社尊于王社。」《唐六典》卷四尚書禮部郎中：「三曰軍禮，其儀二十有三：一曰親征類於上帝，二曰宜於太社……十三曰遣將出征宜於太社。」據白居易詩，獻捷亦於太社。

〔二〕淮海妖氛滅二句：指誅滅鎮海軍節度使李錡。見《與金陵立功將士等勅書》(2917)注。

〔三〕操袂凱歌中：《禮記·曲禮上》：「獻民虜者操右袂。」鄭玄注：「民虜，軍所獲也，操其右袂制之。」

〔四〕小臣同鳥獸二句：《書·益稷》：「簫韶九成，鳳皇來儀。夔曰：於，予擊石拊石，百獸率舞，庶尹允諧。」